F機関機関長当時の著者。1942年シンガポールにて。

山下・パーシバル会談。この会談で英軍の無条件降伏が決定、シンガポールの攻防戦が終結する。中段左端が山下将軍。その対面がパーシバル将軍。左端に立っているのが著者。1942年

シンガポール陥落後、ファラパークに接収された四万五千人の英印軍インド人兵士。1942年

東京会談出席後のIIL代表ラガバン氏をシンガポール・カラン飛行場に出迎える筆者（右より二番目）。1942年

インド解放運動の両雄チャンドラ・ボースとR・B・ボースの初会談。会談は黒龍会の指導者でありR・B・ボースの後援者でもあった頭山満の邸で行われた。中央和服姿の頭山の右隣がチャンドラ・ボース。一人おいて左端がR・B・ボース。1943年東京

東京記者クラブにおいて記者会見を行うチャンドラ・ボース。1944年

原書房から『F機関』を
刊行した頃の著者。

F機関

アジア解放を夢みた特務機関長の手記

◉装丁——岩瀬 聡

序文

私は、陸軍少佐に昇進した直後の、昭和十六年九月、弱冠三十三歳の凡眼の身に、参謀総長杉山元大将の特命を拝し、大東亜戦争勃発に備えるため、東南亜のマレイ・北スマトラ民族工作の任を帯び、バンコックに派遣された。この工作はマレイ工作と呼称された。与えられた部下は若い尉官五名、下士官一名、軍属五名の貧弱な陣容であった。もっとも私が、現地で志願を申し出た邦人を然るべく加えて、漸く三十名に増勢した。

私共は、開戦直前、南方軍司令部に所属替えされた上、マレイ、シンガポール作戦を担当する第二十五軍に派遣され、山下奉文軍司令官の区処下に、同域各種民族工作に当ることとなった。同軍の作戦に寄与するためであった。しかし緒戦からの僥倖的成果を買われて、ビルマと北スマトラにも工作を拡大する任を追加され、工作担任域は東南亜の大部に拡がった。私は更にインド本土への伸長を画策した。

私はインド独立連盟書記長の助言を得て、私の機関をF機関と命名した。フリーダム、フレンドシップと、藤原の頭文字を採ったものである。これは私が信念する日本思想戦の真骨頂は、建国の宏《こう》謨《ぼ》八紘一宇の大理想に基き、白人のアジア支配を断って「アジア人のアジア」「大東亜の共栄圏」を建設して「アジア人の心を一つに結ぶ」心願を表明するものであった。私は機関の信条を、陛下の大御心——四海同胞一如の御軫《しん》念を奉じ、敵味方を超越する至誠、信念、情義、情熱のヒューマニズムに徹し、道義の戦いを捨身躬行することを部下と誓い合った。私は日本軍の作戦を利する近視眼的謀略工作を戒めた。皇道に謀略なし、誠心あるのみを部下に強調した。インドをはじめ、東南亜諸民族の民族的悲願に発する彼等の自主自発的決起を促し、苟《いやしく》も日本側の恣意を強制することを厳に戒めた。かくてこそ、わが作戦に、占領地施策に真に寄与する成果を期待し得、大東亜戦争の大義名分に添い得ると確信したからである。

私のこの使命遂行には、数々の困難と苦渋が伴ったが、反面幾多の神の恩寵と僥倖に恵まれて予期せぬ成功を収め、Ｆの名は東南亜戦域を風靡するまでになった。この成功には作戦軍の精強と厳正な軍紀に裏打ちされたところが大きかった。

私はこの使命遂行が法縁となり、戦中戦後の終始、東南亜なかんづく、インド、パキスタン、ネパール、マレイ、シンガポール、北スマトラに多数の志友、知己を得、彼等と生死、辛酸を偕にする宿命を背負うこととなった。これ等の諸民族は終戦後、その自由と独立の栄光を斗取振興し、日本との宿縁を深めることとなった。その余威は中東やアフリカ民族の解放に繋がり、数百年にわたる白人支配の世界史に決定的変革をもたらすこととなった。

私は昭和二十二年六月、シンガポールの英獄から釈放帰国すると早々、Ｆ工作回想の執筆を始め、翌年六月脱稿し、匡底《きょう》に蔵《しま》い込んだ。たまたま敬友故稲葉正夫氏、原書房社長成瀬恭氏の推挙を蒙り、昭和四十一年十一月公刊され、八版を重ね廃刊となった。次いで番町書房から「大本営の密使」と題して再出版されたが、これも廃刊となり原著日本語版は入手し得なくなり、多くの方から再出版の要望を受けつつ荏苒《じんぜん》今日に到っている。

この間、英、米、インド、マレイ、シンガポールの史家や戦中結ばれた各国の知己・心友から、拙著日本語版の完訳英語版の出版要望が相次いだ。これに応えるため、南山大学教授明石陽三教授の知遇を賜り、英訳の労を煩し、香港の英国系著名出版社ハイネマン・エデュケーショナル・ブックス社から昭和五十八年春公刊された。幸に右の国々の史家、友人から当該国の新聞、雑誌等にそれぞれ書評が寄せられ、怨讐を超えた好評を得たことは幸せであった。この他米国コロラド大学教授ジョイス・レブラ博士は「ジャングルの盟約」と題し、また英国のルイス・アレン教授は「日本軍が銃を措いた日」、更にインドのゴッシ博士は「インド国民軍」と題し、それぞれ私を来訪して質疑を重ね、関係現地の人士について、精査取材し、拙著とF工作をアカデミックに紹介評価していただいた。三氏は共通して、F工作を貫く精神は武士道とヒューマニズムであったと結論された。インド国民軍創設の盟友モハンシン将軍はその回想録でF工作は工作ではなく高貴な伝道であったと述懐している。私は年々インドをはじめ、関係国を歴訪してきたが、未知の方々からもこれを称えられ、過分の光栄としている。

それにしても、日本語版の原著が絶版となっていることは残念である。一昨年も一月から二月にかけてインドを歴訪した。一八五七年のセポイの対英大反乱で有名な古都メーラットのS・C・ボース氏生誕記念式典とカルカッタのS・C・ボース・リサーチ・ビューロー主催のボース氏関係国際セミナーの主賓として招かれたからである。この機会に私が多年信愛している荒木幹光君をはじめ、戦後派の友人四君が同行することとなった。旅程は二十三日間であったが、目白押しの諸歓迎行事で、初の訪印四君には観光もままならず気の毒した。

先ずボンベイとパンジャブ州賓として迎えられデサイ前首相をはじめ州の首脳の大部と各個に面接し、腹蔵なく意見を交換した。各地で元インド国民軍、同独立連盟の歓迎集会に招かれた。またニューデリーでは中央政府のラオ外相、ザイールシン内相（現大統領）、パテル国民会議派幹事長を表敬訪問して、それぞれ数十分間率直に懇談した。メーラット市の式典では数万市民の熱狂的歓迎を受け深夜に及んだ。途次の三市でも数千市民の歓呼を受け、更にデリー大学では二十数名の教授と長時間懇談した。日本大使館、三菱、三井両社の万幅の支援に預った。

カルカッタのゼミでは数日間、熱烈な研究発表が行われた。この間、ジャデプール大学に乞われて「大東亜共栄圏」を演題に講演し、学生の熱心な聴講と質問に敬服した。

帰途、ダッカ及びバンコックを歴訪し、両国の首脳と有意義な懇談を遂げた。

同行の四君は、この歴訪間、心に、肌に、感銘するところが真に深刻だったようである。極東軍事裁判の判決を鵜呑みした戦後日本の虚構の史観に対し、深く慨嘆を覚えたとの告白であった。折柄国内でも漸く戦後史の見直し、教育の抜本的改革の叫びが高揚しつつある。世界はアジア、太平洋圏時代に移行し、次の世紀の初めには八十数億に膨脹する世界人口の一半をアジアが占め、巨大なポテンシャルを持つことを指摘されつつある。これと関連して米ソをはじめ、列強の関心が当域に集り、緊張が日増しつつある。日本はこのアジアの先達国、世界第二位の経済、科学技術の大国として、急迫する人類の危局に処し、アジア・太平洋圏の平和を守護するため、重大な責任を負わねばならぬ。単なる経済、軍事に止まらない、高次な精神と道義が重要である。その共鳴連帯を得てこそ魔性国家の暴走を抑止できる。

荒木幹光君をはじめ、同憂の士が創設した出版社「振学出版」において、拙著藤原（F）機関の原著日本語版を再出版して、F工作の思想と理念を次の世代に伝えたいと熱誠な申し出に接した。喜寿に近い老骨には面映い思いであるが、その知己と熱誠に感激し、承諾した。尚この件を快諾諒承してくださった成瀬原書房社長と番町書房責任者の方に厚く謝意を申し上げる。

昭和五十九年十一月三日　著者記す

目次

第二部　その後――277

本書は一九六六年原書房から刊行された『F機関』（番町書房から再刊、振学出版から再再刊された）を復刊したものである。原本に掲載された口絵の写真で入手できなかったもの、画質の悪いものはその掲載を断念した。別丁の地図は再作成した。その他、誤記・誤植を訂正するなど最小限の補綴を行った。

第一部

藤原機関

志士の暗躍

三志士の密航

一九四〇年十二月、筑波おろしの烈しいある日の朝、東京三宅坂にある日本大本営陸軍部第八課の門松中佐の机上に異様な一通の親展電報が配布されていた。発信者は広東にある日本軍（第二十一軍……波集団）参謀長であった。あて名は参謀次長であった。その内容は香港から脱出してきた三名のインド人が、広東の日本軍司令部にたどり着いて、次のような申し出をしたというのである。それは「自分達は反英策動のかどで香港の刑務所に抑留されていたが脱走してきた者である。その目的は三名がそれぞれインド本国、ベルリンおよびマレイに潜行し、同志と連絡して反英独立運動を遂行したい。それがために、日本軍保護のもとに、なし得ればバンコックに、やむを得なければ仏印に送ってもらいたい。自分達はその後は陸路歩行をもって目的地に行く」というものである。なお、この電報の末尾にはインド人の氏名が記載されてはいなかったが、「シーク族」で、熱烈な反英独立運動の志士であること確実なる旨が付記されてあった。

この電報を中心に第八課の門松中佐と尾関少佐とがしばしば評定に時をすごしていたが、一通の返電を認め、上司の認可を得て、広東の日本軍に発電した。返電の内容は「広東の日本軍において素性を更に確かめたうえ、できるだけの好意をもってその希望をいれてやるよう」に指令されてあった。この電報と入れかわりに、更に広東の日本軍から「件のインド人三名を、神戸に向う汽船に便乗し出発させたから、参謀本部の方でしかるべく処置されたき」旨の電報が入った。

そこで門松中佐はこの三名を安全に、バンコックに密航させる処置を、藤原少佐（当時大尉）――私に命じた。小岩井大尉がその補佐を命ぜられた。私はこの三名のインド人につき、日本大本営は何ら特別の要求、もしくは期待をしないということを確かめた上、バンコック行きの船便を探索した。また、バンコックの田村武官に、バンコック港到着時、無事に密かに上陸できるように手配方を打電依頼した。

苦心の末、丁度バンコックに米を積みに行く汽船が発見された。その船名は三井山丸という、三井物産所属の船であった。同社常務石田礼吉氏の好意によって利用することとなった。小岩井大尉が神戸に出張し、同地の警察関係（兵庫県大貫外事課長）と船長とに連絡し、緊密に協力を受ける手配ができた。暗夜三名のインド人は艀《はしけ》舟で汽船から汽船へと移された。

かくして、この三名のインド人は、初めて見る日本の土も踏まず、また六甲の山容も仰ぎ見ることなく、この汽船の倉庫に潜伏してバンコックに向った。

小岩井大尉の報告によると、三名のインド人は、船倉の窮屈な蟄伏《ちっぷく》にも一言も小言を漏らさないのみか、日本軍の一点の野心もない温かい援助に涙を流して感謝の意を表明した。またもし途中英・タイ官憲に発見された場合は、直ちに自決して日本側に絶対に迷惑をかけない決意と、その用意の海軍ナイフを示した。しかも彼らは南支那海の暑い航海にもめげず、この船倉に頑張って必ず目的を達成すると、固い反英独立の決意と、時を得たならば、必ず日本の好意に応えたい念願をこもごももらしたということであった。

われわれは当時このインド人に政治的にも、軍事的にも、何ら期待するところがなかったため、遂にその名前をすら記憶するまでに至らなかったことは、今日残念のきわみである。この三名の志士が今もなお健在し、祖国のために活躍しつつあることを神に祈るものである。われわれはこの三名のインド人の安全なる航海を心密かに祈念し、バンコック駐在の田村浩武官から、その吉報が到着するのを鶴首した。われわれはただ雄々しくも祖国の独立のために身を捧げ、そしていまその目的と行動のために、窮境にあるこの三人のインド人に、無事に志望を達成させてやりたいという、国境を超えた友情にかられ、その仕事が何か尊いことのように思われ、感激をもって任務に服した。

秘密結社ＩＩＬの登場

三名のインド志士を乗せた汽船は、酷熱一〇〇度の南支那海を南下した。蒸し風呂のような船倉の苦熱は、人間の耐え得る限度を超えていたであろう。船長と事務長のみが、船倉にこの三名のインド人潜伏のことを知っていた。事務長は夜、船員の眼を盗んで一日分の食事を運んだ。そして苦熱に衰弱し、らんらんと眼ばかり光らせながら頑張っている彼らをねぎらい激励した。その苦痛は想像を絶するものであったであろう。しかし、彼らは一度も甲板の夜風に当りたいと申し出ることがなかったという。絶対に日本人側に迷惑をかけないという深慮からであろう。かくて船はバンコックに着いた。

査証をもっていない彼らは堂々と埠頭に上陸することが許されないのだ。タイ駐在の田村武官の周到なる手配のもとに、艀舟人夫に身をやつして、夜暗密かに小舟に移乗して上陸し、ルンピニ公園に近い武官の宿舎の一室に誘道された。彼らは遂に無事目的地に着いたのだ。われわれは遂に田村武官から「三人のインド人が無事バンコックに到着した」旨の電報を受けとることができた。私は激しい陣痛のあと、立派な赤ん坊を産み落した生母の喜びは、こんなものだろうかといったような喜びを味わった。

田村武官は疲労しきった彼らに水浴を勧め、冷たい飲物や新鮮な果物や久し振りのインド料理を与え、取敢えず休息させた。翌日の夜、田村武官は初めて彼らの志望を聴取した。その際、バンコックにおいて取敢えず身を寄せる知已の有無を尋ねたところ、その他意なき友情に安心したものか、彼らの一人は「バンコックにアマールシンなる老同志がいる。その同志は当地に本部を有するＩＩＬ（インド独立連盟）の指導者である。その下に書記長としてプリタムシンという若いインド人がいてアマールシンを補佐している。ＩＩＬというのは、インドの解放と独立をめざすシーク族の秘密結社であって、香港・上海・東京・サンフランシスコ・ベルリン等に広く同志が散在している」旨を率直に語り明かした。彼らはその夜、田村武官の好意を謝し、将来の奮闘を誓って、同志のもとに身を寄すべく、武官の宿舎からルンピニ公園の闇の中へ消えて行った。それから数日後、武官の宿舎に一台のサムローが着いた。門番のインド人（シーク族）が出迎えると、中から白いターバンを巻いた黒髪長身、一見牧師風の若いシーク人が現われて辺りの人目をはばかりながら、Col・Tamura に案内を乞うた。この人こそ、ＩＩＬの中心人物プリタムシン氏であった。これが実にＩＩＬと日本軍との接触の第一歩となったのである。

このようにして、その後田村大佐とアマールシン氏ならびにプリタムシン氏との密会が回を重ねて行った。

当時タイの動向は、漸次日泰提携の方向に進みつつあったが、英国の勢力圏内にあるばかりでなく、日・英・米・支・独の激しい諜報戦の焦点にあったので、往来には特に慎重な考慮が必要であった。しかも、一九四一年初夏の候までは、日英情勢は未だ戦争を予期するほどに緊迫していなかったので、両者の会談内容は、お互いにある限度を超えることがなかった。しかし、この会談によって田村大佐は、ＩＩＬが実力抗争をも辞さない反英独立運動を目的とする秘密政治結社であることと、ＩＩＬは弱体ながら東京・上海・香港・南タイ・マレイ・インド・ベルリン等に同志の網をもっていることなどを確かめ得た。またこのＩＩＬを通じ、インドの政治情勢やマレイの軍情など断片的情報を入手し得る希望もつかむことができた。またプリタムシン、アマールシン両氏も田村武官を通じて、日本側の誠意を確かめることができたのであった。ＩＩＬと日本軍との友情のつながりはかくして結ばれた。

日ごとに波高き太平洋情勢

一九三七年以来継続してきた不幸な日支紛争は、これを日本の侵略行為と断ずる英・米の報復的圧迫、蔣介石政権援助をめぐって英・米・蘭諸国と日本との抗争に変貌せんとする情勢にあった。この日本と英・米・蘭諸国との対立は、一九四一年七月、日本が米・英・ソと戦いつつある独伊と盟約を結び、南部仏印に進駐するに及んでいよいよ悪化し、太平洋の波浪はますます高くなってきた。近代工業資源の大部を外国に仰がねばならない日本は、英・米・蘭三国の経済封鎖にあって絶体絶命の立場に追い込まれつつあった。しかも、シンガポール・ジャワ・濠州・マニラ・ニュージーランド・ハワイを結ぶ英・米・蘭諸国の軍備の強化と日に増す提携の強化は、日本を圧殺する鉄環のような重苦しい感作《かんさ》を与えた。

日本政府及び大本営は、この急迫する国交関係の平和的妥結を念願し、近衛文麿総理をして、直接ルーズベルト米大統領と太平洋上において会談させることを企図した。しかし、情勢の推移はこれら関係諸国の平和的念願を無視し、刻々悪化する一方であった。サイゴン・シンガポール・マニラにおいて、相対峙する日・英・米の軍事的対立は一触即発の危機をはらみ、南支那海の空は嵐の前夜にも似てきた。

日本大本営は、万一平和的妥結の方途が絶望となった場合、九死に一生を求める武力の対決について、あわただしい研究と準備を進めざるを得なくなった。建軍以来満支の大陸作戦を対象として編成し、訓練し、配備され、ことに近年は全力をあげて対支作戦に没頭していた日本陸軍は、今やかつて用意したことのない赤道両域にわたって、英米の二大強国を相手とし、大渡洋作戦を敢行せざるを得ない羽目に立ち至った。三宅坂の参謀本部は異様な緊張を帯びてきた。

第八課の焦慮

このようにあわただしく情勢が推移しつつあった一九四一年七月の末頃、東京羽田飛行場から、バンコック行きのダグラスに身をゆだねた一人の私服軍人があった。彼こそ日本大本営の謀略主任参謀をもって任ずる門松中佐であった。

彼は、この緊迫する太平洋情勢に当面し、いかなる秘策を携えてバンコックに急ぐ者であろうか。もし、日英戦争が始まれば、ビルマやマレイや蘭印は重要な戦場となるだろう。これらの地域の諸民族やインドの動向は、この戦いの成敗に重大な影響をもつであろう。分けて、これらの地域は英国やオランダが長い年月支配し続けてきた植民地である。その民族は、英国やオランダの巧妙な統治によって、一見民族意識を去勢されたように見えるが、隷属と支配から脱して、自主自由の独立を取り戻さんとする民族本然の意欲を失うはずがない。現にインドやビルマにおいては、その自由への闘いが執拗に反復されていることが報ぜられつつあるではないか。日本が早くから彼等の民族的念願を研究調査し、洞察して、正しい理解と援助とを用意し、その実現に情熱と協力とを傾けていたならば、来たるべき日英戦争に、彼らを最も有効に日本軍に協力させる方策を既につかんでいるに違いない。門松中佐は、必ずこの確信ある方策を携えているに違いない。戦争理論の一頁でも読んだ者が、当然の着意し得る常識だからである。そしてこんな仕事が、一朝一夕に組立てられるものでないことも識者の常識である。ところが、あに計らんや、門松中佐の胸中には、一九四〇年末から準備されたタキン党を支援するビルマに対する工作手段のほか、何らの秘策も蓄えられていなかったのである。しかもそれは、日英戦争に備えたものではなく、緬支公路を通ずる英国の援蔣行為を妨害する狙いに出たものであった。彼はバンコックに駐在する日本陸軍武官田村大佐のところに飛んで行って、今からマレイ・スマトラの住民や英印軍内インド兵に対する工作手段を拾ってこようというのである。日英戦争の火の手は明日にもあがろうというこの期に及んで。

もし英米との戦争が回避し得なかったならば、それこそ日本民族の存亡を決する戦いとなるであろう。それほど重大な戦いに、しかも英・米・蘭の植民地で戦うというのに、宣伝や工作を担任する参謀本部の第八課が、何の用意も貢献もないでは相済まない。何とか恰好をつけねばならないという焦燥が彼此第八課の胸中を往来していたのである。

武官室の密談

バンコック日本武官室の二階の一室で田村大佐と門松中佐が対座して密談が続いていた。二個の扇風機がトップでうなっていたが蒸風呂のように暑かった。二人のワイシャツはベットリ汗に濡れていた。窓外の垣根の火焔樹の花が直射日光を浴びて正視できないほど強い色彩を放っていた。初めて体験するこのバンコックの熱気も忘れ、田村大佐の報告に全神経を集中し、その要旨をメモしながら時々反問する中佐の面には明らかに希望が輝き、武官に対する感謝の念が動いていた。一体中佐は田村武官からいかなる方策を拾いつつあるのであろうか。中佐は三つの新しい工作の端緒を発見し得たのである。それはいずれも海のものとも山のものとも判らない程度のか細い路線ではあったが、切羽つまった門松中佐否日本参謀本部は、この路線にすがりつくよりほかはなかった。しかも田村大佐の巧みな表現が一層効果的に彼の心を捉えた。その内容は次のようであった。

その一つは、先に紹介したＩＩＬであった。その二つは「マレイのハリマオ」と称するものであった。それはマレイの東岸トレンガンに居住していた谷豊なるものの異名である。ハリマオというのはマレイ語「虎」という意味であった。彼の一家は明治の末からトレンガンに居住し、理髪業で糊口をしのいでいたが、日支事変の当初、この地に華僑の排日運動が激しかった頃、その襲撃を受けて妹静子（六歳）がら致されて無惨に殺された。彼はその頃から素行が急変し、マレイ人の無頼の徒に加わって匪賊行動にはしるようになった。彼は大胆、変幻自在の巧妙な行動と、マレイ人の子分に対する義侠的態度によって彼らの頭目となり、三〇〇〇人に上る部下をもっている。目下英官憲に追われて南タイに潜伏しているが、ここでも地方タイ人の信望を集めている。ハリマオは、神本利男なる日本人を介し田村武官の手中に入っている。マレイに関する諜報に価値があるだけでなく、有事の日にはマレイ人に対する宣伝、英軍に対する謀略に大きな役割を果たし得るだろうということであった。

その三つは先に門松中佐が東京から南タイに派遣していた田代重遠氏（佐賀県出身、実名は岩田氏、中学卒業と共に図南の志に燃えて、南方に進出し、シンガポールに長年居住し華僑事情に明るく、また知己が多いという話であった）を通じ、シンガポールの華僑、特に埠頭苦力《クーリー》を反英運動に決起し得る見込みがあるということであった。スマトラ・ジャワに対する有効な手がかりは全くなかった。中佐は田村大佐に、この工作のため速急に適当な将校と必要な経費を手配する約束をして東京に帰ってきた。当時、参謀本部第八課の最年少部員として報道宣伝業務を担当していた私は迂闊にも門松中佐は仏印に出張したものとばかり信じていた。私は門松中佐がバンコックから帰って来て、班長武田中佐に報告するのを仄聞するに及んで、初めて中佐がバンコックに行ってきたことを知った。そして彼の収穫のあらましを知った。

その具体的内容については承知し得なかったが、この工作に異民族を動かすに足る深い思想的根拠が乏しい印象を受けた。しかしただ一つＩＩＬの話だけは、自分と小岩井大尉との努力が意外な工作路線の縁を取結んだことに注意をひかれた。もちろん主務以外のことであるし、発言など許される筋合でもないから仄聞の程度に止まった。

時間は容赦なく過ぎてもう八月に月が改まっていた。この間日本軍の南部仏印進駐に対して英米蘭諸国は直ちに厳しい反撃をもって報いていた。

すなわち一九四一年七月英米は日本の在外資産の凍結・日英通商条約の廃棄・米国の対日石油禁輸・日蘭石油交渉の決裂等戦争への宿命の道をひたむきに突き進みつつあった。

バンコック潜行

決意

あえぐような都の暑気も、九月の声を聞いてから薄皮をはぐように和らいできた。大内山のお堀の彼方から秋風が漂い始めた。三宅坂の青桐が一葉二葉さきがけて秋の到来を報じた。武蔵野に今年もまた清澄な秋が訪れつつあったが、三宅坂の空気はこの秋の気配とは逆に一日一日熱気を帯びつつあった。前古未曾有の大戦争準備が進められつつあったからである。九月一〇日の午後、門松中佐は私を自分の席に呼び寄せていつになく改まった重い口調で、思いもよらない事を宣告した。いわく「貴官には近日バンコックに行ってもらわねばならぬ。その仕事は田村大佐を補佐してマレイ方面に対する工作の準備に当ってもらうことになる。もしこの情勢が悪化して日英戦争が始まるようなことになれば、貴官は近く編成される南方総軍参謀に補佐せられたうえ、もっぱらマレイ方面の工作を担任することとなる予定である。数名の将校をつける予定だ」と。そして彼がバンコックで田村大佐から得た情報の内容をかいつまんで説明してくれた。

数名の将校には中野学校出身の青年将校土持大尉、山口・中宮両中尉、米村・瀬川両少尉と滝村軍曹とが数えられた。そのほかに只今東京外語学校インド語部に在学中の石川義吉なる青年を採用すべく、学校長と当人に交渉中である旨が付言された。いずれも思想堅固で純情、そして任務に忠実な青年将校で、人物としては申し分のない人達だ。しかし私と同様この種の任務に識見も経験も乏しい人達であり、語学もできない者ばかりである。もちろん現地にも行ったことがない者ばかりであった。

　われわれは軍人である。いつどんな無理な命令をもらっても、黙々拝受して任務に邁進するようにしつけられ、習慣付けられていた。しかし、いかに軍人でも、この種の仕事は別である。こんな仕事には特殊の知識と経験と、そしていま関係せんとする任務と深い因縁が必要だし、更に必要なのは当人の自信である。悲しい事に私は今まで戦況報道や一般宣伝の仕事に関係してきて、工作だの、謀略だのといったような仕事に知識も経験ももっていなかった。更に困ったことは、私は英語も、マレイ語も、インド語もからきし駄目だった。中学時代に習った英語は、十数年の年月を経て数える程の単語しか記憶になかった。こんなおしのような有様では異民族相手の工作など全く自信のもちようがなかった。第八課は支那やビルマ方面にこの種の工作を実施していることは承知していたが、私はその謀議に加えられなかった。新聞記者や放送関係者等軍部以外の者に会う機会の多い者は機密が漏れる恐れがあるという考慮からであろうか、過度に敬遠されていた。現に私の担当せんとするこの仕事についても、今日の日まで同じ部屋で仕事をしている私に一言も相談をもちかけることなく、脚もとから鳥が飛び立つように宣告されたほどである。私はかねがね門松中佐や尾関少佐のこのような水臭い態度に、いささかあきたらぬ感情を抱いていた。また私はこの種の仕事に対する見解の根本において、この二人の先任将校と幾分ちがった思想を抱いていた。私は亜細亜における日本の工作は、民族の自主と解放と独立を理解し、支援する線に沿って行わるべきであると信じていた。

近代戦における工作は、高いそして普遍性をもつ政治理念に確固たる基礎をもつイデオロギーを振りかざし、堂々と思想戦を展開することの重要性を主張するものであった。その対象は特殊の個人よりも大衆を重視すべきだと考えていた。

私は術策を偏重する秘密の取引よりも、公開の宣伝を重視すべきことを主張するものであった。特定の個人を対象として秘密の取引により大事をなさんとする行き方には疑念を抱いていた。それは日本が従来支那で慣用してきたこのような工作の成行きを、余りにも多く見せつけられていたからである。特に理念に乏しく、即効を狙い、利用を本旨とし、功利を主とする行き方にあきたらなかった。

私のこのような思考に対して門松中佐は私達の考え方を非現実的な観念論者として蔑視していた。こんな経緯から門松中佐が私に宣告した任務を無条件に快諾することができなかった。こんな困難な任務は主任者である彼らの一人が、自ら出かけて行って全責任をもってやるべきだといった反感さえもった。私は当惑してしまった。私は全く自信がないことを訴えた。私はそんな仕事に適任ではないことを述べたてた。しかし否が応でも私を出す膳立はできあがっていた。私の抗議は軽く一蹴されてしまった。私は一晩考えさせてもらうことを願い出て、彼の前を去った。

私はその日、早仕舞にわが家に引上げた。

世田ケ谷、松蔭神社のかたわらに、ささやかながら平和な家庭が思い余った私をねんごろに迎えてくれた。私は和服にくつろいで、五才になる長女脩子《のぶ》を伴って松蔭神社の森を求めた。いつになく早く帰宅してきた父に手をひかれた長女は、父の悩みも知らずに嬉々としていた。

八〇年の昔、日本が封建鎖国の時代から天皇親政の開国時代に転換しなければならない内外相伴う嵐の世代に、青年先覚者、革命家としてその熱誠を捧げ、その大信念を貫いて刑場の露と消えた稀世の愛国者であり哲人である吉田松蔭先生が、この森に永久に眠っているのである。私は仰慕するこの大先哲の霊前にぬかずいて、私の行くべき方途について神の啓示を得んと欲した。

先哲の墓前にたたずんで、私は、今日本が当面しばらく進しつつある空前の難局をあたかも報告するかのように自問した。私は私に負荷されんとしつつある困難な任務を報告したとき、私がこんな任務を受けて出て行かなければならないほどに事態が重大なる局面に突き進み、祖国の危機が迫りつつあることを今更のようにかみしめて味わった。身内の血潮が凝結《ぎょうけつ》するような厳粛な緊張に打たれた。私は八〇年前の大国難の世代に封建制政治の打破と開国進取の経綸を大信念として、万世を貫き天地をおおうほどの情熱と至誠と仁愛とをもって革命に身を挺された先生の業績を回想し、何か厳かな神の鞭達を受けるような気がした。

私は色々の雑念や感情に捉われてはならないのだ。自分はこの大先生の信念と至誠と情熱と仁愛とに学び、日本武士道精神の真髄にのっとって工作の新生面を開拓すればよいのだ。知識や経験や語学の貧困と、いま接触し得る工作路線の貧困などに当惑してはならないといったような勇気が身内に湧いてきた。私は思慮に拠りどころを得たような気持になって神前を辞して家路についた。

街の玩具屋に行って、やがて生別死別になるかも知れない愛児に玩具を奮発して与えた。父の決意をも知らず、玩具を抱いてはしゃぎ、相好《そうこう》を崩して喜ぶわが子の顔を見入りつつ熱いものが胸に込みあげてきた。

夕食のとき、妻は私の気配に常と違うものを見出したのであろう、晩酌の銚子をとりながら用心深く何か変った事があるのではないかと問い迫った。しかし、私はさり気なく装いつつ「何でもない」と軽く答えた。しかし口と心は別であった。妻は憂わしげな面持ちであったが、公務に関することに触れてはならないいつもの習慣で強いて追及しようとはしなかった。

その夜、私は種々の想念にかられてほとんど眠れなかった。またしても過重の任務から逃避しようとする雑念が堂々めぐりのように私を支配した。しかし、考えてみると第八課の将校以外の者でこんな茫漠たる内容の仕事を引受けるものはあるまい。そして門松中佐や尾関少佐は自ら身を挺して行く用意のないことは判り切っている。私にこの任務を負荷させる膳立は、この一ヶ月ほどの間にすっかりできあがっているのだ。今更辞任しても許されるはずがない。先般来、第八課に勤務するようになった将校達も、今にして思えばこの要員として用意されていたのだ。同期の親友桑原少佐が四月以来第八課に着任して私と同じ仕事につくようになったのも、皆私がいずれかに転出する前提として準備されつつあったのかも知れない。今年の二月に、私達の手でバンコックへ密航させた三人のインド人が偶然にもＩＩＬと日本軍の奇縁となり、今また私がそれにつながる仕事に出て行くのも、神の取持つ縁であるかもしれない。今更尻込みするのは卑怯だ。そうだ、私はかねての主張である信念・至誠・情熱・仁愛を信条とする思想戦のイデオロギーを実践して最善を尽してみるべきである。そうだ、明日出勤して班長（武田中佐）や課長（臼井大佐）に一応その任に非ざることを訴え、また、私につけられる五名の将校の意向を聞いてみよう、上司が厳にこれを要求し、また五名の将校が私と共にこの困難な任務につくことを喜んでくれるようなら、男らしく任務を拝受しようと決心した。できれば一度バンコックまで出張して、直接田村武官から事情をうかがったうえでとも思ったが、既に主任者である門松中佐がともかく見込みをつけて来たものを、若輩の私がそんなことを申し出るのも微妙な問題であろう。それに時が迫っている。私は成否を超えて最善を尽せばよいのだ。これが私が背負うべき宿命なのだ、と自分の心にいい聞かせた。

翌日早々に出勤した。そして五人の将校に昨日内示された任務を語って一同の意向を聞いた。皆が符節を合わしたように、私と一緒ならどんな困難な任務にでも喜んで行くことを申し出てくれたのみならず、是非連れて行ってくれとせがまれた。私は彼等の純情と過分の知己に感激した。間もなく出勤してきた班長と課長に一応事情を訴えて、その任でないことを縷々《るる》申し述べた。

「もし日英米との戦争が起るようなことになれば、日本の存亡を決する乾坤一擲の一大戦争になる。この大戦争に第八課として無為では申し訳がない。まだ確信ある工作の端緒を摑んでいない。このような状況では、他に適任者を得ることができない。策八課の者が全責任をもって工作を開拓し、戦さのお役に立たねばならないのである。貴官を見込んでのことだから是非引き受けよ。田村武官がこの方面の事情に明るい人だから、万事その指導を受ければよい。取敢えず当初は田村武官の補佐に任じてその間研究するがよい」といったように説得されてしまった。

私は意を決して、「それでは御期待に添うことが困難だとは思いますが、御命令をいただけば、欣然拝受します」ときっぱり答えた。門松中佐にもこの旨を回答し、同僚の桑原少佐にも私の決意を披瀝した。分けて彼には昨夜来の苦悩の経緯を打明けた。そして私のこの任務に処する信念を語った。かねて信条を一つにし、相共鳴していた彼は、私に国軍のために思想戦の新生面を開拓する使命があると激励してくれた。私は遂に決心した。想いは悲壮であったが、全身に勇気と情熱があふれてくるような気がした。「壮士一度去復不還」の詩を心の中で吟じてみた。

祈願

その日から私は自分の仕事の一切を桑原少佐に一任した。そして高岡大輔氏の印度紀行や満鉄調査局インド研究資料を収集して一夜漬のインド知識の蓄積に大わらわになった。また参謀本部のマレイに関する資料もあさった。悲しいことに日本参謀本部は建軍以来、対ソ・対満・対支の作戦準備一点張りで歩んできたのと、日英同盟の親善政策に沿って国歩を進めてきたため、参謀本部にはインド事情に関する資料として取立てるべき資料をもっていなかった。またわが国には、高岡大輔氏や木村日記氏らの他にインドを研究した権威者が少なかった。それとてもインドの軍情や政治に深く立入ったものではなかった。あったかも知れないが、私の見聞にはなかった。たとえあったとしても、私は今そんな部外の人に会うことを許されないし、また時間が許さなかった。

九月十八日、私と五名の将校は参謀総長杉山大将の部屋に呼び出された。私達は軍装に威儀を正してうやうやしく総長の前に列立した。いよいよ正式に命令をいただいた。タイプされた訓令が、総長から私の手に手交された。私は興奮を抑え、心を静めて訓令を一読した。

「貴官らはバンコックに出張し、タイ駐在武官田村大佐のもとにおいて、主としてマレイ方面の工作特にインド独立連盟及びマレイ人・支那人らの反英団体との連絡ならびにその運動の支援に関し田村大佐を補佐すべし」

というような要旨がうたわれてあった。そして若い将校は総長室から退場を命ぜられ、私だけが残った。

かつて一九二〇年頃、若い大尉の頃インドに駐在し、またマレイに派遣されたことのある大将は、この訓令の他に次のようなことを厳かにかつねんごろに付言した。

「貴官の任務は、差当り日英戦争が勃発するようなことになった場合、日本軍の作戦を容易にし、かつ日本軍とマレイ住民との親善協力を促進する準備に当るのであるが、大東亜共栄圏の建設という見地に立って、インド全国を注視し、将来の日印関係を考慮に入れて仕事をされたい。なお英印軍内のインド兵にも色々の種族があって、英軍当局はインド人が反英策動ができないように、これらの種族を互いに牽制するよう巧妙に配合した編制と指導とを行っていることに留意されたい。しっかりやってくれ。大いに期待している」と。

私は総長の意図は「大東亜新秩序の大理念を実現するために、インドの独立と日印提携の開拓を用意しつつ、まずマレイ方面の工作に当れ」という意向と承った。

年少の一少佐の身分で、このような雄大な使命を受けて行くことがいかにも軍人として、また日本男子として冥加に尽きる光栄に感ぜられた。身命を賭《と》し全精魂を傾けてこの使命を全うしなければならぬと思った。具体的な自信ある方策はまだ何ももっていなかったけれども……。廊下に出ると若い将校達が待っていた。今日からこの崇高な使命のために死生を共にする同志なのだ。私に一切を委せ、私に頼ってくれているのだ。私の一挙手、一投足、一片言まで諸君の注視の焦点に立つのだ。同志諸君の面は紅潮して、一種犯し難い決意の色が見えた。

私は部屋に帰って直ちに妻に呼出しの電話で連絡した。今日は若い四名の将校諸君を伴って一六〇〇時頃一緒に帰る。一緒に大切な使命を帯びてある方面に行くのだから、わが家最高の御馳走と存分の酒を準備しておくように命じた。壮途を祝するために特に鯛を奮発するように付言した。

私は同行の将校を一室に集めて、総長の意向を説明し私の決意を披瀝した。私は特に若輩未経験かつ不徳の者であることを皆にわびた。しかし、私はかねがね私が信念とする日本思想戦の本質を、万難を排し身をもって実践することを皆に誓った。そして皆に協力と補佐を願った。私は信ずる日本思想戦の本質をじゅんじゅんと説いた。「敵味方を超越した広大な陛下の御仁慈を拝察し、これを戦地の住民と敵、特に捕虜に身をもって伝えることだ。そして敵にも、住民にも大御心に感銘させ、日本軍と協力して硝煙の中に新しい友情と平和の基礎とを打ち建てねばならない。われわれはこれを更に敵中に広めて、味方を敵の中に得るまでに至らねばならぬ。日本軍は戦えば戦うほど消耗するのでなくて、住民と敵を味方に加えて太って行かなくてはならない。日本の戦いは住民と捕虜を真に自由にし、幸福にし、また民族の念願を達成させる正義の戦いであることを感得させ、彼らの共鳴を得るのでなくてはならぬ。武力戦で勝っても、この思想戦に敗れたのでは戦勝を全うし得ないし、戦争の意義がなくなる。なおこの種の仕事に携わる者は、諸民族の独立運動者以上にその運動に情熱と信念とをもたねばならぬ。そしてお互いは最も謙虚でつつましやかでなくてはならぬ。大言壮語したり、いたずらに志士を気取ったり、壮士然としたりすることを厳に慎しまねばならぬ。そんな人物は大事をなし遂げ得るものではない。われわれはあくまで縁の下の力持で甘んずべきだ。われわれは武器をもって戦う代りに、高い道義をもって闘うのである。われわれに大切なものは、力ではなくて信念と至誠と情熱と仁愛とである。自己に対しても、お互いはもちろん、異民族の同志に対しても、また日本軍将兵に対してもそうでなければならぬ。そしてわれわれは絶対の信頼を得なければならぬ。最後に、お互いは今日から死生を共にする血盟の同志となり、君国のために働こう」と申し出た。一同は私の決意と所信に、心から感銘してくれたように見受けられた。

次いで、私は打揃って明治神宮に参拝して神前に報告し誓願せんことを提案した。皆、異口同音に同意した。更に今夜のわが家における妻子の貧弱な壮行祝賀の招きにも喜んで応じてくれた。午後、一同背広に着換えて打揃ってうららかな初秋の陽を浴びながら神宮の玉砂利を踏んだ。神前に厳かにぬかずいて長い黙祷を捧げ、明治大帝に誓願申し上げたとき、もう六人は一心一体になっていた。皆自己を忘れて国家と一体の大我に没入していた。

大東亜の新秩序の人柱になろうとする誓願が、固く神に、そしてわが心に誓われた。貧弱な自己の力に無限の力が乗り移ったような錯覚さえ覚えた。一同参拝を終え、心も晴れやかにわが家に向った。途次渋谷道玄坂上の楽器店に立ち寄った。当時のヒットソング「愛染かつら」と「男の純情」のレコードを求めた。その夜、妻子のサービスで、夜半に至るまで和やかに痛飲して談笑した。中でも「愛染かつら」と「男の純情」の放歌を反復して、他愛なく興奮感涙した。またお互いに、こもごも血盟を誓い合った。その夜は狭い座敷で雑魚寝《ざこね》をして翌朝打揃って登庁した。

その日から身分を秘してバンコックに入る研究と手続きが始まった。私と山口中尉は参謀本部からの交渉で、バンコック日本大使館の嘱託ということになった。米村少尉はタイランドホテル（日本人経営）のボーイということに。土持大尉は大南公司の社員に、中宮中尉は日高洋行の社員に、滝村軍曹は武官室書記に手配された。石川君はのちほど追及することになり、私と山口中尉がまず二十九日の飛行機で先発することになった。

九月二〇日、私は門松中佐の紹介で増淵佐平という一紳士に引き合わされた。もう六〇歳にも近く、見るからに温厚でいかにも円熟した紳士で、私には慈父を見る思いがした。マレイとスマトラに二〇年も過して来た人であった。マレイ語に堪能で、日馬会話集などの著作もあった。陽焼けした血色の良い童顔と物腰の柔い謙虚さ、そして少しのへつらいもない素朴さはいかにも南方開拓者の印象を受けた。しかも話してみると若人にも劣らない純な情熱を蔵していることが判った。軍に従軍して南方に利権を得ようとするような不純な考えは微塵ももっていないことが判った。私は一見してこの人が好きになった。

私は当時三十三歳であった。その他の将校は、いずれも二十五歳に満たない若い人達であった。このグループに、南方の事情に明るい、そして思慮や分別に富んだ温厚な父を得ることは何より幸せなことに考えられた。こんな経緯で増淵氏が、私達の同志に加わることになった。

バンコックへ

九月二十九日、私と山口中尉は合の背広に身を包んで、羽田の飛行場を飛び立った。東京都も東京湾も心好い暁の涼気にまだ覚めやらずにいる。静穏と平和そのもののような姿である。身分と決意を心に秘めた私達二人の眼には、行手の嵐も知らずに、平和な暁の夢を結んでいる祖国の山河が何ともいたわしいものに想われた。これが祖国の見納めになるかも知れないと思うと、懐しい祖国の山河の一つ一つを胸に焼きつけておきたいような惜別の情にかられた。また前途に予想される困難と波乱を想うと、私のアシスタントになってくれる同行の山口君が、杖とも柱とも思われた。

　福岡で一泊した。私達は旅館に落ちつくと、直ちに筥《はこ》崎神宮に参拝して任務の貫遂を祈願した。そして、祖国における最後の一夜に、最も祖国風趣豊かな水たきを満腹することとした。宿の女中が外務省の者だという私達の自己紹介に、いささかの疑念をもたなかったことに安堵を覚えた。それでも、短い頭髪が絶えず気になった。

　翌日上海から台湾に向う飛行中、山口君が激しい腹痛を訴え始めた。昨夜の食い過ぎかと思ったが、訴える苦痛の異様さを見て、私はふと盲腸ではなかろうかと思った。私は彼に盲腸既往症の有無を尋ねたところ、あると答えた。偶々辻正信参謀がこれまた背広姿で同乗していた。初めお互いに見知らぬ他人を装っていたが、この出来事で、辻参謀も心配の余り助言してくれた。私は彼を盲腸と断定し、台北の飛行場に着くとすぐ台湾軍司令部に自動車を要求して、彼を衛戍病院に運んだ。軍医も即座に盲腸だと断定した。私は直ちに手術を促した。

　切開してみると、もう腐敗して盲腸の一部が破れかけていた。手術には五〇分もかかった。私は危く彼の一命を救い得た幸福を喜ぶと共に、明日は彼を独りこの病院に残して、単身目的地に向わねばならぬ淋しさを身に味わった。病床に残らねばならぬ山口君の気持も切々たるものがあった。彼はしきりに不運をわびた。前途の多難が待っているような不安さえ覚えた。このようにして、私は単身一〇月一日バンコックのドムアン飛行場に着いた。早くも飛行場のタイ人職員の眼が鋭く私の身辺に注がれているように妄想されて、異様な緊張を覚えた。この種の仕事に素人の私は、いよいよ一足飛びに国際諜報戦の檜舞台に登場してしまった。

密　会

田村大佐の命令

大使館差廻しの自動車で、私はタイランドホテルに落ち着いた。日本人経営のホテルで、止宿人も日本人ばかりであった。言葉のできない私はほっとした。しかし反面、顔見知りの日本人にでも出くわしたら、身分がばれてしまうことを恐れて気が気でなかった。食堂にも娯楽室にも出ずに、自室に引きこもることにした。翌早朝、自動車を呼んで私は武官の宿舎に急いだ。

朝の勤行に出た黄衣の僧侶が、托鉢を捧げ、朝露に濡れた街を幾人も往来し、信徒の敬虔な布施を受けているのが、春先の菜の花畑にたわむれる蝶々を連想させた。そして信仰を同じくするこの国の人々に、われわれと何か相通ずるものを感じ、心安さを覚えた。

丁度朝食中の武官宿舎に着いた。大佐は待ちわびていたといわんばかりに私を喜び迎えてくれた。そして食堂に招じ入れて朝食を勧めた。ボーイにウィスキーソーダを命じた。朝っぱらからのウィスキーとは一寸面くらったが、武官の温情に満ちたこの応接ぶりが、緊張した私の心をほぐしてくれた。食後武官の居室に案内された。大佐は私の差出した参謀長の訓令を熟読したのち、おもむろに口を開いた。

「君は私のもとでＩＩＬとの連絡、田代氏の担任している華僑工作と神本氏の担任しているハリマオ工作の指導を補佐してもらう。しかし諜報に関することは補佐官（飯野中佐――陸大同期生）が直接担任する。差当りはバンコックの雰囲気になれるように当地の情勢を観察することだ。近日ＩＩＬのプリタムシン氏に引き合わせよう。また南タイにいる田代、神本両氏を招致して会わせるように手配しよう。

想察に難くないことと思うがバンコックは英・米・支・独の諜報戦の焦点でもあるし、日本側からも色々の軍官民が入り込んで、政治工作に、情報収集に、資源獲得に必死の活動を展開している。

タイ政府は列国の策動に対してきわめて神経過敏になっている。その政府要人の中にも親英派があって、その動向は微妙そのものである。日本側の策動に対しても、厳しい偵諜の眼を光らせている。もし君の仕事がばれたら、この仕事自体が駄目になるばかりではない。日本の作戦準備が暴露するし、タイの親日動向を逆転させてしまうなど、由々しい結果を招く恐れがある。防諜に特に注意しなければならない。

特に日本人仲間に対して注意が肝要である。日本人の間になるべく顔を出さない方がよかろう。特に用件のある場合のほか武官室にも顔を出さない方がよい。時々大使館に顔を出すだけでよい」

私は武官のこの命令と注意を有難く拝承した。そして自分がこの種の仕事に経験と自信に乏しいことや語学の素養が皆無に等しいことをわびて善導を願った。大佐は「なあに、問題は熱意だよ、努力だよ、通訳は早々適任者を探そう」といった具合に気軽に私を激励してくれた。

なお私はタイランドホテルは顔見知りの日本人に出くわす心配が多いから、ほかに安全な宿舎を探してもらうように依頼し、大佐の快諾を得た。更に、東京に待機中の土持、中宮、米村、瀬川、滝村、増淵諸氏の入国手続について尽力を引受けてくれた。

ゆらぐタイ

日本と米・英・蘭の対立が尖鋭化するに及んで、南支那海の凹角にあって、列強角逐の檜舞台とは縁の遠かった夢の国、このタイが俄かに列強抗争の焦点に浮び上がってきた。列強の外交や諜報や謀略の渦巻く戦場となった。米・英・蘭の経済封鎖に当面した日本が、戦争重要資源、米・ゴム・錫・皮革を得る道はタイと仏印しかなかった。華僑の手を通じて、マレイの錫やゴムまで吸収することができた。タイは日本の米びつとなった。

英米にとっては、仏印に勢力を拡大しつつある日本軍の今後の重大な動向を探知し防止するために、タイが最も重要な基盤となった。また日本の重要資源取得を妨害するためにも眼を光らさねばならないところとなった。日本がマレイやビルマの軍情を偵諜したり、この地方の住民や植民地軍に策動するためにはタイは必須の足場であった。もし日英戦争になれば、マレイやビルマに進出せんとする日本軍にとって、タイはその成否を左右する大作戦基地を形成するのである。

こうしてみるとタイの動向は日本にとっても、連合国にとっても、最も重大な関心事であるのは当然であった。由来、英国はその歴史的、地理的優位によって、政治的にも、経済的にも他の列国に比べてこの国に優位を占めていた。

この国は、低い文化と不安な政情に加うるに、首都バンコックを経済的にも華僑に牛耳られている変態事情と、無力な国防など、色々の不安定な要素が一層列国の策動を容易にし複雑にしていた。

一九三二年武断派ピブン少将が政権を掌握して独裁的改革を断行しつつあるとき、たまたま一九四〇年春以来、日本の軍事勢力が北部仏印に伸びた。このような情勢と世界的風潮となった国家社会主義に刺激されてか、タイはインドシナ半島の旧領土の回復を志し、仏印との間に国境紛争を惹起した。日本はその調停と国境制定の媒介に乗り出して、タイに親日政治動向を築き上げた。日本の政策はピブン、ワニットらの国家主義を標榜する指導者を支援する線に沿って進められていた。南部仏印進駐によって、タイに対する日本の発言力は一層増大した。英国の勢力と逐次伯仲するようになって来た。……このタイの利導に大きな役割を演じつつあったのは、バンコックに駐在する武官田村大佐であった。

大佐は、日本陸軍を通じて南方特にタイの事情に朗るい第一人者で、タイの武官勤務は既に二度目であった。彼とバンコック日本大使館浅田総領事とは名コンビで、ピブン、ワニットらの指導者との関係は特に親密のようであった。

このようにして私がバンコックに到着した頃のタイは、日本と英・米・重慶との間にサンドウィッチとなり、政治的にも、経済的にも、軍事的にもこれら列国の激しい抗争の渦中におかれ、文字通りゆらぐタイであった。そのほかに資源と情報を狙うドイツ、自己防衛のためタイの情報をさぐる仏印当局、バンコック華僑を一〇〇％利用しつつある重慶の策動などが混線して、一層渦紋を激しくしていた。いわゆる娘一人にむこ八人という塩梅《あんばい》であった。これに対抗して日本もこの頃バンコックに重要資源を買いあさる商社の社員や熱帯医学の研究を使命とする軍医や一般医学者、それに曰く鉄道指導官、曰く仏僧、いわくタイに売り込まれた武器の使用を指導する軍事指導官、いわく某々公司など、どっと押しかけて得体の知れない日本人の活動で渦巻いていた。そしてこれらの日本人は、互いに身分や使命を秘して他の日本人の鑑定に腐心し、自己の防衛に努めていた。しかも不心得なものが、ときどき数少ない日本人経営の食堂で酩ていして、大言壮語したり、日本人の評判を声高く語ったりするものがあった。こんな振舞が日本人の間から秘密がばれる一番危い原因となっていた。

あとで判ったことだが、後日ＩＮＡ最先任将校となった優秀な人、ギル中佐（元バンコック駐在インド大使）も英軍諜者となって私と同様バンコックに潜入し、鉄道ホテルの一室に陣取って活動していた。しかも彼は私が協力しようとするプリタムシンと同様シーク族であったのである。

初の密会

タイランドホテルにおける用心深い私の生活はなお続いた。

それとはなしにホテルの止宿人やボーイらの動静に神経を尖《と》がらせた。数日注意しているうちに止宿人のなかに二、三名の日本軍人、しかも知人がいることが判った。日本からタイに譲渡した飛行機と戦車の性能や操縦をタイ軍に指導し教育するために派遣されたらしい。そのほかタイ・仏印国境劃定の委員たる岩崎中佐も見受けた。ボーイのなかにはまだ私の動静に眼を光らせているような者を見受けなかったが、私の存在がまず日本人間の話題になり、次いでタイ官憲や列国諜者の注目を受けるようになることを懸念した。早急に目立たない場所の恰好《かっこう》な住宅を発見してもらうように武官室に督促した。数日ののちに米村少尉がこのホテルの使用人という身分で到着した。自分の腹心であり同志である彼が、お国のためとはいえ、私の止宿しているこのホテルの使用人になりすまして、ボーイの真似をしている苦心を見ることは身を切られるようにつらかった。更にお互いにしいて知らぬ仲を装い、客とボーイ間の冷い素振りをしなければならないことが一入《ひとしお》淋しかった。眼と眼で万斛《ばんこく》の思いを通じ合った。

ユーモラスで、ジェスチュアーが巧みで、愛嬌たっぷりで、器用な彼は、第一日から本物同様に振舞った。それが私には一層痛々しく見えた。私はふと赤穂義士の面々の苦労と想い合わせた。夜ふけてから彼は、人目をしのんで私の部屋に連絡にきた。

一〇月一〇日頃、私が理想と運命を盟約すべきＩＩＬ書記長プリタムシン氏との初の密会が実現した。武官の宿舎で正午から会うことになった。約束の時間に彼はサムローに身を託して武官の宿舎に着いた。私は彼と面会する武官の居室で武官と共に恋人でも待つような興奮を抑えながら氏の入室を待っていた。ボーイに案内されて氏は静かに階段を上ってきた。私と武官は室の入口まで彼を出迎えた。たくましい体軀と相ぼうの志士を想像していた私は、そう軀長身、稍々神経質で病弱そうに見える、物静かで柔和なシーク族の青年を目の前にして、一瞬失望に似たものを覚えた。氏は日本人が神仏に祈りを捧げるときと同様、両掌を胸の前に合わせて、敬虔な祈りの挨拶をした。握手を予想していた私は又面くらった。室内に導いてから武官はプ氏に私をねんごろに紹介してくれた。彼はにこやかにさも久しい知己を見るようなまなざしを私に注ぎながら、「私がプリタムシンです。貴方のことは田村大佐から承って鶴首して今日の日を待っておりました。よろしくお願い致します」といいながら、私の手をしびれる程固く握りしめた。私は誠実と情熱と信頼とをこめた彼の挨拶に感動し、固い握手を返しつつ答えた。「私は貴方の崇高なる理想の実現に協力するため、私のすべてを捧げて協力する用意をもって参りました。それは至誠と情熱と情義とインドの自由が必ず実現されねばならないという信念であります。お互いに誠心と信頼と情義をもって協力致しましょう」といった意味を述べた。田村大佐の通訳で私の言葉を聞きとった彼は、私のこの挨拶に非常に満足してくれたように見受けられた。

次で相対坐した。私は真先に昨年の末に広東から送り届けた三人の同志の消息を尋ねた。彼はとみに感激の色を見せつつ「ああ、あの三人を送ってくださったのは貴方でしたか。同志は非常に日本参謀本部の友情を感激していました。厚くお礼申し上げます。彼らはそれぞれ計画どおりにマレイとインドとベルリンに潜行致しました。安心して下さい」と武官を顧みつつ感謝の意を表した。そして彼は「私と貴方が協力する立場になったのは、既にこのときから約束されていたのですね。われわれは既に古い同志なのでした」とうれしそうに語った。それから彼は初対面から打解けて、いろいろ彼らの政治運動に関する話を明らかにしてくれた。彼が一九三九年祖国における独立運動に伴う身辺の危険から脱して、シンガポールを経て、バンコックのアマールシン氏の許に身を寄せて、素志を継続しつつあることを語った。

また第一次大戦の際に、英国がインドを欺いた憤懣を語り、インドはインド人の奮起なくして解放と自由をかち得ないという信念を吐露した

それがためには、第二次欧州大戦の好機に実力による独立闘争の必要を強調した。彼はまたベルリ

ンにあるチャンドラボース氏に対する敬慕とその独立運動に対する熱烈なる期待と共感とを表明した。更に彼は国民会議派の指導者がインド独立のため、列国の援助を歓迎しないのは、前門の狼を追って後門に虎を迎える結果になることを極力警戒しているからだと説明した。次いでインドはいかなる国々にも拘束されることのない完全な独立を唯一の目標にしているのだ、われわれの独立運動は外国の力を借りる場合においても、そのかいらいであり、利用されているといったような印象をインドの同胞に与えたら、われわれの純情なる運動も全インド人の支持を失う。しかしわれわれは無力である。インド独立をこの好機に獲得するため、外国の力を借らざるを得ないと信ずる。これがわれわれの苦衷の存するところであると強調した。彼はこんな激しい政治問題を語り進む間にも、その語調は淡々としていささかの興奮も見せなかった。冷静で理性の人であり、信念の人であることがうかがわれた。

私は彼から、今後の仕事について早くも色々の示唆を受けた。こんなむずかしい政治の話が一しきりすんだ後、私はぶしつけだったが、彼の頭上のターバンや長いひげや腕の鉄の輪のいわれについて彼から説明を受けた。またシーク教については平易な解説を聞くことができた。われわれの初の密会は、このようにして田村大佐の通訳を煩わしながら二時間も続いた。

初対面から、古い同志のように、打ち明けて語りあうような信頼と情義で結ばれた。私はほんとうにうれしかった。

前途に一縷《いちる》の光明を感得することができた。

別れるとき、彼は三日を置いて更に再会を希望した。そしてたびたび武官室に出入りすることの危険を説いて、転々場所を変更して会いたいと提言し、次は某インド人綿布商の家で会うことを提案した。田村大佐は直ちにこれに同意した。もちろん私も異議なく彼の提案に同意した。私はこの日の会見のとき一つの焦燥と一つの不安を感じた。その焦燥というのは英語がしゃべれない身の不自由さであった。中学時代の怠慢と、士官学校以来支那語を習得することになった不運とが悔まれた。不安というのはプ氏が会談の間、ときどきせきこむことであった。氏の健康についての不安が私の頭をかすめた。

プ氏と会見の翌々日、武官は私に一人の日本人を紹介してくれた。それは大田黒という姓の人であった。同君は熊本県山鹿町の出身で、シンガポール日本人小学校の英語教師を務めていたが、このほど日英国交関係の緊迫に迫られて、同地から引上げてきたということであった。

三〇歳そこそこの、色の黒い、小柄で温和なそして忠実そうな人に見えた。話してみたが、特に民族運動に興味や識見をもったことや、動く情勢に深い観察を払っているような点は見受けられなかったが、私はその誠実な人となりと、お国のためになることならどんなことにでも御奉公いたしたいという熱意に動かされた。私はこのようにして、私の耳となり口となってくれる同志の一人を加えることができた。この日は私にもう一つうれしいことが重なった。

それはバンコック停車場付近に恰好な隠れ家が見つかったことだった。

熱帯医学研究のために当地に駐在していた台北医大教授某氏夫妻が帰国することになったので、夫妻の借家を譲り受けて急に引越すことができた。使用人も家具も一切揃っていたし、出入りと家屋内の様子が割合に目立たない家だった。二階には居室が五つもあったし、階下には広い応接間と食堂があって、住心地もよさそうだった。ホテル生活に神経をすりへらしていた私には、飛びつくほどうれしかった。その日のうちに寝具など取揃えて引越した。今日から多少枕を高くして寝られる思いになった。

深夜の密会

その日、大田黒君は私の指令に基いて、翌日プリタムシン氏との会談予定場所となっている某インド人の家を見定めに行った。彼はルンピニ公園から一哩ほど離れた奥まった路地のいぶせき住居の裏にある漬物小屋（？）の二階を発見してきた。付近の家の配置や住人の様子なども報告した。その夜は私は床の中で遅くまで、明日のプ氏との会談について構想を練った。私は明日の会談においてプ氏からＩＩＬの南タイ・マレイにおける活動の実態や、バンコックにおけるインド人の動向について知識を得ると共に、氏が抱いている独立運動展開に関する構想を聞きとることに決めた。しかし、日本が対英米作戦準備を真剣に進めつつあることは、絶対に氏に感知させないように心しなければならない。頭がさえ返ってなかなか寝つけない。東京を出発するとき、一〇月上旬に英米との戦争が始まるかも知れないという心構えを聞かされていたが、既に一〇月中旬になっているけれどもそれらしい気配も見えない。しかし明日にも飛電があるかも知れない。もしも、いま戦争がおっ始まったら、自分の重い使命を開拓する具体策について、まだ何らの端緒をも見出し得ていない。部下の大部分はまだバンコックにすら来ていないし、招致の連絡をしておいた南タイの田代氏、神本氏にもまだ会っていない。あれこれと考えあぐんで床の中で転々反そくしつつ夜がふけていった。一番列車の汽笛とそのごう音が焦燥する神経を一層かき立てる。ベッドからすべり出てシャワーを浴び、ウィスキーを生のままあおった。脳髄のしんが段々しびれてきたので、この機を逸せずとベッドの中にもぐり込んでようやく夢路に入った。

翌日私は自室に終日引きこもって今晩の会談を活用する方法について熟慮をめぐらした。午後七時、私は女中のアンボンに坪上大使の招宴におもむく旨を告げて外出した。私は一粁ほど歩行して尾行の有無について細心の観察を遂げた。それから通りがかりのサムローを拾って目的地と反対方向の支那街に向った。途中サムローを捨てて再び別のサムローを求めて逆行した。日本人経営のキリンビヤホールにほど近い路地の入口で下車して革具店と雑貨店を二、三軒のぞいて歩いた。この間、私はショーウインドウを利用して私の身辺に異様な注視が注がれていないことを確かめた。次いで、人相の好さそうな老人のサムローを選んでルンピニ公園におもむいた。約束の公園の入口で大田黒君とゆき会った。私は彼を伴って、うす暗い住宅街を目的の家に向って歩を運んだ。前後左右に気を配りながら……。

時計は、約束の午後九時に一〇分前のところを指していた。物静かな路地の奥に目的の家があった。その家の軒先に一人の白布をまとった男が突立っていた。ぎょっとした二人が、素知らぬ素振りで行き過ぎようとした瞬間、件の男は Yamasita と呼びとめた。われわれは彼がプ氏の案内人であることを知って安堵した。私は山下浩一と変名していた。初会の場で、プリタムシン氏にこの変名を名乗っておいたのである。

われわれは黙々として彼のあとに従った。細い路地を入って漬物部屋のような異様な臭気のする納屋の二階に案内された。雑然とした物置の隅に、汚い小さな机と三脚の板張り椅子、縄張りの粗末な寝台が一つだけ備えてあった。そこには先日のプ氏が私を待っていた。待ち構えていたようにプ氏は例の合掌の挨拶ののち、私に握手の手を差し伸べた。プ氏は先ず「こんな汚いところに案内をして失礼を致します。しかし用心にはよい場所です。下に見張りを立ててありますから安心してお話し下さい」と述べた。私は実のところ、あまりのむさ苦しさと異様な臭気とに閉口していたが、しいて「そんな御配慮は無用です。こんな用心のよいところが見つかって何よりです」と答えて、彼の気苦労を解くことに努めた。

その夜は微風だに無い、むせ返るような暑苦しい晩であった。しかも蚊はぶんぶん襲ってくる。私達はそれから五時間にわたって熱心に会談を継続した。生温い水に渇をいやしながら。私は先ずプ氏からバンコックのインド人の情勢について次のようなことを聞いた。

バンコックにはＩＩＬのほかに、泰印文化親善を標榜するインド人団体がある。この団体は比較的穏健な国民会議派系の思想団体であり、その中心人物はスワミイ（バンコック大学の教授）、ダース両氏である。この団体はドイツ大使館とも関係をもっているし、当地インド人の実業家の支援もあってＩＩＬに比しはるかに有力である。この団体は、シーク族を主体とするＩＩＬと反目的関係にあることなどであった。

この団体の指導者ダース氏は、サハイ氏らと共に日本において反英運動に関係していた人で、私は今年の春頃東京でサハイ氏と共に面接したことがある人である。私はダース氏の指導する文化団体とＩＩＬとの反目的関係は非常にデリケートな問題だと直感した。またこの反目の結果、ＩＩＬの活動が暴露しやしないかと心配した。プ氏に両団体との提携の可能性を質したが、相入れない関係にあることが観察された。私は旧知であるダース氏の文化団体とは別個に接触したい魅力を感じないでもなかったが、このことはプ氏をはじめＩＩＬメンバーによい感じを与えないことや、日本側とＩＩＬとの関係が暴露する恐れを感じたので、両者の提携は、いよいよ開戦と決ってから斡旋することがよいと思った。

私はプ氏に独立運動達成のために将来提携が必要であることを説き、差当り少なくとも隠忍と寛容とをもって極力摩擦を回避することが、ＩＩＬ運動を大成する上に重要であることを勧告した。

次でＩＩＬは南タイのハジャイ、ヤラ、マレイ東北海岸都市のコタバルなどに若干の同志が散在していることや、プ氏は毎月一回布教を装って南タイに赴き、これらの同志と連絡し、またＩＩＬの宣伝、パンフレットを配布しつつあることを承知することができた。プ氏の話からマレイ国境方面トレンガン州とケダ州の英印軍の中には、相当インド兵が多く、プ氏は南タイの同志を通じて、この国境の英印軍内インド人将兵に対して宣伝工作を努めている。しかし、英軍は国境警備のインド兵部隊をひん繁に交代するので、まだ軍隊内に同志を獲得するまでに至らないことが判った。しかし、英印軍インド兵は心密かに英国に対し反感を抱いていて、プ氏の宣伝ビラなども、彼らは好意をもって受け取っている実情である。だからもし日本軍がマレイに進撃し、プ氏等がそれにこん随して行って、直接彼等に宣伝すれば相当反響呼応するものが出ると、自信の程をほのめかした。

私はプ氏の運動が、まだマレイの内部特に英軍内のインド兵に浸透していない実情を承知していささか焦燥を覚えた。彼は暗に日本の対米決起を切望し促すような口ふんを漏らしたが、私はこの彼の期待に添うような回答を与えることを避けた。しかし、私はプ氏に、一般情勢の緊迫を説明してマレイ英印軍内インド兵に対する宣伝を促進するよう勧告した。更に私は、彼から今後の運動に関し、彼の抱負を聞くことができた。それは彼はやがて日英戦争勃発の必然性（その時機はまだ相当先のことだと考えているように見えた）を信じ、そのときには、日本軍の援助を要請して英印軍内のインド将兵やタイ、マレイ、ビルマ各地の同志を糾合し、インド独立軍を創設して闘争したいという抱負を語った。またその際にＩＩＬの運動を世界的に展開したい希望をも披瀝した。

私はプ氏のこの抱負に心から共鳴した。また協力を約束した。更にプ氏は私に対して、先ずＩＩＬと在ベルリン、ボース氏との連絡斡旋や東京放送を通ずる反英独立の対印放送について協力を希望した。

その頃ボース氏の放送はプ氏の最大関心事のようであった。なお東京にあるプラタップ氏や上海の同志に対する連絡通信の託送なども依頼された。最後の日は刻一刻差迫っている。私は彼にこれを語って彼の運動を督促し激励してやりたい衝動にかられたが、これだけは漏らすことができなかった。話は肝心のところで急所に触れることができないのがもどかしかった。こんな会話の間、軒の下で見張りに立っているインド人が、群がる蚊の襲撃を追い払うのであろう、バタバタと音がする度ごとに、私達は声をひそめて外の様子に神経を尖らせた。夜もふけてメナム河畔のこの仏都は深い夢のしじまに沈んで行った。私は盟友プ氏が会談の間、ときどき咳込むのが気遣わしかった。夜ふけに伴って氏の瞼に疲労の影がうかがわれた。私は最後に、遠慮がちに氏に健康についてただした。

氏はいささか心細そうに、以前から少し呼吸器の疾患があるが、今はたいしたことはない。自分は、神が自分に与えたこの尊い使命を開拓するまでは、断じて倒れることができないと、昂然と言い放った。

私はプ氏のこの悲壮かつ壮厳なる決意に心打たれた。われわれは、既に午前二時を過ぎている時計の針を発見し、互いに顔を見合わせた。

最後に氏は、一〇月下旬一杯は同志との連絡と宣伝のために南タイに出かける旨を語った。私はプ氏に健康上の自愛を祈り、十一月早々の再会を約して別れた。二人は死人のように打ち静まった路地の街を用心深く抜けて大通りに出た。

帰途も行きと同様二度サムローを乗り換えてわが家に引上げた。疲労が夜露に濡れた両肩にずっしりと意識されたが、頭はますますさえ返っていた。女中にウィスキーと冷い水を命じて喉を濡しながら、今夜の会談の内容、プ氏の一言、一言を回想しながらメモに収めた。窓外に暁の気配を感じてから床にもぐり込んだ。

翌日武官に会談内容を報告し、その要旨は大本営に報告された。太平洋の情勢は米・英・蘭の対日石油禁止等急テンポに緊迫しつつあるように感ぜられた。プ氏の南タイ出張と入れ替わりに南タイから神本・田代両氏が相次いでバンコックにきて、その報告を聴取することができた。

田代氏の華僑工作は私の見通しどおり、大きな期待をもつことは無理のように思われた。両氏が南タイに帰ると、土持、中宮、山口、瀬川、滝村、石川らの諸君と増淵氏が、相次いで東京からバンコックに到着した。私はかねての腹案どおり、IILとの連絡は私自ら当ることとし、山口、中宮、石川、大田黒君を私の補佐のためにバンコックに残した。その中、中宮君は日高洋行の社員として、石川、滝村両君は武官室の書記として配置についた。

その他の諸君は、それぞれ三菱や大南公司の社員として南タイに派遣して田代、神本両氏の支援に当らせることにした。この地に初めての者には、先ず土地になれさせることを第一義としてバンコックに留め、その他の者は突如開戦となった場合、われわれの活動が立ち遅れないようにするため南タイに配置した。私は諸君を手離す前に、数日間バンコックに留めて起居を共にし、東京出発前に披瀝した私の信念を更に具体的に例説して、私の主義と企図とを納得させることに意を注いだ。私の生活は、山口、石川両君の三人暮しになって急に明るく朗らかになった。それに夜になると、日高洋行の中宮君や三菱商事の瀬川君が連絡にきた。

われわれは、毎夜のように深更までわれわれが抱くべき理念と任務達成の方策について語りあった。お互いにこの時間が一番楽しかった。大東亜が戦場となった場合、日本の理想は、「アジアは一つなり」と叫んだ岡倉天心の遺訓に学び、相克、対立を超えた共栄和楽の理想郷をアジアに建設することにあらねばならない。そこに征服者の支配意識や勝者のおごりがあってはならない。

大東亜各民族は、他民族のあらゆる支配と圧制から解放され、自由と平等の関係において、それぞれ各民族の政治的念願を成就し、文化の伝統を高揚して、東亜全体の福祉と向上とに寄与する一体観の平和境を造らねばならない。日本民族はその先達《せんだち》となる責務を負い、かつそれを実践しなければならない。各民族の信仰や風俗や習慣や生活はあくまで尊重しなければならない。われわれの主観的なものを強要するようなことは厳に慎まなければならない。われわれの運動はこの理想を指標として、私達の誠意と情熱と愛情とを、実践を通じて異民族に感得させ、その共鳴と共感を受けなければならない。

英国やオランダの統治は一世紀内外にもわたっているし、巧妙な方策と豊富な物資を駆使して現地人を懐柔し縛っている。これに対して無経験なわれわれが、貧弱な陣容と不十分な準備とをもって、その鉄壁を破る方法はただ一つである。彼らの民族的念願を心から尊重し慕愛と誠心をもって臨み、その心を摑むよりほかはないのだ。至誠は天にも通ずるのだ。

われわれの運動は、あくまでも日本のこの理念に共鳴する異民族同士の自主的運動を支援する形においで行わねばならない。少しでもわれわれの強制や干渉が加わったり、あるいは利用の観念やかいらいの印象を与えるようなことがあってはならない。術策を排し、誠実をもって任務に当らねばならぬ。このわれわれの任務を達成するために最も重要なことは、マレイやスマトラやインドの各民族の同志が、それぞれ己の民族に対して抱いている愛情と情熱と独立に対する犠牲的決意に劣らないものを、われわれがその民族に対して持たなければならない。更に大切なことはわれわれは彼らと日本軍との間を斡旋して、かつて支那で非難されたように、一部将兵の住民や捕虜に対する心なき行為が起きないように努力しなければならない。

作戦軍にこの趣旨の徹底を厳粛に要求しなければならない。われわれはこのような問題に関して、異民族と日本作戦軍との間に立って苦しい立場に立つことが多いことを予想されるが、勇気と信念とをもってこの斡旋を全うしなければならない。更にいま一つ大切なことは、われわれのメンバーの融和と団結である。そして異民族の指導者や現地民が、自ら私達のメンバーの麗しい和合に感化されるように心がけねばならない。私は夜の会話にこのようなことを数々の例証を挙げて強調した。皆傾聴共鳴してくれた。

十一月の初め、プ氏が南タイから帰ってきた。われわれは再び件《くだん》の場所で深夜の密会を約した。祖国の都では菊の香も高い明治節の前夜であった。その夜、プ氏は七〇歳にも近いと思われる白せん白衣の老行者アマールシン翁を私に紹介した。翁は静かに歩を私の前に進め、塑像のように停立した。両手を胸にあわせて顔を埋め胸に達する白髪の中から、らんらんたる眼光をもって私のひとみを射た。厳かに引締めた唇から得体の知れない呪文を低く唱えつつ、じっと祈りを続けた。私は仙人か、神のお使いがこつ然と目前に現出したような厳粛さを覚えた。私はその厳しい翁の視線と相貌のうちに、犯し難い清純な感情と不屈の意志を感得した。私はかねて聞いていたこの真摯な愛国の行者に万こうの尊敬と信頼をこめた眼差しをもって報いた。

祈りを終えた翁は私をそばの椅子に導いてくれた。そのねんごろな、そして慇懃な応対に私はいよいよ恐縮した。翁は素朴な挨拶を終わるや否や、肺腑に徹する憤激と千万人といえども往かんとする烈々たる闘志を披瀝した。低くはあるが一語一語に力をこめて荘重そのものの口調であった。語り進むに従って翁の弁はいよいよ熱を帯びて行った。上体は厳然として身じろぎもしないが、その眼はらんらんとしてあるいはプ氏を顧み、あるいは私を見つめ、時に祖国を望むのか、はた又英国を睨むのか、天井の一角を睥睨《へいげい》した。談中神の加護を祈念するとき翁は静かに眼を閉じた。話がいよいよ高潮に達する頃、翁のひとみは潤みを帯びてきた。ときどき固くにぎりしめた右の拳に全身の感情と意志をこめて打ち振った。行者は一変して灼熱の鉄のごとき革命児に相貌を変じた。私は異常な感動に浸りながら翁の談に聞き入った。

翁は英帝国のインド征服と統治の非道と欺瞞とをなじるように指摘した。この祖国を解放し、同胞の自由を護るために若い頃からその全身全霊を捧げて闘ってきた。そしてアンダンマン、ラングーンの監獄に一〇年余りつながれ、その間手足を重い鉄鎖でつながれた悲憤の回想とこの間ますます反英独立の闘志を培った想い出を呪うがごとく語った。そして老い先短い今後の生涯をも、この闘争の陣頭に立たんとする鉄のごとき意志と火のごとき闘志とを披瀝した。翁はまたＩＩＬの闘争の上に、そしてまたインドの同胞の上に必ず神の加護あるべき信念を述べた。翁の語るところは理論的には必ずしも条理を尽した内容ではなかったが、私に非常な感銘を与えた。しかし、その反面私には、翁が独立運動の指導者として広く同志を率いて行く雅量と政治的識見や計画性に若干の懸念をもった。

理性の人といわんよりは直情の人であり、識見の人といわんよりはけい行の人のように思われた。そして、翁とプ氏の配合はよいコンビであると思った。

翁が語り終ってから、私はプ氏に南タイの模様を尋ねた。

プ氏は前回と同様、クワンタン州のコタバル方面の同志とは連絡がついているが、ケダ州地方面の細胞組織の構成が思うように行かないことを嘆じた。

また、英軍当局が頻繁に国境守備の部隊を交代するので、英印軍内インド兵に対する宣伝の浸透、特に同志の獲得が意のごとく行かないことを焦慮する口ふんを漏らした。私は、南タイとくに国境方面における同志の配置や、コタバルの同志の状況とそれらの活動方法について状況を尋ねたが、プ氏は語ることを欲しない様子に見えたので詮索をやめた。お互いに信頼して、それぞれ自主的に協力すればよいのだと思い直した。

その夜、話はインド国民とくに指導者の日本観に移り、止めどもなく発展した。私はインドの指導者や民衆が日本をいかに見ているかについて忌憚のない意見を求めた。私が今後この使命を遂行するために最も重要なる示唆となるべきを信じたから――。プ氏は初めは遠慮がちであったが、また英米諸国や重慶政府の宣伝の巧妙なるに比べて、日本の宣伝が拙劣なるせいもあるがと前提しつつ、段々率直な意見を述べてくれた。

それは、朝鮮や台湾における植民地政策と満州及び支那における日本の軍事行動や政策を侵略的だと見る傾向が多く、日本がインド人の眼に好戦かつ侵略的性格に映っていることを指摘した。

また、支那における日本軍将兵の一般民衆に対する略奪、暴行、残虐行為についても重慶側や英米側の報道を例証として遺憾の意を表した。日本政府の宣伝と実際の行動が一致していない印象を受けることに関しても忠告してくれた。インド人は支那人に比して、この種の政策や軍事行動や、非道の行為に対する憎悪の感情が一段と強いことを強調した。私はそれらの宣伝が悪意に基いて、作為的に誇張されているところが多いことについて注意を喚起した後、私見として日本が朝鮮や台湾においてとっている植民地政策や満支における従来の政策ないし軍事行動が批判と是正の余地の大なることを率直に認めた。また、支那における日本軍将兵の一部のものの非道の行為についても否認できないことを認めた。しかし、日本とくに陛下の大御心は、東亜の諸民族がすべて解放されて自由と平等の立場において相提携し、東亜の平和と繁栄を築くことを念願しておいでなることを説明した。また支那に対する政策や一部将兵の非道の行為についても、南京陥落後は大御心にそって是正されつつあることを強調した。近衛声明の理念を例証し、また「派遣軍将兵に告ぐ」と題する畑総司令官のパンフレットの内容を説明した。私は日本民族の伝統的美点についても数々の例証を挙げてプ氏の理解を要望した。東亜新秩序を主義しつつある日本も、また必然的に自己の省察と改造を促されつつありと信ずる私の所懐を、彼は心よく聞き入れてくれた。

このようにして、私達は日印両民族提携の理想は、搾取も圧制も支配もなく、相克と対立を超越し、しかも互いに民族の文化的伝統と政治的念願を尊重しつつ、共存共栄する東洋哲理の一体観に立つべき見解において完全に相共鳴した。

そして、お互いにこの理想実現の陣頭に立って闘争せんことを誓いあった。ア翁は、私とプ氏の会話に耳をそばだてつつ一語一語満悦の笑みを浮べ大きくうなずきつつ聞き入っていたが、われわれの会話がこの結言に至ったとき、翁はひざを打って喜んだ。そして、やおら起きあがって祈りを捧げつつ、神は必ずわれわれを加護し給うべしと叫んだ。

翁の顔にも、プ氏の顔にも、にじみ出る汗が油のように光っていた。

遠くに聞こえる鶏鳴に驚いて時計を見ると、既に午前四時を告げていた。五日後更に会見を約して、われわれは防諜上この茅屋の二階は、再び会見に使用しないことにした。

覚書

私がこうして密会を重ね、今後の仕事に必要な意志の疎通と基礎理念の共感に苦心している間に、太平洋の情勢はいよいよ最悪コースをばく進しつつあったのである。一〇月中旬、東京ニュースは第三次近衛内閣の崩壊を報じ、一〇月十八日には東条内閣の成立を告げた。私は、日米交渉がいよいよ行詰り、大本営はいまや戦争決意の方向を選びつつあり、その時期は目しょうに迫っているごとく直感した。バンコック日本人間の空気も、この情勢を反映してか、何となく落ち着きがなくなってきたように感ぜられた。私は、大本営や南方軍が開戦となった場合、いかなる戦略を採用するか、どんな行動をとるのかということを事前に承知し得ない立場にあった。しかし、日本陸軍がこの頃とみに焦慮し、努力していた南タイやマレイ東北海岸地方に対する偵察状況や、軍人仲間の論議や、私の戦略的推理などから綜合して、タイに対する進駐、マレイに対する作戦の必至とその構想について、一つの輪郭を想像することができた。

シンガポール海正面の防備が鉄壁に固められているという情報と、南部仏印に基地を占めている日本陸海軍基地航空部隊の行動可能圏から推察しても、マレイとくにシンガポールの攻略をめざす日本陸軍部隊は、南タイとコタバル方面に上陸することは疑いをいれないところであった。

山下奉文中将の率いる第二十五軍が、シンガポール攻略の任務を帯び、部隊は海南島に集中しつつあることや、軍司令部は仏印に進出して準備を進めつつあることが仄聞《そくぶん》できた。

私は、このように逼迫する開戦必至の情勢を感得するにつけて、日本軍の作戦準備を秘匿する絶対要求と私達の仕事の具体的計画の策定と準備推進の必要との間でジレンマに陥った。不準備な私達の仕事は、プ氏に日本軍の覚悟のほどを具体的に説明しなければ、彼に具体的計画と準備とを促すことができない。しかし、万々一日本軍の作戦企図が漏洩するようなことになったら、その結果は慄然たるものがある。プ氏は日本のこのたびの政変についても鋭い直感をもって、私に日本の決意を確かめようとしたが、私はプ氏の満足するような回答を与えることを敢えて避けた。十一月上旬から中旬にわたって、更に両三回に及び、プ氏と転々場所を変更して密会を重ねた。これらの会談を通じて、私とプ氏との間は、絶対の信頼と友情に固く結ばれた。また私はプ氏から、インド独立運動に関する一般知識や、ＩＩＬの抱懐する独立運動の理念や形態についても理解を得、私が、今後ＩＩＬを支援し、これと協力する方策についても色々の示唆を得た。

しかし一面、私はＩＩＬとの協力によって、日英開戦の際、マレイ内部の現地インド人や、英印軍内インド兵の積極的策応を所期する大本営の要求は無理であると判断し、大いに焦慮を覚えた。何故なれば、ＩＩＬの活動とその組織は、かつて大本営の門松中佐が誇張したように、これらの目標の中に浸透していると認められたかったからである。しかも、インド人の日本に対する認識は、一般に好意的とはいえないし、時は既に目しょうの間に迫っているからである。

私は私の信念とする理想とプ氏の与えてくれた数々の示唆と、この不準備な現実の基礎に立って、どうしてこの使命を達成するか、その方法の探求と計画の考究に日夜脳しょうをしぼった。こうして私の脳中に描かれて行った構想は、開戦と同時にＩＩＬの同志を支援して敵線内に挺進し、直接英印軍内に同志を獲得することであった。また、まずタイ、マレイ在住の全インド人民衆の中に急速にＩＩＬの組織と、その運動を拡大することであった。開戦後におけるＩＩＬの運動は、このように英印軍内インド兵と一般インド人の二目標に指向することであった。

英印軍内インド兵に対する工作は、ＩＩＬやＦ機関のメンバーが身をもってインド兵捕虜を庇護し、ＩＩＬの思想と日本の真意を宣伝し感得させて、プ氏が熱望するように早急にインド独立義勇軍（インド国民軍――ＩＮＡ）の建設に発展させ、これをもって英印軍内インド兵に呼びかけることである。一般インド人民衆に対する工作は、ＩＩＬやＦ機関のメンバーが哨煙の中に焦慮しつつある民衆を身をもって庇護し、ＩＩＬと日本軍の真意を伝え、民衆が進んでＩＩＬの運動に参加するように呼びかけ、全戦場にＩＩＬの組織を拡大し、更に敵軍勢力圏のインド人民衆に及ぼすことである。

この二つの運動は、「車の両輪」、「鳥の両翼」のごとく緊密に相関連して進めなければならない。この工作は機を見てビルマに、またその他インド人の住む全東亜の各地に拡大し、更に祖国インド同胞の反響と呼応を呼ぶように施策しなければならない。この工作を成功に導くには、ＩＩＬやＦ機関たるべきメンバーが、その全生命をかけインド人同志の運動とインド人の利益や自由や安全を庇護するために奉仕する固き決意と、われわれ同志が戦場否敵中に挺身して、身をもってわれわれの目的と情熱と誠意をインド人に知らせる大勇猛心が必要である。

また日本人が、現地インド人やインド兵捕虜に対していささかの非法行為をもしないのみならず、進んでその愛国運動を支援し、その生命や財産や自由を庇護するだけの理解と温情を持つことが必要である。

ＩＩＬの運動がインド人志士の自主的運動であり、しかもいささかも一種族一宗教の偏見に捉われることなく、全インド人の支援を受け得る思想と政策を持つべきことである。更に日本人とくに日本の軍部および政府の首脳に、インドおよびインド人と彼らの独立運動に関する正しい知識と理解と好意を持たせることである（日本人のインドおよびインド人に関する識見は貧弱きわまるものである）。

このように考えおよぶと、今後私の努力はインド人の共鳴を得ること以上に、日本軍将兵や中央当局者の理解と協力とを獲得するために、より大きな苦心の必要が予感された。

私はこうしたＩＩＬとの提携のほかに、田代氏担当の華僑工作や、神本氏担当のハリマオ工作の指導があった。更に十一月下旬頃から、マレイ青年連盟（ＹＭＡ――Young Malay Association）との連絡協力が新しく私の課題に上ってきた。

十一月中旬頃、シンガポール日本総領事館からの連絡で、マレイ人の反英組織、マレイ青年連盟に関する情報を入手したのである。

この秘密結社は、シンガポールに根拠を有して、表面ワルマライヤという新聞を経営しつつ、マレイ各地に細胞組織を持ち、反英地下活動を志している比較的有識層、無産マレイ人青年の秘密結社だというのである。その運動の主義は、英国の羈絆《きはん》から脱却することと、英国人に利用されている有位有産階級のマレイ人を排撃するにあると通報された。

またこの団体は、以前からシンガポール日本総領事館とコネクションを持っていることも承知できた。ハリマオは感情的な反英感情のほかに、民族的な主義主張がなく、その勢力圏もクワンタン州に限られているため、マレイ人に対する民族工作に手がかりがなかった折柄、武官も私もこの通報を非常に喜んだ。私は非常な期待をもってこの団体との協力を策した。

十一月下旬、シンガポールからバンコックに引上げてきた鶴見総領事から、直接この情報を詳細に承知し得た。私はこのマレイ青年連盟の使者と南タイに出ている私のメンバーとが、マレイ国境で握手して協力の方法を協定させたいと焦慮した。しかし開戦の時機は余りにも切迫していた。

この苦心には、ハリマオ工作や華僑工作と共に色々の想い出があるが、割愛する。

十一月二十八日朝、いつものように大使館に出かけて坪上大使と暫時面談してから、武官室に立ち廻った。補佐官室に入ると、徳永補佐官がつと立ちあがって私に目くばせしながら階下の応接室に誘った。私は咄嗟《とっさ》に不吉な予感に襲われた。夢寐《むび》、私の心を捉えて離さない不吉な予感——それはこの工作の一端がばれたのではないかという恐ろしい事態であった。

バンコック、南タイに展開している十二名のメンバーが、このように多岐な工作を担当して、差迫る戦機に即応しようと焦慮する余り、タイの官憲や英・米・支の諜者に尾っぽをつかまれはせぬかという心配がそれである。私は不安を抑えながら、徳永補佐官と応接室に相対座した。補佐官が声を潜めて私に漏らした内容は、私の予想とは別個の重大な内容であった。それは「日米交渉がいよいよ絶望状態に立ち至ったことと、開戦は十二月上旬たるべきこと、田村武官の任務であり、私が補佐に任じているマレイ方面の工作は開戦と共にすべて南方軍総司令官寺内大将に引継がれ、更に同大将から第二十五軍司令官山下大将の区処下に工作を実施すること。私および私のメンバーは南方軍総司令部に転属され、更に第二十五軍司令官のもとに派遣されてこれを担任することなどの予想であった。かねて予期していたところではあったが、現実にこのように最後の「断」のときが迫りつつあることを聞くと、名状し難い興奮が全身を突っ走った。

私は、即座に二つのことが思い浮んだ。その一つは、プ氏と早々活動の具体的方策を協議しなければならぬことであった。その二つは、開戦と同時にプ氏らＩＩＬメンバーと私達Ｆ機関のメンバーが如何にして南タイの戦機に間にあうように馳せ参ずるかということであった。私は、その場で徳永補佐官にダグラス一機の準備を要請して快諾を受けた。私はその夜、プ氏との会談を応急手配した。山口君が奔走して、三菱支店長の宿舎を借用するように交渉を遂げてくれた。新田支店長は心よく承諾してくれた。大田黒君がプ氏に本夜の会談を申し入れた。私の気のせいか、武官や補佐官の緊張が、自ら武官室全体に反映して、この緊迫した空気と街を行くタイ人や支那人の平和な気配とはそぐわない懸隔が感ぜられた。私達はいまマレイ方面に対する活動を策しつつあるのだが、脚もとのタイの動向がどちらへ転ぶかわからないのだ。大使や武官の活動により、開戦に当ってタイに日本軍の平和進駐を認めさせ得る見込みが次第に多くなったと見られていたが、複雑なタイの政情にかんがみると、必ずしも信をおけるものではない。もしタイの動向が逆転でもしたら、日本人はことごとく拘留されるだろう。そうなると、私をはじめ私のメンバーは、ことごとくバンコックや南タイの監獄に押しこめられて活動ができなくなる。私はそのことを予想すると気が気でなかった。

直ちにサイゴンに引上げて、作戦軍と共に南タイに上陸するのが一番確実のようでもあるが、この方法には最も大きな難点があった。それはプ氏はじめバンコックのＩＩＬメンバーを同行することが不可能だからである。プ氏の南タイ脱出は、合法的にはタイ政府の認可を見込めないし、非合法手段では既に注目されていると思われる節があるので一層危険であった。たとえ可能であっても、時間的に遅過ぎた（日本軍の飛行機にプ氏を乗せることは最も危険だから）。しかも開戦確定の公報があったのではない。田村武官といろいろ協議したが、結局名案は無かった。運を天にまかすよりほかはないということになった。

その夜、三菱支店長の社宅で、プ氏との会見に入った。好都合に支店長はその夜外出してくれた。私は日本軍の企図を察知されないよう用心深く、先ずプ氏に日本と米英の関係がとみに緊迫しつつあって、いつ米英の攻撃を受けるかも知れない危機に当面していることを述べた。そして、米英の攻撃を受ければ日本軍も即時に応戦する準備を急いでいることと、その場合マレイが日本軍の攻撃目標となるべき予想を語った。そして、いよいよわれわれの計画を実施すべき時機が意外に早く到来するかも知れないと告げた。そして、プ氏にわれわれの活動の具体的計画を協議する必要を述べた。プ氏の顔は、緊張に次いで会心の面持に変った。その夜から、私達は連夜四回にわたって研究と協議を重ねた。私はプ氏の意見を傾聴した。プ氏は熱烈にそして率直に所信を述べた。喜ばしいことにはプ氏と私とは既に思想の一致、意志の疎通ができていたので、プ氏の意見は私の構想とほとんど一致した。私達が作った計画は、作戦の具体的計画やその推移が予想もできないので、抽象的なものとならざるを得なかった。その内容は次のようなものであった。

われわれは、次に列記する事項を理想とし、準拠とし、全力を尽してその具現に挺身奉仕することを相互に誓約する。

1　われわれの協力は、日印両国がそれぞれ完全なる独立国として自由かつ平等なる親善関係を成就し、相提携して大東亜の平和と自由と繁栄とを完成することを終局の念願としてなさるべきものとする。

2　IILは、インドの急速かつ完全なる独立獲得のため、対英実力闘争を遂行するものとする。これがため日本の全幅的援助を歓迎するものとする。
ただし、日本はインドに対し領土、軍事、政治、経済、宗教等にわたり一切野心を有せざること、いかなる要求をも持たざることを保証するものとする。

3　IILは種族、宗教、政党を超越し、反英独立闘争の念願において一致するすべてのインド人を抱擁するものとする。また第一項の趣旨に基き、作戦地域の他民族とインド人間の親和協力を推進するものとする。

4　日英戦争勃発に伴い、ＩＩＬは差当り左の運動を展開するものとする。

(1)　ＩＩＬは、日本軍と共にまず南タイ、マレイに前進し、ＩＩＬを同地区に拡大し、同地区一般インド人および英印軍内インド人将兵に対し反英独立闘争気運を高揚し、かつ日本車との親善協力気運を醸成するものとする。

(2)　ＩＩＬは、なるべく速かに英印軍内インド人将兵およびマレイ地区一般インド人中より同志を糾合し、インド独立義勇軍を編成し、将来の独立闘争を準備する。

(3)　機をみてＩＩＬの前二項運動を東亜の他の地域に拡大するものとする。

5　日本軍は、前各項ＩＩＬの運動を成功に導くため、左の支援を与えるものとする。

(1)　日本軍は、作戦上とくにやむを得ざる場合のほか、その作戦地域ならびに勢力圏におけるＩＩＬの自主自由なる活動を容認し、かつこれを保護支援するものとする。

(2)　日本軍は、藤原機関（仮称、開戦と同時に正式に編成される予定）をして日本軍とＩＩＬとの間の連絡ならびに直接援助に当らしめ、ＩＩＬの運動遂行を容易ならしめるものとする。

(3)　日本軍は、作戦地一般インド人ならびにインド人投降者（捕虜を含む）を敵性人と認めざるのみならず、同胞の友愛をもって遇し、その生命、財産、自由、名誉を尊重するものとする。

またその信仰を尊重するため寺院を保護し、日本軍の寺院使用を禁ずるものとする。これがため作戦軍将兵にその趣旨を普及理解せしめ、その実践の徹底を期するものとする。

(4) 日本軍は、IILの宣伝活動を有効ならしめるため、東京放送局ならびに占領地放送局の利用、バンコック放送局の利用斡旋等に協力するものとする。

また敵勢力圏に対するIILの宣伝資料撒布に関し、日本軍は飛行機をもって協力するものとする。

(5) 日本軍は、在ベルリンのチャンドラ・ボース氏とIILとの連絡を斡旋するものとする。

(6) IILの活動に必要な資材、資金等は、特に必要なるものはプ氏の要請に基いて日本軍において準備するものとする。またIILが作戦地域インド人有志よりこれらの自発的供与を受けるを妨げざるものとする。

私達は、このような田村・プリタムシン間のメモランダムの案を作製すると共に、更に次のような事項を協議した。

(1) 開戦直後、バンコックにあるIIL及び藤原機関のメンバーは、日本の準備する飛行機により南タイに前進する。

(2) IILは覚書の趣旨に添う宣伝資料を準備する。

(3) 敵との識別を明らかにし、かつIILメンバーの戦場における自由かつ安全なる活動を保証するために標識を決定し、これを日本軍将兵に徹底させる。

（注）この標識については、種々談合の結果、プ氏の発意により、日本軍将兵の諒解が容易で、しかもフレンド・シップ、フリーダムの頭文字であり、かつ藤原の頭文字である「F」を標識として採用することになった。

(4) IILの南タイ進出と共にIILを同地に組織し、かつマレイ地区に数組の宣伝班を派遣し、英印軍インド兵および英軍勢力地区一般インド人に対する宣伝を遂行し得るごとく準備する。

十二月一日の夜、これらの覚書は日英両文をもって完成され、田村・プ両氏により署名された。私達はほとんど徹宵連夜でこの協同の計画を完成したとき、重なる疲労も打ち忘れ偉大なものを生んだ歓喜に浸った。そして相携えて両民族の陣頭に立ってこれを完遂せんことを最も真摯に誓いあった。決意と誓約を固い固い握手を通じて取り交わした。

この日は、あたかも東京においては御前会議が開催され、日本が運命の大戦争を決意した日であった。

そして、真珠湾を奇襲すべき日本海軍機動部隊主力は、パールハーバーに接近しつつあったし、マレイに進撃する日本陸海軍は海南島に集結し、満を持して待機していたのであった。われわれはそれを知る由もなかったが、実に太平洋は、大戦争の渦に巻き込まれる大転換の日であったのである。

この覚書の写しは直ちに山口中尉に携行されて、サイゴンの南方軍総司令部及び第二十五軍司令部に提出され、その認可もしくは諒解を得た。更に別の一部は大本営陸軍部に送付された。

私はプ氏と共にこの画策に肝胆を砕きつつ、一方マレイ青年連盟に対する連絡や、南タイＦ機関のメンバーに対する連絡指令など幾多の難題を処理していった。プ氏も密使を南タイに派して指令を与えた。

バンコックのＦメンバーは、いよいよ出陣の装束に心を使わねばならない段階となった。

武装

長い武家政治に培われた因襲のせいだろうか、腰間に軍刀のない軍人、戦場に長髪背広の軍人というものを日本人の間には想像できなかった。また軍隊はさような存在を許すことができない雰囲気にあった。そんな者は文弱な腰抜け武士という風に見なされた。戦闘に従事しない従軍記者や作家や画家や僧侶までが貧弱な軍装や軍刀で身を固めることを人もわれも喜ぶ風習にあった。戦後建設に派遣される司政官や実業家までが軍属や嘱託の名義を得て、この威容を整えたがるのがこの頃の風潮であった。

私や私のメンバーは、いずれも外交官や社員やホテルの使用人という身分でタイに入っていたので、正規の軍装を整えることができなかった。

私達の仕事は、力をもって敵や住民を屈服させるのではない。威容をもって敵や住民を威服させるものではない。

私達は徳義と誠心を唯一の武器として、敵に住民に臨むのである。

身に寸鉄も必要としないし、いかめしい軍装も必要としないのだ。むしろ相手に親しみ易い感じを与える服装がよいのである。しかし、日本軍のこの風習と宣撫工作などに従う者を蔑視する空気を顧慮すると、戦線を縦横に出入しなければならないわれわれのメンバーが、長髪背広では日本軍に排撃されること必定である。

そうなると、私達の仕事の上にも色々の障害が起きる。だからといって、軍服を注文すればたちどころに身分がばれてしまうし又私の本意でもない。

あれこれと思案の揚句《あげく》、私達はカーキー色の粋な乗馬服を支那人の店に注文することとした。軍刀は不要、戦線に出入するＩＩＬメンバーやＦメンバーだけは、護身用の拳銃をサイゴンから取寄せて持つこととした。

私自身は軍刀や拳銃を持たないこととした。そして日本軍との接衝多い立場上、田村大佐と補佐官の配慮をうけて、階級章と参謀肩章とをつけ、銀柄のタクトを持つこととした。このタクトは、古道具屋で手に入れた逸物であった。銀柄にはシャム王朝の武将の戦陣における勇壮な戦闘ぶりが精巧に彫刻されていた。重さは三〇〇瓦もあった。むちの部分はチョウザメの尾っぽが使用され、長さが二米もあった。馬上から敵を打ったのであろう。八〇糎を残して切り捨てた。頭髪は長髪を保存するように指令した。

飛電

断

十二月四日の午後、武官室電報班の江里という青年（大川周明博士の塾出身）が一片の電文をわしづかみに息せき切って補佐官室に飛びこんできた。大本営からの飛電である。帝国政府はこの日の御前会議において、万死一生の決意すなわち英、米両国に対する開戦を決定したのである。ついに運命の大戦争は決意された。X日は十二月八日の予定と。

海南島に待機していたマレイ攻略軍の大船団は、この日、泊地を出航して直路南タイ沖に向うのである。

タイ、仏印国境には、近衛師団がスタートラインに勢揃いした競馬のように詰めかけている。全陸海軍は、この日未曾有の作戦行動に入っていたに違いない。ああ遂に矢は弦を離れたのだ。日英米戦争が遂に現実となったのだ。われわれはただ一途に日本の戦勝を信じ、最後の血の一滴まで戦う道があるのみだ。だがしかし、マレイ攻略軍の船団は三日四晩も英軍の眼の光っている仏印沖を抜けて南支那海をタイ湾に進航するのである。天祐か、奇蹟でもなければ、英軍の発見を免れることはできないであろう。バンコックの無線諜報は、マレイ沖からボルネオ沖にかけて英軍機の頻繁な哨戒行動を立証している。日本軍はこの奇蹟の成否に、緒戦の運命を賭けているのである。もし洋上に発見されたら、マレイ英空軍とシンガポールに不沈を誇る英極東艦隊必殺の攻撃を受けること必至である。もしそんなことが起きたらその結果は、想うだに慄然たるものがある。山下兵団の壊滅もあり得る。首鼠《しゅそ》両端を持するタイの動向等は、この一事件だけでたちまち日本の敵になることは火をみるよりも明らかである。英軍は大挙してタイに進入するだろう。南タイにいる私のメンバーの運命はどうなることであろう。この電報を一見した瞬間から、私は唯々神にすがるよりほかにない気持になった。ことを知る現地日本人の気持は一様だった。その一瞬から武官室の私達は四囲の動静に全神経を尖らせた。電話のベルにも、電報にも、無線諜報の示す英軍機の活動にも、ラジオにも、表を通る異国人の自動車にも、武官室の一部の将校や私のメンバーには意図を含めて、外国公館やオリエンタルホテル、コンチネンタルホテルの外人の動静に全視聴を注がせた。太陽を西の空に押しやりたいような、時計の針をグルグル廻したいような焦燥が感じられた。武官室では最悪の事態に備えて籠城準備の研究が進められていた。かねて大使館の用具という名目で五〇〜六〇人武装し得る程度のてき弾筒、軽機関銃、手榴弾等の小型兵器が密かに搬入されていた。タイが英国側に加担するような事態が起きたら、この武官室の一廓に籠城して十二月八日海と陸の二正面から進駐してくる日本軍の来着まで頑張ろうという算段であった。バンコックに在住する邦人のうち、在郷軍人をこの防備に予定した。

私は、武官の要請を受けて、少尉時代に還った思いで、小隊防御陣地ほどのこの籠城配備を研究した。

大本営命令

この日、相次いで受領した大本営命令によって、かねて内示されていた通りに、田村大佐が担任して私がその衝に当っている諸工作（マレイ工作という名で呼ばれていた）は南方軍総司令官寺内大将の手に移った。寺内大将はこの仕事をマレイ方面の作戦を担任する第二十五軍司令官山下奉文中将にその区署を命じた。私は南方軍総司令部の参謀に、私のメンバーはそれぞれ南方軍総司令部の一員に転補された。南方軍総司令官は私および私のメンバーを第二十五軍司令官のもとに派遣した。そしてマレイ工作に関して、山下中将に私達を区署する権限を与えた。私達の仕事は開戦決意と以上の電報とによって、短い準備段階から一転実動の段階に入ったのである。

私は南タイに展開している私のメンバーに大本営のこの重大なる決意を伝えて、まず密林伝いにマレイ国境内に潜入させたいと思ったが、大事を取って差控えた。万一企図がばれたら大変だし、また中止ということが万一ないともいえないからである。丁度南タイに向う椎葉氏に密使として開戦の時機が切迫しつつあることと、開戦の報と共にハリマオ一派は直ちにマレイ国境内に潜入し得るように準備するよう私の指令を持たせてやった。待望のマレイ青年連盟からの密使はまだようとして消息がなかった。シンガポールから十一月二十八日バンコックに引上げてくる予定の邦人（同盟通信社特派員）甲斐氏が、重要なる連絡をもたらすはずであったが、足止めをくってしまった。こんな事態も予期して、当方がマレイ青年連盟に期待する協力の内容は、その要旨だけをシンカポール総領事館に打電してあった。しかし、その返電も受領しない間に事態は急転切迫してしまった。これよりさき十二月一日頃、大本営から突然椎葉という老人が派遣されてきた。氏は既に六〇才を超える年輩であったが、かくしゃくたるものであった。思慮の深い識見者とは見えなかったが、熱情家であり、実行力ある人柄に見えた。

椎葉氏はマレイ、ケダ州の首都に二〇年も居住し、雑貨商を営んでいたという。サルタンに非常な信頼を博していて、側近に自由に出入し、家事の相談まで打明けられていたという。スエーデンとかに留学中の王子への送金なども斡旋していた。サルタンが非常な親日家であることも強調した。大本営の指令どおり、椎葉氏を南タイに派遣してケダ州王との連絡と、このサルタンを通じて他の州のサルタンや全マレイ人に対する日本軍との親善協力を宣伝することとし、十二月四日南タイに向けて出発させた。サルタンを排撃せんとするマレイ青年連盟とは微妙な関係を生ずるかも知れないと予想したが、マレイ青年連盟の幹部を説得して、全マレイ人の大同団結と、華僑やインド人との協調、共栄に導かねばならぬと考えた。こんな忙しい焦燥のうちに、十二月四日夜も十二月五日昼間も事無く過ぎた。

十二月五日夜、プリタムシン氏が来訪した。プ氏は情勢の推移を注意深く私に尋ねた。私は心中プ氏に虚言をわびながら、常と変らぬ風を装いつつ、日本のこの重大なる決定を伝えることを差し控えた。情勢は依然緊迫しつつあるが、まだ決定的な段階に入っているようには見えないと答えた。この私の回答を聞いたプ氏はそんな情勢ならば、明日から南タイの方に出かけて行って、先日の覚書に基き同志との連絡を更に強化していきたい意向を漏らした。私はハタと当惑したが、心中の想いを押えながら、とっさに「私も十二月一〇日頃から南タイに出かける予定でいるから、その頃相前後して出かけてはどうでしょうか。そんなに急がねばならぬほどの情勢でもないように判断されるから」と申し出てみたところ、プ氏は案外心易く同調してくれたのでほっとした。このように私の言を信頼してくれる盟友に嘘言をつかねばならない自分の立場がしみじみつらく思われた。しかし、七日の夜には必ず真意を打明けて許してもらえると思い心中氏にわびた。プ氏は宣伝材料などの準備も着々進みつつあることを告げたのち、八日夜再会を約して去った。

ピブン首相の失踪

十二月六日、いよいよ日本軍の船団がサイゴン沖に差しかかる日である。英軍哨戒の危険区域に入るのだ。この日、サイゴンの軍司令部から連絡の将校がきて、七日午後を期して、タイ政府に日本軍進駐を要求する最後通牒を提出することを武官と打合せた。そして、タイがこの日本の要求を容認するか否か……いわばタイが日本の味方であるか、敵国であるかを確認するために、十二月八日の払暁、武官室の上空に飛ばせるわが飛行機に対して煙と布板の信号をするように打合せて帰って行った。息詰まるような緊張のうちにこの日も無事に過ぎた。この夜もオリエンタルホテルで外人達の和やかな会食や舞踏が常日のように行われていた。明くれば十二月七日である。

日本軍大船団がタイ湾に入るのである。憂うべき異変の兆《きざ》しも感じられない。今日が一番危険な一日である。午後にはタイ政府に最後通牒を突きつけて折衝しなければならないから、あるいは英米側に漏れるかも知れない。しかし、十二時間ことなく経過して、夜のとばりが降りればもう大丈夫である。唯一の問題は、タイが八日未明までに日本軍の進駐に「諾」を与えるか否かの問題である。しかし、タイ政府とくにピブン首相が受諾することは八〇〜九〇％まで確実だと判断される。もし受諾しなかったら、日泰両軍の間に衝突が起き、在留邦人に不祥事が勃発するかも知れない。われわれも又同様である。きわめて面倒な事態となるが、既に英米との大戦争を決意した日本軍としては、タイの意向にこだわっているときではない。たとえタイ軍の抵抗があっても、八日の正午までには日本軍がバンコックに入って来るだろう。それまでの忍耐だ。万一に備え、在郷軍人を除く在留邦人は、夕刻婦人子供を伴って日本人小学校に集結する手配が計画された。武官室の一同が片唾《かたず》を飲んで、時計のセコンドをもどかしくみつめている。

この朝、思わざる奇怪な変事が捲き起った。午前九時頃であったろうか、田村大佐と格別に親密な間柄といわれているタイ政府の閣僚ワニット氏が、突然血相を変えて武官室の官舎に飛込んできたのである。そして非常な興奮の面持で応対にでた田村大佐にろくろく挨拶もせず、いきなり「ピブン首相は泰仏印国境において、タイ外務省官吏に対し日本軍が加えた重大な暴行侮辱事件に憤怒し、昨夜来失踪してしまった。誰にも行方を告げずに。これは首相の貴官あて置手紙である」とて一通の封書を手交してそうこうと風のごとく立去ってしまった。武官室の一同はこの報を聞いてしばらく呆然自失の態となった。何んと解釈してよいか判断もつかなかった。武官は真赤になって日本軍の非常識な行動を憤激した。日本軍船団は南タイ沖に入りつつある。近衛師団の一個大隊を乗せた輸送船はバンコックに直航しつつある。泰印仏国境には近衛師団が八日の未明を期してタイに進駐を開始せんとしている。最後通牒提出の時は数時間後に迫っている。何たることであろうか。田村大佐が長期にわたって肝胆を砕いて築いてきた日泰親善工作は、この重大なる最後の一刹那に覆えされてしまったようにも思われた。この奇怪なる国境事件というのは、泰仏印国境画定のため派遣されていたタイ外務省の一課長が、十二月五日頃、国境附近に行動中であったのを、たまたま国境に詰めかけて進撃の大号令を待機中であった近衛師団の一将校が、その行動をスパイ行為と速断して件の官吏を捕縛したうえ、言語不通からか、事情も身分もたださずに散々打擲《ちょうちゃく》した揚句、十二月六日に釈放した。件の官吏は釈放されるや否や、直ちにこれを政府に報告してきたというのである。

それにしてもピ首相が失踪するとは何となく理解のできない行動である。その裏面にはもっと深い政治的魂胆が含まれているのではなかろうか。あるいは迫りつつある重大なる事態を予知して、ことをこの事件にかこつけ打った手かも知れないといった疑いが私の脳中をかすめた。いずれにしても国際的教養に乏しい日本人が、長い封建制度の間に習性づけられ、単純に振舞うこの種の非常識の蛮行のために、朝鮮においても、台湾においても、支那においても、どれだけ住民に根深い反感と憎悪とを与えたことだろうか。識者や軍の上層部によって幾度も厳重なる訓示や訓戒が与えられていたにもかかわらず、いま大東亜共栄圏の建設を旗幟《はたじるし》として開戦の火蓋を切ろうという矢先に、最も規律厳正であるべき近衛師団の、しかも将校にしてかくのごとき始末である。私は私の仕事の前途に横たわるこの種の困難に対して暗然たる想いがした。田村大佐は直ちに大本営、陸軍省、南方軍、第二十五軍に対してこの重大なる不祥事の勃発を報告し、事態の究明と関係者の峻厳なる処断、タイ政府に対する陳謝、数刻後に迫る交渉の至難な事情を報告し、今後作戦軍にこの種の行為を絶滅すべき厳重なる措置の必要を強調した。東京も、サイゴンも、この報にがく然としたであろう。同時に大使に事態を通告して、ピ首相の行方を夕刻までに探求すべく必死の努力を試みた。タイ湾上の船団を想うと、危険なこの日が一刻でも早く過ぎて欲しいし、ピ首相の探索を想うと、日暮れの到来の早いのが気遣われるというへんてこな事態になってしまった。

坪上大使はタイ政府に対し、数時間以内にタイの運命を左右するような重大な交渉が、日本政府より提出される予定であるから、速やかにピ首相を探索するように要請した。午後政府の指令に基いて交渉を開始しなければならない。時間が来たがピ首相の行方はようとしてつかめなかった。大使館も陸海両武官室も極度の焦燥に陥った。大本営からは、事件に対して直ちにその真相の究明に努力して責任者を厳重に処罰すべき意向と、かかる事件が真相ならば、タイ政府に対して、陳謝と賠償と将来の保障に関し、最も誠意ある措置を採る用意を披瀝し、交渉の円満なる妥結に努力せられたい旨打電してきた。こんな突発事件のために、この重大な交渉が開始されたのは既に夕刻に近かった。坪上大使の官邸でタイ閣僚との間に極秘裡に接衝が始まった。事実上ピ首相独裁のタイ政府の閣僚は、ピ首相不在間に断る重大なる通牒に対し回答ができない旨答えて要領を得ない始末となった。

プリタムシン氏への通告

このような異変によって、タイの動向について最悪の事態を考慮しなければならなくなった。夜になってから、在留邦人は三々伍々小学校に集結の手配がとられた。在郷軍人は武官室に集まってきた。この次に起るべき事態を妄想しているもののごとく、黙々息をこらした。武官室の前の街には気のせいか、タイの密偵とも思われるタイ人がうろうろし始めた。不気味な緊張が武官室を襲った。しかし、極力タイ側に対する刺激を避けるため、籠城配備につくことを避けた。ただ幸いなことには、私達が命が縮まるほど心配し待ち焦れた七日の夜が遂にきたけれども、日本軍の作戦行動は完全に秘匿されているもののようである。オリエンタルホテルでは、今宵もまた外人達の和やかな会食や舞踏が続いているという報がつぎつぎと入ってくる。私はいよいよプリタムシン氏にこの重大なる通告をなすべき時がきたと直感した。

しかし、タイの対日態度が一変するかも知れない。もし、そんな事態が起きたならば、日本と関係しつつあるプ氏一味は日本人同様に捕縛される恐れがある。プ氏の来訪を乞うことを避けねばならぬ。私は大田黒、山口両君を密かにプ氏の隠れ家に派遣した。もう真夜中を過ぎていた。両君は私の指令に基いて「いよいよ日英米大戦争が今暁から始まる。タイの動向が怪しいから当方から連絡する日まで慎重に待機してもらいたい。明後九日以後、随時南タイに向って出発できるように万端の準備を整えていて下さい」と伝えた。両君が帰ってきて、冷静なプ氏も、今日ばかりは瞬時驚きと興奮の様子を見せ、一種名状すべからざる表情を示した後「時が来た、神の護りはわれわれにあるべし」と、厳かな祈りを捧げたことを報告した。

数日前、こと更にプ氏に真実を告げることを避けた私は、この措置によって、精神上の重荷を幾分緩和し得た。苦節幾年ののち、いよいよ公然闘争決起の時を得た愛国者プ氏のこの夜の感懐を察して胸が熱くなる想いであった。そして前途いかなる苦難が折重ってきても、日本人を代表してプ氏に対する友義を全うし、その崇高なる使命の達成を支援したいとの誓いを心に新しくした。

東の空があからんで暁を告げる鶏鳴が遠近に聞える頃になったけれども、ピブン首相の行方は依然判らなかった。

交渉は停とんのままであった。外人の動向には何んの異状も認められなかった。しかし武官室の周囲にはタイの制服の巡査が遠巻きに増えてきた。いまは既に南タイのシンゴラ、パタニ、マレイのコタバル海岸に日本軍が上陸し快進撃を開始したことであろう。タイ湾には既に日本軍の一輸送船が入ったところだ。タイの東の国境からは近衛師団が雪崩《なだれ》を打ってバンコックに突進しつつあるだろう。タイ国軍との間に戦闘が起きたかもしれない。夜明けと共に日本軍の飛行機がこの屋上に連絡にくるはずだ。だが一昨日の協定の際、タイが敵でもなし味方でもないこのような状況を表示する信号が約されていなかった。やむなく前の競馬場でフメイという布板信号をすることになった。待つ間もなく双翼に日の丸鮮かな日本軍飛行機が一機ごうごうたる爆音を響かせて武官室の屋根すれすれに飛んできた。すわっとばかりに数名の者が布板信号を引っかついで競馬場に走った。南に去った友軍機は再び旋回して突き進んできた。布板信号を広げ始めるや否や、この様子を見守っていた十数名のタイ巡査が、たちまちそのまわりに襲来して数名の日本人と布板信号をかっさらってスタンドの方へ連行してしまった。あっという間の出来事であった。補佐官が自動車でその後を追った。数回旋回して信号を求め続けた友軍機は、空しく東の空にコースを取って消え去った。この出来事を追っかけるように、相次いで不穏な情報が舞い込んで来た。いわく「バンコックの埠頭に上陸した日本軍がタイ警察隊や民衆と衝突を巻起した」、いわく「南タイでも泰仏印国境でも日泰両軍の間に戦闘が始まった」、いわく「バンコックのタイ軍隊が行動を開始した」。タイ語のできる大使館や武官室の職員は現場に急行して事態の紛糾防止に懸命になった。しかしタイ一般の動向は不穏であったが、積極的な対敵空気は見えなかった。武官室に集まった私達や在郷軍人は、ラジオにかじりついて東京放送に聞き入った。

西太平洋における英米両国との戦争状態の宣言・宣戦の大詔・東条総理大臣の訓示・真珠湾の攻撃成功・南タイ奇襲上陸の成功など相次ぐ驚天動地のニュースがマイクを通じてほとばしるように流れ出た。一同は名状し難い興奮に、頬を紅潮させ、まぶたをうるませて武者ぶるいをした。前後に奏される国歌君が代や陸海軍の軍楽は皆の興奮を一層かき立てた。午前十一時、大使の官邸から急使が飛んで来て、ピ首相の出現、交渉の成立を報じた。また近衛師団が早くもバンコックの郊外に到着しつつあることを報らせた。昨夜来の不安な空気は一変して、歓喜の興奮に変った。私は再び使を派して、その推移をプ氏に通報し安心を乞うた。いまや私達は公然と往来し、会談し得る時に際会し得たのである。

出陣

十二月九日、バンコック、ルンピニ公園には日本軍が充満した。軍紀も至厳である。ピブン首相がラジオで日泰協力を宣言してから、日本軍とタイ人との感情は台風一過の後のように穏やかになった。この日、私は日本軍が南タイシンゴラの飛行場を確保し、日本軍地上部隊は馬泰国境に向い快進撃を続けつつあることと、日本軍戦闘機が早くもシンゴラ飛行場に進出して活動を開始したとの報を得た。ドムアン飛行場にはダグラス機が私達のために待機していた。私は田村大佐の許可を得て、明一〇日シンゴラ飛行場に出発する決心を定めた。私は、直ちにこの私の決意をプリタムシン氏に通告して意向を確かめた。プ氏は双手を上げて同意した。一〇日朝七時、武官室で勢揃いが約された。徳永補佐官が親切に飛行機の出発準備を手配してくれた。山口、中宮、大田黒、北村の四名が出発準備に奔走した。
明くれば、われわれの晴れの門出の十二月一〇日である。空には断雲はあるが、切目に青空が見える。午前七時、プ氏一行六名が自動車で武官室に乗りつけた。アマールシン氏やバンコックの同志と思われるインド人が別の自動車でこれに続いて入って来た。純白のインド服に身を固めたプ氏の眉宇には晴れやかな、しかも固い決意のほどがうかがわれた。出迎える私のメンバーも乗馬服に身を固めた。武官の配慮によって私は参謀肩章をつけることができた。少佐の階級章も襟についていた。外交官は一変して本然の武官に早変りした。プ氏一行は、昨日に変った私のいでたちを見て、一寸戸惑ったように見えた。

こもごも固い握手が交わされた。生死を共にする誓いのしるしである。田村大佐も出てきてプ氏やアマールシン氏と万こくの感激をこめた握手を交わし成功を祈った。一同打ち連れて食堂に入った。武官がこころざしの乾杯をした。前途の成功を祝福せんがためである。乾杯が終って応接間に引上げたとき、丁度第十五軍司令官飯田中将が数名の幕僚を従えて入って来た。仏印国境を越え、長駆自動車を駆ってバンコックに到着したのである。田村大佐は直ちに起ってアマールシン氏やプ氏一同を飯田将軍に紹介した。

将軍はねんごろにプ氏達の祖国愛とその英雄的行動に万こくの敬意を表し、心からその成功を祈る旨を挨拶したのち、将軍が作戦を担任するタイやその隣接区域におけるインド人愛国者の運動を全面的に支援せんことを、固く約束した。ア氏は将軍の熱誠のこもった挨拶に対して、全幅の感謝の意を表わしたのち、神は私達の純潔なる愛国運動に対して格別の加護を垂れ給うべき信念を披瀝した。

飯田将軍一行、武官室一同、それにアマールシン氏一同の見送りを受けて、私とプ氏の一行は四台の自動車を連ねてトムアン飛行場に向った。虎の尾を踏む心地で深夜転々所を変えて密会した幾夜を思うと、今日は何んと晴れやかな想いであろう。飛行場に着くと見覚えのあるタイの税関官吏が「あれ!!」といった強張った表情で、私や私の一行を見つめた。私は軽い会釈をしてわびを表した。彼も面を和らげて微笑をもって応えた。

銀翼を旭日に輝かせて、われらの飛行機は待っていた。かつて、イランまでの長距離飛行に成功し、私もいままで数度搭乗したことのある老練な松井機長が迎えていた。シンゴラは初めての飛行であり、空模様といい、狭隘なシンゴラ飛行場といい、懸念される英軍機の反撃といい、今日の飛行は分けて困難を予想していたが、松井機長の綽々《しゃくしゃく》たる姿を見てほっとした。松井機長はプ氏にいんぎんな挨拶をした。そして、全責任をもって無事に皆様を目的地にお送りしますといい切った。すべてが私に幸いしているように思えた。午前一〇時、ダグラスは鮮かに離陸して直路南タイを目指した。

機上の美談

飛行機が断雲を縫ってチュンポン沖に差しかかった頃、プリタムシン氏は座席を立って私の座席に近寄った。松井機長の立派な人柄を賞賛したのち、タイ貨幣五〇〇バーツを入れた封筒を示して、松井機長はじめ搭乗員一同に謝意の印として、さしあげたいと申し出た。私はプ氏の折角の好意でもあるのでその旨を機長に告げた。ハンドルを操縦手に託して客室に入ってきた松井機長は、しばらく恐縮の面持で返事に窮した様子ののち、プ氏に次のように申し出た。「私は、祖国解放のために身を挺して戦場に向われる貴下達インドの志士をお送りできるのを無上の光栄と思っている。私の気持は、このまま貴下にお伴して行って、貴方の仕事に奉仕したいほどの気持であるが、それは不可能なことである。貴下から私に感謝の賜物をいただくことは重ね重ねの光栄と思いますので有難く頂戴する。そして改めて、私からこれを貴方に尊い運動の資金に献納して、私の気持の一端を表わしたいと思います。どうぞ受け取っていただきたい。私は、貴方の殉国的運動が成功を収め、インドの同胞が一日も早く輝かしい自由の日を迎えるようお祈りします」と述べた。プ氏の眼にも、機長の眼にも、立会っている私のまぶたにも、真珠のような清いものが光っていた。私は、計らずも門出の機中で、このような美しい日印両国人の心の契合を見得て無上の感銘に浸った。

このような感激に浸っている間に、われわれの飛行機は早くもシンゴラ上空に近づいた。機長をはじめ、初めての航路であり、断雲も多かったが、寸分の航路も誤ることなくシンゴラの上空に出た。シンゴラ沖に十数隻の輸送船が錨をおろしていた。そのうちの数隻は、マストが折れたり、焼けただれたり、傾斜していた。多分英軍機の爆撃を受けたのであろう。機は大きく二度上空を旋回した。

滑走路も不明瞭な小さな草原のような飛行場に、戦闘機が雑然と玩具箱《おもちゃ》をひっくりかえしたようにならんでいた。既に骸骨になっているのも相当数に上っていた。われわれの飛行機に対して盛んに赤旗の信号を振っている。弾痕でも標示するのだろうか。機長は沈痛な面持で、「着陸するな、帰れ」と言っているとつぶやきながら決然着陸コースに入った。着陸すると飛行機は泥寧を浴びて滑走路をよろけながら突っ走った。たちまち滑走路の末端が追ってきた。「あっ」と思う瞬間、飛行機は滑走路の端を越えて居並ぶ戦闘機の列の前に突き進んだ。失敗した!! と思った瞬間、われわれのダグラスは危く停止していた。ほっとした。機長は操縦席から立ち上って、落ちつき払った柔和な顔に、こともなげに微笑さえ浮べて「着きました。お疲れでした」と、私とプ氏に挨拶した。私達は機長の沈着豪胆に一驚しながら厚く感謝した。機を降りてみると、戦闘機の列と一五米ほどしか離れていなかった。滑走路とは名ばかりで、凸凹の酷い草原であった。指揮所の方から泥寧を跳ね飛ばして自動車が走ってきた。一大佐が真赤に逆上した面持で飛び出してきた。いきなり松井機長にかみつくような大きな声で怒鳴りあげた。「信号が判らんのか!! 敵機が頻々《ひんぴん》来襲しているのだ。こんな飛行場にダグラスなどで着陸するなんて無暴きわまる。いま敵機が来る。早く出て行け。滑走路がふさがれては戦闘機が飛び出せないのだ」と、畳みかけるように浴びせかけた。機長は丁寧に頭を下げて、「相済みません」とわび入った。私は松井機長とプ氏一行に恐縮しながら進み出て、大佐に穏やかに陳謝した。松井機長は、私とプ氏に挨拶を交わしつつ身を翻して機上の人となった。今日の飛行に松井氏のような老練な機長と巡り合せていなかったら私達はどんなことになっていたかも知れないと思った。神の加護が私達にあるということをしみじみ感じた。私達は遂に目的地に着いた。さあこれからだ。

覆面を脱いだIIL

日本軍の快進撃

ダグラスの旋回を認めてわれわれ一行の飛来と判断した土持大尉は、ハジャイから自動車を飛ばして飛行場にかけつけてきた。私は土持大尉にまず南タイにある私のメンバーの状況を尋ねた。

十二月八日、南タイの日本人は一時一斉にタイ官憲に逮捕されて監獄に打《ぶ》ち込まれたことと、ハリマオ一味も逮捕されたため出発が立ち遅れていることを知った。日本軍は今晩、馬泰国境を突破したはずであるとの情報も知った。私は土持大尉に、プリタムシン氏一行を案内してハジャイに先行を命じ、第二十五軍司令部に出頭した。軍司令部は英軍の攻撃を避けてかシンゴラの郊外の部落に位置していた。

まず参謀室を訪れ、杉田参謀に会って挨拶をしたのち、状況を尋ねた。日本軍第五師団主力（歩兵六コ大隊、砲兵一コ大隊、戦車三コ中隊）は、十二月八日〇四一〇、シンゴラ海岸に上陸し、シンゴラ――ハジャイ――サダオ――アロルスター――タイピン道をペラク河に向い突進中であり、同部隊は九日サダオにおいて英印軍第十一師団の一部を撃破し、今晩〇四三〇、馬泰国境を越えて前進中であった。日本軍第五師団の一部安藤支隊（歩兵三コ大隊、砲兵二コ中隊、戦車一コ中隊）は十二月八日〇四三〇パタニに上陸し、パタニ——ヤラ——ベトン——タイピン道をペラク河に向い突進中であって、本日ベトン付近に進出中であろうとのことであった。第五師団前面の敵は英印第十一師団であった。今朝来シンゴラ沖日本軍船団泊地に対する英軍機の反撃は執拗さを増していた。

日本軍飛行部隊は大挙してペナン敵飛行場の攻撃に向っていた。コタバルに向った日本軍第十八師団の一部佗美《たくみ》部隊（歩兵三コ大隊、砲兵一コ中隊）は十二月八日〇二一五上陸、激戦ののち九日一四三〇コタバルを占領し、引続きクワンタン、クアラクライに向い前進中であった。

この方面の敵は英印軍第八旅団、第二十二旅団と第十二国境守備大隊等の模様であった。日本軍の進撃は、疾風のごとく快調であることがわかった。

私がこのような状況を承知し終った頃、一将校が快ニュースをもたらした。日本海軍航空部隊がクワンタン沖で英極東艦隊主力艦プリンスオブウエルズ、レパルスの二隻を捕捉ごう沈させたというニュースであった。軍司令部の一角で万才の叫びが上った。杉田参謀がこの情報を別室の参謀長鈴木少将、山下軍司令官に報告に行った。私はそれに続いて参謀長と軍司令官に挨拶したのち、再び参謀長室に戻って、鈴木少将に面談して私の今後の活動について指示を乞うた。参謀長は藤原機関を編成し直ちに行動を開始すべきことを命じた。その任務は、私が前に山口中尉を派遣して報告させておいた田村、プリタムシン覚書の趣旨に基いてＩＩＬの運動を支援することを藤原機関の任務の重点として指示した（各作戦軍縦隊に連絡班を派遣して作戦部隊よりインド兵捕虜を接収し、ＩＩＬの工作を容易にすべきことを付言した）。そのほかマレイ青年連盟およびハリマオを通ずるマレイ人に対する宣伝や田代氏の担任する華僑工作を並行するように要求した。これらの仕事のほかに、参謀長は英軍が退却に当って各州のサルタンを連行する恐れあることを指摘し、その救出保護にも努力すべきことを要請した。なおその上に、将来、軍はスマトラに作戦するようになるだろうから、スマトラ住民を日本軍に協力させる工作ができないものであろうかと尋ねた。私はいまは何らの手がかりもないので、自信がない旨を答えた。

僅か十一名のメンバーしかもたない私に与えられた任務は、以上のごとく際限のない広汎な仕事であった。藤原機関には一名の兵も、一台の自動車も配当されなかった。ただ有難いことには土持大尉が二台の古びた小型自動車を現地人から買い求めておいてくれたので、辛うじて私達の行動を開始することができた。その一台をプ氏に配当した。私は軍の自動車に便乗して、直ちにハジャイに向った。土持大尉をはじめ私のメンバーは大南公司に待機していた。無事戦場で再会し、皆の元気な顔を見出し得た私のうれしさは言葉では表現できないほどであった。

そこへ最近マレイから引上げてきた鈴木、大田、山下等の諸君が機関への奉仕を希望して待機していた。又南タイ永住邦人の橋本、長野、石井の三青年のほか二名の台湾青年（大南公司の社員）と二名のタイ人が仲間に加えて欲しいと申し出た。恰《あたか》も桃太郎の鬼征伐に参加を申し出る犬や猿や雉の光景よろしくである。現地の事情と言葉に明るいこれ等の参加は、私の機関にとっては百人、千人の増援にも優るものである。しかし、これ等の人々は長く祖国を離れ、軍隊生活の体験もなく、況《いわ》んやこのような工作についての認識も経験も皆無である。こんな雑多な人々を打って一丸とする機関の融合団結とチームワークの指導が何より大事である。

私は私のメンバーを集めて、われらの使命と計画の概要を平易に説明したのち、既述したような私の所信をじゅんじゅんと説いた。とくに同志を敵中に求める勇敢な行動と、口先の宣伝よりも実行による垂範《すいはん》を、また、約束は必ず実行し、誠意と親切と情義とを第一義とすべきことを要望した。IILメンバーと生死苦楽を共にし、衣、食、住は彼らの風習に当方から同調することを希望した。一物といえども住民の所有物を不法取得しないことと、暴力の行使を厳重に戒めた。特にシビリアンには軍の威をかさにきての不遜の言動のないよう固く戒めた。

私は、各地同志との連絡を手配中のプ氏に状況を説明したのち、今後の活動方法を協議した。

翻る自由の旗

われわれの協議は数分にして決した。直ちに第五師団主力の進路にIILの一宣伝班を派遣することとなった。バンコックから同行したプリタムシン氏の腹心二名が選ばれた。私はF機関から中宮、山口両中尉、椎葉老人、鈴木氏に連絡のため同行するよう命じた。一行はそぼ降る雨中を勇躍アロルスターの戦線に向って出発した。

この一行を見送ると、私はプ氏と同行して馬泰国境近くに配置しているプ氏の同志の糾合、次いでハジャイにおけるインド人大会の開催、南タイIIL支部の開設、安藤支隊およびコタバル方面の戦線に対するIIL宣伝班の派遣を処理することとなった。土持大尉は、田代氏が住んでいた町外れの粋な二階建ての住宅をIILの本部にすばやく準備し、F機関本部は大南公司の小さな店先に位置するように手配していた。土持大尉の案内で、私はIIL本部となる予定の家を見に出かけた。早くもこの町のインド人の数名が先着していた。プ氏も私も一見して満足した。大尉のこの心遣いを私は何よりもうれしいものに思った。プ氏も心から喜んでくれた。プ氏は直ちにバンコックから携行してきたインドの大国旗を二階のベランダに掲げた。国旗を掲げるプ氏の手は感動に打ち震《ふる》えていた。薄緑色、緑、白の三色地にインドの悲願を象徴する紡車をおいた民族旗は、まぶしい茜《あかね》色の落陽を浴びてはためいた。国旗に面して祈りを捧げるプ氏の塑《そ》像のような厳かな姿は、この民族旗と落陽の光に荘厳に映え輝いた。仰ぐ私達は暫時己を忘れて感激に浸った。続いて大布にインド語と日本語で印されたＩＩＬの看板がベランダの手摺にはりひろげられた。これこそ、ＩＩＬが覆面をかなぐり捨て、公然、決然祖国の自由と解放を求めんとする闘争の宣言であった。暮れるに早いこの南の新戦場にはすでに暮色が迫ってきた。

プ氏は続いてこの地域一帯のインド人に対して、明日のインド人大会に関する広報の措置を講じた。かくして戦場の第一夜を迎えた。夜を通じて大小の部隊が、街道をアロルスターの前線に急いだ。

車中談

翌十一日朝、サダオ方面国境の同志糾合に向うプリタムシン氏に同行した。戦争の方向にばく進しつつあるプ氏は突然私の顔を見つめつつ、「少佐は家族がおありか」と尋ねた。私は、意外な話題を持ち出したプ氏の気持を測り兼ねつつ、「あります。家内と三歳と一歳の女児があります。東京で留守をしております。母や兄弟は田舎におります。皆私の生還は期しておりません。貴方は」と答え、かつ尋ねた。プ氏はうなずきながら「そうですか。私も妻があります。しかし結婚早々国事に志した私は、この最愛の妻を残して参りました。親もあります。私がこうして公然反英独立闘争を開始することになったら、家族は英官憲のために拘留されるか、さもなければ厳しい監視を受けることとなるでしょう。彼らの上に、非常な苦難が重なるでしょう。しかし、私は祖国と同胞を解放するために、私達の家族を捨てなければなりません。家族もきっとそれを喜んでくれるでしょう」としみじみと一語々々かみしめるように語った。私は信仰に厚く、祖国に対する燃えるような愛情をもつ、この純情なる革命家には、その家族に対しても人並以上に熱烈な美しい愛情の血がたぎっているに違いない。その燃える愛情をころしてより大きな国家、民族に対する愛情を志さんとするプ氏の想いを察して限りなく同情した。私は日本軍の将兵が、皆プ氏と同じ心境で外征に従っていることや、その家族がそれを無上の光栄とし、惜別の哀愁を克服し、歓呼して夫や子供を戦地に送り、老幼婦女子が一致協力して家業を守る美しい国民の習性を話した。更に社会や国家はその家族の名誉を讃え、物心両方面にわたってその家族を庇護する伝統を付言した。

プ氏は私の一語一語を感銘深げに聞きとったのち、英印軍にあるインド兵の悲哀を嘆声をもってつぶやいた。プ氏は折柄追い抜いたローリーの上の日本兵を新しい感銘をもって見上げた。そしてプ氏は日本軍将兵の勇強が、その美しい伝統によるものだと断言し、いまサダオやジットラーで敗れつつあるインド兵も、全インド国民の支持を受ける独立インドの軍隊を構成することとなれば、必ず日本軍同様の勇強さを示すであろうと語った。

同志の糾合

サダオ街道を疾走していた私達の自動車は、プリタムシン氏の指図に入り、ゴム林の中を左折右折した後、掘建て小屋のようなあばら屋にたどりついた。エンジンの響に驚いてか、中からシークの男が現われ出た。人間生活に関する一切の煩悩を超越し、道を求める隠棲者《いんせい》かと思われる風ぼうであった。年齢は五〇歳前後と思われた（実際は三十五歳であることを後で知った）。

自動車から急ぎ降り立ったプ氏は、戸口に彼を発見するや否や、飛びつくように彼に近寄って抱擁し、打震えるような感激の情景を展開した。

プ氏は立ち惑う私をみて、彼を私に紹介した。彼の名はサダールシンという同志であった。私達は房屋のなかに招じ入れられた。サ氏が先ず私達に昨日サダオ付近で一部の英印軍を撃退して国境に急進して行った日本軍の勇強さを口をきわめて激賞した。サ氏は私達に茶をすすめておいて素早く身仕度を整えた。身仕度といっても着のみ着のままであった。仮の住居同然のこの家の中は、縄で編んだ粗末な寝台と煤《すす》けた茶器と、脱ぎ捨てて行った縫衣のほかほとんど見るべきものがなかった。このまま見捨てて行っても、この家も、この品々も、いささかの未練も残るようなものではなかった。私は祖国の解放のためこんなところに、こんな生活を甘んじて自ら求め、闘いつつあるサ氏の高潔な心境に頭が下がった。こんな風にしてプ氏はこの方面に配置していた他の二名の同志を順々に自動車に収容してハジャイに引き上げた。ハジャイのあちこち町の角には、プ氏が携行したＩＩＬの宣伝ポスターが張り出されていた。沢山のインド人がその前に群がっていた。

午後、ＩＩＬの本部の前庭に続々町のインド人が参集した。老幼、男女取混ぜて二〇〇名にも達したであろうか、これがこの小さい町のインド人の大部であろう。

プ氏は、祖国の国旗翻るバルコニーに立ってヒンズー語で処女演説の熱弁を振った。

一インド人がタミール語で通訳した。氏の口から一句一句がほとばしるごとに、聴衆は熱狂的拍手を送った。語調は高くはなかったが、祖国の自由を闘いとらんとする強烈なる情熱と意志があふれていた。

去る八日朝、日本軍のため突如暁の夢を破られ、日泰両軍銃声に驚愕して以来、不安の念にかられていたインド人民衆は、この大会により一変生気と安堵と民族的意識とを取戻した。

次の日十二日、プ氏は更にヤラの同志を糾合してＩＩＬ宣伝班二組を編成し、その一組をヤラ――ベトン道を急進中の安藤支隊の方面に派遣した。Ｆ機関より米村少尉と神本君が連絡班として同行した。なおハリマオ一派も米村少尉指導のもとに、この方面より英軍内に潜入していった。別の一組は、折柄《おりから》開通した軌道車に便乗してコタバルの戦線に向って出発した。Ｆ機関から瀬川少尉と橋本、長野両君が連絡班として同行した。

アロルスターへ

国境の祈り

十二日午後中宮中尉が前線から報告に帰ってきた。ろ獲自動車一台をお土産に携行してきた。中尉の報告によって、第五師団主力の先遣隊が十一日午後ジットラーの北方アースン付近において英印軍を急覆突破し、続いて今朝来ジットラーラインに対する攻撃を開始していたことが判った。ジットラーには巧妙堅固に設備した半永久陣地が構築され、インド人を主体とする英印軍第十一師団主力（第六、第十五旅団）がこの陣地を守っていることを知った。私はいままでの作戦経過から見て、英軍は日本軍のため完全に急襲され、その指揮は乱調に陥っているように見えるから、ジットラーラインの戦闘でも英軍は案外脆《もろ》く敗走するかも知れないと予感した。私はプリタムシン氏にこの戦況と考えを説明して、明早朝アロルスターに向って前進することを提議した。

プ氏は即座に同意した。

十三日の朝、私とプ氏は乗用車に、その他の者はローリーでアロルスターの戦線に向って出発した。果てしなく続くゴム林を縫う大波状の自動車道をわれわれの車は真一文字に戦線へ急いだ。碁盤の網目のように樹ち並んだゴム林がぐるぐる廻って後方に走り去った。昨日来予想されるジットラーラインの激戦を想うとわれわれの心は躍った。

サドンの付近で、英軍の自動車や装具が散乱しているのを望見して、いよいよ戦線に近づきつつある実感を濃くした。

両側のゴム林が途切れてジャングルに入ると、間もなくわれわれの車は税関の制柵にさしかかった。プ氏は私に「国境です」と告げて、国境の峠で停車したいと申し出た。私はなだらかな峠の手前で停車を命じた。

プ氏は車を降りると、十数歩離れた路外の榕樹の大木のもとに歩を運んだ。あたかも神前に進む信徒のような敬虔な足取りで……。私はプ氏のこのただならぬ挙措を一寸呆気にとられて見守っていた。幾条もの気根が垂れ下った大樹の下で、プ氏は静かに西方に面して突立った。神々しいまでに厳粛な面持に変っていた。瞬時西の空を仰いでいたプ氏は、敬虔に頭を下げ両手を胸の前に合わせて厳かに合掌を始めた。いま遂にプ氏の為、開かれたこの国境に立ち得て感慨已み難いものが胸に迫っているのであろう。心なしか、ターバンがかすかに震えているように思われた。そして神に、祖国の同胞に、愛する家族にその恵みを謝し、祖国に対する氏のその清廉、熱烈なる殉国の至情と闘志の程を報告し、誓わんとするのであろうか。あるいは神の加護と祖国の同胞の協力を祈らんとするのであろうか。

それらのすべてへの報告であり、誓いであり、念願であり、感謝であろう。私も山口君も修道者のようなプ氏の厳かな雰囲気に魅せられて、路上にわれわれを忘れて停止し自ら頭を垂れた。プ氏の祈りは一〇分も続いた。祈りを終えて、再び自動車の側に戻って来たプ氏の両眼は白い銀の露があふれていた。プ氏はにこやかに「長くお待たせ致しました」と私にわびた。

たったこれだけの言動で、私達はお互いに千万無量の感懐をくみ合うことができた。そして自由と独立を失った民族の痛恨の厳しさとその回復の苦痛とを訓えられる思いであった。ジットラーラインの英軍は、十二日再び日本軍第五師団の一部の強襲を受けて、その日の夕刻にはペラク河の線に向い潰走しつつあった。日本軍第五師団はこの敵を急追してアロルスターを占領し、その一部は追撃を続行中であった。私がジットラーラインの昨日の戦いの跡をながめつつケダ州の都アロルスターに入ったのは午後の二時頃であった。第五師団司令部は正にスンゲイパタニーに向って出発せんとする矢先であって、日本軍の部隊は少なかった。市民はおびえて近郷に避難したのであろう。人の気配も少なく、街は一部不ていの徒の略奪にまかせられて荒涼たるものであった。私達は直ちにアロルスター十字街の警察署にＩＩＬとＦ機関の本部を開設した。さきにジットラー戦線に派遣した山口、中宮工作班は、ＩＩＬ工作班と協力して早くも同戦線で獲得したインド人将校パトナム軍医少佐をはじめ五名の俘虜インド兵を教育して、敵線に投入する工作を開始し、自信を得つつあった。

十字街の盛観

アロルスター市の目抜通りの十字街にある警察署には、インドの国旗とＩＩＬ、Ｆ機関本部の大きな布標が掲げられた。

プリタムシン氏は早くもＩＩＬメンバーを八方に活躍させて宣伝の手配を進めた。中宮中尉一行はケダ州のサルタン一族救出のため遠くスンゲイパタニー方面に活躍中であった。新たにゴパールシン氏を長とするＩＩＬの一宣伝班がスンゲイパタニー方面戦線に派遣された。土持大尉と大田氏がその連絡班として同行した。私は不ていの土民の略奪と、一部心なき日本兵の侵入から王宮サルタン一族の邸宅を守護するために奔走したのち、機関本部に引上げたのは午後五時頃であった。既に数百人のインド人民衆が十字街の国旗のもとに群集していた。インド人のほかにマレイ人の民衆も続々あつまり、十字街の相ぼうはたちまち活気を取戻した。午後六時頃、プ氏は民衆の歓呼と拍手に迎えられてバルコニーに立った。プ氏はヒンズー語でＩＩＬ独立運動の目的と計画とを熱弁を振って民衆に訴えた。また日本軍の誠意ある援助を説明した。タミール語でその一節一節が通訳された。一句ごとに割れるような拍手と共鳴の歓呼があった。サルタン一族でただ一人アロルスターに踏止まっていた舎弟は、この熱狂的雰囲気に感激したのか、自ら進んでプ氏に代ってバルコニーに立った。そしてインド人およびマレイ人民衆に対して演説をした。ＩＩＬの運動に対し熱烈なる声援と敬意を表すると共に、マレイ人、インド人、支那人が日本軍の提唱する東亜新秩序の理念に基いて同胞のごとく、相提携相和してそれぞれの自由と繁栄のために協力せんことを訴えた。群集は歓呼をもってその提唱に和した。

　私は二氏に次いでバルコニーに立った。そして東亜の民族を解放し、相剋と対立を超え、自由と平等と共栄を目的とする東亜の再建について、私の熱烈なる念願を説明し、民衆の奮起と協力とを求めた。更にインド独立支援に対する日本の誠意を披瀝した。聴衆は双手を上げて共鳴の意を表した。たそがれのとばりは既に四辺に迫りつつあった。一時間半にわたるこの大会が終っても、民衆は陶酔したもののごとく暫時十字街を立去ろうとしなかった。

投降勧告

大会が終ってまもなく、プリタムシン氏が数名のシーク人を伴って私の部屋に訪ねてきて、きわめて重要な情報をもたらした。プ氏の言によると、同行のインド人はこの近郊にゴム園を経営している裕福な識者で、かねがねプ氏と気脈を通じている者だということであった。もたらした情報というのは、一昨日のジットラー付近の戦闘で退路を失った英印軍の一大隊が密林沿いに退路を求めて昨日アロルスター東方三〇哩のタニンコに脱出してきた。しかし既に将兵は疲労困ぱいかつ日本軍のアロルスター占領のことを知るに及んで退路を失い、士気喪失しつつある。その大隊は大隊長だけが英人中佐で、中隊長以下全員インド人である。そのインド人は昨日来、かわるがわるこのインド人のエステートに来て色々情報を集めたり、ラジオの戦況放送を聞いたりしている。園主がこの微妙な彼らの心理状態を看破して、真珠湾やマレイ沖航空戦の状況と、アロルスター方面英軍の敗走ぶりを誇張したり、ＩＩＬの宣伝を試みたところ将兵の微妙な心理的反応を見てとり、帰順工作が成功するかも知れないとのことであった。私は園主に付近の地理や兵力や武装の状況やインド人将校の様子などをただしたのち、今夜私自身がエステートまで出かけて更に状況を探索することを提議してみた。園主はジットラーの戦闘で敗走した英兵が到る処右往左往しているうえ、件の大隊将兵の投降意向がまだ決定的でない、又大隊長が英人であるから、少佐が本夕出かけるのは危険であるとの判断を述べた。私はプ氏と協議の末、本夜更に園主等が彼らインド人将校に戦況やＩＩＬの運動の趣旨を説明し、その参加を勧める工作を続け、私とプ氏は明十四日未明出かけて行って直接説得することとし、明朝園主が私達を案内するように要請した。細部の打合わせを終えて一同は帰って行った。そのあとでプ氏は、もし私の身辺に危険が起きては相済まぬから、明朝まずプ氏だけが単身工作に出かけるといい張った。私はこれに対してプ氏こそＩＩＬの運動にかけ替えのない人物である、私に代るべき者は日本軍の中に幾人でも得られる。われわれの理想を条理と誠意を尽して英印軍インド兵を説得すれば必ず彼等の共鳴を得られると思うから、私の所信を大胆に実行したいとゆずらなかった。その夜、土持、山口両君や増淵、田代両氏らも、しきりに明朝の私の出発中止を乞うた。是非行くなら日本軍の部隊を同行するか、もしくは少なくとも日本軍護衛兵と機関のメンバーを同行するようにと願った。

私は彼らの好意に感謝したが、私は力に代わるに道義をもって目的を達するのがわれわれの使命であり、至誠神に通ずるとの信念を貫きたかった。もし敵に謀られて倒れることがあっても、このような使命を負う私としては決して恥辱ではないと信じた。そして、この情報を日本軍司令部に報告することを禁じた。日本軍が掃蕩部隊を派遣することを恐れたからである。私はこの信念に徹底するために、明朝は土持大尉と大田黒通訳だけを同行し、しかも身に寸鉄をも帯びないこととした。

十四日未明プ氏と私達一行はそれぞれ一台の自動車に同乗してタニンコに向って出発した……昨夜のうちに園主の帰順勧告が成功していることを念じながら。もし本日中に成功し得なかったら日本軍の攻撃を避けることができないであろうことを心密かに案じた。

われわれの自動車は、大きなインドの国旗とＩＩＬの布標でおおわれていた。自動車の疾走に伴って国旗は澄んだ暁の大気を一杯にはらんではたはたとウインドウを打った。アロルスターの街を離れて一〇分も走った頃、先方からあふれるほどのインド人を乗せた小型自動車が疾走して来た。車内のインド人は白布を打ち振って私達の車を停めた。昨日の園主一行である。園主がプ氏に語るところによると「大隊の将校は昨夜の説得によって意の動いているものもあるが、まだ全員の意向をまとめるところまでにはなっていないし、大隊長たる英人中佐の意向が計りかねるのでインド人将校は躊躇《ちゅうちょ》の態である。兵力は二〇〇名内外であるが全員武装しているから貴方達が現場に直行するのは危険と思われる。今日は思い止ってもらいたい。自分達が更に努力を継続してみるから」とのことであった。プ氏も私も彼らの勧告を入れる意向にはなれなかった。直接インド人将校に会って、説得せんとするわれわれの決意を園主に伝えた。園主は暫時思案ののち、「それでは先ず自分のエステートまで行くことに致しましょう」と申し出た。かくしてわれわれは、車をつらねてエステートに向った。サロン姿に変装した敗残兵らしいインド人が、両側のゴム林や村のはずれにうろうろしていた。日本軍はただ一本の自動車道を突風のごとく一路ペラク河に向って突進した。逃げ遅れた敵は道路の両側のゴム林に逃げ込んで取り残されたのである。彼らは国旗におおわれたわれわれの車をながめて呆然佇立し目迎目送の態であった。疾走する祖国の国旗が彼らの心眼を射、恐怖、懸念、対敵観念等を失念させているのであろう。エステートに着くと、私は車中の思案通り英人大隊長との会見を提案した。プ氏も園主も一寸意外の面持であった。しかし私は私達とインド人将校との直接交渉により、件の大隊インド人将兵と英人大隊長との間に誤解が生じて、不必要な悲劇を起したり、あるいは大隊長がそのために態度が硬化する始末になることを懸念したからである。インド人将兵のうち既に帰順の意が動いている者もある。長く彼らを統率してきた大隊長は鋭敏にこれを感得しているかも知れない。私から率直に大隊長に戦況を説明し、日本軍の誠意を示せば、大隊長は納得するかも知れない、と予感したのである。私は日本軍代表藤原少佐の名において、簡単に件《くだん》の大隊が当面している絶望的状況ならびに誠意をもっての投降交渉に応ずる当方の用意を述べ、このエステートにおいて直ちに会見したい旨の信書を認《したた》めた。その手紙とともに、私は単独無武装であるが、大隊長は所要の護衛兵を帯同してもさしつかえないことを使者に付言させた。使者は園主から意の動いていると思われるインド人将校を通じて、大隊長に手渡すように命ぜられた。

使者が出発すると、園主の庭先に設けられた休憩所の机の上に温かいコーヒーや、トーストや、ゆで卵が運ばれた。園主の温情のこもった接待である。私は園主にいま到来を期待している英人大隊長にも私同様の接待をしてくれるよう依頼した。そしてプ氏に英人大隊長との会談の節は暫時席を外してもらうよう申し入れた。プ氏も快く承諾してくれた。間もなく自動車で大隊長が現われた。一名の伝令を伴っているだけであった。私は一見既に交渉の成功を確信することができた。私は自動車のもとまで歩を運んで、大隊長を迎え握手の手を差しのべ名を名乗った。密林中の行軍に負傷したのであろう。手脚に無数のかすりきずがあった。明らかに憂悩疲労の色が見てとれた。私は自ら大隊長を休憩所に案内して椅子を与え温かいコーヒーを勧めた。大隊長の安堵の色を認めてから、私はおもむろに来意を語った。大隊長の面が再び憂悩して緊張に引きしまった。私は先ず戦況を説明し、大隊長がこれ以上躊躇を続けることは部下を無益に犠牲にすることを強調した。しかもインド人将兵のうちには既に投降の意が動いている事実のあることを指摘し、むしろ大隊長の責任において軍紀ある投降の道を選ぶことを勧めた。また私は日本の武士道精神にのっとって投降将兵を処遇する用意あることを、本日私がかくのごとき状態で勧告に来た事実によって信頼されたい、とつけ加えた。

大隊長は長い間、沈黙苦慮した後、無条件に私の勧告を受諾すると答えた。私は兵力や装備の状況を確かめたのち、降服文書を認めサインを求めた。大隊長は直ちにこれに応じた。

この会見を凝視していた園主やインド人一同の面に、ほっとした安堵の色があふれ出た。もちろん私も安堵の胸をなで下した。

私は園主に付近に散在している英軍遺棄のローリー七、八台の収集と運転手の物色とを依頼した。直ちに大隊長と共に現場に急行した。

プ氏も、国旗はためく自動車で私達の車に続いた。私達の自動車はきれいな小さな村に入った。石段の上に美しい芝生のある広場があって、周囲に瀟洒《しょうしゃ》な平屋木造のハウスが並んでいる村のはずれで停車した。その広場に沢山のインド人将兵が自動車から降り立った日本軍参謀と二台目の車をおおう祖国インドの大国旗に眼と魂を奪われ、呆然と突立っていた。

私は、この一刹那《せつな》の好機を捉えて、大田黒通訳を促し「諸君！　私はインド人将兵との友好を取り結ぶためにきた日本軍の藤原少佐である。只今君達の大隊長は私に投降を申し出て署名を終えた。IILのプ氏と共に迎えに来た」と、大声で宣言させた。

プ氏が更にヒンズー語でこれを訳した。大隊長は私の傍に立って黙然とし、この咄嗟《とっさ》の措置を見守っていた。全インド人将兵の間にサッと歓喜の〝ドヨメキ〟が起った。

私は大隊長を顧みて全員の集合、人員の点呼、武装の完全解除、患者の特別措置を要求した。大隊長は四人の中隊長を集めて、私の指令を行動に移すよう命令した。その四人の中隊長の中に、先任将校と思われるシークの小柄な一大尉が私の注意をひいた。取り分け態度が厳粛できびきびしていたからである。

年の頃三〇歳前後と思われた。その眼には鋭い英智と清純な情熱と強い意志のほのめきが見てとれた。一見して優れた青年将校であると認められた。大尉に対する私の好意と注視とが彼に感得されたためであろうか。あるいは、昨日来園主を通じてわれわれに関して承知するところがあったためであろうか。大尉は大隊の命令を受け終って私達の前を去るとき、私とプ氏に対し友情のこもった眼差《まなざ》しで厳粛、活発そして素朴な敬礼をした。大尉の大隊長に対する態度も厳粛そのもので立派であった。私はますます件の大尉に心ひかれ、その挙措を注視した。件の大尉は直ちに全将兵を集合させ歯切れのよい口調で懇切に何事かを指図した。将兵は一言一言うなずいて諒解を表示した。指図が終ると主な兵器や弾薬や装具が一個所に整然と集められた。その仕事が終ると再び整列して兵は自分の前に所持の一切の刃物を並べた。ナイフからジレットに至るまで差し出された。大尉は更に各人のポケットまで一々点検を始めた。

他の中隊長もこれに見倣った。私はそれほどにするに及ばない事を告げ中止させた。次いで最後に再び人員点呼を行い、患者を一グループに集めて日蔭に休養させる措置がとられた。これらの措置はきびきびと一つの無駄な動作なく、最も能率的にしかも確実に行われた…………三〇分内外の時間で…………例の大尉は再び大隊長のもとに駆けて来て終了の旨を報告した。大隊長は私に向って正式に降服の措置が終ったことを告げた。

私は、大隊長と件の大尉に対し、接収完了を宣告したのち、インド兵の保護は日本軍の支援するIILの代表者プ氏を通じて行う旨告示してプ氏を紹介した。大隊長は件の大尉をプ氏および私に紹介した。

件の大尉!!　彼こそ、やがてＩＮＡの創設者インド国民軍の歴史的人物たるべきモハンシン大尉であった。私達の誠意ある行動が、敵将兵にかくも見事に感得共鳴せられた事実をわれわれは確認することができた。われわれは偉大なる成功の第一歩を踏み出したのである。

プ氏は、園主や村のインド人代表者とインド人将校をハウスの一室に案内して祝杯をあげた。その席上で、プ氏はＩＩＬ独立運動の目的、計画、今日までの経緯を説明した後、このたびの投降勧告について、藤原少佐のとった熱意ある行動を過分に賞賛した。同席した私は赤面した。私はプ氏に次いで、インド独立運動支援に対する日本軍の誠意と、開戦前よりのプ氏の愛国行動に対する私の数々の感激を説明した。

かくて、私達は園主が収集してくれたローリーに分乗して、アロルスターのＩＩＬ本部に向った。この光景を道路の両側や村端に潜伏し窺がっていたインド人の敗残兵は、何らの躊躇もなく路上に躍り出してローリーを止めた。そして車上のインド兵の数は段々増えて、すし詰になっていった。実に奇《く》しき光景である。アロルスターに着いたときは既に正午を過ぎていた。

大隊長英人中佐は、Ｆ機関の本部で傷の手当とマラリヤの予防服薬を終え暫時睡眠をとったのち、私とモ大尉に別れを告げて日本軍司令部に出頭した。

市民の保護

支那事変以来もつれた日支民族間の感情のせいだろうか、この都の支那人も日本軍の報復的暴行を恐れ、家を閉し郊外に避難してしまって今日も帰ってくるものが少なかった。マレイ人やインド人は、支那人の経済的搾取に羨望と反感を根深く持っていた。

日本軍がペラク河に向って英軍を追撃したために、この都の警備は一時真空状態が現出した。その隙を狙って、マレイ人やインド人の不てい分子が眼の仇のように白昼堂々支那人の家を襲い家財を運び始めた。私達がアロルスターの街に帰り着いたとき、街の秩序は乱れ切っていた。私は咄嗟に市民の生命と財産を保護せねばならないと決意した。しかしF機関には一名の武装兵も持っていなかった。僅か二〇数名のメンバーで一人数役の任務を背負って八方に活躍中であり、私の手元には二〜三名しか残っていなかった。しかも一名の武兵もなく、大部分が現地で臨時に参加したシビリアンである。ふと、モハンシン大尉が私の脳裡に浮んだ。私は、プリタムシン氏にこの市民の保護をモ大尉に依頼する相談を持ちかけた。プ氏は、私がたった今、投降したばかりのインド人部隊を手放しにして、このような仕事を一任せんとする私の大胆な提議に一驚したようであった。私は絶対の信頼と敬愛を得ようとすれば、まず自ら相手にそれを示す必要があると信じた。私は自分の全責任においてこの決意を実行することを熱心に述べ、警察署にあるこん棒と手錠を武器の代りに使用させる考案を語った。われわれの協議の結論をモ大尉に伝え、市民の保護に協力を求めた。モ大尉は即時同意してくれた。真摯、誠実、善良そのもののような風格のアグナム大尉がこの市民保護の任に当った。七〇〜八〇名の兵を率いて出発した。混乱していたアロルスターの街は一時間も経たないうちに整然たる秩序に還った。

日本軍将兵はこの光景を見て驚いてしまった。早くも日本軍将兵のF機関に対する信頼が生れ始め、インド兵に対する親しみと信頼の兆しが見えた。私達は更に数々の快報を得た。すなわち、中宮中尉が数夜にわたる苦心努力の結果スンゲイパタニー東南方の片田舎に退避し、不安におびえつつあったケダ州サルタン一族を救護した。パトナム軍医少佐以下の工作班が成功裡に敵中潜入し、それぞれ一〇名内外の投降者を獲得してきたこと。この工作方法が有望であることもわかってきた。この工作により、スンゲイパタニー付近で一〇〇名余りのインド兵がＩＩＬ宣伝班の手で保護された。昨日来の宣伝工作がきいて、水道や電気の技師一、二名が復帰し、街の水道や電燈がぼつぼつ復活し始めた。モ大尉以下のインド人将兵が、ＩＩＬ活動によって、日本軍に保護優遇されていることを伝え聞いた敗残のインド兵が三々伍々土地のインド人の親切な案内のもとにＩＩＬの本部に集ってきた。彼らはモ大尉の庇護下に入った。そのたびごとにＩＩＬ本部のメンバーは喜びに満ちた面持で通知をもたらした。すべてのインド兵は一人の日本兵の監視も受けることなく、モ大尉指揮のもとに自由に起居させられたが、一人の逃亡者もなくかえって増える一方であった。この日の夕刻頃から市民が続々と街に復帰してきた。ＩＩＬの本部には次から次へと土地のインド人が来訪してプ氏を通じて日本軍に対する色々の請願が行われたり、新しい情報が提供されたり、ＩＩＬ工作に対する共鳴と激励が行われた。

モ大尉は本部の裏にある警察宿舎にインド兵の宿舎と給養の設営を指導した。一糸乱れぬ軍紀を保持して整然と宿営準備が進められた。このあわただしい応接や指揮の合間合間にプ氏とモ大尉は懇談を反復していた。サルタンの舎弟は東奔西走、この都の治安と秩序の回復、市民の保護に精魂を傾けた。椎葉老人が懸命にその補佐に当った。アロルスターの町には早くも生気がよみがえった。

この夕刻は、以上のような快報とは反対に二つの悲しい事実に心を痛めなければならなかった。その一つは、コタバルに派遣した瀬川少尉が敵線に進出して英印軍インド兵に宣伝工作中、敵弾のために壮烈なる戦死を遂げた知らせと少尉の遺骨を二人のマレイ人がはるばると南タイを経由してもたらしたのであった。瀬川少尉は、去る一〇月、東京から私のメンバーとして派遣されてきた二十三歳の前途有為の青年将校であった。情義に厚いそして責任観念の強い勇敢、誠実、純情そのもののような人物であった。使命を共にし、生死を誓い合い、私が肉親の弟のごとく親愛していたこの瀬川少尉の悲報を聞いて心腸寸断の悲嘆に打たれた。だが、眼の廻るようなこの繁忙とＩＩＬメンバーインド兵諸君の手前、私は静かに彼を追憶し悲嘆に浸ることができなかった。悲壮を胸に包みながら私は任務に邁進しなければならなかった。マレイ人に託された日本軍のＦ機関長あての報告によると、コタバル方面のマレイ人、インド人の日本軍に対する親善協力気運は澎湃《ほうはい》たるものがあることが判った。マレイ青年連盟やＩＩＬの同志の宣伝であろう。

その二は、私が不てい住民の略奪からサルタン一族の邸宅を保護するため、この日の午後トンコの邸宅を巡視したとき、たまたま家族の哀願を退け若干の銀製食器類とマレイドルを強奪してその邸宅から出てくる二名の日本兵（戦友の遺骨を首に抱いていた）を発見したことであった。

私は、この日本兵の心なき行為を最も悲しんだ。私はその日本兵を引き止めて叱責し、じゅんじゅんと訓戒したのち所属の部隊長に報告を命じた。日暮れてから私はその部隊長から「今日貴官より不法行為の現場をとがめられた兵は、その行為を恥じ部隊長にその罪をわびるため、只今立派に自決して果てた」という報を受け取った。この日本兵は戦場の荒んだ雰囲気のうちに、自制心を失いふとした出来心からやったのであろう行為を恥じ、その罪をわびるため死まで思いつめたのであろう。私はこの日本兵の純情な悲劇に激しい衝撃を受けた。あのときもし私が見逃してやったら、あるいは部隊長に報告を命じなかったら、この天性善良な日本兵は死まで思いつめることはなかったであろう。私が彼を殺したのも同然であった。

祖国には彼が赫々《かくかく》たる武勲を立て晴れて凱旋する日を待ち焦れている両親や兄弟があるであろう。しかも一昨日はジットラーラインで勇敢な戦闘を遂げてきた武勲の勇士である。私は耐え難いほどの傷心にかられた。しかし、反面、勇敢な兵が戦場心理にかられて満州や支那でやったこの種の行為がどれだけ現地人に悲劇をなめさせ、日本軍の威信を損じ、民族の怨恨を招き、日本のため、また他民族のために拭うことのできない不幸を招いたことであろうか。今度の戦いだけは、一人の日本兵といえどもこのような行為があってはならないのだ。山下軍司令官も開戦の当初に全軍将兵にこのことを最も厳しく戒めている。にも拘らず住民の訴えによると、日本兵の中にこの種の行為が散発している事実がある。私は部隊長に部下を戒めてもらいたいと思ったのだ。また私の使命にかんがみ住民を保護し、住民に日本軍に対する絶対の信頼を抱かせたいとの熱烈な念願からとった処置であった。それが予期せぬこのような悲劇を生む結果となったのである。私は死をもって罪を謝し、他を戒めたこの日本兵の崇高な決意に、心から感謝しかつわびた。そしてサルタンの舎弟にことを伝えた。

徹宵の討議

今朝まで敵対の関係にあったモハンシン大尉と私は、ほとんど語り合うことなくして既に百年の知己のごとき信愛に入っていた。

その夜から私は、モ大尉およびプリタムシン氏と懇談を始めた。当夜の前半夜は、モ大尉をはじめインド人将兵投降の幸福な経緯を語り合った。お互いにその熱誠あふれる行動を賞讃し感謝しあった。モ大尉とプ氏は、今日午後私を悲嘆に陥れた二つの不幸な事件と私の傷心を聞いて心から悲しみかつ同情してくれた。後半夜、私はインド独立支援に関する日本軍の真意とＩＩＬとの協力の経緯を日本軍の見地からじゅんじゅんと説明した。そしてまたインド独立達成に関する私の見解を披瀝した。私は隷属民族の悲哀と不名誉を指摘した。またインドの独立はインド人の奮起と闘争なくして絶対に実現をみることなしと判断すると強調した。更に第二次欧州大戦に続く今次の大東亜戦争こそ、インド民族が決起してその自由と独立の光栄をかち得る唯一かつ最後のチャンスたるべきことを力説した。私は日本がインド独立運動をかくのごとき熱誠をもって支援する根拠について、今次戦争目的に掲げられた理念のほか、四つの私的見解を率直に付言した。その一つは、日本とインドはその目的達成のために敵を共通にしていること、その二は、インドを信仰と文化の母とする日本との歴史的因縁、その三は、東亜における地理的因縁と血族的因縁、その四は、インド民族の隷属的地位に対する日本民族の義憤であった。

　モ太尉は英国のインド支配や英人のインド人に対する差別待遇などにつき自ら幾多の事例を挙げて悲憤し、自由と独立なき民族の不幸と不名誉を痛論した。またインドの独立がインド民族の奮起に待つべきことについても、私の所信に共鳴してモ大尉自身祖国の解放に関する熱意については、決して人後に落ちないものであるといい切った。日本軍のインド独立運動支援の真意やこれに関する私の所見についても共感してくれた。しかしこの問題についてはモ大尉は、……自分は捕虜の身で、しかも恩人であり、日本軍の要職にある貴官に暴言を申し上げて失礼だが、日印両民族将来の幸福のために率直に所感を申し述べさせてもらいたいと私の容認を求めた後……日本の台湾、朝鮮の統治、満州、支那における政策乃至軍の行動についてインド人に与えている悪印象を縷々《るる》と説明した。その内容はかつてプ氏が私に披瀝したものと軌を一にしていた。私はその共通の忠言を虚心坦懐に傾聴し、かつてプ氏に述べたと同様の所見を応酬した。

大尉はこのような意見を語ったのち、インドの独立運動はその方法のいかんにかかわらず、インド政治運動の主軸をなす国民会議派の同調支援を受けるものでなければ決して成功し得ないとみる所信を強調した。私はこの大尉の所信がプ氏や私の所信と相隔るものであり、モ大尉の決起と日本軍との積極的協力の決意を抑制するものであることが判った。私は、国民会議派といえども情勢の推移に伴い、その政治運動の方式に変換をみることが必至であるとの見解を述べた。インド国民が、行動派の巨頭チャンドラボース氏の運動方式に同調するような外部情勢が生起し、あるいはチャンドラボース氏やこのＩＩＬの運動等が幸いに大きな実力を養い得て、直接祖国の解放に必成の行動を起し得る事態となれば、まずインド国民がこれに同調するであろうし、勢い国民会議派もこれを支援するであろうと強調した。われわれのこの討議は熱した鉄のごとく、熱烈に、真摯に、しかも大胆率直に交わされた。この討議により、私はモ大尉の祖国に対する熱烈なる愛情と英国の支配に対する義憤を確認し得て満足した。

モ大尉の決起は早急に期待できないが、誠意を傾けて討議を重ねれば必ず同調すると判断した。時は既に午前三時を過ぎていた。

今朝来、二十四時間にわたり深刻をきわめた緊張と感激との連続に伴う疲労さえ覚えないほど私はこの討議に熱中していた。互いに明晩の討議を約して戦陣の床についた。

会食

日本軍の急追により、ひとたびジットラーラインの堅陣から崩れた英印軍第十一師団は、ペラク河以北の地区で態勢を立て直すことは不可能に見えた。スンゲイパタニーでは膨大な軍事施設を放棄したまま、英軍はペラク河の南に急いだ。タイピンにおいても、組織的な抵抗を企図する兆しが見えなかった。もし日本軍が、ペラク河の大橋梁を英軍の破壊に先立って占領し得れば、戦線は急速に中部マレイ地区に拡大するであろう。ペナン島にも激しい上陸戦闘が起るかも知れない。

F機関の仕事は際限なく拡大して行く傾向となった。われわれは全力をあげて前線に活動し、戦場の住民と英印軍のインド兵に工作しなければならない最も重要な戦機に当面しつつあった。しかし一方早くもアロルスターやスンゲイパタニーに続々増加しつつあるインド兵捕虜の保護、宿舎、補給、衛生の指導に沢山の力が必要となった。モハンシン大尉の決起を促すため、同大尉との徹底的な討議と説得とは、私が自ら当るべき特に重要な命題であった。

その外、ペラク河以北の各地にIILの組織を急速に拡張しなければならない。コタバル方面には瀬川少尉に代わる連絡将校を派遣しなければならぬ。ケダ州をはじめマレイ各州サルタンの保護やマレイ青年連盟との連絡も随分と骨の折れる仕事であった。メンバーの過少がますます痛感された。私自身、身体が三つも四つも欲しいような有様であった。特に英語の通訳が務まるものは大田黒君一人だけで、われわれの仕事に最も大きな隘路《あいろ》を形成した。F機関自体の警備や、宿営や、食事の世話に充当する余分の要員は一人もいなかった。IILの斡旋や、F機関を慕ってやってくる住民の中からそれらの要員が選ばれた。そのためわれわれの食事は支那料理やマレイ料理に明け暮れた。

八面六臂《ぴ》の活動の余り、皆に疲労の累積が懸念された。十六日、私はこのF機関の難局を救援する二人のメンバーを獲得することができた。その一人は第五師団の通訳将校、国塚少尉であった。山口高等商業を卒業し、神戸のある貿易商会に勤務した経験のある新任少尉で、特に英語の天分豊かなそして才智に富んだ、きびきびした将校であった。いま一人はシンゴラ領事館の雇員である伊藤君であった。大川周明博士が主宰した大川塾の出身であった。日常英語とタイ語会話には支障ない程度の素養を持つ、紅顔純情の美青年であった。F機関にあこがれて、総領事館を飛びだして来たのである。私は、この二人の新鋭メンバーに、まずアロルスターとスンゲイパタニーに集結している全インド兵捕虜の世話と、モハンシン大尉とF機関との連絡の一切を負担させた。その頃インド兵捕虜の数は七〇〇名以上に達していたであろう。そして両君に本日以後、インド兵捕虜と起居、食事を同じくし、苦楽を共にするように要求した。両君には一挺の銃も与えなかった。いずれも熱意と有能において優れているとはいえ、経験の乏しいこの若いメンバーには、過重な任務ではあったが、私は両君に任務の完遂を要望せざるを得なかった。モ大尉にはインド兵捕虜諸君の自治と積極的協力とを切望し、快諾を得た。

両君の熱誠と親切とその純情、そして一〇〇%の愛きょうと機智は、たちまちインド兵仲間の寵児《ちょうじ》となってしまった。両君はインド兵と床を並べて寝、卓を共にしてロッティとカレーをむさぼり喰って、インド兵のために時計のように小まめに働いて、いささかの屈託も見せなかった。第一日から熱心にインド兵からインド語を学び始めた。十六日にはジットラーの戦闘で第五師団の手に落ちたインド兵捕虜が、Ｆ機関に引継がれてモ大尉のグループに加わった。解放も同然のこの寛容なキャンプ生活に移り、戦友と無事を祝しあう彼らの顔には、喜悦と安堵の色が満ちていた。

十七日正午、私はＦ機関と、ＩＩＬのメンバーと、モ大尉グループのインド人将校、下士官全員合同の会食を計画した。食事はインド兵の好むインド料理を希望し、インド兵諸君の手料理をモ大尉に依頼した。その準備で警察署の裏庭は朝からごった返した。

かっきり正午に、本部にいる私達は、一切の仕事を中止して戦陣の楽しい会食の団らんに入った。珍しい奇怪な料理が、かき集めの雑多な器に盛られて配列された。花がその卓上にしかれていた。俄か集めの楽器で怪しげなインド音楽が奏せられた。

私が単に親善の一助にもと思って何心なく催したこの計画は、インド人将校の間に驚くべき深刻な感激を呼んだ。モ大尉は起って「戦勝軍の要職にある日本軍参謀が、一昨日投降したばかりの敗戦軍のインド兵捕虜、それも下士官まで加えて、同じ食草でインド料理の会食をするなどということは、英軍のなかではなにびとも夢想だにできないことであった。英軍のなかでは同じ部隊の戦友でありながら、英人将校がインド兵と食を共にしたことはなかった。インド人将校の熱意にも拘らず、将校集会所で、ときにインド料理を用いてほしいと願うわれわれの提案さえ容れられなかった。藤原少佐の、この敵味方、勝者敗者、民族の相違を超えた、温い催しこそは、一昨日来われわれに示されつつある友愛の実践と共に、日本のインドに対する誠意の千万言にも優る実証である。インド兵一同の感激は表現の言葉もないほどである。今日の料理と設備は藤原少佐の折角の依頼にも拘わらず、こんな状況下における突然の催しであったため、きわて不十分な点を御寛容願いたい」といったような趣旨のテーブルスピーチをやった。語るモ大尉の一語一語は感激にあふれ、なみいるインド人は満面に共感の意を表し、割れるような拍手をもってこれに和した。私および私のメンバーの多くは、一〇月バンコックに到着して以来、インド人と食事を共にし、インド料理を口にする機会は今日がその最初であった。私達が卓上に箸やホークを見出せないで当惑していると、インドの友人が手づかみで食べる要領を手を取るようにして教えてくれた。昨日からその要領を会得している国塚、伊藤両君が、いかにも手なれたように装いながら、いち早く手づかみでカレーをぬたくったロッティをほほ張って皆の拍手を受ける。山口君が口にほほ張ったカレーの辛さに眼を白黒させて皆の爆笑を浴びるなど、食堂は文字通り日印一体の和楽に渦を巻いた。

油でいためた甘い飯や、口が裂けるほど辛いカレーや、皮つき骨つきの鶏肉等、私には全くもって手のつけようもない当惑物であった。私はたなごころまでカレーで汚れて、始末に負えない有様になった。モ大尉はじめ、同じテーブルの将校は、私の不恰好な喫食ぶりをほほえみながら見ている。全く顔から火が出るほどの思いである。モ大尉がこの有様を見兼ねて、私だけにホークを取り寄せてくれた。私はその優しい心遣いが嬉しかった。けれどもこうして無器用ながらインド人の習慣に親しみつつ、インド料理を味うことの方が私には楽しかったので、ホークを辞退した。

連夜の協議

モハンシン大尉は連日、昼間はプリタムシン氏との討議、インド人将校との協議、インド兵捕虜の宿舎、給養、衛生、その他身上に関する細心親切な使いなどで多忙をきわめている様子であった。ジットラーやスンゲイパタニーの英軍倉庫から、天幕や糧食や炊事資材や被服や衛生材料をどしどし運び込んだ。日本軍は進撃を急いでいるので、英軍倉庫の発見や管理を手抜かっていた。私は勝手に詳しいモ大尉にインド兵のため、日本軍占領の英軍倉庫から、これらの軍需品を運び蓄えて置くことを認可し督促した。軍司令部や補給機関に正式に申し込むと、量や品種に制限を受けて、出し惜しみされる心配があったので独断で措置した。

国塚・伊藤の両君が要領よくモ大尉を補佐して、日本軍とのトラブルを防いだ。インド人将校はモ大尉の手足のごとく一致して大尉を補佐した。インド人下士官や兵は誠心誠意将校の命令に服従し、一人の軍紀違反者もなく、到底捕虜とは思えないほど立派に軍紀を保持した。十七日の会食以来F機関のメンバーとインド将兵との親密さは、全く戦友のようになった。誠意のこもった眼差しで私に敬礼するインド将兵を見ると、かつて私が部隊付将校時代に愛した部下を見るような錯覚に陥り、インド人将校と敬礼や挨拶を交わすときは、自分の連隊付時代、後輩の将校団員に対して抱いたような親しみを覚えた。

前線に出たゴパールシン氏らの宣伝班と土持大尉の連絡班は、タイピン方面の敗走英印軍のインド兵に対し、不眠不休の宣伝活動を行い、投降インド兵をスンゲイパタニーのキャンプに送り届けた。中宮中尉はサルタンの一族を保護してアロルスターの王宮に無事届け、サルタン一族はもちろん、マレイ人と日本軍の両方から絶讃を浴びた。中尉はサルタンのために椎葉老人をアロルスターに残して、半時の休養をとることもなく、IIL宣伝班と共にペラク河の戦線に急いだ。瀬川少尉の戦死に伴って、コタバル方面の工作を措置するため、本部のただ一人の将校であり、私の女房役である山口中尉をスンゲイパタニーから飛行機でコタバルに臨時急行させた。

プ氏はモ大尉との協議や、IIL宣伝班の指揮の合間に、アロルスターの近郊に出かけてIILの組織の拡充に奔走した。IIL本部とF機関本部を中心とする私らの活動は、あたかも蜜蜂の巣のように繁忙をきわめた。

こうしたあわただしい活動のほかに、十六日から更に四日間、毎夜深更まで、私とモ大尉との間で、熱烈真摯な討議を率直に交わした。この討議によって、私はいよいよモ大尉の優れた人格を確認し、大尉の所信について正確な認識を得ることができた。モ大尉もまた私をいよいよ深く理解し親しんでくれた。モ大尉の熱烈なる愛国の至情と祖国解放に関する熱意は、最もたのもしく思われた。また大尉の同僚や部下に対する厚い情義感、軽々しく雷同しない深思熟慮の性格、真摯、素朴なる態度、強い意志、旺盛なる実行力と接する者に自ら与える和やかな風格など、革命統帥者としての天性に恵まれていた。私達は今次大戦がインドはもちろん、東亜の隷属民族独立のために絶好のチャンスであり、インド民族もこの好機に独立を自ら完成せねばならないという認識において、解放された諸民族は相剋対立を超えた、自由平等の関係に立って共存共栄せねばならぬという認識において、また日印民族はお互いに反目すべき何らの素因もなく、必ず親善提携し得る宿縁にあって、日本兵とインド兵が武器を持って敵対するがごときは、最も不自然不幸なる事態であるという認識において、更にまた、これらの大理想を実現するためには、東亜各民族の至純なる愛国的青年の提携決起にまたねばならぬという認識において、完全に共鳴することができた。モ大尉はまたチャンドラボース氏に対する敬慕を述べ、ボース氏のような偉大な革命家をこの東亜に迎えることができたならば、東亜の全インド人が決起するに至るであろうとの見解を披瀝した。

私は、私が接触するすべてのインド人が信仰的といってよい程ボース氏を敬仰している事実に、深い関心を寄せた。

私はこの関心を機会あるごとに、大本営の当事者に報告した。当時は、ドイツが破竹の勢いで近東方面に軍事行動を拡大しつつあったので、ドイツ政府は、ボース氏を東亜に送ることを同意しないであろうと判断した。と同時に、日本政府が従来インドをはじめ、東亜諸民族の民族運動に関して冷淡かつ短見であったために、いま大東亜共栄圏を提唱し、国家存滅の戦いに乗り出すに当っても、各民族を代表するに足る大革命家を一人も友として庇護していない事実を憾《うら》んだ。

私は、ボース氏を思慕するモ大尉の念願に対して、率直にボース氏を今直ぐ東亜に迎えることは困難と思われるから、差当り東亜におけるＩＩＬのこの運動を発展させ、ヨーロッパにおけるボース氏の大事業と相呼応させて、インドの独立運動を世界的規模において、推進する着想を披瀝した。モ大尉の念願を大本営を通じてボース氏に連絡すべきことを約し、モ大尉はじめインドの青年が奮起して第二、第三のボースとなることを督励した。

五日間の会談ののち、モ大尉は祖国の解放運動に挺身する決意に近づきつつあるように見えた。しかし、日本の誠意を更に確認すること、祖国の同胞特に会議派の支持を得ること、同僚インド人全将兵の堅確なる同意を得ることなどについて、更に慎重なる研究、検討の必要を認めている様子であった。私もまた革命軍を結成して、革命闘争に立ち上るというような重大な事柄を、一朝の思いつきや感動にかられて決心しても成功するものではないと思った。モ大尉をはじめインド将兵が全員一致、不抜の信念を固め、自発的に展開するものでなければ、絶対に成功するものではないと信じ、私はモ大尉に急ぐことなく慎重に熟慮されんことを切望した。プ氏も私と同意見であった。

なお、杉田参謀の助言もあって、この機会に、プ氏ならびにモ大尉が、日本軍司令官山下中将と面談して、インド独立運動支援に関する日本軍の意向を直接確かめることがきわめて意義のあることと考えられたので、これを両氏に提案した。プ氏も、モ大尉も私の提案を歓迎した。二〇日午後、私はプ氏とモ大尉をはじめ四名のインド将校を案内して、アロルスターの軍司令部に山下中将を訪問した。山口中尉と国塚少尉が同行した。

中将はわれわれの来訪を衷心喜び迎えてくれた。起って一行を作戦室に案内して、自ら大きな掌で作戦図を指し示しつつ、太平洋全域にわたる作戦経過を懇切に説明した。そして親しさに満ちた態度で、日本軍のインド独立支援に関する熱意を率直に披瀝し、藤原少佐を通じてＩＩＬの運動に対し全幅の支援を与える用意を述べ、いかなる希望でも遠慮なく申し出るよう付言された。参謀長鈴木少将、杉田参謀がこの会談に列席した。

プ氏、モ大尉も交々《こもごも》日本軍の好意を厚く感謝した。この会談は四〇分にも及んだ。一行は山下中将の巨体から発する燃えるような闘志とインド独立問題に関する熱意と懇切に接して、非常な感銘を受けた。

殊に将軍のユーモアたっぷりの打ち解けた話術は、一層彼等の心をほぐし、将軍に対する信頼と親しみを深くした。就中《なかんずく》将軍が微笑をたたえながら、プ氏とモ大尉に、「諸君には故国にいとしい夫人がおありでしょうな」と問いかけ、両氏が顔を見合せてもじもじしていると「最愛の妻と別れて異境に戦っておられる諸君の心中を深く御察しする。しかし、今後は御夫人の代りに藤原少佐を心友として、一心同体アジアの興隆、インド独立のため闘ってください、少佐はきっと諸君の満足すべきベターハーフになってくれるでしょう」と、話しかけた時は、みんな顔を見合せて心からほほ笑んだ。将軍は一同の辞去に当って、われわれに金一封（一万円在中）と清酒二本を陣中見舞として贈り、激励された。帰途、一同は、交々山下将軍の人となりを讃え合い、こんな美しい人間性豊かな面談は、英軍の将軍には夢想だにできないことだと、興奮に息をはずませつつ語り合っていた。私はこの面接が、モ大尉決起の決意を一層促進したと見て内心得意となった。

この会談の前々日に私はペナンの英人が全部撤退し、監獄に収容されていた日本人はインド人やマレイ人の看守によって、全員救出されたとの報を受けていた。救出された一日本人が住民の協力を受けて注進に来たのである。ペナン島は英軍の手によって堅固に要塞化され、あくまでも、その確保を企図するだろうと日本軍当局者は判断していたので、この報は全く意外であった。

モ大尉との協議も一段落となり、アロルスターのインド兵捕虜の生活も安心できる見通しがついたので、私は次の新しい行動に急がねばならなかった。

決起

晴天白日旗

急調な日本軍の進撃は、われわれがこれ以上長くアロルスターに止まることを許さなかった。十二月二〇日夕、ＩＩＬおよびＦ機関の本部はまずスンゲイパタニーに、次いでタイピンに躍進を急がねばならなかった。

私達がまさに十字街の本部を出発せんとする矢先に、第二十五軍の参謀副長馬奈木少将が入って来た。この将軍はマレイの軍政担当者であった。私は引返して将軍を部屋に案内した。

将軍は焦燥の口調で、二つの協力を私に要望した。その一つはＩＩＬの活動とＦ機関の宣伝が効を奏して、インド人とマレイ人は町に復帰してきたが、華僑の大部分は依然として復帰してこない。支那人に対して安心して復帰するよう宣伝する方法はないであろうか。差当りＦ機関において、その宣伝に協力してくれまいかという希望であった。その二つはケダ州のサルタンを救出し、また去る十四、十五日頃アロルスターの治安が混乱した際、モハンシン大尉をはじめ、インド兵諸君が市民の保護に当った謝礼を述べたのち、椎葉老人をケダ州軍政機関の要員に専属してくれまいか、という要求で

あった。私は将軍のこの申し出に対し、まず私の希望意見を述べて将軍の諒解を求めた。私の申し出た希望意見は、

一　軍は直ちに敵対行為をとらない支那人、インド人、マレイ人の一切を敵性国民と認めないのみならず、その生命、財産を保護しかつ自由を保証する宣言をすること。

二　支那人およびインド人はそれぞれ青天白日旗と糸車のインド国旗を自由に掲揚し得ること。ただし、青天白日旗には汪精衛政権擁護の標識（和平建国と記した布片をつける）を明瞭にすること。

三　インド人に対する軍政指導はなるべく、ＩＩＬ支部を活用し、その意見を尊重するごとく考慮し、その集会の自由を認めること。

四　軍政機関の要員を第一線に推進して、硝煙のなかに宣撫する果敢機敏なる活動をなすこと。

五　一部将兵の不法なる行為が散発しつつあるにかんがみ、厳重に取締ること。

などの五つであった。特に支那人宣撫の重要性を付言強調した。将軍は私の意見に共鳴し同意してくれた。私は軍政機関が進出するまで余力ある限り支那人に対する宣撫に協力すること、ペナン軍政機関にＦ機関の田代を臨時増援すること、椎葉老人をケダ州軍政機関に専属させることなどを承諾した。私は直ちに田代氏をペナンに派遣し、また椎葉氏と別れを惜んでその専属を措置した。私達の仕事はこのために一段と重くなったが、電撃作戦に邁進《まいしん》している軍は戦場における民心把握の仕事に手抜りになりやすいことを懸念し、敢えて協力を引き受けた。私はこの会談を終えると直ちにタイピンへの車行を急いだ。

スンゲイパタニーやクルン、クリムにおけるIILの結成と、インド兵捕虜の保護と、支那人に対する宣伝のためにわれわれはスンゲイパタニーに四日間の滞在を必要とした。

この間、私は、先に中宮中尉が救出したケダ州サルタンの長男ラーマン氏（元首相）を、スンゲイパタニーの南方のクリムの別邸に訪ねた。ラーマン氏は、私の訪問を心から歓迎し、F機関中宮中尉の手厚い救護と、アロルスターにおけるF機関の市民とサルタン一族の保護を心から感謝してくれた。ラーマン氏は三十二〜三十三歳と思われる、気品と教養に富んだ偉軀堂々の洗練された紳士であった。ケンブリッヂに学んだとのことであった。私はラーマン氏の厚意もだし難く、別邸に一夜の宿を借りてアジアの将来、日本とマレイ民族の協力、マレイにおけるマレイ人、インド人、華僑の親和問題等を心ゆくまで討議し共鳴し合った。そして、ラーマン氏自らペナン放送を利用して、マレイとスマトラの住民に、日本軍に対する協力を呼びかけてほしいという私の申し出に心からの同意を得た。その際、ラーマン氏から感謝のしるしにとて、同氏愛用のステッキの贈呈を受けた。柄《え》は厚い純金で二段に装飾され、同氏のネームが彫刻された逸品である。この逸品は、その後の連戦中も失わず、わが家の宝として保存し、当時を偲ぶよすがとなっている。

一方この地方の支那人は、F機関の宣撫に安堵し、猜疑や恐怖を解いて避難先から続々復帰した。町々の支那人の家ごとに青天白日旗を掲げ、日本軍に対する協力の用意を表示した。その光景は、双十節の祝祭日のように、戦場の空気を和ませた。支那人は、漸く略奪から免れるようになった。

一月二十三日、タイピンは既に日本軍の手中に帰し、日本軍はペラク河の北岸に進出しつつあった。

ペナンの大会

プリタムシン氏と私は三日間の予定をもってペナンに向った。この地に詳しい鈴木氏が私達の自動車を操縦して案内に当った。われわれの本部は、この間にタイピンに躍進するように命じた。バタワースの対岸からながめたペナンは絵のように美しかった。六甲を背景とする祖国の神戸をしのばせるものがあった。ただ埠頭に転覆している船が、硝煙の匂いを意識させるだけであった。しかし、ひとたびペナンの街に上陸すると、対岸から美しく見えたこの街は、到るところ日本軍の爆撃を被って無数の浅傷《あさで》、深傷《ふかで》を負っていた。街上には瓦礫が散乱し、崩れた建物のあちらこちらから、非業に倒れた市民の死臭が鼻をついた。市の中央のグラウンドに数千台の自動車が集められつつあった。

海岸の豪壮なオリエンタルホテルが、日本軍軍政機関の臨時の本部に当てられていた。英軍のために危うくインドへ連行される運命を免れ、監獄からインド人やマレイ人に救出される幸運を拾った日本人達でにぎわっていた。土地の事情と言葉に詳しいこれらの人々は、軍政機関のために百万の味方であった。この人々は多くは祖国を去って既に一〇年〜三〇年の長きに及ぶ人々であった。多くはささやかな写真屋や理髪業や雑貨店や宿屋などを経営して、数奇な運命をこの異境に送り迎え、知識や教養は必ずしも高い人々ばかりではなかった。ことに最近国際情勢の悪化に伴って英当局の圧迫が厳しくなり、マレイ人やインド人の警官からつけねらわれて、現住民にも肩身の狭い境遇にあった人々である。僅かにこの十二日間に……開戦、投獄、日の丸機の来襲、英軍の敗走、救出、日本軍の上陸……驚愕から恐怖のどん底へ……恐怖から歓喜の絶頂へ!!

極端な幾急変転に奔弄《ほんろう》されて、救いの岸に打ち上げられた人々であった。どの人の言動にもいまなお興奮があらわであった。

そして昨日までの地位と打って変って、今日は現地人を見下す権力者の地位に置かれたのである。マレイ人や支那人が平身低頭してその前に群がっていた。私はこの同胞の歓喜の胸中を察して胸が熱くなった。が同時にこの人達の態度が現地人に対して、更に謙虚丁寧で温情深くあってくれたら……この人達が軍政機関の職員としての自覚に欠け、権力の乱用をやったら、その弊害は尋常一様ではないぞ、と懸念した。軍政機関といっても、土地の事情も言葉も知らない河瀬中佐と二、三名の職員だけのいまの状況では、この人々の自覚のある協力が必要であり、急速に日本軍当局の善処を要する問題であった。私はかつて予科士官学校生徒時代の教官であった縁故の河瀬中佐に会って、私の意見を忌憚なく披瀝した。そしてインド独立連盟の保護と育成を切に懇願した。

埠頭で私と一別したプ氏は直ちにインド独立連盟の宣伝に取りかかった。

翌日午前プ氏の使いの案内を受けて、晴れのＩＩＬ結成大会会場に臨んだ。広い会場は一万を超えるインド人の大衆に埋められ、数流のインド国旗が浜風にはためいていた。プ氏と私はこの大衆の全視線に迎えられつつ正面の定めの席に導かれた。サリーという純白のインド服をまとった小柄な紳士が静かに進みでて、慇懃《いんぎん》に握手の手を差し伸べた。大田黒氏の通訳を介して、この島のインド人代表ローヤル・ラガバン氏であることを知った。私は氏と対面のこの一瞬に、叡智と慈愛と熱情を象徴する両眼、深い思慮と重厚な徳を示す、うるみを帯びた口調、謙虚な徳と清純沈静な風格を示す物腰など一見して氏は最高度の教養を身につけた衆望の紳士であることがうかがわれた。氏に次いで、ラガバン氏の縁者のメノン氏を紹介された。親しみ深い温厚な紳士であった。一同が席についてから、まず プ氏が演壇に立って熱弁を振った。

プ氏はIILの目的や運動の経緯を語ったのち、アロルスターやスンゲイパタニーにおいて、IILの下に保護されつつあるインド兵捕虜や住民の幸福な状況を説明し、更に近き日にそれらのインド人有志をもってインド独立義勇軍を結成し、祖国の桎梏《しっこく》を断ち切らんとする烈々たる決意を強調した。満場の大衆は熱狂歓呼してこれに応えた。プ氏に次いで私は壇上に送られた。アロルスターの大会と同様の趣旨を強調したのち、将来インド独立義勇軍が祖国解放の遠征にのぼる時来たらば、日本軍もまた旗鼓相和して支援すべき抱負をのべた。

最後にラガバン氏が起って、荘重なうるみのある声調をもって切々たる雄弁を試み満場の大衆を捉えた。特に日本軍がインドの解放に協力し、またIILを支援してマレイの印度人とインド兵捕虜を保護しつつある友情に対して、満腔の感謝を述べた。また祖国の解放と自由の獲得こそ、全インド人の念願であり、すべてのインド人は祖国解放の闘いに殉ぜんとする愛国の熱情を蔵していることを強調し、IIL運動に対して全幅の支援と協力の用意を力説した。大会は大衆一致の共鳴を受けて終了した。大衆はこぞってIILに参加し、IILの運動とインド兵捕虜救恤《きゅうじゅつ》のため、献金を申し出、尊い献金が積まれた。

その夜私とプ氏は、ラガバン氏はじめペナンインド人有力者主催の晩餐に招宴された。この席上私はラガバン氏やメノン氏と更に胸襟を開いて懇談することができた。会場におけるラガバン氏に対する私の初印象はますます鮮明になった。ラガバン氏と私の間の敬愛と信頼はこの夜の懇談によって決定的に結ばれた。私はマレイＩＩＬの運動に、ラガバン氏のごとき指導者を得たことを非常に心強く思った。

「後記」

ラガバン氏は、その後ボース氏の組織したインド仮政府の蔵相に就任した。氏は、今日まで書斎に私の写真を飾っているとのことである。氏はインド独立後、インドネシヤ、チェコ、中共、フランス、アルゼンチンの大使を歴任引退して、昭和四十年春、遥々夫婦揃って東京に私を訪ねてくれた。

タイピンへ

十二月二十五日、大成功裡にペナンの大会を終えた私達は、タイピンに向った。ＩＩＬとＦ機関の本部は既にタイピンの公園に臨む美しいアスターハウスに陣取っていた。タイピンの町の支那人は戸ごとに青天白日旗を掲げていた。プリタムシン氏は例によってタイピンのインド人に対する宣伝に奔走を始めた。

本部に私を待っていた土持大尉は、私に心外千万な報告をした。それは馬奈木少将の諒解とその要望に基いてＦ機関が行っている支那人に対する宣伝が、第二十五軍の幕僚間で非難されているということであった。非難の理由は「マレイは日本帝国の領土たるべき地域である。その地域に住む支那人……特に従来抗日意識が露骨であった……は当然日本の国旗を掲揚せしむべきであって、青天白日旗を掲揚させることは不都合千万だ。直ちに青天白日旗を日の丸の国旗に変更させよ」というのであった。多分に感情的なものが含まれていた。

英統治下においてさえも、双十節等の祝日に彼らは祖国の国旗を掲揚することを認められていた事実もある。いわんや東亜の隷属民族を解放し、新秩序を建設せんとする日本は、彼らに祖国の国旗を許すほどの寛容を示してしかるべきである。まして、軍政を担当する参謀副長馬奈木少将が一旦容認したものを、たなごころを返すように否認するがごときは、彼らに対する日本軍の最も重大なる不信行為というべきである。その結果は支那人の日本軍に対する従来の猜疑や恐怖を一層大きくする恐れがある。私は馬奈木少将を訪ねて、この見解を述べ軍の不信を詰問した。論議を重ねたが馬奈木少将は考慮の余地を示さなかった。この参謀部の強硬論に圧倒されたのであろう。

日章旗と併用する案を提案した。がそれも許されなかった。私はこのように感情に捉われた狭量な威圧的態度をもっては到底支那人への宣撫はできないと思った。支那人に対し、私は不信を示すに忍びなかった。私ははっきりとF機関の支那人に対する宣伝協力を断わった。私の重要使命であるインド人の国旗掲揚が否認されなかったのがせめてもの心慰めであったが、私の心は重く、支那人の民心把握に、不幸な前途を予想した。

この無理解な措置が、華僑の日本軍に対する反感、恐怖を高めた心理的感作は大きかった。華僑の要人は海外に逃避した。残存者は扉を閉して日本軍の心を窺い、積極的協力をちゅうちょした。華僑のこの心理状態を巧に利用したのが英軍と共産系華僑である。華僑を利用して抗日義勇軍を編成して、警備の外、日本軍に対するスパイ活動や後方撹乱をはかった。こうして日本軍と華僑の疎隔がますます深刻となって行った。その揚句、シンガポール陥落直後のシンガポール、ジョホールバル、ペナンの華僑大量虐殺の惨事を生み、国軍否日本の歴史に拭うことのできない汚点を残すこととなった。

この日パタニ――ヤラ――ベトン道を前進中の安藤支隊方面に活動しつつあった米村少尉が、久し振りに連絡に帰ってきた。彼が指導したハリマオは、ペラク河上流のダムに英軍が装置していた爆破装置の除去に成功した。しかし、英軍のペラク河の橋染爆破装置を撤収する仕事は失敗に終ったことを報告し無念がった。マレイ人に扮していた少尉の面は、疲労の影が深かった。ハリマオはこの失敗に切歯し、更に引き続き敵線内に潜入して行ったことを知った。この日、山下将軍はマレイの都クアラルンプールの占領を目指し、第五師団と新たに追加した近衛師団に対して、ペラク河渡河の進撃命令を発した。この戦況は更にわれわれの新たな活動を促した。米村少尉は休養の暇もなく、その夜直ちにＩＩＬ宣伝班と共に前線に急いだ。

接触

その翌日、増淵氏は一人のマレイ人を案内してきた。増淵氏の紹介によると、私が接触に焦慮していたマレイ青年連盟（ＹＭＡ）の副会長オナム氏であった。私は珍客の来訪に驚喜して氏を私の部屋に案内した。オナム氏はとつとつといまこのＦ機関にたどり着くまでの経緯を説明してくれた。その経緯というのは次のようであった。

「ＹＭＡ会長のイブラヒム氏は十一月下旬にバンコックから私が送ったメッセージを入手し、日本軍との協力について全マレイの同志に指令を与えた。バンコックに使節を派遣して連絡すべく色々研究中、早くも開戦を迎えたので実行できなかった。開戦の日、ＹＭＡの幹部が経営しているワルタマライヤの社屋で会議中、英官憲によって一網打尽に逮捕されたために、積極的な活動ができなかった。

しかしコタバル方面には多数のメンバーがいるから、さきの指令に基いて日本軍に協力しているはずである」と。私はＹＭＡ幹部の受難とオナム氏脱出の苦労を慰め、相協力して同志を救出することを約した。オナム氏は私の激励に感謝し、直ちにタイピン、イポー付近の同志を糾合して活動を開始せんとする決意を述べて、私のもとを辞した。

この日の午後、プリタムシン氏はインド人大会を開催し、この町にも全インド人の共鳴を得て、ＩＩＬの支部を創設することができた。いまやＩＩＬの運動は北部マレイの全域に、燎原の火のように拡大しつつあった。

二十七日、この日は山下将軍の命令に基いて、第五師団と近衛師団がくつわを並べてペラク河を渡河して進撃する日であった。

第五師団の主力は、ゾンジャン付近においてペラク河を渡り、カンパル――スリム――クアラルンプール道をクアラルンプールに進撃するのであった。その一部はルムト港から舟艇を利用して海上から英印軍の側背に迂回する計画であった。近衛師団は、クアラカンサル付近でペラク河を渡河して、イポー――ゲマス――クアラルンプール道を、クアラルンプールに進撃する命を受けていた。ペラク河の南方に敗走した英印軍第十一師団は、カンパルからスリム付近にわたる密林の長隘路に拠って頑強な抵抗を企図するだろうと判断されていた。

十二月三日、卒然増淵氏が一人のスマトラ人を伴って私の部屋に入ってきた。その名はモハマットサレーといった。同君はアチエの種族で回教の教師であった。

北部マレイにおける日本軍の急進撃とインド人やマレイ人が、それぞれ民族の解放と自由の獲得のために、F機関を介して日本軍と提携協力しつつある盛観に刺激されて、アチエ民族と回教の理想擁護のために決起を決意し、F機関に協力を申し出てきたのであった。サレー君の来訪に続いて、ペナンに活動中であった中宮中尉と田代氏が、更に二人のスマトラ青年を帯同してきた。いずれもアチエ族で、背の高い方の青年はケダ州ヤンの回教学校の教師サイドアブバカル君であった。背の低い方のいま一人の青年は、トンクハスビ君であった。増淵氏はまずこの二人の青年が私に紹介されるようになった経緯を説明した。民族の解放と回教徒の自由を志すサイドアブバカル君は、日本軍のマレイ進撃の報を聞くや、いよいよ秋《とき》到れりと、密かに日本軍の支援を受けて、かねての志に決起せんことを決意した。

ハジの祭日を利用してペナンにおもむき、同志のトンクハスビ君と相謀った結果、たまたまペナンに上陸してきた日本軍に連絡をつけて、日本軍宣伝隊のペナン放送部に入ろうとしたが成功しなかった。色々画策中、同地に、中宮中尉、田代氏が機関から進出してきて、インド人や華僑に対する工作に当っていることを伝え聞いて、その事務所を探し当てた。入口からモジモジと中の様子を窺っているところを、中宮中尉にとがめられ、その真情を打ち明ける機会を得たのである。

かねがね、スマトラ工作の端緒をつかみたいと、あせっていた機関の立場から、中宮中尉は得たりとばかり、彼を本部に同行して来たのであった。

私は、二人の青年に椅子をすすめて、重ねて彼等の希望と決意を確認した。そして二人に「マラッカ海峡……英艦隊がなお押えている……を越えて、アチエの反蘭運動を促すことの容易ならぬ困難を指摘して、千死、万死の覚悟を要する。二人にその理解と用意があるか」と決意の程を糾《ただ》した。回教徒サイドアブバカル君はこの私の問に対して即座に、「私達の理想は民族の自由と回教徒の幸福のために、オランダの支配から脱することであります。私は日本軍を、この私達の願いをかなえてくれる正義の軍であると信じます。私達は民族とわが宗教のために喜んで日本軍に従いたいのです。これこそ私達唯一の念願であって、既に以前から日本軍の来援を待っていたのであります。私達のこの念願は全アチエ人の念願であります」とはっきりと答えた。二十二〜二十三歳と思われる同君の顔は紅潮して、押え切れないような血潮の高鳴りが看取された。私は両君の決意と熱誠とに敬意を表したのち、重ねて「民族運動や革命を志す者、特にその実行運動の第一線に挺身するものは、国家や民族の捨石となる覚悟がなくてはできないと思います。諸君の身の上にも取返しのつかない不幸が起きるかも知れませんが」と語ると、サイドアブバカル君は意外なことを仰せられるといった面持《おもも》ちで、「私達は宗教と民族のためならいついかなる受難にあっても、固《もと》より少しも悔ゆるところがありません。私はこのたびの決意に当って、この覚悟を厳粛に神に誓います。アチエ民族は、すべてこの信念に燃えております」と昂然と答えた、私は重ねて「両君の信念と決意のほど敬服のほかない。それでは北部マレイでスマトラ人の同志を糾合できるか」と尋ねた。サイドアブバカル君は「ペラク河の流域とペナン一帯には、相当気骨あるスマトラ青年がいます」と答えたので、私は「それではまず同志の糾合に奔走してはどうか。なおアチエ人だけでなくメナンカボ人やバタック人も糾合されたい」と促すと、サイドアブバカル君は「早速糾合します。それから私達は今日からFメンバーにしてもらいたいと思います。日本軍に絶対の忠誠を誓います」と応諾し、希望を披瀝した。私は両君の希望を入れてサレー君と三名をまずFメンバーとすることとした。増淵氏をスマトラ青年団との連絡支援の主任者と定めた。

それから増淵氏に、軍の宣伝班に依頼してスマトラに対する放送宣伝を強化することを命じた。サイドアブバカル君達の同志もこの放送に加わることとなった。先に救出されたケダ州のサルタンのトンコ（子息……元首相ラーマン氏）も進んでこの放送に参加を申し出、敵域全マレイ人に反英対日協力を呼びかけた。僅か一キロワットの放送局であったが、スマトラのメンバーとサルタン一族のこの放送が、マレイとスマトラの現住民に決定的反響を巻き起したことが、程なく明らかになった。

コタバルに臨時派遣していた山口君が二名のYMA会員を伴って帰ってきた。同君の報告によると、瀬川少尉に同行させた長野、橋本の両君がIILの宣伝班を支援して、佗美《たくみ》支隊と行動を共にし戦線に活躍していることが確認できた。またコタバルにIIL支部とYMA支部が再建されて、インド人もマレイ人も日本軍に協力して復興を急ぎつつあることも知ることができた。

更に開戦直前、徴兵検査のために日本に帰っていた石川君が戦線に追及してきた。家族からの心強い通信を持ってきてくれた。山口、石川両君が帰ってきてF機関本部の陣容が強化された。

モハンシン大尉の決起

昭和十六年の年の瀬、十二月三十一日も日没となった頃、アロルスターからモハンシン大尉が予告もなく突然訪ねてきた。アグナム大尉と国塚大尉が同行して来た。私は玄関に出迎えた。モ大尉を一目見た瞬間、私はモ大尉の優れない容貌とその中に看取される異常な緊張の色に驚いた。手を差し伸べてモ大尉の手を握ったとき、その手は火のように熱かった。くちびるはカラカラに乾いて呼吸もあえぎ気味であった。モ大尉の頬はげっそり細くなっていた。

驚いて「大尉。大変な高熱じゃありませんか。どうしたんですか。一体こんな高熱を冒してはるばるやってくるなんて、何故そんな無理をするのですか」となじるように尋ねた。

モ大尉は「しばらく振りです。マラリヤにかかったのです。実は少々無理だとは思いましたが、私達の重大なる決意を一刻も早く少佐にお伝えして、協議致したいと、思ってやってきたのです」と答えた。私は大尉の一徹な強い気性に眼を見張った。

私は要談もさることながら、モ大尉のこの容体が心配になったので、強いてモ大尉に、マラリヤの薬を服用させ、暫時の休養を促した。

増淵氏やアグナム大尉が付き添って看護に当った。モ大尉はジットラーの戦線を脱出するときに、この病気にかかったのであろう。責任観念の旺盛な、几帳面なモ大尉は、帰順後、連日連夜プリタムシン氏や私との協議、将兵の宿営給養、衛生の手配や、更に決起に達する思索、将兵との評議などに、ほとんど休養の余暇もなかった。その過労から、ついに発病したのであろう。しかも、この高熱を冒して、私と協議のためにやってきた大尉の情熱を想うと、頭の下がる想いがした。

数刻ののち、モ大尉は起き上がって、まずプ氏と要談を終えたのち、私の部屋に入ってきた。モ大尉は「先ほどは有難うございました。もう大丈夫です」と笑みをたたえて語った。幾分熱も下がって容色も回復したように見受けたが、疲労の色が濃かった。ソファを勧めて楽な姿勢で要談することとした。モ大尉はおもむろに口を開いて、「われわれ将兵は数次の慎重なる協議ののち、次に述べる条件が日本軍によって容認されることを前提として、全員一致、祖国の解放と自由獲得のため決起する決意を固めました。ついては、次のような取り決めが、日本側から快諾されることを希望します」と語った。モ大尉から提言された内容は、「㈠モ大尉はインド国民軍（ＩＮＡ）の編成に着手する。㈡

これに対して日本軍は全幅の支援を供与する。㈢ＩＮＡとＩＩＬは差当り協力関係とする。㈣日本軍はインド兵捕虜の指導をモ大尉に委任する。㈤日本軍はインド兵捕虜を友情をもって遇し、ＩＮＡに参加を希望するものは解放する。㈥ＩＮＡは日本軍と同盟関係の友軍と見做す」等々の条件であった。私はモ大尉のこの決意と申し出は、個人としては直ちに賛同し得るものがあった。しかし、きわめて重大な問題であり、軍司令官の意向を確認する必要があるので即答を保留した。

この私の意向をモ大尉に伝えたのち、モ大尉の提言に対し、若干の希望意見を述べた。それはＩＩＬとＩＮＡの関係であった。私はこの両者の関係は車の両輪、鳥の双翼のごとくであらねばならぬ。このような革命軍は、分けて国民の全面的支援の上に立つ組織でなくては大成し得ない。モ大尉がインド独立義勇軍の名を排し、インド国民軍の名を採用したのは、この趣旨を深く考慮されたものと思う。またＩＮＡは英印軍にあったインド人将兵だけではなく、一般インド人の同志も広く包含する必要がある。ＩＮＡは革命軍たる本質にかんがみて、殉国の志操堅固なる精兵主義を採るべきである等々の見解を強調した。モ大尉は私の意見を快く聞き入れてくれた。種々談合の結果、差当りはＩＩＬとＩＮＡとは協力関係とし、ＩＩＬの支援のもとに編成し育成することと、まずインド兵捕虜を主体として組成することを申し合せた。ＩＮＡを急速に強化するため、モ大尉はＩＮＡの優秀なる分子を戦線の英印軍に潜入させて、同志を糾合する工作を速かに開始することとなった。

モ大尉の要望事項の一つ「同盟国軍に準じてＩＮＡを処遇する」問題については、公的な正式取り決めは、現段階においては技術的に困難が伴うので、差当り実質的に希望に応ずることとして諒解に達した。ＩＮＡの結成については、健全な育成に達するまで、差当り公表を見合わすことに意見が一致した。モ大尉はＩＮＡ本部を編成して、近日イポーに前進することとなった。

私とモ大尉の討議が完全なる諒解に達したので、私は直ちに山下将軍の司令部に鈴木参謀長と杉田参謀を訪問して、モ大尉の申し出を報告し、私とモ大尉との討議の経緯を説明した。鈴木参謀長は同盟国軍として正式に取り決めることについては、私と同様の見解を明かにしたのち、モ大尉の提案を容認し、山下将軍の認可を受けた。私はこの機会に、更にＹＭＡ副会長オナム氏やスマトラ青年サイドアブバカル君等との接触についても詳細に報告した。鈴木参謀長、杉田参謀はこの接触の成功も非常に喜んでくれた。

私は急いで本部に引返し、山下軍司令部のこの意向をプ氏とモ大尉に通告した。

プ氏もモ大尉も非常に満足してくれた。丁度バンコック駐在武官田村大佐が、はるばるとわれわれを慰問に到着していた。私もプ氏も交々その後の工作の発展経緯を、恰も孝行息子が慈父に学業の成功を報告する光景よろしく語った。そしてモ大尉を大佐に紹介した。大佐は私達のこの偉大なる成功の第一歩を確認し、心から喜んでくれた。大佐こそ、この工作の産みの親だからである。井芹書記が大佐に随行していた。彼も亦、バンコック潜在中、われわれの好いベターハーフであった。皆揃って祝杯を上げた。開戦前からバンコックの武官として、タイの把握に、マレイ、ビルマの情報収集に、戦略資源の獲得に、そしてＦ機関のマレイ工作と南機関のビルマ工作の準備と支援に肝胆を砕き、偉大な業績を挙げた田村大佐の訪問を受けた第二十五軍司令部の幕僚の応接が、何故か、非礼冷淡であったらしい。大佐は口を極めて憤まんをもらした。そして私の機関の歓迎に、伜の家にたどり着いた好々爺《こうこうや》のように満足してくれた。

私はモ大尉に、本夜は私の本部に休養し、明日アロルスターに帰ることを勧めたが、モ大尉は会談の結果を全将兵に一刻も早く報告して、ＩＮＡの編成に着手し、速かに活動を開始する必要を力説して帰りを急いだ。去るに臨んで、モ大尉は私の手を固く握り、「私は元来決意に至る経緯は慎重で遅い性質であるが、一旦決意したのちは、断じて決意を貫く意志をもっている。私は祖国に結婚日なお浅い妻を残して来ている。英当局が私の決起を知ったならば、私の家族は必ずや迫害を受けるであろう。私は祖国のために、敢て自分の身体と最愛の家族を捧げる決意である。先日山下将軍がいったように、私には最愛の妻を失う代わりに、最も敬愛する少佐を心友に得たことをもって満足する。私と共に決起する全将兵が祖国に残してきた家族の受難を忍んで、祖国のために決起する決意を固めるに至った赤心をくんでやってもらいたい。祖国解放の大義のために、一切を捧げる決意を固めたＩＮＡ将兵の戦力は、英印軍の一員であった当時とは、面目を一新するであろう」と語った。私はモ大尉の一語一句に、胸をしめつけられるほどの強い感動を受けた。私は私の身命をとして、ＩＮＡ将兵の偉大なる心願成就に、協力せんことを己の心に、またＩＮＡ将兵に固く誓った。モ大尉はアグナム大尉と国塚少尉を伴って、高熱の病気に屈せず、夜暗《やいん》をついてアロルスターに向って出発して行った。既に夜半を過ぎていた。プ氏が念願した違大なる理想、祖国解放の十字軍がいよいよここに呱々の声を挙げたのである。

インド独立運動史に、また独立インドの歴史に、金文字をもって永遠に記録さるべきＩＮＡは、このようにして一九四一年十二月三十一日、マレイのペラク州首都タイピンにおいて、光輝ある発祥を遂げたのである。

私とプ氏は、闇に消えて行くモ大尉の自動車の行方をしばらく見守りながら、われを忘れて深い感銘に浸った。プ氏は、私の手を固く握りしめて、「有難う」の一言に千万無量の感激をこめた。プ氏は、直ちに北部マレイのIIL各地支部長に、このモ大尉の決意を通告する措置をとった。

明くれば昭和十七年（一九四二年）の元旦である。ケダ平地の会戦に敗れた英印軍第十一師団は、北上増援し来たった第十二旅団とイポー付近にあった第二十八旅団を加えて、第十一師団を再編し、大小一切の橋梁を破壊し、カンパルからスリムにわたる長隘路の地域に後退して抵抗を策しつつあった。第五師団の河村旅団は、去る二十八日からカンパル北方のコヘン付近で英軍の抵抗にあって力攻中であった。いよいよ日英両軍の激戦が予想された。

この朝、珍客田村大佐をはじめ、F機関の本部一同は前庭に集合して庭前のアカシヤの樹に日章旗を掲げ、東の方、祖国に向って敬虔な遥拝を捧げた。旭光を浴びた日章旗の紅円は、この朝一段とあざやかに輝いて、われわれの前途を祝福するようであった。

いまやINAも誕生した。YMA、スマトラ青年との接触にも成功した。ハリマオは既に英軍の後方に潜入したはずである。カンパル、スリム戦線においては戦機いよいよ熟しつつある。この戦線を突破すれば、マレイの首都クアラルンプールの占領は必然である。マラッカ海峡も日本軍の手中に帰するであろう。

いよいよF機関の仕事は、マレイ、スマトラ全域にまたがって一大発展を遂げ得べき好機に当面しつつある。

私はシャンペンの杯を上げ、Fメンバーを激励し、イポーへの前進を命令した。

スリム戦線

イポーへ

元旦の祝杯をおくや否や、田村大佐に別れを告げ、私達の本部はペラク河を越えてイポーに向って躍進した。ペナン軍政部の河瀬中佐から贈られた四十一年型シボレーの乗心地は満点であった。イポーの中学校が、われわれの本部に選ばれた。F機関、IIL、INA、YMA、スマトラ青年団と五つの本部が並立して設置された。シンゴラでは僅かに二台の小型自動車しか持たなかったわれわれの本部は、イポーに着いたときは二〇台以上の各種自動車と数台のオートバイを擁する大世帯となっていた。別棟の寄宿舎をINAの兵舎に予定した。

日章旗とインドの国旗とインドネシヤ民族の表徴、三色旗がへんぽんとしてその屋上にはためいた。英印軍内インド人将兵にINA参加を勧誘するために、三組のIIL宣伝班が既にカンパル戦線に活躍中であった。米村少尉、中宮中尉、土持大尉など三個の連絡班が、そのIIL宣伝班に同行していた。イポーのインド人市民は既にIIL宣伝班の活動によってIIL本部の進出を待ちわびていたものか、本部が開設されて一時間も経たない間に、早くも土地のインド人の出入が始まった。プリタムシン氏はこれらのインド人の協力を得て、インド語の活字収集を督励した。英軍内のインド兵や英軍勢力圏内のインド人に空から宣伝しようという計画を持ったからである。一月二日には早くもインド人大会が開催され、盛会裡にＩＩＬ支部が創設された。

このインド人に混って一人の若い支那人の紳士が私を訪ねてきた。おののく態度とども り口調のマレイ語で来意を訴えるのであった。彼の面には恐怖と憂いがみなぎっていた。彼の語るところによると、彼は林というこの町の相当の素封家であった。彼は抗日運動に協力を示さないという理由で、かねがねマレイ共産党系の支那人に狙われてきた。たまたま日英の国交急迫するや、英当局がイポーに華僑の抗日自警団を編成したので、彼は保身上その幹部に就任を余儀なくされた。その関係上、ある支那人が日本軍の憲兵に密告しているのでいつ処断を受けるかも知れないし、共産党の迫害も懸念される。抗日自警団の幹部として英軍に協力したことは、いま更抗弁の余地がない次第であるが、自分はもともと一介の実業家で、親英とか抗日とかいう思想的色彩をもっているものではない。進退に窮していたところ、インド人の有力者から、Ｆ機関の評判を聞いたので助けを乞いに来たとのことであった。窮鳥懐に入れば猟師もこれを殺さずという。しかも見るからに悪意も策もなさそうな紳士である。支那本国が国をあげて日本と闘いつつあるとき、援蔣英国の統治下にあって抗日運動に協力したからとて、一概に責める筋合いではあるまい。ことに林氏が訴えるような保身上、余儀なかったことが事実であればなお更のことである。私はこの支那人にだまされているかも知れないが、一応責任をもって保護してやる決心をした。もし偽りであっても、自分の誠意をもって親日に転向させ得ると考えた。憲兵隊に対して林氏はＦ機関の宣伝工作上重要な人物である。林氏が真の抗日分子でないことは私が全責任をもって保障するから、身柄を委せてくれるように交渉の結果、ようやく諒解を得た。林氏はＦ機関のこの措置に感激の余り声をあげて泣いた。林氏はＦ機関のメンバーの宿舎として、氏の住宅の幾室かの提供を再三懇願した。まだ憲兵隊に対する恐怖が完全に解けていないのであろう。私は宿舎代を支払うことを条件に、その申し出に応じた。私はその後一週間の滞在を通じ、私の判断と措置の正しかったことを確認することができた。

林氏は命を助けられたという恩義と、Ｆ機関のメンバーの親切と正しい規律とに感激してしばしば私に感謝を繰返した。十二人の子供はわれわれにすっかりなついた。林氏はＦ機関のメンバーを慈父のごとく慕い、この御恩返しにＦ機関のため身命を賭して協力したいと申し出た。

しかし私は彼が積極的に日本軍に協力することは、再び共産党のために狙われる原因になると考えたから、彼に対して日本軍に対する積極的協力を固く戒しめておいた。この忠告を忠実に守りすぎたためか、のちに日本軍憲兵隊に誤解される原因となり、一九四二年四月私は再度氏を憲兵隊の手から救出する廻り合わせとなった。氏は私がマレイを去ってから、日本軍の誤解を恐れてか、積極的に日本軍軍政庁に協力したため終戦後戦犯として起訴され、長期の刑を判決されペナンの獄に呻吟する身となった。共産党のざん訴ではないかと思う。

「後記」

林氏は一九五五年出獄し、兄を慕う弟のように便りをくれるようになった。彼の妻は彼の在獄中共産党にさらわれて惨殺された由、彼程戦争の悲運にさいなまれた人は少いであろう。

私は善良な林氏と彼の十二名の子供を回想して同情に耐えないものがある。

一月三日、モハンシン大尉はアグナム大尉をはじめ、ＩＮＡの本部と数十名の宣伝要員を率いてイポーに乗り込んできた。先日の発熱のため、モ大尉は幾分やつれて見えたが元気に満ちていた。モ大尉は、携えてきた英文のフランス革命史を私に示して、無言のうちに大尉の決意を示した。

去る十四日の帰順の際と打って変って、今日は早くも革命の闘いを挑まんとする軍隊に変り、将兵の士気は一変していた。同じ日にＹＭＡの副会長オナム氏が、タイピン、イポー地区から二〇数名の会員を糾合して本部に到着した。

ＩＮＡ宣伝班の活動

このＩＮＡ宣伝班の要員は、争って志願する将兵から、モハンシン大尉が自ら厳選したものであった。この数日間連日連夜、モ大尉が自ら独立運動の思想教育と敵線内に潜入して同志を獲得する要領を教育してきたのである。イポーに到着した日からもその訓練が継続された。この宣伝要員は数名ごとのグループに編成された。敵線内の行動を容易にするため敗残兵や一般市民の風体《ふうてい》に変装した。

必要に応じて英印軍正規兵の服装にも変更し得るように準備された。日本軍の戦線を無事に通過するためＦの標識のほかに、Ｆ機関の証明書を懐中にしのばせた。ＩＮＡの参加勧告の伝単《でんたん》も懐中にしまい込んでいた。ＩＩＬの宣伝班を首尾よく敵線内に潜入させ終った土持、中宮、米村各連絡班は、休む暇なくこのＩＮＡ新鋭の宣伝班を敵線内に誘導するためＦ機関本部に引き返してきた。カンパル戦線から一〇〇名以上の投降インド兵が伴われてきた。自動車が本部の前に着くと、ＩＮＡの兵舎から数十各の将兵が飛び出してきて抱き降すようにして彼らをいたわった。モ大尉も飛んできて彼らを迎え、ねんごろな訓示と激励を与えた。なお一抹の不安を持って来た彼らは、宣伝員から受けた宣伝の真実さを知って安堵した。この光景は涙が出るほど美しいものであった。

激戦の戦線は徐々にスンカイを南下しつつあった。その夜、まずＩＮＡ宣伝班の第一班と中宮連絡班が出発した。出発に先だちモ大尉は愛児にさとす慈父のごとく、懇々と激励した。私も一同を激励した。先任の志士が一同を代表してモ大尉と私に、一死使命を完遂せんことを誓った。第一班を囲んで他の同志も全員立合っていた。いずれも厳粛な面持ちで。いよいよ出発！　一同がローリーに乗車を終ってエンジンが動き出すと、車上のものと送るものとの間に期せずして万才の叫びが上がった。その翌日からＩＮＡ第二、第三の宣伝班がＦ機関の連絡班と共に相次いで出発した。中宮、土持、山口諸君の連絡班は、ピストンのように戦線と本部の間を往復した。連絡班はＩＩＬ宣伝班を誘導してまず戦線の司令部に行って戦況と第一線の位置を確かめ、潜入の容易な正面と地形とを研究した。それから更に進出して第一線の指揮官を訪ねて、ＩＩＬやＩＮＡ宣伝班員の戦線通過について諒解を求め、戦況や地形を詳細に承知したうえ、敵の監視のおろそかになっていると判断される正面を選んで、最前線に進出した。しかし一本の自動車道とその両側狭正面のゴム林を除いて密林に連なり、隘路をなしているこの地帯では、彼我戦線外から潜入する地点に恵まれることは少なかった。その上英印軍の迫撃砲は、その湾曲した弾道の濃密なる密度によって、われわれにゴム林の中に遮蔽する場所を与えなかった。Ｆメンバーの勇敢なる将校は、敵弾の間断を縫ってＩＮＡやＩＩＬの同志と共にゴムの木の根をたどって、はい進みつつ、日本軍の散兵線にたどり出て分隊長や散兵と握手した。

彼らは注意深く英軍散兵線の様子や地形をうかがった。この敵の様子を確かめる観察眼は、ＩＮＡ将兵宣伝班員が最も優れていた。このようにして敵の射撃と監視の隙を看破し得るや、宣伝班員は連絡班のメンバーと別れを告げて、脱兎のごとく敵線内に潜入していった。彼らは英人指揮官や英兵の居ないインド兵のグループを求めて進むのである。連絡班は宣伝班員の潜入を確かめたうえ、後方に退って各部隊の手に入っているインド兵捕虜を接収して本部に引き上げてくるのであった。Ｆ機関連絡班のこの仕事には三つの苦心が伴った。

その一は、ＩＩＬやＩＮＡの宣伝班と日本軍将兵の間に誤解に基く摩擦や、敵と誤って射撃されたりするような不幸が絶対起らないように、最前線まで付添って誘導することであった。しかも宣伝班員を負傷させない周到な注意と行動によって……。

その二は、われわれのこの仕事に理解を持たない日本軍指揮官や参謀の説得であった。彼らの中には昨日まで英印軍の一員であったＩＮＡのインド兵が、英軍に通謀しはしないかという懸念を解かない者が相当多かった。英軍の迫撃砲弾が偶然に日本軍の本部や砲兵陣地に集中しても、先ほど戦線を越えて潜入して行ったＩＮＡや、ＩＩＬの宣伝員が英軍に通謀したのではないかと疑った。Ｆ機関連絡員は誠意を披瀝してこの疑念が杞憂であることを説得しなければならなかった。

彼らはこの説得に納得した場合でも、宣伝員が英軍に捕われて厳しい訊問を受けることがあれば、必ず変節して、いま見てきた日本軍の状況を訊問官に語る恐れが多分にあるという、疑念を解かないのであった。私達はそのような不幸な懸念は絶対に起らないことをＦ機関の全責任において保証するといい切って協力を求めた。激戦にいきり立っている戦場で、一中尉の連絡班員が、連隊長や旅団長或は参謀にこの諒解を取りつけることは生優《なまやさ》しいことではなかった。INAの宣伝員を初めて戦線に送るこの頃では、F機関の私達でさえ、内心では一抹の不安を持っていたのが事実であった。当時の私はこのような不幸な事件が、時には必ず起ることを予期し覚悟しつつも、大きな目的を達成するために、敢えてこの冒険を断行してみる決心をとらざるを得なかった。

しかし私達のこの懸念は一〇日も経たない間に、全く杞憂に過ぎないことを確かめ得た。スリムの激戦が終って、戦線がクアラルンプールに移ったとき、スリムの戦線に送られたIILやINAの数十名の宣伝員が、一人も英軍に寝返ったり、通謀したりするものが出ていなかったことを、モ大尉と私は周到に確かめ得たからである。私はこの結果を知ったとき、INAやIILメンバーの強固なる意志に一驚すると共に、たとえ一時でもINAのメンバーに対して、一抹の懸念を持ったことを心に恥じ、かつわびた。そしてINAの前途に非常に輝かしい自信を持つことができた。それにしても、つい二週間前まで、英国王に絶対忠誠であったインド人将兵が、反英独立闘争の逞しい心理戦戦士に一変するとは、民族の魂の偉大さをまざまざと悟らされた。

苦心のその三は、この僅か三個か四個の連絡班で、二〇〇哩以上離れた戦線と本部の間をピストンのようにひん繁に活動しなければならないことであった。その上連絡班のこのような苦心と危険に加えて、宣伝班員の仕事には、更に困難な問題があった。それは折角英軍内に潜入して苦心の揚句、インド兵を勧誘しても、彼らを伴って再び日本軍の戦線を越えることの困難であった。両軍殺気に満ちて激戦を交えつつあるこの密林地帯で、多くは夜間において、日本軍将兵の誤解を受けることなく、その散兵線を通過することは至難であった。もし一回でも誤解に起因して、折角投降してきたこれらのインド兵が、日本軍の散兵のために射弾を集中されるような事態が起きたならば、今後のこの仕事は絶望となるであろう。

私とモ大尉はこの問題とＩＮＡ宣伝班員が英軍の捕虜にならない用心に関して、慎重に討議し研究したのち、次のような方法を定めて、モ大尉からＩＮＡ宣伝班員に指令された。……敵線内に潜入したら、英人将兵のいないインド兵のグループを捜せ……次に単独か少数人員グループを捜せ……できたら自分の所属であった部隊の者を捜せ……信用できるインド兵を発見し得たら、ＩＩＬとＩＮＡの話をかいつまんで話せ……日本軍がインド兵捕虜をいかに優遇しているかを話せ……投降に同意したら、彼等に他の戦友にも勧誘するように奨めよ……投降の要領は次のように伝えよ……戦線を離脱して付近の密林の中に潜伏せよ……指揮官の監視が厳しく危険を予想するときは、日本軍が英軍の戦線を突破して、英軍戦線が混乱に陥るときまで時機を待て……日本軍に向って射撃するときは銃口を空に向けよ……時機がきたら英軍の混乱した機に乗じて付近の密林のなかに潜伏せよ……英軍指揮官が退却を命じてもこれについて行くな……武器は密林内に隠して置け……日本軍の第一線部隊が通過したのち、白旗を立てて出てこい……ＩＮＡの参加勧告文を日本軍に示せ……このような詳しい宣伝が口伝《くでん》できない場合のためには、この内容を列記したＩＮＡの参加勧告文が準備され、これを手渡すように指令された。

ＹＭＡの活動

イポーの本部に進出したＹＭＡ副会長オナム氏は、四日の夜ＹＭＡの活動について私に提議した。オナム氏の提議の第一は、シンガポールの監獄に収監されている会長イブラヒム氏以下の救出に関する協力要求であった。提議の第二は、日マレイ親善宣伝と、マレイにおけるマレイ人の民族運動に対する日本軍の支援要求であった。提議の第三はＹＭＡ会員の作戦協力に対する申し出あった。オナム氏の提議第一に対し、私は日本軍の協力を約した。しかしＹＭＡ会員自らもシンガポールに潜入して、好機に乗じて監獄から同志を救出するよう勧告した。提議の第二に対しては、日マレイ親善の宣伝に関しては異存はないが、支那人や華僑を排撃するマレイの民族運動や、サルタンはじめ現在のマレイ人指導者階級を急激に排斥せんとする思想は、日本軍の東亜新秩序建設の理念や、マレイにおける軍政の根本方針に背馳することを説明して異議を表明した。私は支那人やインド人に経済的実権を牛耳られている現況に対するマレイ人の民族的感情には、十分に同情することができた。しかしながら、この現況に導いた責任の一半は、明らかにマレイ人の低い政治文化的水準や、怠惰な風習や、悪条件の体位などに帰せらるべきであると考えた。もちろん統治者の政策がこれを助長した一原因はあろうが。私はオナム氏に虚心坦懐にこの現実を省察せんことを切望した。そうして、相協力してまずこのマレイ人の欠陥を是正すべき一大青年文化運動を展開せんことを提案した。この線に沿うマレイ人の運動に対しては、日本軍の保護と支援とを得られるように、私が極力斡旋することを約した。オナム氏はこの私の意見に同調してくれた。オナム氏の提議の第三に対して、私は訓練のできていない僅少な会員をもって、直接作戦行動に協力を期待することは適当でないと考えた。協議の結果、英軍後方のマレイ人に対して、日本軍に対する親善協力の宣伝を実施することと、できれば英軍の監視の乏しい地区の軍用電話線の切断、遺棄兵器の収集などに協力することとなった。

私は以上の協議の結果を軍参謀長鈴木少将と参謀副長馬奈木少将に報告してその認可を求めた。両少将はマレイ人の青年文化運動には趣旨に同意を示したが、排他的傾向に走らぬよう注意を喚起し、YMAの具体的計画を見たのち考慮する旨約束された。私はこの上司の意向をオナム氏に通報した。オナム氏もこれを諒承して研究を進めることを申し合わせた。

私は米村少尉をYMAとの連絡主任に命じた。オナム氏は糾合した会員二十五名に対して、私との申し合わせの趣旨に基いて教育を開始した。米村少尉がオナム氏を補佐し、熱心に教育に当った。少尉はいつどこで習ったのか、簡単なマレイ語会話を支障のない程度にものにしていた。少尉はこのマレイ語と天分の機智と親切さによって、YMAのメンバーの心を完全に捉えていた。三日間の速成教育ののちに、一グループ二名の宣伝班が五、六組編成された。これらの宣伝班はまずクアラルンプールやマラッカを中心とする地域のマレイ人に対する宣伝任務が与えられ、英軍電話線の切断が副任務として付加された。これらの宣伝班は海岸方面……日本軍近衛師団の正面から潜入させることとした。教育は不十分であったし、素質も必ずしも優秀とはいえなかったが、純情な青年たちで士気は高まっていた。米村少尉がこの宣伝班を戦線に誘導して、日本軍と連絡のうえ潜入を指導した。

このYMAの活動に並行して増淵氏の指導するスマトラ青年の同志糾合が進捗した。ペナン回教神学学校の教師サイドアブバカル青年がペラク河沿岸地区から二十数名の青年を糾合した。その大部分はアチエ族に属する人々であった。この青年はＩＩＬやＹＭＡのように政治的結社によってかねがね結束されていた間柄ではなかったが、いずれも極めて鮮明な民族的意識に燃え、その熱情と剽悍さと実行力とは、ＹＭＡの青年に優っていた。このグループに対しては、まずイポーの本部において、政治工作に関する研究と訓練とを開始した。増淵氏はこの青年達と起居も食事も共にした。そうして慈父のような慈愛と熱情とをもって彼らの啓蒙と指導に当った。私もときどき彼らのグループに割り込んで膝を交えて懇談した。彼らは異口同音に一九一三年まで、四〇年間にわたってオランダの征服に拮抗し続けた生々しい歴史を誇った。そしてこの千載一遇の好機に、素志を貫遂せんとする強烈なる決意を披瀝した。彼らの最大の念願は、日本軍をスマトラに迎え、相協力して支配者を駆逐することであった。

伝単撒布

イポーＩＩＬ支部の奔走によって一月三日、私達はウルズー語とヒンズー語の活字を発見することができた。貧弱な手刷りの印刷機も入手できた。

スリム付近の戦機は刻一刻熟しつつある。ＩＩＬやＩＮＡの宣伝班の活動だけでは、全戦線のインド兵に呼びかけるには手が廻りかねる始末である。私はプリタムシン氏とモハンシン大尉の要請に応えて、空から全戦線のインド兵に呼びかけるかねての計画を速急に実施に移すこととした。モ大尉は「インド人将兵に告ぐ」と題するＩＮＡ参加勧告文を作成した。この勧告文にはＩＮＡの目的とＩＮＡ宣伝班に与えた既述のような投降要領が列記されていた。ＩＩＬもまたその政治目的とＩＩＬの運動に参加を勧誘する伝単を調製した。この印刷は四十八時間連続の大車輪で行われた。丁度イポーには、マレイ方面の航空作戦を担当する第三飛行団が進出していた。飛行団長遠藤三郎少将は私が陸軍大学校学生当時の恩師であったし、参謀徳永大佐は先頃までバンコック武官室の補佐官であった。私が司令部を訪れて伝単散布に協力を申し出るや、私の仕事に最も深い理解と好意を示して協力を約してくれた。この伝単はトロラック、スリム方面英軍第十一師団の頭上に撒布された。

この伝単投下には訓えられるところが多かった。由来日本軍の伝統のためか、パイロットは、敵の頭上に、爆弾をぶっつける任務や偵察なら、それがどんな危険困難を伴う任務でも、欣然として死地に通ずる銃爆撃や偵察に向う。その端的な例が特攻機である。しかし死地にビラ撒きなんぞ以ての外だという、思想戦、宣伝戦軽視の風がある。或る日、モ大尉が、さも不服気に苦情を申し立てて来た。それは、投降兵を調査した結果、日本軍に依頼した伝単の一部がジャングルの中に束《たば》のまま、投棄されているとの申し立てであった。

ところが、大尉の調査によると、飛行機撒布のビラにより投降したものと、潜入工作員の説得によって投降して来たものとの比率は、四対一であるという。これ程貴重なビラを、束のまま、敵部隊の少ない地域に投棄するとは心外だ、善処してほしいと云われて返事に窮する一幕があった。

カンパルにおける初会見

一月七日からトロラック、スリム地域の英軍陣地に対する総攻撃が予定された。その前日私は石川君を伴って自ら戦線に進出した。戦線におけるＦ機関員やＩＮＡ、ＩＩＬ宣伝班の活動を親しく激励し、その活動成果を確認するためであった。私がカンパルの村に到着したとき、村の入口に米村少尉を発見した。少尉は両手をひろげて私の車を停めた。少尉は私の車に走り寄って「機関長殿。谷（ハリマオ）君が中央山系を突破してカンパル英軍陣地の背後に進出して活動していました。谷君は次の行動に出発する前に、機関長殿に一目お目にかかりたいと申しますので、いまからイポーの本部まで急ごうと思ってここまできたところです」と訴えた。その態度は遠い異国に苦難の長い旅路の途中、一目父にと願う弟を、案内して来た兄のようであった。眼は連夜の活動で充血していた。頰もこけていた。私は米村君の申し出に驚きかつ喜んだ。「なに谷君が待っているか。おれも会いたかった。どこだ谷君は」と急《せ》き込んで車から降りた。少尉は私を本道から離れた民家に案内した。そうだ、私は重い使命を負わせ、大きな期待をかけている私の部下の谷君に、今日の今までついに会う機会がなかったのである。開戦前の十一月下旬、谷君に会いたいと思って、わざわざバンコックからシンゴラまで出かけて行ったことがあったが、私に尾行がついているのを感知したので、大事をとって断念してバンコックに引き返した。そして開戦と共に谷君は、米村君と共にヤラ——ベトン道の方面に活動し、ペラク河から引続き英軍の背後に挺進していったので、ついに相会う機会がなかった。

そうだ、開戦も間近の十一月上旬頃であったろうか、谷君がたどたどしい片仮名文字で綴った一通の開封の手紙をバンコックの田村大佐のもとに託してきたことがあった。この手紙を彼の郷里、九州の飯塚にある慈母のもとに、届けてくれという申し出であった。神本君が仮名文字を教え、手をとって綴らせた手紙であろう。谷君は生後一年の幼い頃から異境に育って、目に一文字も解することのできない気の毒な日本人であった。昭和十六年四月、神本君が南タイで同君に接触以来、片仮名を教え

ていることを聞いていた。諜報の成果を報告させるために。その手紙には

お母さん。豊の長い間の不幸を許して下さい。豊は毎日遠い祖国のお母さんをしのんで御安否を心配致しております。お母さん！　日本と英国の間は、近いうちに戦争が始まるかも知れないほどに緊張しております。豊は日本参謀本部田村大佐や藤原少佐の命令を受けて、大事な使命を帯びて日本のために働くことになりました。お母さん喜んで下さい。豊は真の日本男子として更生し、祖国のために一身を捧げるときが参りました。

豊は近いうちに単身英軍のなかに入って行ってマレイ人を味方にして思う存分働きます。生きて再びお目にかかる機会も、またお手紙を差し上げる機会もないと思います。お母さん！　豊が死ぬ前にたった一言！　いままでの親不幸を許す。お国のためにしっかり働けとお励まし下さい。お母さん！　どうか豊のこの願いを聞き届けて下さい。そうしてお母さん！　長く長くお達者にお暮し下さい。お姉さんにもよろしく。

というような切々胸を裂くような文意が盛ってあった。神本君が、手を取って綴らせたものであろう。田村大佐も私もこの手紙を拝見してもらい泣いた。彼はマレイ無頼の徒に加わって、匪行を働くようになってから、両親の勘当を受け、両親は居たたまれずに、内地に引き上げていたのである。私は早速この手紙を参謀本部に託送して、開戦前に、谷君のお母さんから返信を届けてもらうように手配を依頼した。私もその夜、谷君に片仮名文の手紙を書いて同君を激励した。特に谷君が慈母にあて

た手紙にあふれる清らかで健気《けなげ》な心に対して、私の感動を綿々と綴り、今後の活動に当っては、マレイ人の真の味方となり、彼らの解放に挺身するよう願った。いよいよ日本軍の一員となって活躍するからには、同君の子分たるタイ人やマレイ人に対しても、今後絶対に現住民の生命や財貨を犯させないよう、堅く守ってもらいたいと強調した。私はいままでたった一度、この手紙を通じて同君と通信する機会があっただけだった。計らずも、今日この戦場で、谷君に会えることになった。神の引き合わせであろう。しかし谷君が待ちわびているお母さんからの返信が、まだ私の手に届いていないのが、いま谷君に会う私にとって残念であった（実はその翌日、参謀本部の尾関少佐がはるばる携行してくれたのであった。もう二日早く届いておったら）。

米村少尉は私達を民家の一室に案内した。家の庭には、七、八人の頑強そうなマレイ人がうずくまっていたが、私を認めると丁寧に頭を下げた。谷君の子分だな、と直感して、丁寧に答礼した。待つ間もなく、米村少尉は戦塵に汚れた一人のマレイ服の青年を伴って部屋に入ってきた。私は立上って彼を入口まで迎えた。米村少尉が「谷君。機関長だよ」「機関長殿。谷君です」と訴える口調で私達二人を引き合わせた。ケランタン州をまたにかけ、数百名の子分を擁して荒し廻ったというマレイのハリマオは、私の想像とは全く反対の色白で柔和な小柄の青年であった。そうしておどおどするほどに慎ましやかな若人で、谷君と教えられなかったら、これが日本人と思えないほど立派にマレイ青年になり切っていた。私は谷君の挨拶を待つ間ももどかしく、「谷君。藤原だよ。よいところで会ったなあ。御苦労。御苦労。ほんとうに苦労だった」と、彼の肩に手をかけて呼びかけた。谷君は深く腰を折り、敬虔なお辞儀をして容易に頭を上げないのであった。……サルタンの前に伺候した土民のように……。

「機関長殿、谷です」と飛びつくだろうことを期待していた私は、谷君のこの卑屈なほどにへり降った応対に、すっかり拍子抜けた。そしてかくまでマレイ人になり切ってしまった谷君の過去の境涯をしのんで、いじらしくさえ思えた。私は谷君の手をとって椅子に坐らせた。米村君の口添えによると、中央山系を縫ってカメロンハイランド（マレイ中央山系の最高峰標高七一五八呎でマレイ随一の避暑地）に出た頃から、マラリヤの重症に冒され、四〇度近い高熱を押して、子分の担架に乗り活動を続けたために、憔悴しているのだということであった。「谷君マラリヤじゃそうだね。大丈夫かい」と私が尋ねると谷君は大きく首を振って「もう大丈夫です。私はさいの角（角を削ってせんじて飲むと熱さましの特効薬になるらしい）を持っておりますから心配ありません」と答えた。私が「ペラクのダムは大いに成功したそうじゃないか、御苦労だったな」と労をねぎらうと谷君ははにかみながら「いいえ。大したことはありません。ペラク河の橋梁の爆破装置の撤去は一日違いで手遅れとなって相済みませんでした。それから山づたいに英軍の背後に出て参りましたが、日本軍の進撃が余りに速いので遅れ勝ちになって思う存分働けなかったのが残念です。この付近では英軍の電話線を切ったり、ゴム林の中に避難しているマレイ人に宣伝したり致しましたが、日本軍のためにどれだけお役に立てたことでしょうか」と謙虚に答えた。私は谷君のこの労を謝し、ねぎらった。

そして改めて「谷君。君のお母さんあての手紙は確かにお届けしたよ。参謀本部からの電報によると、近々お母さんからの返信をお届けするといってきているから、きっと近いうちに到着するだろう。お母さんはお元気らしい。お母さんは君の願いを許してくれることはもちろん、君がこうしてお国のために挺身しているのを聞いてどんなにか喜び、誉れに思っておられることであろう。君のこのたびの働きは、戦場に闘っている将校や、兵にも優る功績なんだよ」というと、谷君は私の顔を見上げて眼に涙を浮かべながら、「有難うございます。豊は一生懸命働きます。私の命は死んでも惜しくない命です。機関長の部下となり、立派な日本男子になって死ねるなら、これ以上の本望はございません」としみじみ述懐した。次いで私は「君のこの立派な活動は、きっとお国のお母さんに私から知らしてあげよう」と約束した。

谷君は私の厚意を謝しつつかたわらの米村君をみて、なにかマレイ語で耳打ちした。米村君がいうのには「谷君が機関長に、即製のマレイ料理を作って差上げたいといっています。それからタンジュンマリムからベンタを経て、間道を英軍の背後に出て活動したい」といっておりますと紹介した。私は一時間以内でできるなら、谷君や子分達の折角の料理を御馳走になりたいといった。そして谷君のこれからの活動についての申し出に同意した。

最後に谷君に「表にいるマレイ人は君の部下かね」と問うと、「そうです」と彼は答えた。私が彼らに会って労をねぎらいたいというと、谷君は非常に喜んで「彼らは南タイ以来、片時も私の身辺を離れない腹心の子分です。そうしてもらえれば皆どんなに喜びますことか」と答えた。谷君は直ちに戸外の子分七名を部屋に伴って来た。私が一人一人に握手の手を差し伸べて「私がF機関長です。皆日本軍に協力してくれて有難う。これから日本人とマレイ人は兄弟のように仲よく協力しよう」というと、谷君が皆にかんで含めるように通訳して聞かせた。一同は感激の面持で丁寧に何度も頭を下げて、谷に促されて戸外に出て行った。谷君が彼の子分と協力して作ったマレイ料理で腹ごしらえを済ませて、私は再びスリム戦線に急いだ。

スリム戦線の崩壊

カンパルから南は数え切れないほどのローリー（押収自動貨車）や自動車が櫛の歯をひくように往来して、戦線はあわただしく緊張していた。戦線に近づくに従って、密林内の一本の道路に、二列側面縦隊にローリーが腸詰めのようにつめかけていた。いずれも戦線突破と共に雪崩《なだれ》を打ってクアラルンプールに突進せんとしてはやり立っていた。日は既にとっぷり暮れ果てて混雑を一層大きくしていた。

軍参謀国武少佐が声をからして交通整理に当っていた。前方から間断的にヒステリックに英軍機関銃の銃声が、ゴム林にこだましている。その銃声におおいかぶせるように、英軍の迫撃砲と榴弾砲の砲声と炸裂《さくれつ》音が不気味に交錯して闇を引き裂いた。この混雑のなかをかき分けながら進んで行った。私は自動車から下りて自ら自動車を誘導しなければならなかった。ようやく安藤部隊の本部にたどりついた。総攻撃の開始は数時間後に迫っていた。午前五時攻撃が開始された。歩兵、砲兵、工兵、戦車部隊が一体となって強引に敵の堅陣の中央を突破せんとする戦法であった。もっとも一部の歩兵部隊が道路の両側から、トロラック付近の敵陣地の背後に迂回しつつあった。この二つの戦法が功を奏して、僅かに三時間の間に、日本軍は七粁に及ぶトロラックの英軍陣地を突破した。しかもこの敵の混乱を看破した日本軍戦車中隊長は、敗敵を超越して一気に、英軍のためただ一本の退路であるこの本道を、スリム橋梁に突進して、橋を占領してしまった。この変事に、英軍は収拾すべからざる大混乱に陥ってしまった。歩兵二コ旅団、砲兵三コ連隊の大部分は兵器や自動車を放棄して両側の密林沿いに潰走してしまった。この報に接するや否や、日本軍の一部は雪崩を打ってタンジュンマリムに突進して行った。私は直ちにこれらの部隊に混ってスリムに前進した。私がスリムの橋梁近くに進出すると、中宮中尉と土持大尉の連絡班がまず私のもとに馳せ集ってきた。次いで左右のゴム林の奥からＩＮＡ、ＩＩＬ宣伝班員や土地のインド人の誘導を受けて白旗を掲げたり、腕に白布を巻いたり、白布を手にかざしたりしてインド兵が続々と集って来た。僅かに二時間も経たない間に三〇〇名にも余る数に達した。いずれも飛行機から投下されたＩＮＡの参加勧告書を持っていた。既にＩＮＡ宣伝班から色々なことを聞いているせいか、彼らの面には少しの不安も恐怖も認められなかった。ＩＮＡ宣伝班員が私を指しながら、ヒソヒソと彼らに耳打ちすると、彼等は顔を和ませてうなずいた。私が彼らに親しみをこめた眼差しを送ると、彼らはいずれも直立して元気に敬礼をした。そこにはいまのいままで相闘った敵味方の観念は露ほども意識されていなかった。私とモハンシン大尉がかねてこの光景を理想として計画し、工作してきたことではあるが、現実にこの効果を確認し得た私は、何だか夢をみているような気がしてならなかった。

私は一同を集めて、ねんごろに私達の使命を説明した。ＩＮＡ宣伝班の一将校は、私に「ＩＮＡの宣伝は深く英軍の中に浸透している。英軍指揮官に強要されたり、日本軍の取扱いに対する疑念から一時、間道に沿い退却したインド兵も必ず続々投降してくるだろう。直ちに各方面に宣伝班を派遣する必要がある」と訴え出た。私はこの建言に促されて、直ちに中宮、土持両連絡班とＩＮＡ宣伝班に前進を命じた。私と石川、滝村両君とがこの場に居残って、投降インド兵の収容に当った。

いままで私達の仕事に深い関心と理解を示すことの少なく、唐突に手品師に求めるような難題を指示して私を当惑させた軍の辻参謀が、たまたま現場に来合わせてこの光景を目撃し、驚きの目を見張って喜んだ。そのとき辻参謀の脳裡にマレイ半島からの英軍の総退却の予想がひらめいたのだろう。それに先んじてこの筆法でやってくれ。スマトラで抵抗できないようにと、上機嫌で私を励ました。そしてなんでも協力して欲しいことを申し出よとも、いってくれた。開戦以来、この仕事に初めて聞く理解のある言葉だ。軍参謀の。しかし、こんな甘い言葉に好い気になっている時ではない。われわれはこうしていられないのだ。F機関もIILやINAの本部も一刻も早く、まずクアラルンプールに急進しなければならないと思いついた。私はなお続々投降インド兵の参集を予想したが、一刻も早くイポーに引き返して、本部の前進を指揮しなければならないと考え及んだ。私は石川君に命じて、いま投降してきたインド兵捕虜にローリーを収集させるように命じた。ゴム林の中に何百台か、数えきれないほどのローリーが至るところに転がっていた。その中から「選り取り見取り」式にローリーがかき集められた。私は石川君と滝村君にこの場の後事を依頼して、既に参集している三〇〇名に近いインド兵投降者をこのローリーに分乗させて、イポーの本部に向った。両君には今後参集するインド兵をクアラルンプールに前送するように命じた。

私の乗用車にも投降インド人の将校下士官三名を同乗させた。一人の日本兵はおろか、Fメンバーの監視もないこの自動車の行軍が始まった。

しかし私には一点の不安も懸念も起らなかった。スリムを出発してから三〇分と経たない間に、私は不眠不休の連日の疲労に誘われて、こんこんと深い熟睡に入り、極楽の夢を結んだ。起されたときには数時間自動車行軍を終えてイポーの本部に着いていた。既に時刻は夕景になっていた。その後大尉が私と懇談の際に次のように語った。投降インド人将兵の間で、私があの日、自動車の中で、たったいま投降したばかりのインド人将校の肩にもたれて、雷のようないびきをかいて眠りこけた無神経さが評判になっていると聞かされて、初めて、なるほどそうかも知れなかったと思いついた。しかし、私の脳裡には敵味方などの意識が全くなかったのみか、戦場の初対面の時から、既に彼らに対して戦友といったような安易な感情と意識が私を支配していたのである。

大本営参謀

戦況の急進展にかんがみて、私は一月八日の早暁にでもクアラルンプールへ前進したいと心組んでいたが、イポーの本部に私を待っていた珍客との要談と、マラッカ海峡の彼方への新しい仕事の発展を処理するために、更に一日イポーに踏み止った。珍客とは大本営第八課の同僚であり、大本営におけるこの仕事の主任者の尾関少佐であった。少佐は私達の仕事の成功を認め、今後におけるこの仕事を発展させるため、その構想に必要な示唆を求めるためにきてくれたものと判断した。ふと、昨年九月初め、門松中佐から唐突に、難題を承ったときの苦衷と、抵抗感が私の脳裡を走った。これより先、私はＩＩＬやＩＮＡ運動の前途に明るいしょ光を認め、この運動の拡充支援について、日本がとるべき施策について、密かに構想を練りつつあった。工作はまだ前途に確たる見通しを得るまでには発展していなかったし、また私の脳裡の構想もまとまった具体的形体にまでは成長していなかったが、私はこの夜、林氏の邸宅で、深更に至るまで尾関少佐と膝を交えて私達の仕事の発展経緯を説明した後、脳裡に形成されつつある構想を私的見解として披瀝した。

公式の意見は後日、現在の仕事の発展を見極め、私の構想を信念にまで固めた上、統帥系統の順序を追って大本営に具申すべき旨を約した。

私が尾関少佐に披瀝した見解と願望は次のような要旨であった。

一、日本の主唱する共栄共和の大東亜新秩序建設の大理想は、インド三億五千万の国民の共感を得て初めて達成し得るものである。

大東亜戦争は、結局日本と連合国との長期戦となる恐れがある。この戦争を速かに終末に導く観点に立ってみる場合、まず英国の脱落を狙うべきだ。英国の脱落はインドの向背によって決定的影響を受けるであろう。マレイや比島や真珠湾の現戦況に酔っていては駄目だ。必ず近い将来に、インドを大東亜の陣営に結合する施策が要望される戦況が到来する。そのときが来てからでは遅い。しかも、日本の武力はビルマをもって既に限界を超えるであろう。日本の武力は絶対にインドに及び得ないし、仮に及び得てもインドの国民は、日本軍がインド内にある英国武力を対象として進撃する場合においても、強い反撥を示すであろう。それは日本に関するインド国民従来の心象と、永年にわたって支配されてきたインド国民の思考から起きる必然である。日本は日本軍の武力に頼らない方法で、インドを英国から切離して日本の主唱に同調協力せしむる施策を採択すべきである。これがためには一切の権謀術策を排して、自由と平等の関係に立ってインドの完全独立を国を挙げて支援し、インド国民に大東亜新秩序建設に対する決起協力を促すべきである。いかなる面においても、日本はインドに対して一切の野心を持ってはならないし、その政治運動の内容に干渉したり、強制したりすることは禁物である。

二、日本はこの大方針に基いて、速やかに日本の対インド基本国策を確立し、インド独立運動に対する日本の根本的態度を中外に闡明《せんめい》すべきである。

三、日本大本営の施策は、政府と大本営一致の全面的対印施策に発展せしむべきである。

四、タイとマレイにおける藤原機関の仕事は、東亜の全域特にまずビルマに強力に拡充せられるべきであり、更に直接インドに呼びかけられるべきである。

五、更にインドに対する日本の施策は、世界的規模において構想されるべきである。これがため、ドイツにあるチャンドラボース氏と連絡し、東西両正面より施策すべきである。

しかも、諸種の条件よりみて、東正面からする施策が重点となるべきである。この見地においてチャンドラボース氏を東亜に招請することが最も望ましい。

六、東亜における日本の対印施策は、あくまでインド人側の自主的運動を強力に支援する形で進められるべきである。それにはＩＩＬやＩＮＡ指導者が企図しつつある政治と軍事の両面にわたる施策を強力に支援する必要がある。政治施策は東亜数百万の全インド人をＩＩＬの運動に結集することである。軍事施策はこの政治施策の上に立って、東亜におけるインド兵捕虜およびインド人の志願者をもって強力なるＩＮＡを編成することである。強化されたこの両者の力をインドに復原させて、インド内にある巨大なる民族運動を誘発せしむべきである。

七、インド国民はもちろん、ＩＩＬやＩＮＡのメンバーは、日本がビルマや、比島や、その他南方占領地域で、今後大東亜新秩序なるものをいかなる形で実践立証するかを見守っている。インド三億五千万民族の向背は一にこの点にかかっているともいえる。日本はビルマや、比島やその他の占領地域において、日本の提唱する新秩序の理念を実践実証しなければならぬ。

八、藤原機関は時機を見てこの構想を遂行しうるに足る組織と規模に改編されるべきである。私は差当り帝国がこの雄こんなる施策を実施するに必要な素地を築くために、最善を尽す。

尾関少佐は私の主張を傾聴してくれた。帰京後私の主張の具現に協力することを約してくれた。

マラッカ海峡の彼方に

その夜、中佐との懇談を終ってから、更に一つのプランの作成に夜を徹した。それはスマトラに対する工作であった。

日ごとに高潮していくIILやINAやYMAの活動をみているスマトラ青年は、もう矢も楯もたまらないほどに行動意欲がたかまってきたからである。私はアブバカル氏の意見に基いて一つの計画をまとめ、軍参謀杉田中佐と参謀長鈴木少将の認可を受け、今日一月八日からでも、マラッカ海峡の彼方に対する活動を開始せんと企図した。スマトラに対する私の計画の骨子は次のごときものであった。

スマトラ特に北部スマトラを重点として、この地域の全住民の、日本軍に対する親善協力気運を一気に醸成し、決起させる。更に日本軍がスマトラに上陸する際、交通、通信機関や重要な製油、油田施設や橋梁を、住民の力で、オランダ軍の破壊から保全するほか、日本軍に対する住民の情報提供、食料飲料水の提供、オランダ軍遺棄兵器の収集提供を期待した。

これがため、スマトラ青年を、数名あてのグループに編成して、マレイ半島の西岸からマラッカ海峡を越えてスマトラに潜入させる。そしてマレイにおける日本軍の快勝、日本の民族解放の意図、各民族の決起と日本軍との協力状況、協力に関する日本軍の希望などを直接宣伝することにした。日本軍のスマトラ進撃にあたっては、Fの標識をもって友情協力の意を表徴することとした。このほか軍の宣伝班がペナン放送局からの宣伝を強化することとした。早朝私は、アブバカル氏にこの計画を示して意見の一致を再確認したうえ、軍参謀杉田中佐に報告し認可を求めた。

イポーにおけるあわただしい最後の一日は、かくのごとくして暮れた。その夜は各本部のクアラルンプールへの前進を措置したのち林氏が別れを惜しむために準備してくれた晩餐を家族と共にした。

首都クアラルンプール

クアラルンプールへ

私達の工作は、国境会戦以来、日本軍の電撃作戦に、敵が潰乱敗走を反復しつつあるという絶好の条件に恵まれて、急速に英印軍第十一師団と第九師団に浸透し始めた。F機関はいよいよこれらの兵団を構成するインド人将兵に対して、大きな成功を期待しうる段階になった。

この有望な情勢下に張り切っていた私達に対して、たまたま軍参謀杉田中佐から提供された情報は、私達に大きな失望を与えた。それはスリム会戦を契機として、マレイ半島における英軍の兵力部署に根本的変更が始まり、私達のために絶好の宣伝対象として成熟しつつあった英印軍兵団の大部は、遠くシンガポールに撤退させられ、白人兵団が続々と入換わりに北上してきたとの情報である。すなわち英印軍第十一師団の第二十八旅団も、第九師団も一挙にジョホールに退却し、英本国軍第十八師団の第五十三旅団がバトパハ方面に、また濠軍第八師団の第二十七旅団がクルアン・ゲマス正面に進出しつつあった。ただスリム戦線から潰走した英印軍第十一師団の旅団が、マラッカ方面に退いて、新たにシンガポールからモアル方面に北上してきたインド第四十五旅団と合流しつつあると想察された。

これが当面唯一の宣伝対象として残った。私達は活動舞台を中央街道の正面から海岸方面に移した。日本軍の手に落ちた英軍の情報記録によると、英軍司令部は、早くもF機関の活動に神経を尖らせつつあることがうかがわれた。私の首に、何万ポンドかの懸賞がかかっていることを知った。私は機関の工作が、英軍に与えている感作《かんさ》の大きさと、私に課せられた任務の重要性を改めて意識した。今後は私達の工作に対して、英軍の積極的防衛対策が講ぜられるものと予想された。私のメンバーは英印軍が懸賞付で私の命を狙う恐れがあるから、無警戒で走り廻ることを止めてくれといい出した。

南部マレイにおいて行われつつある英軍のこの大規模な兵力移動と、この地域の地勢判断に基いて、第二十五軍司令部主脳は英軍の新企画を次のように判断した。

すなわち英軍はマラッカ、モアル、ゲマスを結ぶ要線、若くはバトパハからクルアンに至る要線の何れかで日本軍の突進を阻止反撃して、戦勢の挽回を企図するか、あるいはこれらの線で持久に努め、この間シンガポールの防備を緊急増強して、最後の大決戦をシンガポールに準備せんと企図するかのいずれかであろう。

いずれにしても、首都クアラルンプールにおける大きな抵抗は予測されなかった。

スリムにおいて日本軍の主力が偉大な戦果を収め、首都クアラルンプールに殺到しつつあるとき、第十八師団の侘美《たくみ》支隊はコタバル上陸以来、英印軍第九師団を圧迫して、マレイの東海岸を南下しつつあった。すなわち支隊は、一月二日にはクワンタンの飛行場を完全に占領し、後続部隊を併せてクアラルンプールに向いつつあった。また第十八師団主力も近くシンゴラに上陸する予定であった。

山下将軍はマラッカ、モアル、ゲマスの戦略要線において日本軍をよう撃せんとしつつある英軍の焦燥に乗ずべく、ポートスイテンハム――マラッカ――モアル――バトパハ道の海岸正面に近衛師団を、クアラルンプール――セレンバン――ゲマス――クルアン道の中央街道の方面に第五師団と戦車集団をそれぞれ併立して決戦を急ぎつつあった。

この状況を知り得た私は、モハンシン大尉、プリタムシン氏と協議のうえ、まずF機関の本部とIILの本部とは一月九日、クアラルンプールへ躍進することとした。

凪なまぐさいスリムの新戦場には滝村君が待っていた。そこには更に百数十名の投降インド兵が集まっていた。ゴム林のせい惨な戦場の跡に、炊事の煙がにぎわっていた。鉄板の上できめの細かいロッテイが器用にあがっていたし、カレーの香りが鼻をついた。

私達はインド兵諸君のその手料理を御馳走になったのち、滝村軍曹にこの投降インド兵を伴ってクアラルンプールに追及するように命じておいて、まずタンジュンマリムに急行した。タンジュンマリムに入った頃、日は既にとっぷりと暮れ果てていた。町はクアラルンプールへ急ぐ日本軍で充満していた。日本軍追撃部隊の前衛は昨夜この町を占領して敗敵を急追中であった。その夜私達はこの町の駅員の宿舎に仮寝の夢を結んだ。夜半米村連絡班からクアラリピスに一〇〇名以上の投降インド兵が集まっている旨の報告を受領した。

未明に仮寝の宿を発ってリピスに向った。日本軍の進路から外れたパハン州の都リピスは、山手におとぎの町のように慎ましやかにうずくまっていた。そこには米村連絡班の石川君が一〇〇名ばかりの投降インド兵を保護して待っていた。私達がつくと、石川君が神経をたかぶらせながら私に訴えた。たったいま一少尉の指揮する十数名の日本軍飛行場部隊の者が、トラックで乗りつけてきて、インド兵の時計や私物を巻き上げて行った。石川君が懸命に制止し歎願したけれども、彼らは軍人でない一日本青年の制止を無視してしまった。

石川君は将兵のこの心なき浅ましい行為に対する義憤と、投降インド兵に対する責任感とで、無念やるかたなき風に見えた。石川君はそのうちの一上等兵を捉えてその将校の名前を確かめることを忘れていなかった。投降インド兵の面には不快と不安の気色がみなぎっていた。私は直ちにインド兵諸君に謝罪し、どんなにしてでも失われた品物を返却し、不心得な将兵の処罰について善処することを約した。一同はプ氏のねんごろな説明を聞いて不快の気色を解いて寛容を示した。

私達は、石川君にインド兵と共に追及するよう命じておいて、クアラルンプールへの前進を急いだ。例によって英軍は、大小余さず一切の橋梁を破壊し尽していた。日本軍工兵隊の自動車が櫛の歯を引くように橋梁の補修材料を運んでいた。

日本軍の追撃速度は、一にこの日本軍工兵隊の橋梁修理速度にかかっていた。マレイの戦場において示した日本軍工兵隊の橋梁修理速度は、その不満足な作業準備と装備にもかかわらず、世界無比の記録であろう。実に日本軍工兵隊は一二〇〇粁に及ぶマレイ半島の追撃戦において、六〇日間に大小二五三の橋梁を補修して追撃を推進したのである。

私達は追撃部隊に追尾して前進した。私達はこの前進間、沿道に驚くべき成果を発見した。それは三〇名、五〇名のグループをなす投降インド兵が、一人の日本兵も、一人のFメンバーの誘導監視も受けることなく、F標識をしたためた白旗を押し立て、隊伍を組んで、追撃部隊の間に混って、クアラルンプールに向って前進する光景であった。しかも、沿道の両側から飛び出してくる投降インド兵を二名、三名と加えて、自ら太って行きつつあった。私とプ氏はこのグループを発見するごとに車を停めて、ねんごろに彼らをねぎらいかつ激励した。白旗を持ったインド人の将校ないし下士官は、私達に証明書を示すのを常とした。その証明書にF機関連絡班長の手書で、「INAに参加を志して投降したこのインド兵グループは、藤原機関の指示に基いてクアラルンプールのキャンプに向うものである。途中の行軍に特別の保護と便宜を供与願いたし。藤原機関」と、したためてあった。

その他に、空から、あるいは地上から撒布されたINAの投降勧告文や日本軍の宣伝文を懐に暖めていた。この光景は満州、支那において一〇年来戦ってきた日本軍将兵が絶えて認めた事のない現象であったし、他の国の戦史にも珍しい光景である。追撃部隊の将兵は、この異様な光景に眼を見張って通過していたが、いつのほどか、日本軍部隊は自発的にこの投降インド兵を彼らの自動車に収容して、クアラルンプールのF機関まで追送してくれるようになった。初めF機関の仕事に疑念をもっていた一部の日本軍部隊の指揮官や参謀も、段々認識を改めてくれるようになったし、F機関の名前と性格は現住民はもちろん、日本軍将兵にも認識されるようになった。

十一日の朝、私達はあこがれの首都クアラルンプールに入った。英軍はその前日、この都の駅や、飛行場や、主な軍事施設を破壊して退却していた。われわれは政庁に近い鉄道官吏の官舎地帯をわれわれの本部に選んだ。私はクアラルンプールの都が見え始めた頃、激しい悪感と頭痛を感じ始めた。

皆が本部の位置を物色している間、政庁の広場で苦痛に耐えていた。IIL本部のゴパールシン氏が私の苦痛を認めて驚いた。私は連日の睡眠不足と過労からくる一時の現象だといったが、ゴ氏は安心しなかった。彼は他のメンバーに指令してインド人の医者を探してこさせた。たったいま英軍と入れ換わりに日本軍が突入したばかりの町のなかから、医者を発見することは容易なことではなかったろうが、ＩＩＬのメンバー諸君は、懸命に駈けずり廻ってインド人の医者を連れてきてくれた。熱は四〇度に近かった。マラリヤだと診断した。私は選ばれた本部に入って休養をとることとした。私はいまもこのときのゴ氏をはじめ、ＩＩＬメンバーの真剣な優しい心遣いと所作《しょさ》を忘れることができない。この友情のこもった看護により二日間の休養ののち熱が下がった。

十三日にはＩＮＡとスマトラ青年団の各本部が到着した。

ＩＮＡ司令部の開設

スリム開戦後、各地で投降したインド兵が続々クアラルンプールのキャンプに到着し、たちまち一〇〇〇〇名に達した。その中にはポートスイテンハムの方から、日本軍飛行機の撒布した一枚の投降勧告書を携え、徒歩行軍でクアラルンプールに集ってきた中隊もあった。キャンプはクアラルンプール市中にある英軍の旧兵舎を選んだ。一般兵舎はアタップぶきのバラックが多かったが、設備は比較的よかった。永久建築もあったし、特に司令部用の棟は立派な二階建てのコンクリート造りであった。兵営の周囲には七、八棟の将校官舎があった。若干バラックを急造すれば、三〇〇〇〇名位の収容能力があった。日本軍においてもこの建物の使用を予定していたが、ＩＮＡのために譲歩してくれた。

既にマレイ各地に投降インド兵は二五〇〇〇名を突破しつつあると概算された。

モハンシン大尉はＩＮＡを拡充強化するためにも、また指揮、訓練、警備、軍紀、給養、衛生等の見地からも、これらのインド兵をクアラルンプールに集結したい意向を訴えた。ＩＮＡの活動を強化するため、司令部も当地に推進したいと申し出た。モ大尉の希望は尤もであった。

かくて、モ大尉はアロルスター、スンゲイパタニー、イポー、ペナンに散在する全兵力をこの首都に集結する措置を進めた。

モ大尉は、常に将兵の給養と傷病兵の衛生に温かい細やかな心遣いをした。流石は、軍隊指揮官である。モ大尉のこの温情に感化されてか、将兵のモ大尉に対する信頼と心服は日に強化された。更に、モ大尉のこの部下愛は、IILにも反映して、一般インド人からINAの将兵に対して真心のこもった献金、献品が逐次増加した。この町のシーク人、分けてブズシンという白髪の老人を主謀者とするグループは、インド兵の喜ぶ多量の食料や被服を寄付して将兵の感謝を受けた。傷病兵を慰めるために美しい造花まで運んでくれた。

スリムの会戦において、一部将兵の活動を通じてINAメンバーの祖国に対する忠誠を確信し得たモ大尉は、このほかに、更に三つの新しい計画をたてて私に協力を求めた。

その第一は、INAの一部を武装し訓練することであった。

その第二は、英軍がシンガポールにおける決戦を断念して退却することを考慮し、これに先だって、英印軍内のインド人将兵に対して更に大規模にINAへの参加を勧告するため、強力なる宣伝班を編成することであった。

その第三は、サイゴン放送局を利用して、インドをはじめ、敵域のインド人将兵やインド人に対して、有効なる放送宣伝を実施することであった。

私はモ大尉の熱意のこもったこれらの計画に同意し、全面的に協力を約した。軍参謀杉田中佐の認可を得て、差当り二中隊分の軽兵器をＩＮＡに譲渡した。

サイゴンには有能なるエサンカター大尉が選抜派遣された。進撃を急ぐ日本軍は、数日後には軍司令部の残留者と軍政機関のほかにはこの町に認められなくなった。

独りＩＮＡが、メインロードに面したこの市中の大兵営に駐屯し、表門には執銃の衛兵が厳しく立哨していた。兵営の周囲にはほんの申し訳のような鉄条網があるだけであった。その兵営にはＩＮＡ将兵の人気者、国塚少尉と伊藤君が連絡員として同居しているに過ぎなかった。にも拘わらず一人の逃亡兵もなければ、市民との間にトラブルも起きなかった。前線に連絡に来る大本営や、総司令部の参謀や、新聞記者がこの有様を見て「藤原君、一体大丈夫かい、またどうしてこんな風になったんだ」といぶかしむのが通例であった。なるほどそういわれればそうかも知れないが、私達の間では、そんな懸念を考えてみることとさえないほどに、この状態が自然であった。

そういえば、イポー以来、私は度々こんな暴言を吐く先輩の好意の来訪に接して、応接に戸惑った。「到る処で、〝藤原機関〟〝Ｆ機関〟のお墨附や、腕章を持った原住民や、標識を見て、マレイを風靡する藤原機関の機関長って、誰だろう。三一期の藤原武大佐（陸大卒、筆者の一二期先輩）かと想像していた。なんだ、貴様だったんか」と、如何にもこの青二才奴だったかと言わんばかりの御挨拶に接した。それ程に、この頃、Ｆ機関の名は、マレイを風靡し始めていた。

クアラルンプール占領直後、第三飛行団司令部が前進してきた。私は米村少尉を司令部に派して「リピス」における少数将兵の不心得なる事件を通報して善処願った。その翌日遠藤少将の副官が一少尉を伴ってＦ機関の本部を訪ねてきた。その少尉がリピス事件の責任者であった。遠藤少将は直ちにこの将校を処罰したうえ、遠藤少将の代表として副官が、責任者を帯同して、私およびモ大尉に陳謝し、かつ品物を返還するという申し出であった。

私は遠藤少将の処置に感激して、直ちにモ大尉にこれを取次ぎ、私も共に陳謝の意を述べた。モ大尉は遠藤少将のこの正々堂々たる処置に全く感動し恐縮してしまった。

「戦場において、このような一部将兵の不心得は、どの国の軍隊にもあることです。そしてこれ位のことに勝者の将軍が、捕虜の下級の将兵に丁寧に謝意を述べるなどということは例のないことです。私および私の将兵は、日本軍のこの正しく美しい行為によって日本軍に対する敬愛と信頼とをどんなに強めることでしょう。また、われわれＩＮＡの軍紀を自粛せしめる上に計り知れない感化があるでしょう」と語った。なお私に、こっそりと「あの少尉は将軍からどんな処罰を受けたのでしょうか。重処罰ではないでしょうか。将軍に少尉を罰しないようにお願いして下さい」と申し出た。

私はモ大尉のこの意向と思いやりを伝えた。副官も非常に喜んでくれた。たまたま懇談の際に、一番大事なクアラルンプールの飛行場が英軍の破壊と日本軍の爆撃とで使用困難な状況にあって、差迫りつつある戦況にかんがみて、当惑しているという話が出た。副官の当惑顔の話に気付いたモ大尉は、

「いまの話はなにか」と尋ね顔であったので、私からこの話を説明した。モ大尉は即座に「それでは直ちにＩＮＡがお手伝いを致しましょう」と申し出た。

モ大尉のこの申し出を遠藤少将は非常に喜んでくれた。まず中宮中尉が司令部を訪問してインド兵の風俗、習慣や、またＩＮＡのことについて司令部や飛行場勤務の将校に詳しく説明して、その理解と尊重を希望した。更に当初は毎日数少ないＦメンバーから一名を割いて、日本軍との連絡に当らせ

ることとした。翌日から毎日一〇〇〇名以上のＩＮＡ部隊が飛行場の作業援助に出た。規則正しく、朝の九時から午後四時まで熱心に作業に従事した。飛行場部隊の日本軍将校とインド兵はたちまち大の仲好しになってしまった。能率はぐんぐん上がった。一つのさ細なトラブルも起きなかった。遠藤少将はインド兵の労をねぎらうために、金や食糧品や日用品などを寄贈して皆を喜ばせた。このＩＮＡの協力によって一週間ほどの間に飛行場は使用できるようになった。作業に出たＩＮＡの将兵は遠藤少将を敬愛した。作業が完成した日、遠藤少将に敬意を表するため、ＩＮＡ将兵は飛行場で分列式をやって少将をいたく喜ばせた。

この頃、重ねて第二十五軍情報部から、敵の遺棄情報記録の中で、英軍が、機関の工作を重視し、各指揮官に対して、厳重な対策を指示しているとの通報を受けた。又モ大尉は、私に対して、英軍が、私をはじめ、Ｆ機関員、ＩＮＡ将校、ＩＩＬメンバーに莫大《ばくだい》な懸賞をかけて狙っているとの情報を伝え、身辺警戒と行動を慎重にするよう要望してきた。しかし、Ｆ機関には一名の武装兵もなく、全員が、鹵獲《ろかく》の拳銃以外、武器らしいものを装備していなかった。広い戦場を一、二名のグループで縦横に、馳せ廻わらねばならなかった。警戒や行動に慎重を期する余裕などなかった。それでも機関の本部と宿舎には、モ大尉の好意で、スリム戦線で投降して来たばかりのインド兵を警衛に仕立てた。伝令も、タイピストも、当番もみんなこのインド兵をあてることにした。これも大胆と言えば言えるかも知れないが、われわれは何の懸念も持たなかった。しかし新聞記者や部隊の将兵は、これに首をかしげて驚き入った。

終戦後、戦犯容疑として私がクアラルンプールの獄に拘禁された時、私を三日間、訊問した英人マレイ探偵局長は、私に「英軍は貴官の工作を重大視して、一九四二年一月、早くも、インドのデリーに特別機関を組織して、諜報と防諜工作を大規模に始めた。藤原機関に関する資料は、この部屋（二〇坪位）一杯程になっている」と語った。当時の第二十五軍やモ大尉の情報を思い起して成程と思った。

サイドアブバカル君

日本軍の中部マレイの制圧によってマラッカ海峡の大半は解放された。

サイドアブバカル君の指導するスマトラ青年の訓練も終った。士気は最高潮に達しつつあった。いずれも二〇歳から二十七歳までの青年であった。例外として四〇歳のクサ氏と十八歳のウスマンバシヤ君がいたが。親切と熱誠とによって増淵氏と中宮中尉はこのグループから慈父のごとく、兄のごとく慕われていた。

一月十四日、私はアブバカル、ハスピー両君と今後の活動について協議する機会を得た。私はまずアチエの情勢について詳しい説明を求めた。

アブバカル君は熱意をこめて私にアチエの情勢を次のように説明した。

「アチエの民衆は、オランダおよびウルバラン（土侯）に対して非常な反感を感じている。ウルバランはオランダの腹心となって、民衆を圧迫するので、大部分の民衆はウルバランを信頼せず嫌っている。

アチエの民衆は狂信的な位に熱心な回教信徒であって、回教の名においてであれば、いかなる苦難の戦にもきん然これに参加するほどである。アチエ民衆は回教のためなら死をも恐れない。アチエにある諸団体は、皆回教に基く団体である。その中で一番強大な団体はプサである。その意味はアチエ州回教学者連盟で、現在の会長はシグリにいるトンクモハマッド・ブルウエである。彼は回教の頭として知られる回教学者であり、宗教教師である回教学者および回教教師の勢力は、アチエ民衆に対して非常な影響力を有するものである」と。

私はこの説明を聞いて、この仕事の前途に非常な光明を確信し得た。私は更に「プサの首脳部と日本軍とが速かに連絡を遂げることが最も大切だと思うが、君はどう考えるか」とアブバカル君に聞いた。

アブバカル君は、言下に「そのとおりです」と答えた。この回答に対して私はアブバカル君に「君達の同志がスマトラに潜入して、プサ団の首脳部と連絡できるか」と尋ねるとアブバカル君は、あたかもその問を待っていたとばかりに、「もちろんできます。やり遂げます。今日はそれを是非お願い致したいと思っておりました。われわれ全員でやりたいと思います。真先に私が潜入いたしたいと思います。一日も速かに」と昂然と申し出た。

アブバカル君のこの天晴れな申し出に敬服しながらも、「でも、この企図は非常な危険が伴うし、仲々むずかしい仕事だと思うが」というと、アブバカル君は「むずかしいとは思いますが、機関長が考えられるほどではありません。勝手を知っている私達がやれば必ず成功できます。もしその任務のためにわれわれが死んでも、われわれの民族とわれわれの宗教に幸福が訪れれば結構です。やらせて下さい」と眼を輝かせながら懸命に嘆願した。

私はアブバカル君のこのたのもしい言明に感激しつつ「私は日本軍がスマトラに進駐すれば、必ずアチエ民族の幸福とアチエ民族の信仰を尊重するであろう。私はそのために最善を尽したい。ついては自由（フリーダム）と友愛（フレンドシップ）を表徴するF機関のメンバーとして活動することを希望しますか」とただしたところ、アブバカル君は、「われわれは全員Fメンバーとなることを光栄と存じます」と答えた。この会話によっていよいよスマトラに対するF機関の本格的活動が開始されることになった。

私はアブバカル君に対して、日本軍は君達に次のようなことをスマトラの同胞、特にプサ団に訴えて、スマトラ民衆の日本軍に対する協力を要望いたしたいと思うと、この項目を列挙した。

一、君達はスマトラの郷里に潜入して、民衆に対し、マレイにおける日本軍の勝利、インド人やマレイ人と日本軍との親善協力の状況を宣伝すること。またオランダ軍の士気を阻そうするような宣伝をすること。

二、アチエ民衆に対して日本軍に対する親善協力の気運を高揚して、日本軍の上陸時にはこれを援助すること。

三、公共および民有の施設財産、特に橋梁、飛行場、油井、製油場、貯油槽、工場、鉄道、通信、港湾、船舶などをオランダ当局の破壊から阻止すること。

四、日本軍の上陸時には簡単な食糧、果実、飲料水等を用意し、また日本軍の先導、情報の提供、遺棄兵器、交通機関自動車（自転車を含む）の収集提供に協力すること。

アブバカル君は「アチエ民族が、全力をあげてこの機関長の要望に添うように、私達は最善を尽します」と固くかつ自信ありげに誓約した。種々協議の結果十七日、まず二組（六名のミナンカボ人、バタック人、ナタル人を含む）がクアラセランゴールから先発することとなった。アブバカル君はその班長となった。二月十六日私はアブバカル君一行と惜別のためセランゴールに出かけた。正午頃セランゴールに着いた。既に一行は増淵氏、中宮中尉と共にセランゴールに先行して、ボートの手配をしていた。増淵氏が郊外の村長に依頼して惜別の宴を準備していた。正午過ぎから会食が催された。村長の心尽しで最上級のマレイ料理が盛られていた。杯を上げて名残りを惜しみ、成功を祈った。

アブバカル君が私の送別の辞に応え、一同を代表して昂然たる決意を披瀝した。ＩＩＬの大会に出席しなければならないために、私は今宵この海浜に一行の出発を送ることができなかった。私は後事を増淵氏と中宮中尉に依頼して一行の一人一人と固い握手を交わして帰途に着いた。

このようにしてこの夜、一行は二隻のボートに分乗して十字星をたどりながらマラッカ海峡を越えてスマトラに向ったのであった。

ＩＩＬの活動

プリタムシン氏はクアラルンプール進出と共に、この都のインド人有力者と連日会談を続け、インド人の政治的結束に務めた。十二月十五日、私はドクターラキシマイヤーをはじめ、七、八名のインド人有力者の来訪を受け、Ｆ機関がインド人やインド兵捕虜を庇護し、インドの独立運動を支援しつつあることに対して丁重なる感謝が表明された。また、代表者側からインド独立運動支援に関し、あるいは、マレイインド人の利益保護に関して率直な希望意見が披瀝された。私からは日本の真意や、日本軍の軍政上の意図などについて詳細に説明を反復し、二時間以上にわたって有意義な懇談が続いた。代表者は一同IILに共鳴参加し、日本軍との協力を固く約して懇談を終えた。夜はインド人有力者の招宴に接して一層友情を温める機会をえた。

ドクターラキシマイヤーの識見と温厚誠実なる風格、分けてインド人市民の保護に関する熱烈なる愛情に感銘を受けるところが多かった。またブズシン氏のIIL、INAに対する清純熱烈なる共感とINA将兵に対する、情細やかな配慮に、深く感動させられた。一月十六日にはまずクアラルンプールにおいて、これに続いてスレンバンやクルアン、マラッカなど中部マレイの重要都市において、インド人大会が開催され、IIL支部が結成された。IILの運動は燎原の火のように中部マレイの一帯に拡大して行った。いまや、IILの独立運動はマレイ半島の全域を制する勢いとなった。INA将兵に対するインド人の献金が日に増した。

私もプ氏も、モハンシン大尉も、共にわれわれのこの運動の前途にいよいよ確信を深め、前途に偉大なる希望を抱き得るようになった。そしてわれわれの運動をまずマレイを根拠とし、ビルマに、東亜全域に、更にインド本国に拡大する方策について真剣なる研究討議を続けた。

私は、目前のF機関の広汎な仕事を処理しつつ、プ氏やモ大尉や、各地インド人代表者の忌憚のない意見を傾聴し、今後における日本の大インド施策に関する構想を練った。いまや、寺内総司令官や大本営に対する意見具申の時機が到来しつつありと確信し、その成案を急いだ。また私は、公式にこの意見を具申した場合、その通過を容易にするため、あらかじめ上級司令部の首脳部に一人でも多くの理解者、支持者を作っておくことに意を用いた。サイゴン総司令部や大本営の主任参謀に私信を送ることに務め、又戦線視察の大本営、総司令部の参謀等を捉えて、ＩＮＡの視察を乞い、私の構想を説明これ努めた。

モアルの激戦

こうしてクアラルンプールを中心に、ＩＩＬの政治運動を拡大強化しつつある間に、ゲマス方面には激しい戦闘が進展し、モアル河畔に戦機が熟しつつあった。ＩＮＡ宣伝班はＦ機関と一体となり、全力をあげてモアル方面の英印軍第四十五旅団に対する宣伝を展開した。私は十七日、モアルの前線に急行した。去る十二月八日朝、遠く仏印国境からタイを陸路縦貫し、マレイの戦場に進出した近衛師団が北岸に詰めかけていた。対岸モアルの町は炎々としてごう火を上げ、黒煙天にちゅうし、せい惨なる光景を呈していた。マラッカ海峡に注ぐモアル河の河口は河幅一〇〇〇米以上もあった。四〇〇～五〇〇トンもあろうかと思われる渡船が沈没して、無惨にマストが水面に浮き出ていた。夜に入ると、近衛師団の国司、岩畔両連隊が粛々としてモアル河の渡河を開始した。渡河がようやく進展する頃、突如英海軍駆逐艦がマラッカの河口沖に潜入してきて猛烈なる砲撃を開始した。巨弾が日本軍の渡河点に近く集中炸裂し、数十米の水柱が幾条も河面に突立って、将兵を凝然たらしめた。

十七日からモアル河の南岸で激戦が始まった。十八日のバクリ付近の戦闘は壮絶をきわめた。日本軍は果敢なる正面攻撃をもって英印軍第四十五旅団の必死の反撃を紛砕し、英印軍第十五旅団を圧迫し突破した。日本軍の一部はこの英印軍の背後に迂回して周到に退路を遮断しつつあった。突破を受けた英印軍第四十五旅団は、二十二日にはパリックストロンにおいて完全に退路を扼され、最後の力闘を試みたのち壊滅し去った。

旅団のインド人将兵はバクリの戦闘以来、続々英人指揮官の手から離散して密林内に逃避した。その密林の陰にはＩＩＬ宣伝班が手を上げて彼らを待っていた。十八日正午頃、私がモアルの街に入った頃には、早くも二、三百名のインド兵が宣伝班に収容されて郊外の学校に集合しつつあった。中宮中尉や米村少尉をはじめ、僅か数名のＦメンバーが前線からのインド兵の宿営給養と、傷病兵の世話に奔走していた。幾晩も幾晩も不眠不休の活動を続けつつある彼らの面には、流石に疲労の色が見えたが、彼らはそれを全く意識しない者のごとくに、インド兵のために身心を砕いていた。その姿は私の眼には救世主のように神々しく、厳かなものに映った。インド兵はこのＩＮＡ宣伝班とＦメンバーの温かい心やりと宣伝とによって、すっかり安堵していた。私を認めたインド兵は、いずれも、あたかも自分の親しい上官に甘えるような眼差しで敬礼をするのであった。石川君を介して全員の集合を命ずると、一散に私の周囲に群がり集った。私はふと自分が初年兵教育に従事していた少尉の頃、昼食の休憩中に、自分の周りに初年兵を集めて、色々の訓話などしたときの楽しかった日を思いあわせた。私はインド兵の心を温めるためじゅんじゅんと私達の仕事の意義を説いて聞かせた。一句ごとにインド兵は戦塵に汚れた顔でうなずいて共感の意を表した。昼食はインド兵と共にカレーの御飯を味わった。

直ぐ眼の前のバクリ方面のいんいんたる銃砲声が響く戦線に、この和やかな光景は奇異な対照であった。

私は二十二日、パリックストロンの戦場まで前進し、その夜マラッカ海峡の彼方スマトラに対する仕事のためにクアラルンプールに引返した。

モアルにおけるこの活動が続いている間に、日本軍は二十五日にはバトパハとクルアン飛行場を占領した。

扁舟

戦線の急速なる南下に伴って、スマトラ工作を強化するため、残る第三組を潜入させることとなった。私は自らスマトラ青年の壮途を見送ることとした。

増淵氏の意見によって、第三班の出発地点をルムト港に選んだ。そしてメダンの東方海岸に到着してアチエ州に潜入することが計画された。十二月二十五日午後、私は増淵氏と共にルムトに向った。

ドクターラキシマイヤーから贈られた真新しいスチュードベーカーに身を託して、想い出の戦場スリムやイポー、タイピンを過ぎて、二十六日正午頃、ルムト港に着いた。そこには今夜壮途につく七名のスマトラ青年が先着していた。

夕刻から増淵氏の肝入りで、この地最高のマレイ料理の宴が催された。万死に一生を期し難い虎口に入らんとする壮士とは思えないほど、一同は従容《しょうよう》たるものであった。私は一行の壮途を祝すると共に、大望の成功を祈った。ニヤネー君をはじめ、七名の志士は、こもごも起ってF機関長のこの祝宴の催しに感謝すると共に、一死を賭してわが民族と日本軍との協力のために、全スマトラの同胞を決起せしむべき、まんまんたる確信と決意のほどを披瀝した。杯を重ぬること二時間におよんだ。一同席を起って海浜に歩を運んだ。外は既にとっぷりと夜のとばりに包まれていた。ルムト港の海面は淡い月を浴びて油を流したように静かに青白く光っていた。南十字星が一行の行方を指し示すかのように輝いていた。マラッカ海峡に望む港口の彼方は魔物のように黒い影にくすんで、一種の精気が感ぜられた。

一〇人乗りの木の葉のような発動艇が水際に繋がれて、一同を待っていた。まず一〇日分の食糧と水と爆薬と手榴弾が積み込まれた。そして水際で別れの固い握手が交わされた。青年の熱情と決意のほどが、私の全神経に電気のように感ぜられた。幾日かののちには、スマトラの海岸でこうして再び握手を交わさんことが誓われた。一同は夜釣りに出て行く漁村の若者のような気軽さで舟艇に移った。軽快なエンジンの音が物すごく静寂な海面一杯に流れ広がった。舟艇の壮士は期せずして双手をあげて万才を絶叫した。私は彼らがいつこんな歓呼を習い覚えたのかと、驚きあわてたほどだった。

舟は軽く一八〇度回転して、へさきは港口を指した。再び「すめら万歳」が、海岸の私達に向って絶叫された。打振る手が影絵のように闇に吸い込まれて、舟艇の黒い影が一滴のしみのように小さくなった。それもほどなく消えて、エンジンの音だけが海岸の私達と舟の同志の心をつないでくれた。増淵氏も私も物につかれたように水際に突立って、われを忘れて音を彼方に探るように凝視し続けた。

私達はあの同志の成功を祈りつつクアラルンプールへの帰還を急いだ。帰途車上で、私は同志の運命を色々と想い煩った。この同志の前途にはどんな運命が待っているのであろうか。

一月十六日にセランゴールから潜入して行ったサイドアブバカル君一行は、果たして無事にスマトラに着いたであろうか、途中英蘭海軍に捕捉されはしなかったろうか。海上に漂流しているのではあるまいか。また無事にスマトラ海岸に着いても、オランダ官憲に捉えられて銃殺されたり、監禁されたりするような始末が起きていないだろうか。一体スマトラの情勢はどう動きつつあるのだろうか。開戦以来、日本軍の耳に、スマトラに関する一片の情報すらも入ってこないのである。

自慢話

一月二十四日マレイ東岸に作戦しつつあった佗美《たくみ》部隊が、マラン、メンダカブを経てクアラルンプールに到着した。

この日、私は私の部下として、五〇日間にわたって佗美部隊の先導となり、住民の宣伝に、情報収集に挺身してきた二人の若いメンバーと初めて相見ゆることができた。それは戦前南タイのパタニやコタバルに永住した永野君と橋本君の両名で、永く祖国を離れていたし、軍隊生活や訓練の体験は皆無の人であった。マレイ東岸の作戦は、マレイの中央街道や西岸沿いの作戦とは全く様相を異にした。未開の密林地域の困難な台地をはい廻るような戦闘であった。瀬川中尉が開戦早々、コタバルで戦死したために、この二人の青年が佗美部隊の先導となって活躍しなければならなかった。私はこの二人の部下の安否を心中案じ、かつ使命の遂行に懸念を抱いていた。応接室で初めてみることのできたこの二人の部下の相貌にまた、その服装に、一見千辛万苦の奮闘の跡が歴然と表われていた。私は不慣れな態度で申告をする両君を制して椅子を勧めた。そして長期間の苦労をねぎらったのち、いままでの活動の経過を尋ねた。誠実、素朴、謙虚そのもののような両君は、私の質問に対しても、自分達の功績を物語るような報告を一切語らないのであった。そして協力してきた那須大佐やその部隊の将兵の立派な働きと、理解の深い取扱いを言葉をきわめて感謝した。しかし、私は両君が控え目に語る言葉の端々《はしばし》と、その立派な人柄から、この二人の青年が立派な働きをなしとげてきたことを想察するに難くなかった。私は直ちに佗美部隊本部に出かけて行って、佗美少将や私の同期の佐藤（不）参謀や連隊長那須大佐に会いに行った。旧知のこの人々は、口をきわめて永野、橋本両君の豪胆不敵な行動と、大きな功績を讃えてくれた。

マレイ語に堪能な両君は、五〇日間にわたるこの困難な作戦中、常にマレイ人を伴って日本軍の最前線より更に二日、三日行程深く敵中に潜入して、マレイ人やインド人の宣撫と諜報活動とを全うして、日本軍の作戦を容易にしたこと莫大であることを激賞した。英軍がすべての渡河材料を奪って退却したはずの河に、日本軍がさしかかると、そこには必ずこの両君が現住民の協力を得て渡河材料を準備して待っていた。

住民は果物と清い飲水を用意して日本軍を待っていてくれた。またパハンのサルタンの一族を救出して、クアラルンプールの軍司令部まで護送してきたのも両君であることがわかった。私は両君の立派な功績とその謙虚なる風格に頭の下がる思いを抱いた。そして佗美少将からこの両君の功績を認証する文書を受領した。

両君に同行してきたコタバルYMA支部のメンバーから私を是非一度コタバルに迎えたいという切望が伝言された。私もあれほどまでに日本軍に協力してくれたコタバルの人々に感謝するために、万障繰合せて彼の地に行きたかった。しかし当面する私の仕事は、私が本部を離れることを許さなかった。私はシンガポールが陥落したら、必ず訪問する約束をして、このメンバーをコタバルに帰した。このあたりで私のメンバーについて、私が生涯を通じて感銘している率直なる自慢話をすることを許

された い。

私は、部下として、僅かに五名の若い将校と一人の下士官を持っているに過ぎなかった。しかも、土持大尉の他は、一般の専門学校を経て中野学校で一年乃至二年情報要員の特殊訓練を受けた将校であった。その他はマレイやスマトラに永住してきた邦人十四名、それもその大部は開戦の前後に臨時にF機関のメンバーとして加わった人々であった。更に私自身巻頭の章で自己紹介をしたように、経験の乏しい、若輩非才のしろものであった。このメンバーをもって構成されたF機関に負荷されている任務が、いかに広汎であり、深遠であり、困難なものであるかということは、いままでのこの記録でその一端を承知されたと思う。そして、読者が更に頁を繰られるに従って、ますます広汎雄大な仕事に展開して行くことを諒解されるであろう。私達の仕事が成功の軌道に乗り、輝しい前途を期待し得る段階に至ったのは、ことごとくIIL、INA、YMAやスマトラ青年諸君の熱烈清純なる祖国愛に帰するものではあるが、その陰に、これらの同志の仕事を支援した私の部下Fメンバー諸君の、涙ぐましい超人的奉仕のあったことを見逃すことができない。F機関のメンバーは、敬愛に満ちた一家のごとく融和していた。軍人とシビリアンとの間に、一点の間隙もなかった。軍人、シビリアンの別なく、また階級のいかんにかかわらず、年少のものは常に年長のものを敬愛した。年長の者は年少の者を愛して常に垂範した。機関長以下寝食苦楽を全く一にした。年長者や将校の垂範を通じてすべての指令と指導が行われた。寝食坐臥の間、談笑のうちに上下の意志が完全に疎通し、私の意図は私のメンバーに完全に消化された。

しかも、その間に規律と礼儀が常に保たれていた。慈愛と尊敬と感謝と誠実とで完全に結合されていた。機関長たる私は、私のメンバーに対して、一回の督励も叱咤も必要とすることはなかった。また一々細かい指示や命令を与える必要もなかった。機関長は企図と方向を明確に示せば足りた。

私のメンバー諸君は、一々私の指令を待つことなく、自らその活動を計画し実行した。しかもその行動は全体として一つの身体のごとく調和をなしていた。一人、数役の任務を負担して、連日連夜、櫛の歯をすくように活動し、百人力を発揮した。功績は常に譲り合ったし、機関長の心を煩わすようなことは互いに戒めあって、彼等の間で解決していた。

私の副官の山口中尉は、私に代って一同の融和と、仕事の調整と、機関長の意図の徹底と、司令部や他の日本軍部隊や同志との融和に涙ぐましいほど、心細やかに気を配ってくれた。長老の増淵氏や田代氏や神本氏が、この山口中尉や他の将校を公私の両面にわたって心から補佐してくれた。ことに増淵氏は、一同から慈父のように慕われた。またFメンバーの誠実と、熱情と情義と、融和とは自らわれわれと提携協力しつつあるIILや、INAや、YMAや、スマトラ青年に好い感化を与え、F機関に対する信頼を高めた。モハンシン大尉は、しばしばこれを指摘して激賞してくれた。私の本部を訪ねてくれる大本営の参謀はもちろん、通信記者などまでが異口同音にこの好印象を私に語った。私はこのような批評を聞くたびに、体が熱くなるほどうれしかった。部下の統御のために少しも心を煩わすことを要しなかった。私の懸念は皆が過労のために倒れたり、戦線における勇敢なる活動のために負傷しはせぬかということだけであった。戦線に活動するメンバーを除いて、皆揃って夕食を共にするのが私の無上の楽しみであった。INAの兵営に起居している国塚少尉や伊藤君もときどき呼び寄せられた。

手の空いているものは、夕食のときなど二時間以上も私の談笑の相手に捉えられることがあった。この間に、私の意図や所信を雑談に折り混ぜて一同に吹き込むこともできたし、皆の手柄話や、意向を忌憚なく披露することができた。それにF機関では自動車の運転手やコックやボーイなど、ことごとく現地人であった。マレイ人や、支那人、インド人が取混ぜていた。その他に、先に述べたように、F機関の傭人といわんよりは、Fメンバー同様に親愛せられていた。われわれは軍隊といわんよりは一つ家族といっても好いほど和やかな雰囲気に満ちていた。お互いに赤裸々な人間として結びあえた。少しの飾りも、威儀も、腹蔵も、必要としなかった。このように一人残らず優れた部下に恵まれた私は本当に果報者であった。

しかも、私の協力すべきINAや、IILや、YMAや、スマトラの指導者はことごとく至誠の人であり、情義の人であり、清純な人であった。私は拝みたいほど感謝と感激と希望とを持ち続けて、この崇高なる使命に奮励することができた。

私は、私達のこのような仕事はいかほどの成果をあげ得ても、功績はすべて作戦軍に帰すべきである。われわれは縁の下の力持ちをもって満足すべきであるという私の信念に基いて、繁雑な記録を一切作らなかったし、また改まった筆記命令や文書報告を一切作成しないこととした。そんな書類を作る暇があったら、実動だというのが私の主張であった。全員私の主旨に共鳴して功績など念頭におく者は一人もいなかった。

山口中尉によってF機関に記録された書類は、公金の詳細な出納簿と日に数行の簡単な行動記録だけであった。当時私が記録に意を用いていたならば、この回想録は更に内容を充実し得たことであろうが、しかし私はいまもこれをＦ機関の誇りの一つに数えたい。

将軍（ゼネラル）

モアルに収容されたインド兵は六〇〇に達した。クアラルンプール兵営のＩＮＡは三五〇〇の優勢となった。日本軍はバトパハ、ゲマスにおいて撃破した英軍を追ってジョホールバルに向って殺到しつつあった。マレイ半島における英軍の抵抗は終った。英軍は続々シンガポールに後退しつつあった。ジョホールバルの陥落も一両日中に迫った。山下将軍の司令部はクアラルンプールからクルアンに前進した。マレイ半島の作戦は正に大詰めになった。日本軍はいよいよ東亜における大英帝国の牙城シンガポール要塞に立向うこととなった。

この頃、しきりにモハンシン大尉と私の脳裡を去来した懸念は、英軍がこの要塞に拠って最後まで闘う意志を拗棄するのではないか。スマトラ、ジャワ方面に退却するのではないか。ＩＮＡに参加を期待している数万のインド将兵を伴ってしまいはせぬかということであった。

中宮中尉は、それぞれ数名のＦメンバーを引卒してジョホールバルの方面に前進して、ＩＮＡ宣伝班を支援しつつあった。土持大尉はモアルにおいて収容印兵の世話に当っていた。国塚少尉と伊藤君は相変らずＩＮＡ司令部に起居して連絡に専任していた。モ大尉がまず編成訓練しつつあるＩＮＡの武装二コ中隊は日に日に革命軍として戦闘力を培養向上しつつあった。モ大尉の健康と意気と信念はいよいよ強く、革命軍将帥としての風格が充溢してきた。それにしても、これだけのＩＮＡ部隊の給養を、一輛、一粒も日本軍の補給機関に依存することなく、又衛生機関にも頼ることなく、機関の一、二名のメンバーで処理したことは、全く不可解に思われる程であった。すべて英軍遺棄倉庫から要領よく運び蓄えられた資材や物資に依存した。それでも、時々不足の需品があって、軍司令部の参謀に要請すると、無理解な大喝を喰うことが多かった。殊に、インド人のため必須のミルク（日本人の味噌に当る）が問題だった。その頃、ミルクは、日本人の頭では、贅沢《ぜいたく》な嗜好品、患者用という考え方が支配的であった。それを捕虜が要求するのは、けしからんというお叱りであった。これには、Ｆメンバーは板挟みの悩みを味わった。

この頃、日本軍第十五軍は泰緬国境に兵力を集中して、ビルマ領サルウイン河に向う作戦を準備中であった。一月十九日、第十五軍はタボイを占領した。続いて日本軍の小部隊に牽制されつつある英国軍の虚をついて、国境を突破して、サルウイン河の要線に進撃しつつあった。すなわち、日本軍第五十五師団はメソッド地区より前進し、一月二十二日、コーカレーを占領し、モールメンに肉薄しつつあった。

日本軍第三十三師団はコーカレー北方地区に前進し、サルウイン河に向う進撃を準備中であった。この方面の英軍は、ビルマ第十一旅団と英印軍第十七師団の一部と承知されていた。

東方、南支那海の彼方においては、比島方面に作戦中の本間中将の軍が、一月二日にはマニラを占領し、一月二十七日よりバターン半島に拠りつつあるマッカアサー軍に対して攻撃しつつあった。

ボルネオの要域は、日本軍陸海軍部隊によって占領された。更に南東太平洋方面では、一月二十三日から二十四日にわたって、セレベス島も、ニューブリテンの要域も占領していた。太平洋および南方諸域に対する日本軍の作戦は、超快調をもって進展しつつあった。

このような情勢にかんがみて、私はかねて私の脳中に策案しつつあった帝国の大インド施策を、総司令部と大本営に意見を具申し、その採択を要請すべき時が来たと考えた。私はプリタムシン氏と、モ大尉に対する信義からも、私の構想を中央部に公式に採択決定せねばならないと固く心に期していた。一新参少佐のためには、余りにも過分かつ大きな使命であったが、断じて完遂しなければならない使命であった。クアラルンプールに帰来したその夜から、密かに草案の起草に着手した。丁度その夜遅く、クルアンの軍司令部から電話がかかってきた。サイゴン総司令部の大槻中佐参謀からであった。大槻中佐参謀は総司令部における情報と宣伝の先任参謀であった。

かねてから参謀には、私の抱負を通信しておいてあった。

電話の要件は、「速かにクルアン司令部に出頭して、君の仕事の状況を報告せよ。その際、大インド施策に関する意見を文書をもって報告しうるよう準備して来い」という内容であった。私は、明後日の朝までに到着するように出頭すると回答した。私は余りのうれしさに胸が高鳴るほどであった。私の信頼する敏腕の大槻中佐参謀が、私の意見に共鳴して、はるばるサイゴンから状況視察と連絡に来てくれたのだと直感した。私は勇気百倍した。その夜、私は私の精魂と情熱を傾けて計画を脱稿した。出来上がった原稿を幾度も幾度も反復熟続した。原稿に私の全精神を奪われていた。

夢中になっていた私は、夜が明け離れていることすら気がつかなかった。突如階下の玄関先に起った騒々しいローリーのエンジンの音と、元気な人声に初めてわれに返った。

中宮中尉が前線から連絡に帰ってきたのであった。すっかり現るくなっていた。原稿を机上に置いて、拳を振りつつ階下に中尉を迎えに下りた。この日、山口、中宮両中尉と国塚少尉の三将校は、機関長が文字に明示した大いなる抱負と、これを中央部に採択決定せしめんとする固い決意のほどに非常な感激を示し、一字一句に精魂をこめて原稿を浄書し、公式の書類に仕上げてくれた。書類が出来上がったのは正午頃であった。

山下軍司令官、寺内大将と大本営あての三部の計画を携えて私はスチュードベーカーに身を託した。北村君が随行した。玄関に見送ってくれた将校の眼には、「機関長！　意見具申が成功することを祈ります。われわれが誠心と情熱を傾けて支援しているIILとINAのために。そしてまた大インドのために頑張って下さい」という懸命な念願が光っていた。私は「大丈夫だ、おれの信念と情熱とをもって必ず通してくる」と決意のほどを視線で応えた。

車は六〇哩の速度でクルアン司令部に向って、シンガポール街道を疾走した。途中パンクのために意外に時間をくって、夜明け方にクルアンの司令部に到着した。張り切っているためか、この二日間の徹夜にも疲労さえ感じなかった。司令部はゴム林の中の急造兵舎に陣取っていた。大槻中佐参謀の室に入ると、計らずも陸軍大学校の同期である大本営参謀近藤中佐と、かつて私の母隊、大阪歩兵第三十七連隊の先輩であり、今大本営参謀である岡村中佐を発見した。

総司令部の大槻中佐は寝台から飛び下りてきて私の手を握り、昨年の九月以来の奮闘と成功をねぎらってくれた。

大本営参謀の両中佐もこもごも再会を喜び、成功を祝してくれた。

私は両中佐から、陸軍大臣東条英機大将の代理として陸軍省人事局長富永中将と、参謀総長代理として大本営作戦部長田中中将がそれぞれ数名の幕僚を従えて戦線視察と要務連絡のために、丁度昨日来この司令部に来合せていることを知った。しかもその幕僚の大半が知己の先輩であった。私は内心「しめた」と思った。勇気と確信が百倍した。私はまず総司令部参謀の大槻中佐に熱誠をこめて状況を報告したのち、寺内大将に対する意見具申を説明した。

この報告と説明は、一時間以上にわたった。大本営参謀の両中佐が席を外そうと申し出たが、私は敢えてその必要のないことを主張し、私的に傍聴を乞うた。内心両中佐が私の意見を富永、田中両中将に報告してくれることを期待したからである。大本営参謀の両中佐も熱心に傾聴してくれた。両中佐共、共鳴の色が見えた。総司令部の大槻中佐は全面的に共鳴してくれたうえ、かたわらの大本営参謀の両中佐に対して、私の意見が採用されるように斡旋と協力を頼んでくれた。

私は、現在は山下軍司令官の区署を受けているので、公式の報告や意見の具申は、すべて第二十五軍司令部を経なければならない道理である。本来ならば、直接総司令部や大本営の参謀に報告や意見具申を述べることのできない立場におかれているのである。しかし、私が達成しなければならない意見具申は、第二十五軍司令部が作戦を担任しているマレイやスマトラのような小さな地域のことではない。日本軍が作戦を企図しつつある大東亜全域にまたがり、終局において、大インドに及ばなければならない大仕事である。私の真意を、直接大本営や陸軍省の主脳部に理解していただき、共鳴を得なければならないのである。第二十五軍司令部や総司令部等統帥系統の順序を追っている間に、私の真意が曲げられたり、あるいは長い時間を徒費するところがないとはいえない。これが私の最も恐れるところであった。

たまたま、大本営と陸軍省の首脳が来訪し、直接私からこの首脳に報告や意見を耳に入れることができるチャンスをつかみ得たのは、僥倖《ぎょうこう》というほかはなかった。私はこの報告を終えたのち、山下軍司令部の杉田参謀のもとに行って報告し、共鳴と支援を願った。いずれも私の意図を理解し、共鳴の色を示してくれたが、このような施策を国家の経綸として、公式に取上げ実行するには、なお幾多の段階を経なければならないことを指摘された。私がこの報告を終って外に出ると、田中、富永両中将がゴム林の朝の清い大気を満喫すべく兵舎の外に突立っていた。私が敬礼するのと、将軍が声をかけてくれるのが同時であった。田中将軍は「君はここにいるのか。何をやっているのだ」とどなるように呼びかけた。出鼻をくじかれてハッといったきり、しばらく返事が続かなかったが、ここが大切だとばかりに、私は勇を鼓して「インド施策を行っています。マレイとスマトラの住民に対する宣伝工作をやっています」と答えた。

田中将軍は、先ほどの音声とはがらりと変った温情のこもった口調で、「どうじゃ、しっかりやっているか。うまく行っているかね」と尋ねた。私は「ハイ、しっかりやっています。成功しつつあると確信できるようになりました。中央部において私の仕事を全東亜、全インドを対象とする施策に拡大して、直ちに実行に移して頂くための意見具申に参りました」ときっぱり答えた。富永中将は好意に満ちた面持ちで、私の必死の応答を聞いていた。私はふとこの二将軍は、既に大本営参謀岡村中佐から、私の仕事と意見具申に関する報告を聴いていて、関心を持ってくれていると直感した。続いて田中中将は「うん。成功しているか、どんなことが成功しているか。どんなに成功しているのだ」と誘い水を出してくれたので、私はすかさず「クアラルンプールで数千のＩＮＡが結成されました。立派な革命軍に育ちつつあります。シンガポールの工作が上首尾に行けば、急速に拡大する見込みがあります。ＩＩＬの政治運動は既に全マレイをおおいつつあります。ビルマへ、東亜の他の地域へ、大インドにこの施策を拡大する基礎が出来上がりつつあります」と一気に答えた。

田中中将は、富永中将を顧みて、意味ありげな眼くばせをしたのち、「藤原、どうじゃ、君が支援しているＩＮＡを見せてもらうか。富永中将どうです」と切り出した。富永中将は即座に「行きましょう」といい切った。私は両将軍が「藤原！　それでは幕舎に入って君の話を聞こうじゃないか」といってもらうだけが精一杯の念願であったのであるが、この日本陸軍の首脳がクアラルンプールまで態々《わざわざ》同行してＩＮＡを視察し、モ大尉やプ氏にも会い、私の意見具申を聞いてやろうとの発言に夢かと思われるほどうれしかった。鬼の首を取った喜びとはこのことであろう。田中将軍は随行の近藤参謀を呼んで、直ちにクアラルンプール行の決心と飛行機の準備を命じた。私は将軍のもとを辞して南方軍大槻中佐のところに飛んで行ってこのことを報告した。大槻中佐は大本営参謀の両中佐の骨折りだと聞かしてくれた。そしてクアラルンプールで両将軍をしっかり口説くように激励してくれた。山下軍司令部の参謀は、私が両将軍と大本営の幕僚一行（七名）を捉えた電光石火の成功に眼を見張って喜んでくれた。

かくして私は両将軍をはじめ、大本営参謀と陸軍省幕僚の一行を案内して、この日の昼過ぎにクアラルンプールの飛行場に着いた。一行は、クアラルンプールの留守司令部から迎えに出ていた副官に案内されて司令部に向った。私は、迎えに来てくれた山口中尉と一緒にＦ機関の本都に急いだ。自動車の中で山口中尉は「機関長やりましたね」と喜んでくれた。しかしＦ機関の若い将校達はこの成功を喜ぶ反面、とっさにこの首脳を迎えて、この行事を首尾よくやりとげられるかどうか、皆一抹の不安を抱いていた。直ちにプ氏とモ大尉の来訪を求めてこの経緯を説明した。私の労を非常に喜んでくれた。われわれは協議の結果、われわれの熱烈真摯なる意図を最も率直に、両将軍に認識していただくことを方針として行事を計画した。虚飾や儀礼を排して、ありのままを見せることとした。

まずＩＮＡの兵営視察、閲兵ＩＮＡ司令部におけるプ氏、モ大尉と両将軍との面談、次いで日本軍司令部における大本営幕僚とモ大尉の懇談、最後に両将軍に対する私の報告という段取りとした。プ氏とモ大尉は直ちに準備に着手した。午後四後頃から視察と閲兵が行われた。突然の行事に拘わらず、ＩＮＡの整然たる隊伍と秩序厳粛な指揮、将兵の真剣な態度と動作が一行に好印象を与えた。

次いで、ＩＮA司令部において両将軍とモ大尉との面談が行われた。モ大尉はきわめて明快な口調と厳然たる態度とをもってＩＮＡの現状と将兵の固い決意とを披瀝し、Ｆ機関を通じて行われつつある日本軍の支援を感謝した。かねての申し合わせによってこの席では具体的問題には触れなかった。両将軍はプ氏およびモ大尉の崇高な決意に対して深甚な敬意を表明し、激励の辞をもって応えた。一行が引上げると、直ちにその後を追って私はモ大尉とアグナム副官を伴い、後方司令部に一行を訪問した。国塚少尉が通訳のために付添ってくれた。モ大尉と大本営幕僚の懇談は、何らのテーマを予定することなく、双方談合のうえ、大本営幕僚がモ大尉の信念を最もフランクリーに伺うことを主目的と定めた。両将軍の真意は、私が支持し推奨しつつあるモ大尉が、果たして日本が国策として国家をあげて支援するに足る人物であるか否かを確かめることにあることは明らかであった。私はこの重要な意義をもつ懇談にもいささかの懸念も持たなかった。

私はアロルスター以来、モ大尉の烈々たる愛国の至誠と、固い決意と、革命軍の将帥としての識見と、武徳とを最もよく知悉し信頼していたからである。しかもこの懇談に臨む日本軍大本営の幕僚は、いずれも優秀をもって知られた旧知の先輩であったからである。懇談は、和やかに、率直に始められた。しかし、私は手に汗をする思いで、今から始まる問答に片唾《かたず》をのんだ。

この懇談の間、モ大尉の談話は、大本営幕僚に大きな感銘を与えた。

岡村中佐の質問。「われわれはお恥しい話ながら、インドの国民性について深い知識を欠いています。貴官は日本の国民性について研究されたことがおありですか。この理解が両国民協力のうえに一番大切だと思いますが」

モ大尉の答。「私も同様、日本の国民性について知識を欠いております。しかし私はかつて日本武士道と題する英文の本を興味深く読んだことがあります。その中には三種の神器というのがあって、その一つの剣は勇武を、その一つの玉は慈愛を、更にいま一つの鏡は正明を表徴するもので、日本精神はこの三つの神器によって表徴されていると聞いております。私はこのたびの国境会戦以来、日本軍将兵の勇武を眼のあたりに確認いたしました。また、私を支援してくれている藤原少佐はじめ、Fメンバーを通じて慈愛と和合と正明と勇気とを認識することができました。

われわれインドの国民も、また本来慈愛と正義と信仰を喜ぶ国民性をもっています。東洋にはぐくまれた両民族の国民性には共通するものが多いように思います」

岡村中佐の質問。「不躾な質問ですがインドは宗教の対立、カスト制度の因襲、各種種族の反目などのために、統一したインドとして独立運動を推進することが困難であるとの説をなすものがありますが、これに関する教示を承りたい」

モ大尉の答。「私はそのような説には同意致しません。私は祖国に対する愛情は、宗教や種族に対する愛執に超越すべきものであると信じます。またカスト制度は旧い因習の残滓ではありますが、既にこのような非人道的、非社会的矛盾は逐次是正されつつあります。その解消は外人が誇張するように決して困難とは考えません。むしろインドを支配しつつある英国により誇張し、助長された嫌いがあります。私はこの信念に基いて、宗教や種族の相違などに捉われることなく、祖国解放の闘争を第一義としてＩＮＡを編成し訓練致しておりますが、一旦愛国の熱誠に目覚めたわれわれ将兵の間には、一つのトラブルも起きていません。この事実が何より雄弁に私の信念を裏書きすると思います」

岡村中佐の質問。「ビルマ人は、ビルマに住んでいる多数のインド人に対して、非常な根強い反感をもっていると聞いています。日本軍はいまビルマに進撃し、ビルマ人の解放をめざしています。この問題が重大なる関心事であります。この問題に関する貴官の御意見を承りたい」

モ大尉の回答。「われわれは、ビルマ人がインド人に反感を持つ理由の存在を率直に認めなければなりません。ビルマ人に対してある種の優越感を持っています。インド人は、ビルマ人よりも利財にたけているために、ビルマにおける土地、企業等の利権を握っています。また英国は、ビルマ人の独立運動を恐れて、ビルマ人を軍人や警官に用いておりません。そして英印軍やインド人警官を手先に使ってビルマ人の民族運動を抑圧しています。このようなことが、ビルマ人の反感を買っている主なることだと思います。この利害や感情の反目は相当深刻なものがあります。しかし、私は、この問題は解決の困難な問題だとは考えません。インドも、ビルマも、英国の支配から完全に脱却し得たとき、両国の偉大なる指導者が、膝を交えて大亜細亜民族共栄の見地に立って討議をすれば、案外容易に解決し得ると思います」

以上は、懇談のうちの二、三の例に過ぎない。モ大尉は彼の信念と識見と情熱と人格を大本営参謀に遺憾なく諒解させた。モ大尉がアグナム副官を帯同して引上げたのち、岡村中佐が別室の両将軍に何事か報告した。

次いで私は将軍の室に呼ばれた。

田中将軍は私に椅子をすすめたのち、「藤原！　君は態々われわれをここに引張ってきたが、只今参謀の報告によると君が激賞し推奨しているモ大尉はそれほど大した人物ではないということだ。どうか」と大声で詰《なじ》るように切り出した。

私はこの意外なる田中将軍の発言に一瞬「ムッ」としたが、次の瞬間、今朝クルアンにおける印象や本日の閲兵、面談の間両将軍の面に読みとった好意、それに先ほどの懇談の際幕僚の受けた好印象を想像して田中将軍は、腹と口と別のことをいっている。これは私の信念を試す腹芸をやっていると見て取った。私は、「閣下、それは間違いです。先ほどの懇談を通じて私は従来モ大尉に対して抱いていた信頼と尊敬を一層高めたほどです。そんな風に誤解した幕僚があれば、私はその幕僚から直接その理由を承りたいと思います」といい放った。

田中将軍は冷然として、「おれの信頼する幕僚の報告だ。君は異議をいうのか」と叱咤した。

私は「ハイ」と、次いで、「いかに信頼される幕僚の報告でも、このことに関する限りその報告は間違っていることを主張致します。私はこの五〇日間、死生の間、最も真剣な言動を通じてモ大尉を見てきています。私の観察は間違いありません」と昂然と答えた。

田中将軍は、私の断言と共に調子を和らげて、「だが、モ大尉はもともと英国軍の一軍人だ。政治家でもなく、革命的鍛練を経ていない。そして、まだ若い。インドの錚々たる指導者と比べたら、インド国民に名前も知られていない人だ。将棋でいえば歩だよ」と皮肉った。私はここで屈してはならぬと自ら励ましつつ、「閣下がおっしゃる通りモ大尉は一軍人であり、革命的鍛練を経ていない。また年令も若くあります。しかし古来軍人の革命家は沢山あります。有名な革命家は、すべて初めは無名の青年であります。祖国に対する無私の愛情と、革命に対する熱情と、烈々たる実行力と、識見と、徳望さえあれば無名の青年はやがて偉大な革命家になります。私はモ大尉にそれを信じます。閣下はモ大尉を目して将棋の駒でいえば歩だとおっしゃいますが、私は必ずしもさようには思いません。もとよりモ大尉が現在飛車、角だと申すのではありません。仮に閣下のおっしゃるとおりモ大尉が歩であったとしても、素質と努力次第で歩は金になれますし、また歩をもって王将を詰めることもできます」と応答した。

田中中将は「ウン」と一言同調の気色を示した。かたわらの富永将軍が好意のある眼差しで私を見つめている。私は更に話を続けて、「いまや大東亜戦争を完遂し、日本の理想とする大東亜共栄の新秩序を建設するうえに、インドの独立と日印の提携協力が絶対必要であることは論を待ちません。しかるに、日本は怠慢にして従来インドの指導者と提携する何らの政策もなく、努力も払っておりません。そのために、チャンドラボース氏のような偉大な指導者を同志として持っていないのであります。しかし、幸いにわれわれは祖国の解放に決起せんとしつつあるモ大尉はじめ、数千のＩＮＡ将兵とマレイにおける数十万のインド人と現実に手を握ることができました。しかも、私の意見のごとく日本が堂々と帝国のインドに対する経綸を宣明し、全東亜にその施策を拡大すれば、将来獲得し得べき一〇万のインド兵と、東亜にある数百万のインド人を反英独立闘争に結集することができます。インドの解放と独立、大東亜新秩序への協力を具現するため、現在日本に与えられているものはこの道よりほかにありません。なお、プ氏やモ大尉は、祖国の解放のために人柱たらんことを決意しているのでありまして、一点の私心、野心のない人です。更に偉大な指導者を得れば、いつでもＩＩＬやＩＮＡの指導をその人物に譲って、己はその傘下に入る用意を持っています。現にチャンドラボース氏の招請を最も熱心に要請しているほどです」と所信を付言した。田中将軍は俄にいままでの高圧的な態度を和ませて、私に意見具申の内容に関する説明を求めた。まず大インド施策の重要性から説き起した。

田中将軍はしばらく黙っていたが、卒然「いまさら君からそんな説明を聞く必要はない。計画に関する具体的意見を報告せよ」と叱られた。

私は一寸面くらった、が度胸をすえて、かつてイポーにおいて大本営の尾関参謀に説明した同趣旨を、縷々と説明した。説明が終ると田中将軍は、「君のいまの報告は参考のため聞き置く」と一言で片づけてしまった。私の期待する「諾」の反響を示さなかった。私は物足らぬ思いにもじもじしていると、富永将軍が「御苦労、御苦労。大いにやってくれたまえ」といってウィスキーの杯をとって私に勧め、取りなしてくれた。田中将軍も杯をとって「御苦労」と乾杯を促した。成功か？　失敗か？　判断に窮したが、両将軍の態度から見て私は成功の算大と観察した。ことに私の意見のごとくインド施策が拡大された場合、私はF機関に代わる強大な支援機関の必要を強調したのに対して富永将軍は、機関長たるべき意中の人について私の意見を尋ねられたことに一層自信を強めた。私は政治的識見の高い、重厚誠実で博識の人物を希望した。田中将軍は私の意見具申の内容の重要性にかんがみて私の信念を試し、また私を教育する積りで、腹とは別のゼスチュアーを示したのだとの判断を強めた。考えてみれば、このような重要な問題を陸軍大臣や参謀総長に伺わずに、この場で私如き若輩に明確な意志表示をするはずがない。将軍に来訪を感謝して室を出ると、大本営の幕僚が「どうだったか」と尋ねてくれた。

私は「散々鍛えられましたよ」といった。

岡村中佐は「田中将軍が熱心に君を鍛えたようなら大丈夫だ」と保証してくれた。「モ大尉は若いが仲々立派な人だ」と褒めてくれた。私は、自信を加えたが、なお一抹の不安もあった。

帰途モ大尉の官邸に立寄って今日の労を謝した。モ大尉は今日の出来栄えについて私の感想を求めた。私は予期以上の出来栄えだと答えた。私の酒好きを承知のモ大尉は、副官にウィスキーを命じて私の労をねぎらってくれた。お互いに一点の隠しだてもなく、信頼しあい尊敬しあえるわれわれの友情は、最も清純で幸福なものであった。

夜半、本部に帰ると、皆がまだ寝ずに私を待っていてくれた。私は皆に大丈夫だ、成功だ、と確信を告げて皆の安心を求めた。再び皆で慰労の杯を重ねつつ、今朝来の経緯を皆に話して聞かせた。

翌日早朝、将軍一行はサイゴンに向って、クアラルンプールの飛行場を出発した。私は山口中尉と共に飛行場に見送った。両将軍は私にたのもしい激励の言葉を与えた。

近藤参謀が、私を一同から少し離れた地点に呼び寄せて「田中将軍が君の仕事はきわめて重要だ。いままでの成功を喜んでいる。ますます精魂を傾けてやってくれ。君の具申した意見は貴重であり適切だ。きわめて重大な仕事であるから、今後も細心周到に発展させるように、という意向を君に伝えておけと命じた」と語ったのち、「君の報告は両将軍の共鳴を受けている。必ず中央において採択されるであろう」と付言した。私は昨日来の近藤、岡村両参謀の好意を地獄に仏の思いで感謝した。

飛行機が離陸してしまうと、流石に重荷を下ろした後のような疲労感を覚えた。

ビルマへ

一月三〇日夕、日本軍第五師団の前衛は遂にジョホールバルを占領した。半島とシンガポールの島をつなぐ唯一の大橋梁は英軍の手によって破壊された。

ＹＭＡのオナム氏は、シンガポールの総攻撃が二月九日を期して開始されることを知った。

二月四日、シンガポールに対する活動に備えて、メンバーの訓練に精魂を傾けていた。この日、第二十五軍司令部から二通の命令を受領した。それはサイゴンにある南方軍総司令官寺内大将から山下将軍に与えた命令の写しと、これに基く山下将軍の私に対する命令であった。寺内大将の命令は「二十五軍司令官は藤原機関の一部をビルマに派遣して、第十五軍司令官飯田中将指揮のもとに、同方面に対するＩＩＬ、ＩＮＡ運動を拡大推進せしむべし」というものであった。山下将軍の命令は「藤原機関長は、速かに藤原機関の一部をビルマに派遣し、ＩＩＬ、ＩＮＡの活動を支援拡大せよ」という内容であった。先日の私の意見具申の一つであり、プリタムシン氏の宿願、モハンシン大尉の熱望の一つでもあった、ビルマへの運動拡大が、早くも寺内大将によって採択されたのである。二〇〇万以上のインド人が居住し、インドに接するビルマはわれわれの仕事に最も重大な意義をもっていた。ビルマへの進出は大局的に見ると、われわれの仕事の大きな発展の転機である。しかし、シンガポールの決戦も真近に迫り、スマトラへの進攻を予想しなければならない際に、只でさえ少ないＦ機関のメンバーをビルマへ割くことは、Ｆ機関にとり余りにも重い負担であった。ビルマの戦場は広ぼうにおいて、交通の不便において、また未開さにおいて、マレイと比較にならないほどの困難が予想された。しかも何らの事前準備もない。その上進撃中の軍に追及してやらねばならない。私はマレイやスマトラにおけるＦ機関の手不足を忍んでも、ビルマにできるだけ有力なメンバーを派遣したいと考えた。その結果、Ｆ機関の先任将校である土持大尉を私の身代わりに選んだ。そして私が最も信頼している、石川、北村、滝村の三君を土持大尉の部下として割愛することとした。僅かこの四名のメンバーに、困難なビルマの仕事を負わせることの無理は万々承知であったが、いかんともし難いのがＦ機関の現実であった。第十五軍の積極的な支援に期待するよりほかなかった。

私は、モ大尉とプ氏に面談して、ビルマの戦況と私に与えられた寺内大将の命令の内容を説明した。両氏は非常に満足してくれた。協議の結果、差当りＩＩＬはゴパールシン氏を長とする宣伝班を、またＩＮＡはラムスループ大尉を長とする六〇名の宣伝要員を、Ｆ機関からは土持大尉以下四名の連絡班を、それぞれビルマに派遣することに決定した。直ちに準備に着手して、二月九日、クアラルンプールから汽車輸送で出発させることとした。

この頃、ビルマの戦況は一月三十一日、日本軍第十五軍は南部ビルマの要衝モールメンを占領し、サルウイン河の渡河点を占領して、次の進撃を準備中であった。この方面の英軍はサルウイン河以西の地区に後退し、一部は陸路ラングーンに退却していた。インドからラングーンに増援軍が到着し、雲南方面から支那軍七コ師団がビルマに南下しつつあるとの報が、しきりであった。

　サイゴンの総司令部において、近くラングーンと中部ビルマの要域を攻略する作戦の準備が進められつつあった。

　ビルマにおけるこのような作戦に並行して、日本軍はビルマの独立をめざすタキン党の民族運動を大規模に支援しつつあった。この施策は一九四〇年秋頃から準備されたものであった。

すなわち、タキン党の青年民族主義者オンサン氏以下二十五名の青年志士が、陸路あるいは海路から脱出して日本大本営の庇護を受け、海南島三亜において密かに軍事訓練を受けた。鈴木大佐を長とする南機関が編成されて、その支援に当っていた。この機関は陸海軍合同編成で、機関長以下数十名の有力な機関であった。一九四一年十二月開戦の頃、オンサン氏をはじめビルマ青年志士と南機関はタイに前進し、まずタイ領に居住するビルマ人の有志を糾合してビルマ義勇軍（ＢＩＡ）を編成して、日本軍と共に祖国に進撃を開始した。このＢＩＡは、南部ビルマにおいて早くも全ビルマ国民の熱狂的歓呼を受け、ビルマの青年が続々これに馳せ参じて、日一日と、増強されつつあった。

　ただ軍事訓練を受けない民衆が参集した軍隊であるため、作戦的には重要な役割を果たし得なかったが、ＢＩＡの進駐はビルマ国民の民族意識を覚醒させ、その反英、独立、親日気運をほうはいと高めつつあった。このビルマ国民の民族運動と、ビルマにおけるＦ機関のＩＩＬやＩＮＡの活動との間には、機微な問題が介在していた。ビルマ在住インド人に対するビルマ人の潜在的反感が必然的に表面化する恐れがあるからである。ビルマ国民やビルマにおける日本軍当局者は、ビルマに忠誠であるべきビルマ在住インド人が、祖国インドに対する忠誠に熱狂することに、ややもすれば狭量な感情を持つことを心配した。ことに、日本軍がビルマに当初まず軍政を施行し、この間に必要な準備を進めたのちに、独立を許容する方針を採《と》ろうとしていたので、ビルマにおけるＩＩＬの独立運動はビルマ人に一層機微な感作を与える懸念があった。私は本来この問題は、本質的には相容れられないものではないと信じていた。ビルマ方面日本軍首脳者とビルマ民族運動指導者ならびにインド人指導者の賢明な理解と措置が伴えば、調整し得る問題だと信じていた。ＩＩＬ、ＩＮＡと土持大尉のビルマにおける活動は、このようなデリケートな政治的考慮を伴うことから、一層苦労の多いことが予想された。私は出発までの数日間、毎日時間を割いて、このような問題について土持大尉に詳細な指示や説明を与えた。

　土持大尉や他の三名のメンバーは、この過重な任務にもいささかも、臆す色なく、欣然としてこれに応じ、使命の完遂を誓った。

　モ大尉に選定されたビルマＩＮＡ宣伝班長ラムスループ大尉もまた勇気と闘志に満ち、分別に富んだ部下思いの指揮官であった。困難な任務に率先する光栄を誇っていた。私に惜別の挨拶を交わしたときにも、「自分達こそ真先に祖国インドに進撃する光栄を担う」と昂然といい放った。列車輸送準備の関係で早行の壮途に上る日は二月一〇日となった。

　二月八日二四〇〇、山下将軍の精鋭は一斉にジョホールバルを越え、シンガポールの堅塁に対し総攻撃を開始した。ＩＮＡの宣伝班とＦ機関のメンバーは、全力をあげてシンガポールのインド兵に対する宣伝工作のために、前線に進出した。私も、陣頭指揮を期してジョホールバルに急行しなければならなかった。そのため、私は二月一〇日ビルマに出発する勇士をクアラルンプールの駅頭に歓送することができなくなった。二月八日、私は兵営におもむいて、INAビルマ宣伝班長ラムスループ大尉をはじめ、その部下将兵と別れを惜しんだ。私はその席でラムスループ大尉に私の愛用の腕時計を外して贈った。全員がこの光景に拍手した。更にその夜は土持大尉以下四名のメンバーとささやかな送別の杯を交わした。想えば昨年九月以来、「同志」として生死苦楽を共にしてきた戦友といわんよりは弟のように親愛してきた四名を北の戦場ビルマに送り、自分は南下してシンガポールの決戦場に急ぐのである。生別死別になるかも知れないと思うと、私の想いは切々たるものがあった。夜更けに至るまで名残りは尽きなかった。今宵、モ大尉やプ氏もまた、私と同じ想いの送別の小宴を張って部下と別れを惜しんだであろう。

二月九日早暁、私は土持大尉と最後の握手を交わして別れを惜しみ、長野君を伴って前線に出発した。

シンガポール

総攻撃

マレイ半島とシンガポールの島をつなぐただ一本の陸橋は、英軍の手によって破壊されてしまった。制海、制空権を失ったこの島の英軍は、全く孤立にも等しかった。この島の防備は島の東方にあるチャンギー要塞と、市街の西側にあるプラカンマティの要塞によって骨組まれていた。東および南の海正面に対しては不落を誇る厳しい備えを持っていたが、北のマレイ半島に対する陸正面の防備は手薄のようであった。日本軍はこの島に拠っている英軍の兵力を三万と推定していた。

これに立ち向う日本軍の総兵力は、鉄道や補給部隊まで加算して五万内外であった。前線で戦闘する兵員の数は二万にもおよばなかったであろう。第五、第十八、近衛の三つの師団があったけれども、完全な師団は第五師団だけであった。そのほかに、戦車連隊が二コと、重砲兵連隊が三コあった。第十八師団以外は、いずれの部隊もマレイ半島の数度の激戦で相当ひどい損害を被っていたが、士気は天に誅する勢いであった。

一四〇機の航空部隊は日本軍にとって絶対の強みであった。

山下将軍は巧妙な陽動によって日本軍がセレタの方面から攻撃するように見せかけて、英軍をこの正面に牽制しつつ、陸橋より西の正面を攻撃する戦術をとった。二月七日には近衛師団をジョホールの東方に行動させ、二月八日の未明にそのほんの一部の部隊をもってウビン島を攻略させた。軍砲兵の主力は、この正面の偽陣地からセレタの敵陣地を砲撃した。こうして、英軍が陸橋の東正面に注意をひかれている隙を狙って、二月八日二四〇〇を期して、陸橋の西の正面から軍主力は一斉に渡河を開始し、テンガ飛行場を目指して殺到した。陽動に任じていた近衛師団も翌九日の夜、陸橋の直ぐ西側正面で渡河してマダイの高地に突進した。北から攻撃する日本軍に対してブキテマ、マダイの高地線は、英軍にとってシンガポールの運命を決する戦術上の要線であった。ブキテマ高地に上るとシンガポールの町は指呼の間にあったし、シンガポール一〇〇万市民の死命を制する水源地は、マダイ高地の南側に横たわっていた。

日本軍は、英軍がこの要線で組織的抵抗を試みる前に、一気にこの要線を奪取する計画をもって遮二無二攻撃を急いだ。

二月一〇日の朝、私はジョホールの王宮に到着し、砲兵の観測所となった高塔に上った。二月八日以来、日本軍の砲爆撃のためにセレタやブキパンジャンの数十本の重油タンクが燃えさかって、巻き起る黒煙が空をおおい、また遠くシンガポールの市街方面にも幾十条の黒煙が吹き上がっていた。黒煙と青空の接際部を縫って乱舞する数十機の日本軍の飛行機に対して、数百門に上る英軍高射砲が必死の反撃を試みていた。彼我の砲撃がいんいんとして天地を震撼し、シンガポールはとてもこの世のものとは思えないほど、凄絶な煉獄の形相を呈していた。

私は直ちに渡河作業隊の舟艇に移乗して、テンガ飛行場付近の山下将軍の戦闘指揮所に向った。マダイの高地から迫撃砲弾がわれわれの舟艇を追ったが届かなかった。

テンガの付近はやせたゴム林が一面に広がっていた。大地も、ゴムの幹も葉も、すべてのものが油煙を浴びて真黒に汚れていた。

奇襲渡河に成功した日本軍は、昨夕テンガの飛行場を占領してブキテマ高地の線に前進を強行していた。マダイの高地はまだ占領されていなかった。

テンガ一帯のゴム林は、逃げ遅れた残敵が日本軍の戦線に入り混って、至る所に小競合いの銃声が起っていた。山下将軍はテンガ飛行場の直ぐ西側のゴム林に位置していた。

ブラカンマティの大口径要塞砲が、ドラム罐のような巨弾をテンガ飛行場の周辺に撃ち込んでいた。軍司令部の参謀は八方に飛んで師団の攻撃を督促していた。マダイの高地占領を報じた近衛師団の報告が偽りであったことと、まだマダイの高地を攻めあぐんでいることが非難の的となっていた。参謀副長馬奈木少将がその鞭撻《べんたつ》に戦線に急いで行った。近衛師団の一部と第五師団はブキパンジャンからブキテマ北側のフォード会社と、その東側の高地寄りに攻撃しつつあったが、近衛師団はこの方面の戦闘を第五師団に譲って、ニースンの方面に向うように部署の変更が行われていた。

戦線が南に進むにつれて、ジョホールに取り残された日本軍の戦車と重砲との協力が困難になった。そのうえに、英軍の反撃が急激に増大し始めた。それはチャンギーの要塞とセレタの海岸方面から日本軍が来攻するものと判断してこの方面に牽制されていた英軍が、この頃、山下将軍の欺騙《ぎへん》戦略に気付いて、ブキテマの方面に兵力を移動し始めたからである。この日の夕刻、私はブキパンジャンに前進して十字路の角にある警察署に陣取った。戦闘は颱風のように刻一刻激化して行った。英軍の総兵力三万と推定した日本軍の判断は、大変な誤策のようであった。陸橋が破壊されているために、砲兵も戦車もジョホールの彼方に取り残されていた。英軍の反撃は刻々増大した。正に重大な危機が日本軍の上に迫ってきた。ブキテマ、マダイ高地のこの一戦こそ、日英両軍の運命を決する絶体絶命の戦闘であった。

明くれば建国二六〇二年を祝祭する祖国の紀元節であった。山下将軍は、英軍に対して投降勧告状を飛行機から撒布した。この佳節に、シンガポールの牙城を陥して聖慮を安んじ、国民の与望に応えんがために、全軍の将兵は必死の攻撃を強行した。しかし、英軍の抵抗はこの日、朝来いよいよ増大しつつあった。マダイ高地の攻略に手間取っていた近衛師団は、この夕刻ついにこの高地を奪取したが、ニースン方面英軍の戦線は微動だにしなかった。

軍参謀副長馬奈木少将が攻撃の督励に必死になっていた。

第五師団は十一日夕、街道を隔ててブキテマ高地に相対している二五五の高地を占領した。第十八師団はブキテマ高地の西側に肉迫しつつあった。この一連の要線はようやく崩壊の兆しを見せ、日本軍はシンガポールの港都を指呼し得る地位を築きつつあったが、英軍の反撃もいよいよ高潮してきた。工兵隊の壮絶な架橋作業によって十二日には陸橋の通過が可能となった。戦車と重砲がブキテマの正面に推進されてきた。

この大決戦に当って、私達はとう尾の活動を計画した。シンガポールの英軍がスマトラやジャワに撤退するに先だって、英印軍のなかからなるべく沢山の同志を獲得しなければならない。また、英軍が最後の一兵になるまで徹底的に抵抗する決意をとる場合には、英軍内のインド兵や、シンガポールのインド市民を同志に獲得して英軍の抵抗を崩壊に導き、日印両民族の血の闘争を回避しなければならない。

かねてこの決戦に備えて、モハンシン大尉はクアラルンプールでアラデタ大尉を班長とする有力な宣伝隊を編成し訓練していた。私達は三組の有力な、IIL宣伝班を準備した。その中、アラデタパーティ主力は近衛師団の一部と共にウビン島に根拠を占領して、チャンギー方面の英印軍に対する宣伝を担当することとなった。米村少尉と神本君が連絡班として同行した。アラデタパーティの一部は近衛師団の主力に同行して、マダイ高地方面の英印軍に対する宣伝を担当することとなり、他の一班は予備として本部に待機することとなった。

ブキパンジャンの十字路

十一日以来のニースン英印軍陣地に対する近衛師団の攻撃は、十三日の朝になっても成功しなかった。戦車部隊も立往生の態となり、焦慮の色がみなぎっていた。

この正面の英軍は、インド兵部隊の一大隊であった。中宮中尉の連絡班とINA連絡班長アラデタ大尉は協議のうえ、敢然として第一線に進出して行った。折柄攻撃督励のためにこの方面に出ていた軍参謀副長馬奈木少将はじめ、彼我両軍の将兵はこの一行の大胆な行動に驚きつつ成行を凝視していた。

INA宣伝班長アラデタ大尉は最前線に突き進んでゴムの木を楯に取って仁王立ちとなり、インド人将兵に対して大声で参加を勧告し始めた。

民族の解放と自由の大信念を説くアラデタ大尉の生死を超えた森厳な態度と、肺腑からほとばしるその烈々荘重な勧告はインド人将兵の魂をゆさぶった。

彼らは期せずして射撃を中止し、片唾を呑んで、その勧告を傾聴した。将兵はわれを忘れてその勧告に共鳴し歓呼をあげた。この一瞬、英印軍の抵抗は終焉した。そしてこの正面の英印軍一コ大隊は、卒然として武器をすててＩＮＡに参加してしまった。この出来事はたちまち後方の英印軍砲兵部隊に電撃のごとく波及した。投降したこの英印軍部隊は、中宮中尉から証明書を付与されブキパンジャンの十字路に行くように命ぜられた。そしてＩＮＡ宣伝班と中宮連絡班は、更にニースン村の方向に前進して行ってしまった。残された投降部隊は自ら中隊ごとに整々たる隊伍を整えて、一人の日本軍護衛兵も付することなく、近衛師団の諸部隊の中を縫って行進を開始した。この咄嗟の驚くべき出来事は日本軍将兵を唖然たらしめた。十三日正午頃、私は丁度この方面の状況を視察するためニースンに前進中、前方から続々Ｆ機関本部のあるブキパンジャンの十字路に前進してくるこの投降部隊に遭遇した。丁度、前線から引上げてきた参謀副長馬奈木少将と総司令部の参謀が私を捉えて、かいつまんで話したこの驚異的事件のことを聞くや、Ｆ機関の仕事の意義の重大なることを今更のごとく賞讃してくれた。私はこれらの収容を処理するために、急ぎブキパンジャンの本部に引き返した。丁度この村の北側に発見された英軍の立派な兵営を収容所に充当した。ブキテマ方面の投降兵を合して十三日の夕刻には一〇〇〇名近くに上った。

戦線は夕刻徐々にケッペルス要塞と競馬場の線に移動し、依然として激戦が続いていた。彼我の砲弾は相交錯して空中でぶつからないのが不思議なほどであった。分けてもブキテマ三叉路は英軍砲弾の焦点となって、日本軍将兵の血潮をすすった。日本軍将兵は魔の三叉路と呼んで恐れた。日本軍砲兵は弾薬の欠乏を訴え始めた。第十八師団も第五師団も損害は三〇％以上にも達しつつあった。英軍の抵抗は頑強をきわめた。英軍が、シンガポールの市街に拠って最後の一兵まで抵抗するような事態が起きたならば、慄然たる破局が日本軍の上にくるかも知れない。正に剣が峰である。軍司令部の中にも一抹の不安が漂い始めた。鈴木参謀長は私を軍司令部に招致して戦況の重大性を述べたのち、F機関はＩＮＡ、ＩＩＬと協力、全力をあげて英印軍インド人将兵に呼びかけてその抵抗を終息せしめんことを要望した。

私はこの参謀長の切望に接し、ブキパンジャンに予備として待機しつつあるＩＮＡ、ＩＩＬ宣伝班と共に自ら最激戦正面のブキテマ道の方面に潜入して英印軍将兵に宣伝すべく決意した。今やＹＭＡも全力をあげてシンガポールの市内に潜入して同志救出の活動を開始すべき時機となった。丁度ニースン方面の活動を終えて中宮中尉が引上げてきた。私達は午後十一時頃、ブキパンジャンの本部を出発してブキテマ街道を前進した。

魔の三叉路の付近で、四時間にわたって英軍砲兵の集中射撃に阻止されたが、夜明け前の英印軍砲撃の惰気に乗じ、集中射撃の間隙を縫って夜明頃、ラフルス大学を指呼し得る丘の麓まで潜入することができた。坦々たる舗道の上は、銃砲弾でもがれた街路樹の枝葉が大嵐の後のように散らばっていた。

頭上を掃くように彼我の銃砲弾が交錯して行き交った。もう、この付近では英軍の銃砲弾は高く頭上を後方に急いでいた。むしろ、友軍の銃砲弾が危険な区域であった。中宮中尉の豪胆と活眼に誘導され、鼓舞されて、三〇名に近いわれわれの一行は一名の負傷者もなかった。この正面はあたかも低気圧の中心のように日本軍部隊がいなかった。丘の蔭から支那人が出てきて、英軍部隊の所在を細かに指示してくれた。中宮中尉はまずオナム氏はじめYMAのグループとINA宣伝班を植物園の彼方に潜入させた。

この頃、戦闘の焦点はブキテマロード北側基地の丘陵とケッペルス兵営一帯に移っていた。ブキテマロードの正面は低気圧の中心部のように砲弾や機関銃弾の嵐から解放され真空状態になっていた。私達はこの好機を捉えて、フルスピードでブキパンジャンの本部に自動車を走らせた。

ブキパンジャンの本部へたどりついたのは朝の九時頃であった。

クアラルンプールから本部のFメンバーの全員が到着していた。神宮君が沈痛な面持で私を待っていた。ハリマオ（谷君）が一月下旬ゲマス付近に潜入して活躍中、マラリヤが再発して重態だという報告であった。ハリマオはゲマス付近の英軍の後方に進出して機関車の転覆、電話線の切断、マレイ人義勇兵に対する宣伝に活躍中、マラリヤを再発しながら無理をおしていたのが悪かったのだという説明であった。私は神本君になるべく早くジョホールの陸軍病院に移して看護に付き添ってやるように命じた。

一人として大切でない部下はない。しかし、分けてハリマオは、同君の数奇な過去の運命とこのたびの悲壮な御奉公とを思うと何としても病気で殺したくなかった。敵弾に倒れるなら私もあきらめ切れるけれども、病死させたのではあきらめ切れない。私は無理なことを神本氏に命じた。「絶対に病死させるな」と。私は懐に大切に暖めていたハリマオのお母さんの手紙を神本君に手渡した。そして読んで聞かせてやってくれと頼んだ。この手紙は、大本営の参謀からイポーで受取ったのであった。手紙は、ハリマオの姉さんが達筆で代筆されていた。手紙には、ハリマオが待ち焦がれていた内容が胸が熱くなるほど優しい情愛とりりしい激励とをこめて綿々と綴られていた。

「豊さん、お手紙を拝見してうれし泣きに泣きました。何遍も何遍も拝見致しました。真人間、正しい日本人に生まれ変って、お国のために捧げて働いて下さるとの御決心、母も姉も夢かと思うほどうれしく思います。母もこれで肩身が広くなりました。許すどころか、両手を合せて拝みます。どうか立派なお手柄を樹てて下さい。母をはじめ家内一同達者です。毎日、神様に豊さんの武運長久をお祈りします。母のこと、家のことはちっとも心配せずに存分に御奉公して下さい」という文意が盛られていた。まだF機関ができる前の昨年四月以来、ハリマオと一心同体となって敵中に活動し続けてきた神本君、ことに情義に厚い熱血漢、神本君はこの手紙を披見してハラハラと涙を流した。「この手紙を見せたらハリマオも元気がでるでしょう。必ず治して見せます」といって、ゲマスに向って出発して行った。

このような感激的雰囲気をかき乱すようにプラカンマティ要塞砲の巨弾が本部の四周にうなりをたてて飛来し、ごう然と大地をゆすぶってますます激戦をしのばせた。鉄筋の入った二尺もあろうと思われる厚い壁の警察署の留置場——F機関の事務室がゆれて亀裂が増えて行った。

降伏

十四日の夜は終夜にわたって激戦が続いた。十五日の朝になってもこの状況は変らなかった。負傷者が戦車に収容されて続々と後退してきた。日本軍第十八師団はケッペルスの兵営と標高一五〇米の丘を占領し、第五師団も基地を奪取した。近衛師団は、シンガポールの市街の東側に侵入してカランの飛行場占領に成功した。日本軍の飛行機はピストンのようにクルアンの飛行場から爆弾を抱いて英軍陣地にたたき込んだ、英軍の抵抗は頑強をきわめた。よくもこれだけ弾丸が続くものだ。銃身も砲身もよくも裂けないものだと思われるほど英軍の射撃は猛烈をきわめた。

これに反して、弾薬の欠乏に悩む日本軍の砲声は寥寥《りょうりょう》たるものであった。火砲や弾薬の欠乏を、将兵の肉弾で補強しなければならない日本国の無理と将兵の痛苦が、今更のように痛感された。ただ、島の上空を完全に制圧している日本軍の空軍とシンガポールを睥睨《へいげい》する気球が士気を鼓舞する唯一のものであった。焦燥の気分が司令部にもみなぎっていた。折も折、英軍の軍使が投降を申し出てきたという報が電撃のように戦場に伝わった。次いで、午後四時からブキテマのフォード工場で日英両最高指揮官の降伏交渉が開かれるという報が舞い込んだ。一同欣喜した。心なしか、日本軍第一線方面の銃砲声が俄かに活気づいてきた。私は直ちにこの報をＩＮＡ、ＩＩＬ宣伝班に伝達したうえ、軍司令部に急いだ。

午後六時フォード会社の事務室で山下将軍とパーシバル将軍の劇的な会見が始まった。およそ一時間にわたる会談ののち、「イエス」か「ノー」かと叱呼して詰め寄る山下将軍の最後の一言で、無条件降伏が遂に成立した。

山下将軍が、敵将パーシバル将軍に厳しい詰問に及んだいきさつはこうであった。会談早々、降服文書に眼を通したパ将軍が、通訳のワイルド少佐（終戦後大佐に昇進、日本軍将兵に対する戦犯追及で復讐の鬼となって活躍した）を通じて、若干の質問を許して欲しいと申し出た。山下将軍はその願いを容れた。その質問は、曰く、「日本軍のシンガポール市内進入を待って欲しい。秩序維持のため英軍千名を残置させたい」曰く、「戦闘中の全部隊に敵対行動停止の命令を伝達するためには二十四時間を要する。その時間の余裕を与えよ」曰く、「収容所に妻子の同伴を許されたい」等々、日没も迫る死闘の戦場に、果てしない事務的質問が繰り返された。無条件降服の会議を巧に停戦交渉にすり変えつつあるのじゃないかとも疑われた。立会の日本軍幕僚が誰云うとなく、この交渉の発展に疑念と異議を山下将軍に訴えた。応揚《おうよう》に、敵将の質問に応じていた山下将軍も「そうだ、先ず、無条件降服の諾否を求むべきだ。質疑はその後、幕僚間で事務的処理によるべきだ」と思い到ったのであろう。しかも弾薬の欠乏、死傷の続出等々、日本軍の危機を脱するためには一刻の猶予も許されないという焦慮があった。それがこの発言となった。息が苦しくなるような喜びの興奮のうちにも、武運拙なく降伏を受諾しなければならなくなった敵将の心中が思いやられて哀愁がさそわれた。

先ほどまで、重砲の射撃を観測していたブキパンジャンの日本軍気球に、「敵軍降伏」の大文字が吊された。全線の将兵はこれを仰いで感きわまって相擁して泣いた。方々の山々から万雷のような万才のどよめきが戦場の夕闇を震撼し続けた。大英帝国が不落を豪語した大東亜経綸の牙城が潰えたのだ。全く夢を見ているような気がする。誰も彼も緊張し切った身心の全神経が一度に麻痺するような自失、錯覚に陥った。そして興奮のうちに自分が奇しくも生きている歓喜を認識する。その一瞬、右に左に櫛の歯が抜けたように消えて行った戦友に気づいて、俄かに身震いするような淋しい感傷に捉われている。

誰も彼もが身の置き所のないような、何を考え、何をしてよいのか判らないような興奮と感傷の複雑な感情の渦に酔っている有様である。

この感激のどよめきのなかに、軍司令部でシンガポール接収の軍命令が下達された。F機関にはインド兵捕虜の接収と英軍に捉われている、政治思想犯人の資料収集の任務が新たに付加された。私は直ちに山口中尉をクアラルンプールに急派してINA、IIL、スマトラ青年団本部にこの報を伝達してシンガポールへの前進を要望させた。中宮中尉にはシンガポールの部隊に、F機関本部、IIL、INA、YMA、スマトラ青年団本部の設営準備を命じた。ウビン島の宣伝拠点にある米村少尉を招致してジョホール病院のハリマオの見舞いを命じた。そして付加された新任務遂行の方策を練った。時々静寂に帰った戦場のどこかにまだ銃砲声がとどろいているような奇妙な錯覚が耳底に起きてくる。難航の船旅から逃れて陸地に上ったのちに、なお船の動揺やスクリューの響を錯覚すると同じ神経作用であろう。

ファラパーク

二月十六日朝、軍参謀長の認可を受けて、われわれの本部はシンガポールに推進された。

十三日の夜には、ブキパンジャンの十字路からラフルス大学西方の丘まで八時間を要して前進したブキテマ街道を、今日は僅かに五分で疾走することができた。街道の両側の家にも並木にも無数の弾痕が刻まれ、生木が裂かれて激戦の名残りが、まざまざと繰りひろげられていた。昨夜生残りの勇士が戦友のかばねを埋葬して、戦勝の報を捧げ慟哭したのであろう。早くも真新しい墓標がたてられて鉄かぶとと水筒が墓標に飾られ、名も知らぬ赤い熱帯の花が供せられている光景が至る所で私達の眼を痛めた。

山下軍司令官特別の意向によって、一般部隊はすべて市街に入ることを禁じられていた。憲兵と一部の補助憲兵部隊だけが治安維持のため市街に入ることを許されていた。市街の入口には関門が設けられて、部隊はもちろん単独兵の通過さえ厳重に取締られていた。

街上には住民の人影さえもなかった。一〇〇万の市民はことごとく屋内にこもって不安におののいているのであろうか。一週間にわたる砲爆撃のために、数々の住宅が崩壊してその下敷きになった、非業の市民の死臭が鼻をついた。

中宮中尉はわれわれの本部をシンガポール西部、ラフルス大学にほど近い英人警察官憲の官舎地帯に選定していた。豪しゃを避けて郊外の独立した、交通の便利な、一廓を選定せよとの私の指示に完全にかなっていた。この官舎地帯は英軍の第一線であろう。屋内も庭も英軍の装具や弾薬、食糧が散乱し、家の周りにざん壕が掘られて足の踏み場もないほどであった。

この日の午後、司令部やINA本部、スマトラ青年団が続々到着した。

夕刻、フォートカニングの英軍司令部でシンガポール接収に関する日英両軍の委員会が開催された。この委員会において、F機関が接収すべく命ぜられたインド兵捕虜は、明十七日午後ファラパークの公園において接収することが打合わせられた。

英軍委員の報告によると、インド兵の数は五万に達するとのことであった。白人捕虜もほぼ同数と概算された。シンガポール島の英軍総兵を三万、そのうちインド兵の数は一万ないし一万五千と判断していたわれわれ日本軍委員は、英軍委員のこの報告に接して顔を見合わせて驚いた。英軍の兵力は実に日本軍の兵力に数倍していたのである。もし英軍が日本軍の兵力と弾薬欠乏の状況を知悉して、更に数日頑強な反撃を試みたならば、恐るべき不幸な事態が日本軍を見舞ったであろうと直感して慄然とした。次いで私の胸裏をかすめた懸念は、現在わずかに四名の将校と、一〇名余りのシビリアンしか擁していない貧弱なF機関のメンバーで、何らの準備もなく、五万のインド兵を接収し、その宿営、給養、衛生をどんな風にして全うするかということであった。しかも、F機関本来の任務を完遂しなければならない。本部に引上げる自動車の中で明日に迫ったこの難問題に頭を悩ました。この日、米村少尉と田代氏は私の命令に基いて、昨夜軍命令によって新たに付加された任務の一つ、英当局にリストされている「政治、思想犯人に関する資料収集」のため、英探偵局に出かけて資料接収に当っていた。中宮中尉は、インド兵収容のための、兵営の偵察に奔走していた。山口中尉は、英軍の装具や弾薬で、足の踏み場もないほど荒らされた本部地区官舎の清掃と設備に大わらわであった。

私はこれらのスタッフから状況の報告を聴取したのち、明日の活動について指令を与えた。中宮中尉と米村少尉には、シンガポール全島にわたって五万のインド兵を収容するに足る兵営とその施設の偵察と宿営の配分、糧秣、衛生材料の入手に関する研究を命じた。INA司令部の将校が協力してくれることとなった。山口中尉にはファラパークにおける接収儀式の準備を命じた。全メンバーはそれぞれの任務を果たすため八方に飛んで行った。そののち、私はモハンシン大尉、プリタムシン氏と会合して明日の接収儀式に関して打合わせを行った。十七日午後一時、英軍代表者から正式にインド兵捕虜を接収したのち、先ず日本軍を代表して私が、次いでINA司令官モ大尉、IIL代表プ氏の順序で演説を行うこととなった。更にインド人将校一同との懇談を実施したのち、計画に基いて兵営に分宿することとした。五万のインド兵に対するわれわれの演説の重大性を認め合った。この演説を徹底させるために、優秀なマイクロフォンを探し求めることとした。また、この歴史的光景を記録するために軍宣伝班に写真班の派遣を要求することとした。明朝までに私の演説の草稿をまとめてモ大尉とプ氏に披見させたのち、軍参謀杉田中佐の認可を受けることとした。

この夜、私は演説の草稿の筆をとった。私の草稿に盛られた演説の要目は

A、日本の戦争目的の一つは東亜民族の解放にあり。

B、日本はインドの独立達成を願望し、最大の同情を有し、その運動に対し誠意ある援助を供与する用意を有す。また日本はインドに対し一切の野心なきことを誓言す。

C、シンガポール陥落はインドの独立達成のため絶好の契機たるべし。

D、日本軍はIILならびにINAの活動に敬意を表し、その運動を援助しつつあり。また両者が戦争間現地インド人あるいは、彷こうするインド兵を救護せし功績は絶讃に値す。

E、日本軍はインド兵諸君を同胞愛の友情をもって遇す。

F、諸君のうち祖国解放のためにINAに参加を希望する者に対しては、日本軍は捕虜の取扱いを停止し、その運動の自由を認め、また可能なる一切の援助を供与す。

G、日本軍はインド兵捕虜をモ大尉を通じて管理す。

H、日本軍は諸君の給与向上に最善を尽す。ただし、予想外に迅速なる作戦の進捗により、糧秣その他の集積まだ十分ならざるをもって、もし不十分なることあらば、右のやむを得ざる事情に

原因するものなること諒解ありたし。

この草稿の起草が、ようやく終了したのは夜半に近かった。国塚少尉が翻訳に着手したとき、モ大尉が蒼惶《そうこう》として私の事務室に訪ねてきた。

モ大尉は憂色を浮べながら、「只今部下の報告によると、INA宣伝班の一名が英軍将校に逮捕監禁されていることが判った。反逆罪で処断されるかも知れない。血盟の同志を見殺しにするに忍びない。いかにしても救出したいと思うので相談にきた」との申し出であった。私は、モ大尉の部下に対する愛情、同志に対する友誼が身にしみて嬉しかった。私は自らモ大尉の愛する部下、われわれの同志の一人を救出すべく決心した。監禁している某英軍指揮官の名も明らかになっていた。既に降伏の調印が終了しているが、昨夜まで死闘を交わした英軍であり、まだ武装を解除されていない英軍のことである。一抹の危険が予想された。しかし時間を遷延すると同志の身の上にどんな不幸が起きるかも知れない。躊躇《ちゅうちょ》を許さないのである。私は直ちに英軍部隊に乗り込んで行って直接英人指揮官に会って交渉する決意をとった。モ大尉は私の身の上に万一の危険が伴うことを憂慮して押止めた。しかし若い将校に委ねたり、日本軍部隊や憲兵に依頼することは、かえって紛糾の原因になる恐れもあったし、時間の空費が懸念されたので私の決心を変えなかった。モ大尉も私に同行することを申し出たのでINA護衛兵を連れて、逮捕の状況を目撃していたINA宣伝班員の案内によって英軍部隊に乗り込んだ。私は英軍の方から手を出すまで決して暴力を用いてはならない旨を随行者に厳戒しておいて、早速英人大隊長の室に入って行った。

大隊長に、「昨十五日降伏の調印が終っているにかかわらず、日本軍の支援しつつあるINAの兵を逮捕監禁するのは穏当でない」と厳重に抗議した。大隊長は、私の抗議を受諾して件のＩＮＡ宣伝班員の身柄を穏便に渡してくれた。何らの紛争もなく処理できたことが嬉しかった。モ大尉は釈放された同志を抱擁して涙を流して無事を喜んだ。かたわらで見るも麗しい光景であった。本部に引上げたとき、モ大尉は私に対し心から感謝してくれた。夜半を既に過ぎていたけれども、私とモ大尉は中宮中尉の報告に基いて明日接収する五万のインド兵の宿営部署を研究した。

主力をニースン兵営に、一部をカラン兵営に収容することとした。患者はニースン兵営に病院を開設して収容することとした。

インド兵捕虜は寝具、被服、糧秣、炊事材料を最大限に携行し、また自動車を一〇〇台以上使用してこれらの資材を自由に集めることを私の独断において認めた。翌日早朝から更に兵営の視察、ファラパーク式場の準備などでごった返した。私は再びモ大尉とプ氏の参集を求めて私の演説の草稿を示した。両氏も完全に同感の意を表明したので、直ちに軍司令部に杉田参謀を訪ね認可を得た。その際、特にインド兵の接収と収容に関する準備と計画を報告して、英軍兵営の使用と補給、衛生等に関して優先的考慮を受ける如く約言を得た。午前一〇時から私はプ氏やモ大尉と共にファラパークにおもむいた。パークの四周から雲霞のごとくインド兵の部隊がい集した。正午頃には、旧競馬場のこの広いパークが、インド兵で埋まるように見えた。競馬場のスタンド二階の英ハント中佐参謀が、各部隊の指揮官（インド人将校）から到着部隊名と人員の報告を受けていた。

山口中尉の骨折りで、ホールの正面には演壇が設けられ、マイクロフォンが設置されていた。ハント中佐の側で、立派な風ぼうと偉軀のシークの中佐が懇切に各部隊に指示を与えているのが私の注意をひいた。

　同行したモ大尉は、その中佐のもとに歩み寄って、いかにも尊敬する先輩に報告するかのようにしばらく話し込んでいた。その中佐は慈愛のこもった眼差しで、小柄のモ大尉を見下しながら、モ大尉の話を一語一語思慮深げに聞き取っていた。私はこの様子から見て、その中佐はシンガポール英軍のインド人将校の中の最先任将校で、権威と信望のあることがうかがわれた。そのうち、モ大尉はその中佐を私のもとに伴ってきて、私に紹介してくれた。この中佐こそ、ギル中佐であった。しばらく話を交わしている間に、私の判断が適中していることが判った。初印象から私は、この中佐が思慮に富んだ権威のある将校であることが確認できた。私はモ大尉の崇高な活動に対する私の敬意を披瀝して、モ大尉のこの愛国的活動に対してギル中佐の熱烈な支援を希望した。

　なお、本日私の演説をヒンズー語に通訳する役目を引受けてくれるように単刀直入に申し入れた。中佐は何らの躊躇なく私の依頼を承諾してくれた。午後二時になったが部隊の集結はなお終らなかった。部隊の兵営に向う行進、配宿の所要時間等を考慮すると、これ以上遷延することを許さなかった。私はハント中佐に現在集合している人員をもって接収することと、未参集人員は日本軍側において直接接収すべきことを要求した。直ちに接収の儀式に移った。マイクを通じて、全インド兵はスタンドに面してき坐を命ぜられた。将校は最前列に集合した。ハント中佐はマイクの前に立った。パークを埋めるインド兵が整列を終って、スタンドのハント中佐に全神経を集中した。中佐はきわめて簡単に、かつ事務的に「インド兵捕虜をこのときをもって日本軍に引渡すことになったから、爾後は日本軍当局の指導に基いて行動すべし」という意味の数語を語ったのち、私に面して人員名簿を手渡した。その数は五万を上回った。これをもって全インド将兵は日本軍の手に接収された。私はハント中佐に接収完了の旨を告知し退場を求めた。かねてのプランに基いて、私はまず壇上に立ってマイクに身を寄せた。一〇万の視線が私の両眼に注がれた。水を打ったような静粛に帰った。私の左に英語通訳に当る国塚少尉が、更にその左隣りにヒンズー語通訳に当るギル中佐が立った。日本軍を代表してこの高壇に立ち、五万になんなんとするインド人将兵に私の使命の理想を宣言する歴史的行事に当ろうとするのである。全身の血がたぎるような感激を覚えた。私は草稿を片手に握りしめたまま、満場のインド兵諸君に、まず友愛の誠心を示すために敬礼した。き坐して私を見上げているインド人将兵の多くが期せずしてこう頭、挙手の敬礼、合掌など思い思いの形式で反射的に答礼をもって応えた。この一瞬私とインド兵諸君との間に以心伝心友愛の情が相通じたことが意識された。私は改めてマイクの位置を確かめたのち、全インド人将兵を見渡しつつ「親愛なるインド兵諸君！」と呼びかけた。数万の視聴は私の口もとに注がれた。語を継いで「私は日本軍を代表して英軍当局からインド兵諸君を接収し、諸君と日本軍、インド国民と日本国民との友愛を取結ぶために参ったF機関長藤原少佐であります」と自己紹介の前言を述べた。私のほとばしる文句が国塚少尉によって英語に訳されると、前列の将校がまずうなずいた。次いで、ギル中佐によってヒンズー語に訳されると、その後方の数万のインド兵がうなずいた。私と聴衆との心は、見事に交流していた。私が東亜の共栄体制を打ちたてんとする日本の理想を説き、インド独立支援に対する日本の熱意を宣明するや、五万の聴衆は熱狂してきた。シンガポールの牙城の崩壊は、英帝国とオランダの支配下にある東亜諸民族の桎梏の鉄鎖を寸断し、その解放を実現する歴史的契機となるであろう、と私の所信を述べるや、満場の聴衆は熱狂状態に入った。拍手と歓声とでパークはどよめいた。聴衆が静まるまでしばしば私は語を継ぐことができないほどであった。

プ氏の率いるＩＩＬと、モ大尉の統率するＩＮＡの偉業を紹介し、日本軍の全面的支援の態度を宣明するや、全聴衆は一斎に私の後に立っている両氏に視線を変えて割れるような拍手を送った。私が日本軍はインド兵諸君を捕虜という観念ではみていない。日本軍はインド兵諸君を兄弟の情愛をもってみているのである。日本軍は諸君と闘うべき何らの理由もない。諸君と戦線において武器をとって戦わねばならなかった今日までの宿命を悲しんでいたのである。しかし、今日われわれがその宿命から解放されて、神の意志に添う友愛を取結ぶことができたのである。

そもそも民族の光輝ある自由と独立とは、その民族自らが決起して、自らの力をもって闘い取られたものでなければならない。日本軍はインド兵諸君が自ら進んで祖国の解放と独立の闘いのために忠誠を誓い、ＩＮＡに参加を希望するにおいては、日本軍捕虜としての扱いを停止し、諸君の闘争の自由を認め、また全面的支援を与えんとするものである、と宣言するや、全インド兵は総立ちとなって狂喜歓呼した。幾千の帽子が空中に舞い上がった。上げられた数万の隻手によってその意志が最も鮮明に表示された。劇的感激がパークを圧した。私の演説は四〇分にわたった。この私の演説は偉大なるＩＮＡ生誕の歴史的契機となった。プ氏とモ氏の演説と共にファラパーク・スピーチとしてインド独立運動史に記録される歴史的宣言となった。後日デリーの軍事法廷で、弁護側が最も引用し、活用したのはこのファラパーク・スピーチであった。すなわち、ハント中佐の指示によりインド人将兵は英国王に対する忠誠の義務を解かれ、羊群の如く粗末に日本軍に引き渡されたと主張した。そして唯一つ残った祖国インドに対する忠誠に決起したのだ。日本軍の解放保障の宣言に基いてINA将兵は俘虜ではない。又日本軍に強制されて参加したのではないと主張した。

私に次いでプ民とモ大尉が相次いで壇上に立った。いずれもヒンズー語をもって演説を行った。IIL、INAの独立運動の趣旨と今日までの活躍を報告し、両氏自ら祖国の解放と自由獲得の戦いの陣頭に立って、国家と民族の礎石たらんとする烈々たる決意を披瀝した。自由と独立のないインド民族の生けるしかばねに等しい屈辱を解明し、百数十年にわたる隷属インド民族の悲劇を看破し、いまこそ天与の機に乗じて祖国のために奮起せんことを要望した。肺腑を絞る熱弁の一句一句は満場の聴衆を沸騰させた。

鳴りもやまぬ拍手、舞上がる帽子、打ち振る隻手、果ては起ってスタンドに押し寄せんとする興奮のどよめき、正にパークは裂けるような感激のるつぼと化した。数万の全将兵は既にモ大尉と共に祖国の解放に挺身せんとする決意に燃えあがっていた。ファラパークの大会はかくして盛会りに終った。

私はギル中佐とモ大尉に、インド人将校の全員とホールで会談せんことを申し出た。ギル中佐は直ちに将校の参集を命じた。私達は円陣に席を取って、全将校の質疑や希望をフランクリーに聴取して回答せんことを提議した。日本のインド独立運動支援の真意、日本の援助の内容、INAと日本軍との協力関係、INAの編制、装備等色々の質問が活発に提示された。私は田村、プ氏間の覚書やタイピンにおける私とモ大尉との会談記録によって回答した。

また編制装備や協力関係の具体的問題については、日印両者の間において、今後協議決定すべき問題であることを率直に答えた。この懇談によって私とインド人将校の間の理解と友情を深めることができた。この懇談が終るとギル中佐から宿営の配備が指令された。

湖水の堤を切ったようにパークを埋めていたインド兵五万が、宿営地に向って前進を開始した。Ｆメンバーと I N A メンバーの全員をあげてその誘導に当った。夕刻までに分宿を終った。

大会終了と共に、私とプ氏は本部に引上げた。シンガポール市のインド人代表ゴーホー氏とメノン氏との会談が予定されていたからである。両氏共にプ氏から既にＦ機関の性格、任務や私のことについて詳細に承知していた。I I L や I N A のことについても知っていたし、今日のファラパークの壮観についても承知していた。私もまた両氏の声望についてあらかじめ紹介を受けていた。私達は初対面の挨拶のときから一〇年の知己に再会するごとく、心を許し合い打ち融け合っていた。くどくどしい説明を要しなかった。ゴーホー氏の、インド人同胞の自由と名誉と利益とを身をもって庇護せんとする熱誠と強い意志やその実行力、更に高い政治的識見とささいなことにこだわらない度量、厚い情義に私は深い感銘を受けた。この会談において両氏の I I L 支援、ゴーホー氏のシンガポール I I L 支部長就任、十九日のインド人大会開催のことが協議された。その夕べ、私は両氏をはじめ、I I L、I N A の幹部、ギル中佐を招いて質素な晩餐を催した。全く一家族の団欒《だんらん》のような楽しい会食であった。ことにゴーホー氏とギル中佐と私との信頼と友情は完全に取り結ばれた。開戦以来機関長として最も意義の深い感銘の日はこのようにして過ぎた。

モハンシン I N A 司令官は、作戦中の投降兵を加えて五万五千のインド人将兵を掌握することとなった。そしていよいよ、I N A の組織に着手した。長い苦難のインド独立運動史に、初めて、独立抗争必須の利器――革命軍をもつことになったのである。投降将校の中には、ギル中佐、ボンスレー少佐（何れも英本国の士官学校、陸軍大学校修学者）等二〇名近い先任将校がいた。モ大尉の統率には容易ならぬ困難が伏在することとなった。モ大尉は、ＩＮＡ将校の推せんと諒解を得て、少将に昇進し、革命軍ＩＮＡ司令官としての貫禄を整えた。私も「将軍」として、心から敬意を表した。彼は戦後もインドでモハンシン将軍と愛称されている。英軍から叛逆者として位階を剥奪されたにもかかわらず。

大会

十八日正午、シンガポールインド人有力者三〇名以上の共同主催のもとに、Ｆ機関、ＩＩＬ、ＩＮＡの幹部と昨日投降したインド人将校の有力者の招宴が、インド人商工会議所において催された。定刻会議所におもむくと沢山の紳士淑女が私達の到着を待っていてくれた。ゴーホー、メノン両氏も見えた。受付の紳士から生花の花輪を首にかけられた。美しい淑女が胸に清らかな花を飾ってくれた。一昨日まで六〇日にわたってすさまじい戦場を馳駆し、夜を日に次ぐあわただしい仕事に忙殺されて、戦塵を洗う暇もなかったぶしつけな私達には、一寸とまどうような雰囲気であった。私は主催者側に促されて、先ず一場の挨拶を述べた。「このように和やかな、更に有意義な宴を、占領地の紳士淑女が挙《こぞ》って、占領早々の軍人のために催していただくような例は古今にも、東西にも、そう例は少ないと思います。このことは日印両民族の友情の宿縁を証明するものであり、またプ氏やモ大尉の祖国と民族を愛する犠牲的奉仕の結実を示すものだと思います。日印両著がいままで握手を妨げられていたことは神の思召しに背くことであったと思います。私は六〇日間にわたって激戦と電撃的進撃の果てに、いまここに着いたばかりの武人でありますので、戦塵にまみれ、服装も応対もまことにぶしつけでございます。しかも久しくこのような珍味にお目にかかる機会に恵まれませんでした。今日は紳士淑女の御好意と御理解に甘えて、六〇日間のカロリー補充の意味で、野戦並の行儀で、うんと沢山御馳走を頂きます。お許しを願います。どうか他の日本人もこのようにぶしつけだとは誤解しないで下さい」と軽いスピーチを終えた。一同拍手哄笑した。

招宴を終えて本部に帰ると、十六日、中宮中尉とＹＭＡ同志によってチャンギーの監獄から救出されたＹＭＡ会長イブラヒム氏がオナム氏に案内されて私を待っていた。縁《ふち》なしの眼鏡をかけた三〇才位の青年であった。風采の整ったみるからにインテリゲンチャーを思わせる紳士であった。昨日まで二ケ月も監獄に収監されていたようなやつれは見えなかった。

イブラヒム氏は、Ｆ機関の好意ある支持と同氏救出の労とを私に対して厚く感謝したのち、今後日本軍の好意ある支持指導のもとに、日本軍とマレイ人との協力に奉仕致したいと考えている旨の挨拶があった。

私はイブラヒム氏無事を祝したうえ、お互いに日本と、マレイの親善に奉仕致したいと思う、ＹＭＡの今後の本格的活動については改めて協議することとし、差当りワルタマライヤの再刊とＹＭＡ同志の困窮者に対して、できるだけの援助を提供致したい旨申し出た。イブラヒム氏が退去するや、私は直ちに軍参謀副長馬奈木少将を訪ね、ＹＭＡが今後政治結社としての性格を脱し、文化団体としてマレイ人の文化的向上を先導することについて諒解と支援を求めた。当時、軍は現住民の政治、文化、経済上の諸団体を否認する頑迷短見な方針を採ろうとしていた。マレイの戦勝に酔ったのか、あるいは色々の団体名儀で抗日運動を行ってきた支那人の非協力的態度に対する反作用か、そのいずれにしても大東亜諸民族の解放、新秩序の建設、共栄圏の確立等々八紘一字の崇高な理想を掲げながら、このような無理解な軍政の方針をとる軍の真意は、全く諒解に苦しむところであった。このような背信が、満州において、支那において他民族の信頼を失ってきたではないか。私や私の部下は、詔書や声明に表われた尊い理想に情熱を傾けて、インド人や、マレイ人や、スマトラ人の共鳴を求めてきたのである。私は、到底このような軍の不信に耐え得ない。私は馬奈木少将にこの私の所信を披瀝し、YMAの正しい育成と保護とを熱烈に要請した。数十分にわたる強談の果て、ついに馬奈木少将は文化団体としてマレイ人青年の文化啓蒙運動に当ることを承認した。タイピンにおける晴天白日旗の例もあるので、私は馬奈木少将に念を押して再確認を得た。ワルタマライヤの再刊とYMAメンバーの就職優先について即座に同意を得た。私は更に軍宣伝班長を訪問し、ワルタマライヤの発行と資材、屋舎の無償提供を交渉して同意を取りつけることができた。私はこれでYMAの同志に対して信義の一端を果たすことができた。肩の荷が軽くなる思いであった。これに勇気を得た私は、私がこの責任の衝にある限り、同志に対する信義はいかなる困難を排しても貫かねばならぬと、再び固く心に誓った。F機関とYMAとは直接の提携を断たねばならないときがきた。軍政機関が整備してYMAが平時的活動を展開することは、既に軍政機関の管轄の域に入ったのである。私はイブラヒム、オナム両氏を馬奈木少将に紹介して、くれぐれも理解ある支持と指導とを懇請した。両氏に対してはF機関とYMAの公的提携関係は終息しても、私は永くYMAの良き友人として、また理解者として、私的に友義を尽すべきことを約した。

十九日、私達が永久に感銘おくことのできないファラパークにおいて、シンガポールインド人大会が開催された。数万の群衆がパークを埋めた。生花と美しい布で飾られた演壇が設けられていた。客賓の中に貴婦人のごとく美しいラキシマイヤー夫人も見えた。支部長ゴーホー氏が起って満場を沸させるような熱弁を振った。祖国とシンガポールインド人同胞を愛する氏の熱情は嵐のように群衆の感激をそそった。ゴーホー氏、プ氏に次いで、モ大尉も、私も相次いで壇上に立った。かくてシンガポールのIIL支部は結成され、タイ、マレイをおおうIILの組織が完成した。この日モ大尉の発意によって、マレイ各地のINA全力をシンガポールに集結する措置が決まった。米村少尉にその任を授けた。いまやシンガポールはIILとINAの本拠となり、これを基点として新しい発展に進む段階に入ったのである。

あたかもこのとき、東京の帝国議会において、東条総理が大東亜諸民族の解放、比島に対する独立供与の誓約、インドの独立支援に対する帝国の熱意を披瀝する歴史的演説を行った。タイピン以来、私が熱望していたことの一端が実現した。願わしきはその忠実なる実践である。惜しむらくはその内容の抽象的であることである。

ジョホールバルの兵站病院で加養中のハリマオの病状は思わしくなかった。無理が重なったからであろう。私はハリマオをシンガポールの兵站病院に移させることにした。そして再び軍政監部の馬奈木少将を訪ねてハリマオを軍政監部の一員として起用することを懇請し、その約諾を得た。一日私は生花を携えて病院にハリマオを見舞った。将兵と枕を並べて病床に横たわっていた。その寝室の周囲には五人のマレイ人が、貴人にかしずく従僕のように敬虔な態度でうずくまっていた。その眼は連日連夜の看護で充血していた。私は谷君の枕元に寄り「谷君」と呼んだ。ハリマオは眼を開いて、私を発見するや反射的に起き上ろうとした。私は静かに制しながら、「気分はどうか。本当に御苦労だった。苦しかったろう。よくやってくれた。早く治ってくれ」と見舞いと慰労の言葉を述べると、ハリマオは「十分な働きができないうちに、こんな病気になってしまって申し訳がありません」と謙虚に詫びた。私は「いやいや余り無理をし過ぎたからだ。お母さんのお手紙を読んでもらったか。よかったね」というと、ハリマオはうなずいて胸一杯の感激を示した。両眼から玉のような涙があふれるようにほほを伝わって流れた。私は更に「谷君、今日軍政監馬奈木少将に君のことを話をして、病気が治ったら、軍政監部の官吏に起用してもらうことに話が決まったぞ」と伝えると、ハリマオはきっと私の視線を見つめつつ「私が！　谷が！　日本の官吏さんになれますんですか。官吏さんに！」と叫ぶようにいった。ハリマオのこの余りの喜びに、むしろ私が驚き入った。

　幼い頃、祖国の母から官吏さんは高貴なもの、偉いものと聞かされていたのであろうか。

遺恨！　華僑弾圧

　この頃、シンガポールにおいて、国軍の歴史に拭うことのできない不祥事が展開されていた。二月二十一日の午下《ひる》りであったろうか。シンガポールＩＩＬ支部長ローヤル・ゴーホー氏が血相を変えて、Ｆ機関の本部に私を訪ねてきた。ゴーホー氏の夫人は華僑の娘であった。同氏は挨拶もそこそこに「少佐！　日本軍がシンガポールの華僑を、片端から引っ立て、大虐殺をやっていることを知っているか。その惨状は眼を覆うものがある。一体日本軍は何を血迷ったのか。既に英軍が降服して、戦火は熄んだと云うのに」と哀訴するのであった。迂闊千万にも、私をはじめ、F機関の者は、五万五千のインド兵俘虜の扱いや、シンガポール各所の復旧作業への俘虜差出（毎日一万人以上に上った）、それにスマトラ工作の推進、YMAやハリマオ工作の始末等にごった返していて、ついぞこのことを知らなかったのである。ゴーホー氏は更に「シンガポール、マレイの住民は日本軍の精強と、現住民の解放庇護の立派な方針に、無限の尊敬と親近感を抱いていた。そしてインド人やマレイ人は英国人との間に介在して搾取をほしいままにした中国人に深い反感を抱いていることも事実だ。そして日本軍の、あの華僑虐殺を拍手かっさいしている者があることも事実だ。しかし内心、神兵とも思っていた日本軍の、あのすさまじい大弾圧を見聞して、日本軍に対する敬愛の念が、一遍に恐怖の感情に変りつつある。これは日本軍のためにも悲しいことだ。少佐！　なんとか中止は出来ないか」と焦り訴えた。私は事の重大さに驚き、その真否を疑った。ゴーホー氏に、彼の見聞した事実を聞くと共に、早速調査して善処することを約して、彼を帰した。

私は田代氏、米村少尉をはじめ、二、三名の機関員に命じて、その状況を偵察させた。その報告は、ゴーホー氏の訴えに優る戦慄《せんりつ》すべき状況の実在であった。イポー以来、私が心密かに心配していたことが、こんな形になって爆発してしまった。私は早速軍司令部に杉田参謀を訪ねて、これが軍の命令によって行われているのかと質した。参謀は暗然たる面持ちで、同参謀等の反対意見が退けられ、一部の激越な参謀の意見に左右されて、抗日華僑粛正の断が、戦火の余燼消えやらぬ環境の間にと、強行されているのだと嘆じた。私はこの結果が、日本軍の名誉のためにも、又現住民の民心把握、軍政の円滑な施行の上にも、決して良い結果をもたらさないことを強調した。特に私のインド人（兵）工作に、大きな影響があると指摘して速急に善処を願った。この粛正作戦は翌日一段落となった。しかし無辜《むこ》の民との弁別も厳重に行わず、軍機裁判にも附せず、善悪混淆珠数《じゆず》つなぎにして、海岸で、ゴム林で、或はジャングルの中で執行された大量殺害は、非人道極まる虐殺と非難されても、抗弁の余地がない。たとえ、一部華僑の義勇軍参加、抗日協力の事実をもってしても。後日、ビルマ戦線に転進した第十八師団の若い将校が、私に（当時筆者は第十五軍参謀に転じていた）、ジョホールバルで、同師団が強行した華僑粛正の寝ざめの悪い、無惨な思い出を語って、心が痛むと漏らしたことがあった。

戦後、チャンギー監獄のＢブロックに、私と共に収監されていた、第五師団歩兵長河村少将（シンガポール警備司令官）、近衛師団長西村中将、第十八師団長牟田口中将、憲兵隊長大石大佐は、何れも、軍命令による督励を受けて、この粛正作戦に当った指揮官であった。筆者も、英軍将校から、この粛正作戦について、何回か、訊問を受けたが、軍司令部の内情を知らない私としては、答える術もなかった。筆者は、これ等の方々の多くが、本作戦を計画し、命令した軍の責任者（何れも当時消息不明）の身代りになって、欝々悶々の情と悲憤を殺しつつ、従容、絞首台の十三階を昇って行かれた、あの時の悲痛な光景が、いつまでも、私の脳裡から消えない。

華僑に対する軍の圧迫は別の形でも行われた。シンガポールの戦火の余燼も消えて、漸く軍政の本格的施行が緒についた三月の中頃の或日、アロルスター、タイピン（この地区は、Ｆ機関が、馬奈木少将の依頼を受けて、一時華僑宣撫を担当したところ）地区の華僑代表数名が、シンガポールの機関本部に訪ねて来た。数個の米袋（一〇〇瓩入りドンゴロス）を、私の部屋に運び込んだ。訴えによると、「日本軍から全華僑に財宝の強制献納を命ぜられた。所命の金額が調達出来ないので、貴金属、宝石も集めて持参してきた。しかし、日本軍軍政監部に差出す位なら、F機関に贈呈したい」とのことであった。私は彼等のこの申し出の本心の程を測りかねたが、先般、シンガポール、マレイ全域を吹き荒んだ粛正の嵐におびえている華僑の恐怖に乗ずるこの施策は、なんとしても悪政と思われた。

勝戦さに誇り、華僑粛正に気荒な軍司令部に、その失当を訴えても、反感を買うのが落ちだ。悪くすると、インド人やINAに飛ばっちりがくるかも知れない。私は卑怯と自覚しながら、私一存で、持ち帰るよう指導した。彼等は、交々私に謝意を表して去って行った。

嗚呼、この華僑弾圧こそ、あの赫々たるマレイ作戦の戦績を汚す恨事である。私の機関の使命達成上にも、微妙な感作を免れ得なかった。

アチエの急

三月の初め、軍司令部から次のような電話がかかってきた。「スマトラのアチエから、日本軍との連絡のために重要な密使がペナンに到着し、ペナンの軍当局から送致してきたから藤原機関に引渡す。直ちに案内者を司令部に派遣せよ」と。私は山口中尉からこの報告を聞いて雀躍するほど嬉しかった。マレイから潜入したFメンバーが潜入に成功し、しかもアチエ民族が、日本軍に呼応して決起する用意にありと直感したからである。この密使は中宮中尉に案内されて機関に到着した。一組の密使はトンクムタ氏ほか三名からなり、二月十三日、プサ団から派遣されたものであった。いま一組の密使はトンクアブドルハミッド氏ほか三名からなり、二月二〇日、プサ団から派遣されたものであった。いずれも日本軍当局に、アチエ民族のオランダに対する抗争状況や、日本軍に対する忠誠の誓いを報告し、日本軍の急援を要請する使命をもってきた決死の密使であった。第二組のトンクアブドルハミッド氏一行のごときは、十三日間海上に漂流したのち、ペナンにたどり着いたのであった。密使の報告によってわれわれは初めてアチエの驚くべき情勢を知ることができた。またスマトラのオランダ軍に関する最新の情報を詳細に知ることができた。密使の語るスマトラの情勢は次のとおりであった。

一九四〇年五月、オランダがドイツに蹂躙《じゅうりん》された当時から、アチエ人の間に民族運動の意識が復活し始めていた。日、独、伊三国同盟以来、緊迫する太平洋情勢に即応して、オランダ政府は色々の戦時の法令を造ってインドネシヤ民族を防衛に結束せんとしたが、これらの措置はかえって民衆の反感を募らせつつあった。十二月八日、日本軍がマレイに進撃を開始すとのニュースを聞くや、プサ及びプサ青年団の幹部は、全アチエの各支部に遊説して「いついかなる土地に日本軍の進駐をみる場合においても、直ちにこれを歓迎し、かつ日本軍の要求するいかなる援助をも与うべし」との宣伝を開始していた。ハンリマサキ氏とトクニア・アリフ氏が指導に当った。十二月中頃にはトクニア・アリフ邸でプサ団の会長トク・モハマッド・ダウッド、ブルウェー氏はじめ、首脳五名が密会して堅い誓約を交わした。その誓約は、「回教および民族、祖国に忠誠を誓い、大日本政府に忠誠を尽し、共にオランダに抗争し、プサの名において暴動を起す」との内容であった。アリフ氏が総顧問に任命された。一方プサ青年部長トンク・アミルアルムジャヒド氏も、全アチエ各支部に遊説を開始して「日本軍に対する忠誠、日本軍進駐を迎えた場合の全面的協力、オランダ軍との抗争準備」等を極秘裡に指令しつつあった。日本軍のペナン占領の報は、この反オランダの抗争気運を一段と高めた。東京とペナンからの日本の放送、特にマレイのアチエ人やマレイ人、特にケダ州トンコ・ラーマン氏の放送は一層この気運に拍車をかけた。このアチエの不隠な気運に対応して、オランダ当局の圧迫は日々強化され、対立感情は、ますます悪化する情勢にあった。

一月十六日、セランゴールの海岸から二隻のボートに分乗して出発したFメンバー、サイドアブバカル君一行はスンガイスンビフンとバグンアピアピに到着した。彼らは、F機関から供与された武器や、日本軍の資材一切を海中に投げ捨て、避難者を装った。一行は上陸と共に直ちに捕えられ、厳重なる身廻品の検査と訊問ののち、メダンの警察署に送監された。この地における一〇日間の尋問に対しても全員口を揃えて避難者であることを主張し、頑として事実を吐かなかった。首領サイドアブバカル君は、この間密かに拘留所から一通の葉書を、親友スリムン郡クロナイ宗教学校の教師でありプサ青年団員、プサ少年指導者であるアリハシミー君に送った。

大アチエ、プサ団首脳部は協議の結果、アフマッドーアブリドフーという一青年をサイドアブバカル君と連絡するためにメダンに派遣した。三月一日、日本空軍がメダンを初空襲した。警察の者は空襲におびえて逃げ廻った。この好機に二人は見事に連絡を遂げた。私がサイドアブバカル君に与えた指令は、直ちに大アチエ州プサ団の首脳に報告された。日本軍との完全な連絡に彼らは勇気倍加した。プサ首脳は、この指令に基いて全面的活動を開始した。サイドアブバカル君一行は、プサ団の巧妙な斡旋による郷里の保証状のお蔭で、それぞれ郷里の警察署に送致され、再訊問のうえ釈放された。アチエ人はそれぞれアチエの郷里に、ミナンガボ人、バタック人、ナタル人はそれぞれ中部スマトラの郷里に帰って活動を開始した。サイドアブバカル君は二月十三日早暁、コタラジャ警察署から自由の身となった。同君はまず親友回教師ジャミル君をたたき起した。

二人はアブバカル君の同窓生トンクモハマッドスール君の宅におもむいたのち、タマンフラジャフンの校舎で、密かに密使の趣きを詳細に語った。

ジャミル君はアブバカル君の忠誠を心から感謝した。そして「アチエ民衆のオランダ政府に対する反抗気運は日一日と高まりつつある。既に反乱の準備すら進んでいる。藤原機関の指令は必ず実行できる。君は日本軍とアチエ民族との紐帯《ちゅうたい》だ。君こそアチエ民族に対する神の使いだ。ただオランダ政府のアチエ人に対する偵諜は厳重巧妙をきわめている。書面の連絡は絶対戒めねばならぬ。すべて信頼し得る密使でやろう。もし、誰かつかまっても断じて他の同志に累を及ぼさぬように、皆の幸福のために、一人で責任を負って死ぬことを誓わねばならぬ。貴兄はこれからトヌン、スリモム、インドブリに行って有力な同志を求めてくれ。私はコタラジャ付近を担任する。Ｆメンバーに参加を勧める前に必ず次の宣言をさせるのだ。

「宗教と祖国に忠誠を尽し、日本政府に忠誠を誓い、欺かず誠意をもって本任務を実行することを宣言す」また「Ｆ機関に誰々が入っているということは伝えず、各自は最後の瞬間まで、その任務を受持つこととしよう」と語った。

この談合ののち、アブバカル君は、スリモム、インドラブリ方面に同志を求める旅に上った。スリモムではトンクアブドルワハブ、アフマッドアブドラ、アリハシムの三氏に、またインドラブリでは大学教学者大先生トンクハジアフマッドハスバルラー氏にそれぞれ指令を与え、指令完遂の固い誓約を得た。アブバカル君はビュユンにおもむいて「ブラスインド会の会長に会って、同地の有力者一同を同志に獲得した。全員F機関の指令完遂を誓い、直ちにその準備に着手した。アブバカル君は、更に密使を西アチエ、タハトアン郡に派遣し、同地の富豪であり、勢力家であるチエアマット氏にF機関の指令を伝えさせた。アマット氏はきん然この委任状を受諾した。またマンケン、ハゲ、タハトンの有力者を完全に同志として獲得した。

アブバカル君のこの活動に並行して、マレイから潜入した同志二〇名は中、北スマトラの全域にわたって同様の宣伝活動に奔走した。一行が釈放されてから僅か一〇日も経たぬ二月下旬には、全アチエはFメンバーとして、F機関の指令に決起する態勢に向った。

中都スマトラのメナンカボー族、バタック族の地域でも、親日協力の宣伝が密かに急速に拡張された。

この頃、オランダ政府のアチエ民衆に対する猜疑と圧迫はますます強化された。日本軍の進撃に備えて、貯蔵もみ、稲田や交通通信、油田等の破壊班の活動が開始されんとする情勢に立ち至った。オランダ当局のこの企図はますます民衆の憤激を高め、これを阻止するための抗争決起の決意を促進した。アチエの情勢は無装備の民衆とオランダ軍隊、警察との全面的抗争に発展せんとする重大なる危機に当面しつつあった。もし日本軍の来襲が遅れたら、アチエ民衆の生命と財産は失われてしまうかも知れない。この急を伝え、早急に日本軍の来援を要請するために二回にわたって密使が派遣されたのであった。

一方、日本軍はいよいよスマトラ進撃を企図し、シンガポールの進撃に参加した近衛師団が、この作戦に当ることとなって、シンガポールで乗船を準備していた。スマトラ上陸は三月十三日で主力はコタラジャ海岸に、一部はメダン近郊の海岸に上陸が予定された。

私は、このスマトラ進撃の日本軍と共にスマトラに前進して同志の健闘を確認し、共々にスマトラ民衆と日本軍との提携融和と、スマトラ民衆のために尽力したいと念願したが、不幸にも私は反対の方向に動かねばならない事情に当面した。

私は数日中に大本営の招請に応じて、IIL東京会談のために日本に向わなければならなかったからである。しかも、シンガポールにはINAの母体となるべき五万のインド兵の世話をしなければならない困難な仕事と、いよいよINAの編成についての本格的研究を開始しなければならないという命題があったからである。私は軍司令部に参謀長を訪問してこの問題について意見を具申した。スマトラ民衆に最も深い理解をもち、またメンバーの敬愛を受けている増淵氏を近衛師団と共にスマトラに派遣して、長くスマトラ民衆の慈父とすることに意見が一致した。これがために将来増淵氏をアチエ軍政部の重要幹部に起用してもらうこととした。増淵氏のこの仕事に、近衛師団の首脳が熱意をもつようにとの用意から、増淵氏を一時、近衛師団長の指揮下に入れることとなった。

私はF機関本部に帰って早々増淵氏にこの責任を依頼した。そしてスマトラの民衆とFメンバーたるスマトラの同志の幸福のために、永くスマトラに留って彼らを庇護してもらうことを懇願した。増淵氏は「私は機関長の過分の知遇と親善工作に関する御熱誠に深く感銘致しております。私のこの余生はいついかなる任務のためでも、機関長の御命令であれば喜んで捧げる固い決意でおります。ことにスマトラの民衆は私の終生をかけて愛し得る民衆です。私はそのスマトラの同胞のために、この余生を捧げ得ることは無上の本懐と思います。私は及ばずながら機関長の御意図を体し、機関長の身代わりとなって、死力を尽して使命を果たしたいと思います。これが機関長との最後の決別になるかも知れません。想えば昨年一〇月以来僅かに半ケ年の御縁でありましたが、しかしこの短い期間に、私が過去五〇年にわたるすべての感銘の総量よりも更に尊い、そして深い、大きな感銘を体得することができました。只今機関長から頂いた任務完遂のために、スマトラの土となって機関長の御恩義に酬いたいと思います」と決意を披瀝した。多感な増淵氏の両眼には玉のような露があふれて落ちた。それから、私は増淵氏のアシスタントとして誠実そのものの橋本君と猿渡君とを随行させることとした。四人相携えて近衛師団司令部に師団長西村中将と参謀長小畑大佐を訪ね、スマトラの情勢とメンバーの活動をるる説明し、支援と協力とを懇願した。かくてスマトラ、プサ団から派遣された密使の一行およびFメンバーなど約二〇名のスマトラの同志と共に増淵氏は、三月五日、スマトラに進攻する輸送船団に乗るために本部を出発した。

　いまやF機関の仕事はシンガポールを中心にマレイ、タイ、ビルマ、スマトラの広大なる地域に拡大する段階に入ったのである。

東京会談

招電

プリタムシン氏は新段階に対処するためにマレイ、シンガポールのＩＩＬ支部長会議をシンガポールに招請し、モハンシン大尉はシンガポールにＩＮＡの全兵力を集結して、ＩＮＡの強化拡充について日夜奔走しつつあるとき、東京の大本営から南方軍総司令部を経て一通の電報が私のもとに着いた。その内容は日本大本営の肝入りで、東京にあるラース・ビハリ・ボース氏（新宿中村屋の主人相馬氏の女婿）が、東亜各地のインド人代表を招請して祖国インドの解放に関する政治問題の懇談を遂げ、かたがた日本側との親善を図るため、マレイ、タイ方面のＩＩＬ、ＩＮＡ代表約一〇名を三月十九日までに東京に到着するように、招請されたものであった。なお、この電文には私が一行に同行すべきことと、岩畔《いわぐろ》大佐の上京とを要求されていた。私はこの電報を一読して、かねて私が具申しつつあった日本のインドに対する大施策が採り上げられる時が到来し、この日本のインド施策代行機関には、岩畔大佐を長とする有力なる新機関が新設されることになったに違いないとの直感を得た。夢寐《むび》私の念頭から離れない念願が実現する時がいよいよ到来した。恐らくクアラルンプールに来訪してくれた田中、富永両将軍の骨折りの賜であろうと思われた。

私は直ちにこの招電をプ氏とモ大尉に提示し協議を遂げた。両氏共この招電を非常な好感をもって迎えてくれた。そしてわれわれの協議の結論は、IIL六名、INA三名の代表者を選出派遣することとなった。タイ、マレイの各IIL支部長とINAの主要幹部の会議をシンガポールで開催して、使節の人選、IILの今後の活動に関する政策を協議することとなった。私は昨年一〇月以来、懸念していたところのバンコックのIIL一派と印泰文化協会（スワミイ、ダース氏の指導する文化団体）一派との大同団結を斡旋する機会がついに到来したと信じた。私はプ氏に私の念願を率直に披瀝した。プ氏も私の熱心な説得に同意し、スワミイ氏を東京親善使節の一員に加えることを承諾した。直ちにバンコックのスワミイ氏、ダース氏とIILのアマールシン氏に招請状を発した。

十一月三日ゴーホー氏の邸宅で支部長会議が開催された。大本営第六課長山本大佐、第二十五軍の杉田参謀と私はオブザーバーとして招請を受けた。この会議において東京使節団のメンバーが決定された。IIL代表としてプリタムシン氏、ゴーホー氏、メノン氏、ラガバン氏、アイヤル氏等の六氏が選ばれ、INA代表としてモハンシン大尉、ギル中佐、アグナム大尉（モハンシン大尉の副官）の三氏が指名された。

スワミイ氏とプリタムシン氏の間には祖国解放という大目的のために、従来の行きがかりや小異を捨てて、互いに協力する諒解が遂げられた。東京会談における使節の発言については具体的な訓令は取り決められなかった。まず東亜各地の同志と会談し、また日本政府や軍部の首脳者の意向を確かめ、親善を取結ぶのがこのたびの会談の目的として諒解された。

岩畔大佐

三月一〇日、親善使節の一行と私はカランの飛行場を出発して東京への飛行の途についた。大田黒君が私に随行した。サイゴンから岩畔大佐が同乗する予定となっていた。私はコタバルの戦場で倒れた親愛の部下、瀬川中尉の遺骨を故郷の父兄にお届けすべく、抱いて搭乗した。一行はサイゴンで一泊することとなった。私は総司令部に大槻中佐参謀を訪問して、このたびの上京について、招請電報から受けた私の直感が的中していることを知ることができた。

岩畔大佐は、日本陸軍省の枢要の地位を経歴し、また開戦直前には日米和平工作の側面工作に関する使命を帯びて、米国に使した経歴を持っていた。陸軍の中でも達識と政治的才腕において指を屈せられる有能の士であったし、政府や民間方面の有力者に多数の知己を持っている特異な軍人であった。官民の総力を動員してインド施策を支持する情勢に導く上にも、またインド側との政治折衝にも好適の人物であった。私はメナム河の辺りの兵站宿舎に岩畔大佐を訪問した。私は東京に着く前に、私がいままで実施してきた仕事の経緯と私の所信を大佐に披瀝しておきたかったからである。私はかつてイポーにおいて大本営の尾関中佐に披瀝した意見と、私がクルアンにおいて上司に提出した日本のインド施策に関する計画案についてるると説明をした。特に日本のインド施策は、かつて支那において行われた幾多の謀略の行き方を一擲《いってき》して、堂々天下に宣明し得る国家の大経綸を確定し、三億五千万のインド国民を対象とし、その全共鳴を受けられるような公開の大施策を展開する必要性を強調した。

岩畔機関は戦場の謀略機関であってはならない。やがて独立すべきインドに使する大日本大使でなくてはならないことを熱心に主張した。もし東京の当事者が、軍の作戦を容易にする単なる戦場工作としてとりあげるようなことがあったら、断乎として排撃し、その観念を是正されんことを願望した。

大佐は私の所信と熱意に共感してくれた。私はこの重大な仕事に関して、岩畔大佐のような有能な先輩の共感を得たことが何よりも嬉しかった。またこのような達識の士を、日本のインド施策の代行機関長に得たことを心からたのもしく思った。この種の仕事に理解の乏しい軍や、政府や、議会の積極的支援と、全国民の支持を誘導する仕事は最も困難で、しかも重要な問題であった。この意味で岩畔大佐は得難い適任者であった。

この頃、既にサイゴンの放送局からインドに向って活発な放送宣伝が開始されていた。ＩＮＡのエサンカタ大尉を長とする数名のメンバーが日本軍報道部の支援のもとに放送に当っていた。サイゴンの放送は東京放送をはるかに凌ぐ好反響をあげつつあった。サイゴンにおける一夜の滞在を利用して、ゴーホー氏が祖国の同胞にマレイやシンガポールの近況に関する実況放送を行った。

四氏の遭難

飛行機の都合によって、私達の一行は二組に分かれなければならなかった。岩畔大佐と私とモハンシン大尉、ギル中佐、ラガバン氏、ゴーホー氏、メノン民の七名が一組となって東京に直行することとなった。大田黒氏、スワミイ氏、プリタムシン氏、アイヤル氏、アグナム大尉が一組となって別の飛行機で二日遅れてサイゴンを出発することとなった。三月十一日、私達一行はサイゴンを出発したが、私達の飛行機は海南島の飛行場でエンジンに故障を起したために二日間も滞在を余儀なくされた。

未開の離島で使節一行を遇するような文明の施設は全くなかった。所在の海軍部隊と連絡して色々奔走してみたが要領を得なかった。海軍の参謀は外人を海軍の基地に滞在せしむることそれ自体に不満の色を示した。そして飛行場から離れた汚い人夫用のバラックを私達の止宿に充てた。私は海軍参謀のこの心なき処置について使節一行に冷汗三斗の思いをした。せめて新鮮な卵や果物だけでも手に入れて一行を慰めたいと駈けずり回ったが、戦果は努力に伴わなかった。寝台といっても、ほんの名ばかりの繃張りの粗末な代物であった。それも数が足りなかった。私は床の上に寝て一行にこの寝台を提供した。

戦場の生活体験を持っている私には特異な苦痛ではなかったが、ペナンやシンガポールの満ち足りた生活に慣れている一行の不便が思いやられて心が痛んだ。

しかし一行は私の一生懸命の誠意をくんで心良く寛容してくれた。私達の飛行機は台北、上海で各一泊のうえ東京羽田飛行場に着いた。

ラガバン氏が終戦後も私の人間性を語る時に、何時もこの時の私の心やりを引例していることを聞いた。私は当然のことをしただけであるが、異国の人に予期せぬ感銘を与えたものだと意外に思った。

そして私達の搭乗機はスワミイ氏一行を迎えるために直ちに台北に引き返して行った。飛行場から大本営の案内で一行は山王ホテルに落着いた。上海からオスマン氏が、また香港からカン氏が使節として着京していた。三月も半ばの東京は南方の客達には極寒の思いであった。なかんずく一行の長老メノン氏は栄螺《さざえ》のように身体を縮ませて震えていた。東京における一行の案内や行事は私の手から離れて、大本営当事者の手に移った。誓いを共にし、生死を分ってきた友に、桜咲く祖国の風物を心行くまで、私が自ら案内することを楽しみにしていた折柄、掌中の玉を奪われたような空虚な思いが私を襲った。

着京の翌日、私は岩畔大佐と一緒に大本営に出頭した。命を受け、私は参謀総長はじめ大本営の関係首脳部に従来の仕事の経緯を報告する機会を得た。私はこの報告の機会を捉えて、従来るる私が主張してきたインド施策に関する私の所信を最も率直に熱烈に主張することができた。そして結論において私は、⑴一月二〇日議会において宣言された東条総理大臣の対印声明に基く、帝国不変の対印具体的政策を確立し、最も速かにこれを全世界に宣明する必要があること、そして⑵日本の朝野をあげてその政策を最も誠実に正々堂々施策すること、まず⑶南方占領地の施策の公正を期し、東亜新秩序建設の範を実証することが先決条件たること、⑷あくまでインド人の自主自由なる運動の展開を支持支援して、不当の干渉と術策を排することの四点を力説した。また藤原機関に代って、新に対印施策を代行する岩畔機関は、特務機関といわんよりは大使館のごとき外交機関的性格を付与せらるべきことを切望した。この報告は参列者に相当の感銘を与え得たとの印象を受けた。

報告終了後私は、この工作の主担任である第八課の門松中佐、尾関少佐に会って大本営の計画（案）を披見し、所見を述べる機会が与えられた。岩畔大佐もこの討議に加わった。私に披見を許された大本営計画（案）はかねて私が具申した計画（案）を参考として立案されたものであることが判った。しかし、まず私を失望させたのは、その表紙に記載されている「インド謀略計画（案）」という表題であった。そしてインドに対する政治施策は大本営が直接管掌し、岩畔機関は作戦地の一特務機関としての範囲の仕事を担任せしむる考え方であった。私は岩畔大佐の支持を得て、この観念と構想の是正を熱烈に要望した。二日間にわたる討議の結果、われわれの願望が容認され、表題は「インド謀略計画」から「インド施策計画」に変更され、その内容の謀略的色彩は概ね払拭された。私はこのたびの上京が非常に重要な意義を持つことを自覚して嬉しかった。使節一行は大本営の計画に基いて東京の視察を開始した。一行の案内や接待の責任は私の手から離れていたが、私は朝夕同志の旅愁を慰めたり、希望を聞いたりすることを怠らなかった。この間、私の当惑する問題が一つあった。それはかねて大本営の支持を受けて独立運動を展開しつつあるラース・ビハリ・ボース氏はじめ、在日インド人代表と、南方から私が同行してきたＩＩＬ代表の間に気分の吻合ができないことであった。ＩＩＬ、ＩＮＡ代表の言い分によると在日インド人は久しく日本に居住し、日本の官民の庇護を受けてきた関係か、その言動が自主性を欠いていて、ややもすると日本のかいらいに堕する傾向のあることを非難するのであった。ことにラース・ビハリ・ボース氏は日本の婦人と結婚し、日本における数十年にわたる亡命生活の結果、インド人的なものを失っているという不満であった。一方在日インド人側では、ＩＩＬ、ＩＮＡ代表は最近まで英国の統治下において英国に忠誠を尽してきたものが多く、革命家としての資格において欠けているにも拘わらず、在日インド人志士に対する態度にあきたらないものがあるというのであった。私はこの間の斡旋について少なからず心を砕いた。参謀本部の嘱託として一行の世話に当っている木村日紀氏の言動が、一層このまずい雰囲気を助長した。木村氏の言動が多くの日本人に共通する悪い習慣――親切の余り細事に干渉したり、あるいは行事など事前に先方の意向を図ることなく独善的に決めてから押しつけ形式をとったり、インドに関する権威者振ったりする態度、もちろん悪意はないのであるが……に起因するのであった。

三月十九日の夕、プリタムシン氏、スワミイ氏一行が着京する予定となっていた。この日、朝から物すごい烈風が日本本州を襲っていた。烈風は午後に入ってますます激しくなった。砂塵のために帝都の空は暗くなった。夕方からポツポツ雨さえ降り始めた。天侯の関係上、一行は本日の飛行を中止するであろうと判断していた頃、午後、一行は上海を出発して東京に飛行を急ぎつつある報に接した。九州か大阪の飛行場に着陸して天候の回復を待つであろうと判断し念願していた矢先、またまた夕方になって羽田の飛行場から、一行の飛行機は一五〇〇頃伊勢湾の上空を通過東進したという電信連絡以後、電信断絶した旨の電話があった。夜に入って烈風は暴風雨に変じた。大阪、四日市、岐阜、浜松各地の飛行基地に打電して、機の行方を探索する措置を八方に講じた。不吉な予感が私の脳裡をかすめた。IIL使節団一行の面にも万一の不吉を予想する不安の色が張った。しかし、どこかの飛行場に着陸しているに違いないという願いにすべての希望をつないだ。その夜徹宵各飛行基地からの電報を待ちわびたが、夜明けになっても消息が得られなかった。盟友プ氏やアグナム大尉や大田黒氏の面影が暁方、疲労にまどろむ私の夢を襲った。昨夜の一抹の不安は拡がって不吉な黒い影が増大した。正午には東海地区のどこの飛行場にも一行の飛行機が着陸していないことが明らかになった。大田黒氏の夫人が愛児を抱いて九州から夫君と再会を楽しむために上京してきていた。私はモ大尉はじめ四名のIIL使節一行と大田黒氏の夫人に、最悪の事態を予想しなければならないことを宣言しなければならなくなった。身を切られるような悲痛な想いである。

夕刻になって名古屋方面から、昨夕、雨雲の中を北の山の方に難航する飛行機の爆音を聞いたという情報があった。絶望の算は決定的となった。直ちに東海、北陸、関東各県に遭難機捜索の指令が発せられた。

各方面から得た情報によると上海から興亜院中支連絡部の中山大佐が、このＩＩＬ使節団の専用機に便乗して、悪天候を無視して飛行を強要したもののようであった。この大佐は要談のためにこの日夜、東京に到着する必要があったからである。この飛行機は正午頃、九州の太刀洗飛行場に着陸して給油を行った。飛行場当局者は天候の険悪を告げて飛行の中止を勧めたが、中山大佐は自分個人の都合のために東京への飛行を操縦士に強要したということが判った。いわば一日本将校のわがままな便乗と飛行の強要とが、この惨事の原因となったのである。昨年以来、志を共にし、死生を同じくして民族の解放に苦闘してきた畏友……偉大なるインドの愛国者を、今まさに、この運動の偉大なる発展を画せんとする矢先に、このような原因のために失った日本の責任は、真に重大である。インド三億五千万の同胞に対しても、おわびの言葉もない次第である。四人の盟友、ことにプ氏やアグナム大尉のありし日の偉大なる功績と麗しい情が走馬燈のように回顧され、哀惜と自責の念とで、私の悲嘆をますます深刻にした。

四人の偉大なる友と、信愛なる部下の一人を失った悲嘆に加えて、更に一つの悲嘆が私に加わった。それはモ大尉が密かに綴りつつあった「初めて会った日本の将校」と題する原稿の喪失であった。上京直前のシンガポールにおけるある日、モ大尉は私に「自分はイポー以来、夜の寸暇を割いて〝初めて会った日本の将校〟と題する叙述をものしつつある。それはアロルスターにおいて少佐と相見ゆる奇縁を得て以来、少佐と盟約を共にし、相携えてＩＮＡの創設に奮闘してきた記録や私の感想を口述し、副官に速記させている。その原稿は既に数百頁に達している。私はこの叙述を信愛する少佐への贈物とし、また偉大なＩＮＡの創設記念史として世に残したいと思っている。最近は余りの多忙のために口述する暇がないので、近く上京の際、旅宿の閑暇を拾って脱稿したいと思う。アグナム大尉に原稿を携行させる積りだ」ともらしてくれた。私はこの繁忙かつ困難なＩＮＡ創設の難業を処理しつつ、なおかつこのような記録に着意しつつあるモ大尉の周到な用意と、不敏なる私に対する過分の信愛と、友情とに全く頭の下がる思いであった。私はモ大尉のこの記録は、インド国民軍の創設秘史として、また日印両民族結合のシンボルとして貴重なる文献となるであろうと信じ、その完成に絶大なる期待を寄せていた。しかるに、この尊い記録は五人の畏友と共に永久にこの世に帰らないものとなってしまった。この回想を綴る私の脳裡は「殉難の盟友」と「失われた原稿」の悲しい当時の追憶に満ちて胸もつまりそうであった。

山王会談

三月二〇日、山王ホテルにおいて四志士殉難の悲愁をつつんで、山王会談が開催された。第一日の午前の会議には岩畔大佐と私に傍聴を許された。南方から上京したＩＩＬ、ＩＮＡ使節の四氏のほか、香港、上海、比島、日本の代表が列席してラース・ビハリ・ボース氏が推挙されて議長の席についた。しかし何故か、在日インド人の有力者であり、また独立運動の代表的人物であるサハイ氏の姿が見当らなかった。プラタップ氏も参列していないのが私には奇異に感ぜられた。正面の壁間にはインドと日本の大国旗が飾られていた。まず議長が立ってＩＩＬ、ＩＮＡ使節四氏の殉難の予想を悲しんだのち、遠来の各地使節に対する歓迎の辞を述べた。次いで、東条声明において宣言された日本のインド独立支援に対する基本態度と日本軍の勝利によって急速に到来されつつあるインド独立の転機について感激の意を表し、またＩＩＬ、ＩＮＡ使節の南方における挺身的活動を絶讃し、感謝を述べた。更にこのたびの山王会談においては、まず各地代表の懇親を結び、自由かつ卒直にインド独立に関する政治問題を討議し、祖国解放のため全東亜インド人の政治的結束を図る方策を探求せんとするにある旨を披瀝した。私はボース氏の熱誠のこもった挨拶にも拘わらず、各地代表特にＩＩＬ、ＩＮＡ使節に与えた感銘は必ずしも期待されたように深刻ではないとの印象を受けた。しかし殉難四氏の素志を継いで、その念願を達成しなければならないという悲痛な決意も各代表の面に読み取れた。使節一行は会議の席上において、あるいは個別に、連日こもごも真摯なる意見の交換、討議の反覆を行った。その結果ＩＩＬを東亜全インド人のインド独立運動団体として確認された。そして五月中旬、バンコックにおいて名実共に全東亜インド人代表をこぞる公開のＩＩＬの大会を開催し、連盟の組織、運動の方策を再討議することとなった。

ＩＩＬと岩畔機関の本格的活動は、このバンコック大会を烽火として開催される段取りとなった。ＩＩＬ、ＩＮＡ使節は、インド独立運動支援に関する大本営の意向を確認しかねながら、京都大阪方面視察の途に上った。

五氏の遭難が決定的となり、その遭難機の行方を探策しつつあるとき、私は再び私の悲嘆を加重する悲しい電報を接受しなければならなかった。

それは、シンガポールの病院に重症を養いつつあったハリマオ（谷君）の死去を報ずる第二十五軍参謀長の公電であった。マレイを縦貫する急行列車を襲って金塊を強奪する程の凶悪を働き、北部マレイの虎として泣く子も恐れさせた彼は、マレイの戦雲が急を告げる頃、翻然発心して純誠な愛国の志士に返った。彼は私の厳命を遵守して、彼はもちろん、その部下も私腹を肥やす一物の略奪も、現住民に対する一回の暴行も犯すことがなかった。そして英軍の戦線に神出鬼没の大活躍を演じ、ついに敵の牙城シンガポール陥落直後、その地の病床に伏して昇天したのである。彼の数奇をきわめた生涯は二十八歳を一期として終焉した。彼のこの偉大な功績の蔭には、神本氏と米村少尉の至誠と情義に満ちた涙ぐましい指導があったのである。ことに神本氏が一九四一年四月以来、影の形に添うごとく彼を庇護し、善導し、率先垂範した感化は絶大であった。生死一如の大悟に、一切の名利を解脱し、従容として死生の境地に往来し得た大愛の人、神本氏の偉大な人格は終生忘れることのできないものである。私は直ちに谷君を正式の軍属として陸軍省に登記して頂く措置をとった。翌日、私は陸軍省の記者倶楽部に招かれて、ハリマオの数奇をきわめた半生と、戦争前後における彼の英雄的活動を語った。大新聞は一斉に四分の一頁にも及ぶスペースを割いて、これを報じた。彼は東京九段坂の靖国神社に祠られた。孝子として、また愛国の志士としてその生涯を飾った。

岩畔大佐は新任務遂行に関する構想を練り、民間から有能なスタッフを物色し、強力なる機関の編成を急いだ。このために大佐は当分東京に留まらなければならなかった。F機関のメンバーは、私と一部の臨時軍属を除いて、大部の者が岩畔機関に編入されることになった。私はサイゴンの総司令部に復帰することとなった。ただし、岩畔機関が現地に進出するまで、私は現在の任務を続行することとなり、使節一行に先立ってシンガポールに帰任を急がねばならなかった。現に進展しつつある広汎なF機関の仕事を容易にするために中野学校出身の新鋭、原、金子両中尉、藤井、松重、塚本三少尉と数名の下士官がF機関に増強された。四月一日私は東京を発って再びシンガポールに飛行した。この出発の矢先に、五同志遭難の決定的悲報を入手した。一行の搭乗機は豪雨の天候に航路を誤って、長野県の日本アルプス焼岳に衝突したのであった。

途中、福岡飛行場においてハリマオの母堂と姉さんとに面談した。私の弔辞に対して母堂も姉さんも頭を左右に振って、谷君が祖国のために身命を奉仕し得たことを心から感謝し喜ばれた。そして私の語る谷君の功業に心から満足してくれた。私はその健気なる心構えに恐縮した。

サイゴン総司令部において大槻中佐参謀に会って、東京の様子を報告し、バンコック大会開催に関する日本軍の手配を措置したのち、四月末を期して岩畔機関と交代すべき手順を決定した。更に新たに増強されたメンバーの中、金子中尉、藤井、塚本両少尉をラングーン土持大尉の下に、原中尉、松重少尉、東山軍曹等をシンガポールのF機関本部に部署したのち、四月五日シンガポールに帰任した。

私のこの東京旅行間に、東南亜細亜地区戦局は進展しつつあった。すなわちビルマ方面においては三月八日ラングーンを占領し、更に中、北ビルマに対する大進撃作戦を展開しつつあった。第十六軍は三月一日を期し、ジャワに上陸し、三月九日、早くも蘭印軍の降服をみていた。第二十五軍隷下の近衛師団は三月十三日、北部スマトラに上陸し、三月二十三日には日本軍の一部隊はアンダマン列島を占拠した。比島方面では四月五日以来バターン半島に対する最後の攻撃が開始されていた。

機密費返上

工作に機密費はつきものである。F機関も、その例外ではなかった。そして、従来、特務機関の機密費運用に当って、しばしば、不当、無軌道な使用が噂に上った。機密費の使用には、受領書や詳細な経理報告を要しなかったからである。しかも工作が紅燈酒杯の間に、行われる機会が多かったから猶更であった。

私は、F機関の工作に限って、絶対に機密費使用について指弾を受けるようなことがあってはならぬ、むしろ一般経理以上に厳密に運用しなければならぬと固く心に期した。もちろん、工作に金は必要だが、金で異民族の心をつかもうとするのは邪道だと信じた。金の多寡よりも、われわれ工作員の心構えが、工作の成否を左右するのだと確信し、これを全員に反覆強調した。私は副官業務と総務業務を担当する山口中尉に、どんな少額の支出も、必ず、相手の領収書を取って、ファイルすると共に、確実に記帳しておくよう要求した。工作日誌は誌すに及ばぬ。これだけを確実に記録しておけと厳命した。日々の給食材料調達に至るまで、IIL、INA、YMA、ハリマオ、スマトラ工作員に交付する工作費に至るまで、そして公私の峻別をも厳重に要望し、その実践を誓い合った。

山口中尉は、この私の念願を叶えてくれる最も恰適の将校であった。清廉、誠実、几帳面そのものの性格を備え、事務にも堪能で、責任観念の人一倍強い人柄だったからである。

F機関は開戦直前、機密費として二十五万円を示達された。これは、私が工作計画に基いて申請したものではなかった。大本営から一方的に決定示達されたものであった。私はこの工作費が、私の使命達成に、足りるのか、足りないのかさえ、計りかねた。しかし私が生来、初めて見る大金である。何しろ当時少尉の初任給が七十三円であった頃である。この示達を受けた瞬間、なんだか、絶体絶命の責任を負わされてしまったような気になった。

マレイ半島作戦間の全工作は、この工作費をもって賄われた。数千のインド兵俘虜の給養も、IIL、INAをはじめ、YMA、スマトラ潜入工作費や、ハリマオの給養も、工作費も、もちろん私の機関員の給食材料の購入から、ビルマ派遣INA工作班の経費に至るまで。山口中尉の支出振りは、爪の上に燈を灯すような固物振りであった。スマトラ青年の潜入工作費に各人当り三〇ギルダーを支給したが、今日もその吝《けち》ん坊振りに、われながら恥しくなる思いである。それにしても、これ程の広汎な工作を、この機密費で賄って、なお余裕綽々の状況であったのは、なぜだろうか。それには、からくりがあった。チャーチル給養がそれである。INAの糧秣は申すに及ばず、自動車も、ガソリンも、INAを収容する兵舎も、医療品も、ことごとく、独断で英軍のそれを拝領に及んだからである。

だが、シンガポールが陥落し、五万五千のインド兵の俘虜を収容し、INAの偉容（被服や兵舎等）を整えねばならぬ段になって、ハタと心細くなった。数万の日本軍、五万有余の白人俘虜が狭いシンガポールの島にひしめくこととなった。平時スマトラからの生鮮食料の輸入に依存していたこの島である。スマトラは敵領域で、輸入のルートは途絶している。INAが生鮮食料やインド人独特の調味品である、ダーやギー（日本人の味噌に当る）の不足を訴えて来る。その入手が容易でないのみか、大変な経費が必要となった。とうとう、軍司令部に杉田参謀を訪ねて、この難儀を訴え出た。直ちに、同参謀の配慮によって、軍経理部から五万円が交付された。生鮮食糧品や一部不足の調味料は、現地調達を余儀なくされたが。

こうして、三月一〇日、山王会談に参加するため、いよいよ上京することとなった。既に岩畔大佐に工作が引き継がれることが予想された。私は山口中尉に命じて工作費の精算を命じ、経理の手簿に受領書のファイルを整備させて、携行報告することとした。私の留守中の所要経費と山王会談参加インド側メンバー用の経費を控除して、七万五千円の残額が明らかになった。

上京後、岩畔機関が編成され、大規模にインド施策が展開されることが決定的となった。全インドを対象にし、陸、海、外の力を結集して。岩畔大佐の手許で、急遽施策計画が策定された。もちろん工作費も。私も南方軍主任参謀の資格で、同大佐の諮問にあずかった。月額七〇万円の工作費が所要と計画された。

元来、特務機関の機密費は、申請額の三割、五割が示達されるのが、通例であった。それを予想して水増し申請が行われる悪例になっていた。しかし、岩畔大佐は、相当厳密に計画された。元々同大佐は、開戦前の軍事課長であり、参謀本部第八課（宣伝、謀略、防諜と綜合情報担当課）の班長でもあった権威者である。軍事課に顔のきくこと、これ以上の人はいなかった。

私は岩畔大佐に随行して、同大佐の機密費説明に加わった。その節、私は主任課員加登川少佐（陸大同期生）に、Ｆ機関の決算報告を提出し、くだんのファイルと手簿を提示した。そして残額七万五千円の返上を申し出た。毒舌で聞こえる加登川少佐は、大声を張り上げ哄笑して曰く「機密費のお釣りを持参に及んだのは、貴様をもって嚆矢とする。馬鹿正直だなあ、貴様は。そんなもの返上に及ばぬ。適当に使ってしまえ」と。しかし、私は、私の念願を述べて、再び返上を申し出るとともに、焼岳で遭難したインドの盟友四志士の遺族に、それぞれ、一万円、計四万円をその中から支出することについて諒承を求め、快諾を得た。

これに続いて、岩畔機関の申請工作費について、説明が行われた。ＩＮＡとＩＩＬの実情に詳しい私がその説明の補足に当った。加登川少佐にとって、旧上司の岩畔大佐の申請であるから、査定が辛辣で有名な申請者泣かせの同少佐も、一句の異議なく、あっさり全額を承認した。全く異例のことである。私は岩畔大佐の顔もさることながら、馬鹿正直な私の補足説明が彼の心証を一層好くしたとにらんだ。帰途、ふとこんなことなら、工作費をあんなみみっちい思いをさせずに、もっと使わせておけばよかったなあとの邪念が私の頭をかすめた。

だが戦後も、Ｆメンバーが清い盟友の交りを続け、敬愛し合えるのは、この厳正さを、お互いに守り抜いたことが、一因ではなかろうかとも思う次第。

惜別

マレイにおける別離

四週間にわたる私の留守中、中宮、山口両中尉のコンビによって困難かつ広汎な機関の業務は一点の渋滞そごもなく処理されていた。INA、IIL側においても、首脳部が不在に拘わらず、創設早々の困難な時期に何らの摩擦もなく、順調な発展の道を歩んでいた。IILの中心人物プリタムシン氏はじめ四氏遭難の報は、悲痛な衝動を与えてはいたが、偉大な愛国者の素志を継いで、祖国の自由を獲得せんとする決意をいよいよ固める結果となっていた。IILとINAの運動が偉大な発展に際会せんとするこの重要なる時期に、メージャー・フジワラが転出し、F機関が解消するというニュースは、IILやINAメンバーに、彼等の私および機関員に対する過分の知遇と信頼のために、一般に疑惑と不安の念を抱かせていた。しかし岩畔大佐の地位と人物と才腕と偉大なる発展を促進せんとする日本軍の積極的措置であることが私の説明によって理解されるに及んで杞憂は概ね解消し得た。

私は帰着早々、相携えて多難ながら、生彩のある創業の道を切り拓きつつ進んで来たマレイ各地の同志と離別の挨拶を交わすため、一週間にわたるマレイ行脚を計画した。

往路は、バトパハ、マラッカ、ランノール、イポー、タイピン、ペナン、アロルスター、スンゲイパタニーのＩＩＬ各支部を訪ね、帰路は、更にスレンバンの支部を訪問した。至る所でＩＩＬメンバーの熱誠あふれる歓迎と惜別とを受けた。私はこの機会にシンガポール陥落後の情勢、四氏の遭難、東京会談の消息、Ｆ機関に代わる岩畔機関の設立等に関して詳細なる説明を遂げ、ＩＩＬメンバーから、私および私のメンバーに与えられた親愛と信頼に対する満腔の感謝を披瀝した。また各州軍政長官を歴訪してインド人の名誉と自由と財産の庇護に関するインド人の数々の嘆願を斡旋することに努めた。数千の鮮血をもって染められたムアルやスリムの激戦の跡は、生い立ちの早い草木の蘇生によって、せい惨な蔭影を拭われつつあった。新しい墓標と一輪の供花が、幽明境を異にした戦友の美しい情愛を表徴し、かの激戦の日、逝ける友の悲痛な最後をしのばせた。一木一草ことごとく生々しい想い出の種ならざるはなかった。私が、マレイにおける離別の行脚からシンガポールのＦ機関本部に帰来した翌日、東京会談に参加した使節一行がカランの飛行場に帰着した。去る三月一〇日、一〇名打ち揃って歓呼を浴びつつ東京への空路に旅立った一行は、四氏に減じて出迎えの同志の心を暗からしめた。モハンシン大尉は帰着早々、いよいよ本格的にＩＮＡの編成と強化の準備に活動を開始した。ＩＮＡの運動は新発展への急回転を開始した。この盛運を見るにつけても、旬日を出でずしてＩＩＬ、ＩＮＡはじめマレイ、スマトラの同志と離別しなければならない私の感懐は淋しかった。

四月二〇日、私はサイゴン総司令部から正式に帰任の電報を受領した。

私はこの電命をモハンシン大尉はじめ同志に通告した。ついに離別の日が目前に迫って来た。私の部下もインド人、マレイ人の同志も、いずれも涙を浮べて黙々この私の通告を聞き取った。

顧れば昨年一〇月以来、理想を共通にし、誓いを共にし、死生の間に万難を克服しつつ、相携えて民族の自由と名誉のために戦ってきた、われわれの間は、階級の上下、民族の相違を超え、絶対の信頼と、至上の誠と、無二の友愛とをもって結ばれて来た。そしてわれわれの理想はいまや光輝ある具現の第一歩を確実に踏むことができた。創設時代を過ぎて建設の時代に入らんとするこの転機に、創業の同志や部下と離別することは情において忍び難きところであった。

アチエの蜂起

Fメンバーたるサイドアブバカル君など二〇名の同志がスマトラに帰ってから、その宣伝はプサ団の共鳴を得て、文字どおり燎原の火のごとく全アチエに拡大した。オランダの圧迫とその重要公共施設の破壊準備の進捗に伴って、アチエ民族のオランダに対する反抗気運は頂点に達した。プサ団の使節が日本軍との連絡に成功したとのペナン放送は、シンガポール陥落の東京放送と相まって、いよいよアチエ民族を勇気づけた。反乱は二月二十三日夜、スリモム町においてトンクアブドル、ウハブ指揮の下に、オランダ、コソトロレユールの郵便局襲撃をもって開始された。その頃既に、この町の兵営にあったオランダ軍のインドネシア兵は、Fメンバーの一翼となっていた。その翌朝、反乱はオランダ軍の橋梁破壊阻止の暴動に発展した。すなわち、Fメンバーはオランダ軍がラム、ルボンよりラムパクにわたるクミル橋梁はじめ、二〇個所の橋梁に装置したダイナマイトを除去せんとして決起したのである。この決起指令は既に二十一日発令せられ行動を開始していた。F字の腕章を付した三〇〇名の武装決死隊がこれに参加し、見事にその取除きに成功した上、随所に隘路を遮断し、電話線を切断し、インドラブリの鉄道を破壊してその確保に当った。二十四日の朝、駈けつけたオランダ軍との間に激闘が起きた。このために彼我一〇数名の死傷者を出した。三月七日の夜には、八〇〇名のFメンバーが、クルンジュルエ橋梁のオランダ兵営を襲撃した。この事件のために、数名の同志が逮捕されてコタラジャの獄に投ぜられた。

二月二十三日夜のスリモム反乱に呼応して、北部スマトラの大航空基地ロンガ飛行場においても反乱が企図された。サイドアブバカル君は機関長の指令に基いて、この飛行場の諸施設をオランダの破壊から阻止する決心をした。この反乱のため、サイドアブバカル君の腹心、Fメンバー二〇名が派遣され、またロンガ飛行場警備のインドネシヤ兵八〇名を同志に獲得した。このインドネシヤ兵の主謀者はメナド族に属するメロ氏、ワランギンタン氏と、バタック族に属するパンシトロス氏であった。二十三日夜半を期し、兵営の内外相呼応して決起する計画であった。ところが、裏切者の密告のため、オランダ軍に先手を打たれてメロ氏は逮捕された。メロ氏は、厳しい尋問に対して頑としてこれに応じなかった。彼は三月十二日早暁、シグリ刑務所裏において銃殺の刑を執行された。ところが、銃手の兵は同志メンバーであった。メロ氏は銃声と共に倒れたが弾丸は命中していなかった。かくして彼は同志の機智によってその命を危うく救われた。このアチエの反乱気運に対抗して、コタラジャ地区のオランダ軍が増強された。

これに対抗して三月四日、ルボーにおいてアチエ各地の代表者会議を開催し、全アチエ一斉に統一ある反乱を起こすことを決議した。

「神に誓い、神に誓い、神に誓い、自分は回教と民族と祖国に忠誠を誓い、決して右三誓に反せず、オランダに抗議することに同意する」との回教儀式にのっとる宣誓のもとに、次の決議が行われた。

A、全アチエ一致し一度に反乱を起こすこと

B、本行動は宗教、民族および祖国保護に基き、大日本に忠誠を誓うこと

C、全アチエ各地支部長に檄文を送ること

D、オランダ政府に檄および要請状を送ること

E、一致して夜間オランダ軍兵営を襲撃すること

三月六日、この決議は全域に檄された。更にオランダ政府官吏たるインドネシヤ人に対しては、即時辞職罷業せざればオランダ人と見なす旨警告が発せられた。これらの檄は政府にも警察署にも送付され、街頭はもちろん、オランダ軍の装甲車にまで貼布された。三月七日には先ず各都市の自警団が罷業《ひぎょう》に入り、続々逃亡してFメンバーに加わった。オランダ軍が破壊を企図すべきすべての橋梁、製油所、貯油所、交通施設等一切の公共施設にFメンバーが配置され、ダイナマイトは片端から除かれた。三月七日、トク、ニヤ、アリフ氏はオランダ人理事官に対して「アチエの政治をアチエ人に正式に返還すべし。しからざればアチエ人はオランダ人に宣戦すべし」との通告を発した。この頃からアチエ各地の電話線は切断され、倒木による道路遮断が到る所で行われた。この不穏な形勢に対処しコタラジャ近傍のオランダ軍と官吏は兵営に集結した。

三月十一日夜を期し、全アチエの反乱蜂起を統一する企図が策された。オランダ軍の先制攻撃に備え、すべての部落を防塞で固め、襲撃の準備を進めた。コタラジャ付近では十一日夜十一時頃、まず

ラムニヨン橋梁においてオランダ軍との戦闘が始まりこれを撃退した。三月十二日午前二時頃、ロンガでは、オランダ軍が飛行場の貯油槽に放火したのをきっかけとして、オランダ軍の飛行場破壊を阻止せんとするF機関員との間に戦闘が起こった。午前四時には数千のFメンバーが歓声をあげてコタラジャ市内に殺到し、官庁を襲い、更にクラトン兵営を襲撃し激戦を展開した。

この激戦の大混乱の最中、午前七時に日本軍がコタラジャに入城し、全アチエ人の万歳歓呼を受ける劇的光景を呈した。

ラムイ地区においても、三月一日以来オランダ軍襲撃の準備を進めていたが、三月十一日午前八時、ラムイ市場において戦闘が開始され、Fメンバーは更に撤退せんとするオランダ軍をクウララムブスエの渡し場によう撃した。彼らは一〇数名の死傷者を出した。

チャラン地方においては、Fメンバーはトクブロ氏総指揮のもとに、三月九日夜半、チャラン駐屯のオランダ軍に攻撃の火蓋を切った。戦闘は十一日まで続いた。彼我共に数十名の犠牲者を出した。この地に日本軍が到着したのは三月十九日であった。

タパトアン郡では、サイドアブバカル君の指令に基いて、ブランピティエ氏指導のもとに、全郡民結集し、ガフイなる団体を結成し反乱を準備した。ガフイとはガブチュアン、フチエヤマ、インドネシヤ（インドネシヤ富士山同盟）の頭文字GFIより名づけたものである。

サイドアブバカル君が当地に来て指令を与えた際、Fとは藤原機関のFであることを説明し忘れたために、人々は富士山のFであろうと思い込んで、この名を用いたのである。ガフイの会長にはトクラシット氏が就任した。ガフイの決議は、

A、Fの指令および委任を実行すること
B、オランダ政府に敵対すること
C、大日本政府に忠誠を尽すこと
D、タバトアン郡内一斉にオランダ政府抗争の反乱を起こすこと
三月十五日、オランダ軍が重要資源や公共施設を破壊するとの報を得るや、全郡一斉に決起した。プランデイエのオランダ軍兵営の攻撃から始まった。数十台の自動車でオランダ軍が来攻し、せいさん惨な戦闘となった。ガフイのメンバーの死者は三〇数名に及んだ。

三月十七日にはアパーアンのオランダ軍兵営を襲撃し、三月十八、十九日各地に反乱が拡大した。この地区の戦闘でアチエ側の犠牲は死者一〇〇名以上、負傷者一〇名を出した。この郡民の敢闘によってタバトアンの町は火災を免れ、油槽も、商社も、兵営も、無事確保され、のちに進駐して来た日本軍に手交された。

一方、シグリ地方では大アチエ州の一斉蜂起に呼応して、サブチュット氏指揮のもとに反乱に決起した。すなわち三月十一日夜、同志の一人ナイルデイン氏が打つ寺院の大太鼓の音を合図に、数千のFメンバーはシグリ市内に殺到した。兵営、刑務所、副理事官官邸、その他市内の要所を一斉に襲撃した。僅かに半時間にして完全にその目的を達した。三月十三日来援せるオランダ軍と数千のFメンバーとの間に重大なる戦闘が始まらんとする一刹那、日本軍がシグリの町に進駐して来た。Fメンバー協力のもとにオランダ軍は捕捉され、日本軍は全市をゆるがす歓呼に迎えられた。その他、各地でもオランダ軍が装置した一切の破壊装置は除去され、日本軍はマレイ作戦中、英軍の橋梁爆破に悩

んだあの苦難を免れ、重要な資源と施設は完全に確保された。

このようにして、サイドアブバカル君をはじめ、同志アチエ民族の抗争によって、オランダ軍の防衛陣は破滅にひんしていたとき、日本軍近衛師団はプルラ、クロン・ラヤ・ドルエン、サバンの三区に上陸を開始したのであった。増淵氏が二十四名の同志と共に上陸して来た。

オランダ軍の大半は、既に山岳地帯に退却しつつあった。早くも日本軍の輸送船団を認めて沿岸住民の喜びが全スマトラに伝わった。沿岸住民は、かねての指令に基いて清水、果実、糧食、鶏肉を携え、海岸に群がって日章旗を打ち振って歓呼した。全アチエの各村落、都市はF指導者の指令に基いて糧食を積み、清水、果実を蓄えて皇軍の歓迎に備えた。自転車、自動車は随時日本軍の需要に応ぜられるように収集された。道路は清掃せられ橋梁は確保警備せられた。重要資源は完全に保護されて日本軍に手渡す準備が整えられた。

鉄道、電話は日本軍の進撃の用を待つべく修復を急がれた。十数万のFメンバーは、八方に飛んでオランダ軍の遺棄兵器を収集し、敗残兵の逮捕に活動を始めた。敗走するオランダ軍の情報は手に取るように明らかに日本軍に報告された。このFメンバーの活躍によって、日本軍上陸開始後三日にしてアチエは平静に帰し秩序を回復した。

全アチエは日本軍歓迎の万歳に沸き立った。プサ少年団が差当りシグリその他各都市の治安維持に任じた。十五日、サイドアブバカル君を求めて増淵氏がシグリに飛び込んで来た。ここでF機関員増淵氏とプサ会長トンク・モハマッド・ダウッドブルウェー氏との劇的会見が行われたのち、増淵氏はサイドアブバカル君はじめ、Fメンバーを伴ってコタラジャに急いだ。その夜スリムで偉大なる功績をたてたプサの指導者達とも感激の握手を交わした。

三月十五日午後十一時、増淵氏一行のFメンバーはコタラジャに到着した。

直ちにトンク・モハマット・ユノス、トク・ニヤ・アリフ等の首脳を中心に、F委員会本部を設置し、その指令に基いて全アチエに治安維持会が結成された。アチエは、俄然F王国の観を呈した。中にはFメンバーを詐称してオランダ人や支那人やメナド人の家屋や財産を襲撃するものが出てきた。従来、オランダ政府に忠誠であったウルバレン（首長のこと）はいずれも村民の排撃を恐れて退避し、積極的にこの委員会に参加して日本軍に協力する態度を示さなかった。

偶然の機会でタイピンで接触を得たサイドアブバカル君とF機関との提携は、僅かに七十三日にしてかくのごとき偉大な実を結んだ。ところが、日本軍政部が設置されるに及んで、旧政治組織を踏襲利用する方針をとり、かつてオランダ政府に忠誠であったウルバレンが再び起用された。このウルバレンは、Fメンバーの隆々たる勢いを嫉妬し、またFメンバーが彼らのいままでの反日的態度を暴露せんことを恐れ、Fメンバーを排撃せんと欲した。サイドアブバカル君およびプサに対する非難・中傷が最もあくどく行われた。

事情を知らない日本軍憲兵隊と軍政部員は、彼らの巧妙な宣伝に乗ぜられた。加うるにメンバーを詐称する不逞分子の略奪暴行などが彼らのために絶好の攻撃材料となった。

ウルバレンのあくどい宣伝に乗ぜられた日本軍憲兵と軍政監部職員のFメンバーに対する圧迫が始まった。Fメンバーに対する非難は、シンガポールの第二十五軍司令部に達し私の耳に入った。東京からシンガポールに帰来した私は、この悲しい報告を受けねばならなかった。

私は同志の回教と祖国に対する熱烈清純な忠誠心とその偉大な功績、尊い犠牲に対する日本軍当局の無理解に苦悩した。しかもF機関解消の時期は迫っている。スマトラにおけるすべての政治、宗教、文化運動は軍政当局の手に移管しなければならない時が迫っている。しかも軍は、住民のこれらの団体や運動を否認せんとする頑迷な方策をとらんとしている。私は再び馬奈木少将を訪ねてスマトラの同志の偉大な功績とプサ団弾圧の不当、プサ団圧迫が招来する恐るべき結果につき委曲を尽して説明した。その結果、現地日本軍のプサ団圧迫の方策を是正せしめ、正規のFメンバーを優遇することについて諒解を取りつけた。その代わり、私は自ら進んでFメンバーの組織を解消し、プサ団の組織一本で彼らの宗教、民族運動を展開するように指導することを約した。私は直ちに中宮中尉を使節として選び、スマトラに派遣した。その任務は、実情を調査し、尊い犠牲者とその遺族を慰め、F同志はじめプサ団員に対する厚い感謝を披瀝すると共に、F組織を解消してプサ団の支援指導を増淵氏に一任する件などを、増淵氏、スマトラ軍政当局、サイドアブバカル君、プサ首脳らと協議することであった。同中尉は二週間の日数を費してその任務を果たして来た。クルミ橋梁で倒れた同志のために盛大な慰霊祭を挙行し、その写真も携えて来た。中宮中尉はスマトラ同志に対する軍政当局の無理解なる態度を悲憤しつつ、われわれの期待を絶する彼らの偉大な業績を驚嘆の口吻をもって私に報告した。

四月下旬、私はいよいよシンガポールを去るに先だって、残務処理に繁忙な一日を割いてスマトラの同志に、私の満腔の感謝を伝え、別れを惜しむためにメダンに飛行した。増淵氏がわざわざ飛行場に出迎えてくれていた。向う気の強い軍とFメンバーの間に挟まって、同志の庇護に肝胆を砕いている氏の心労の程が、その面に刻まれた疲労の影に読み取れた。

私はまずメダンのある近衛師団司令部に、参謀長小畑大佐を訪問した。そして先日の馬奈木少将との話合いに基くF同志の庇護に関し、誠意を披瀝して申し入れた。

小畑大佐は私の陸軍大学校における恩師であり、五週間前までは南方軍総司令部参謀部の第二課長であって、私の上司に当たる人であった。小畑大佐の私達の仕事に対する理解は私を落胆させた。私は懸命に小畑大佐の認識を是正すべく説得に努めた結果、ようやく私の主張を納得してくれた。かつての師弟と上下の因縁関係がなかったら、私の説得は成功しなかったであろう。この会談のうち、私は増淵氏に案内されてメダンのホテルにおもむいた。ホテルにはサイドアブバカル君をはじめ同志の数氏が待っていてくれた。

十二月十六日、同君が壮志を抱いてマラッカ海峡を越えて行ってから一〇〇日振りの邂逅である。私の目前に現われたサイドアブバカル君は、慈父の前に現われた孝子のように慎ましやかであり、謙虚であり、親しみに満ちていた。これが、鬼神も避けるほどの大事業を成し遂げた歴史的人物とは到底思えないほどであった。私達は手を握り合ったまま、しばし言葉も出なかった。余りの感激と感懐に胸が一杯で。サイドアブバカル君の眼には涙が光っていた。情に脆い増淵氏はこの光景をながめて早くも涙ぐんでしまった。私は胸にこみ上げてくる熱いものをぐっと飲み下しながら、やっと「御苦労だった。色々心労をかけて相済みませんでした」といい得た。席についてからも、サイドアブバカル君は、彼がなし遂げた偉大な功績や、そのために払った言語に絶する苦難や、日本軍当局に対する現在の不満について一言も訴えるところがなかった。私は、私がいままで入手している報告に基いて、彼の功績と労苦に対する満腔の敬意と感謝の赤誠を披瀝した。彼は私の言葉を、一つ一つうなずきながら私の誠心を受けてくれた。

私はF同志に対するスマトラ日本軍当局の無理解なる態度に関する私の交渉経緯を詳細に彼に報告した。彼は私のこの努力に対し非常に感謝してくれた。私がF機関を解消して一両日中にサイゴンの総司令部に復帰しなければならない事情を語るや、彼は驚いて立ち上った。彼の面は失望と惜別の情に曇った。私は彼に「増淵氏は永久にF同志の慈父としてスマトラに踏み留まって、皆の友になってもらうことになった。日本軍当局はF同志に関する問題については、すべて増淵氏の手を通じて処理するように、私と日本軍当局とで交渉が妥結しているから安心してもらいたい。いついつまでも、増淵氏を慈父として、立派にスマトラの建設に奉仕してもらいたい」と慰めかつ激励した。彼は私をコタラジャに帯同して、全アチエの同志に、私を紹介したい希望を熱心に申し出たが、私は飛行機の都合でこの日シンガポールに帰らなければならなかった。私は同志に私の微意を伝えてくれるように依頼して彼と別れ、後ろ髪をひかれる思いで機上の人となった。機上私はF同志の多幸と、スマトラの繁栄と、日本軍がアチエ民族の純情無垢な志を蹂躙しないようにと祈った。

マレイでも、スマトラでも、ジャワでも、ビルマでも、日本軍の軍政施策は、開戦の詔書や、一月東条総理が議会で宣明した大義と隔たるところが多かった。それが、ひたすら、民族の自由と独立にあこがれて、神兵の到来とばかり、あらゆる犠牲も恐れず、日本軍を歓呼し、決起協力した現住民の失望、次いで反感を醸成する結果となった。作戦上の要求、急ぐ戦略物資の回収等々避け難い事情もあった。しかし、緒戦の大戦果、予期に数倍する現住民の歓呼と協力に驕って、現住民の民族的真情を軽視し、現住民を甘く見た嫌いも否定できない。もちろん、F機関、南機関（ビルマ工作機関）をはじめ、各方面の工作機関や宣撫機関が、工作の必成を焦るあまり、現住民の民族意識を利導し、彼等に性急な過望を抱かせたことも、この関係を助長したことを認めねばならぬけれども。

マレイの華僑粛正の悲劇、スマトラのアチエ民衆の反抗（増淵氏をはじめ、Fメンバーの必死の説得で大事に至らなかった）、或は戦争末期に起きたビルマ防衛軍の反乱等々、すべて禍因の多くがここに胚胎した。若し、日本が、占領当初から、東亜新秩序建設、大東亜共栄圏の確立の理念を実践し、現住民の自由と独立への悲願を叶え、戦争の大義名分を明らかにしていたならば、戦争の推移に大きな変化を見たのではあるまいか。

それにしても、何れの時代、何れの国においても、この種の民族工作にたずさわる者が、本国軍と現住民の板挟みに遇って、苦悩することは、共通の宿命のようである。その端的な事例を英本国の無理解に苦しんだアラビアのローレンスに見るのである。

この戦争中、同志の慈父としてスマトラに踏み留った増淵氏は、終戦と共に拳銃をもって見事な自決を遂げ、永久にスマトラの土となってしまった。

シンガポールにおける惜別

シンガポールに帰還してからＹＭＡや、田代氏が指導していた華僑との離別やF機関のメンバーの処置に忙殺された。

ＹＭＡのメンバーにはそれぞれ日本軍に協力した証明書を与え、就職や事業の優先を斡旋し、若干の旅費を与えてそれぞれ郷里に帰還させた。イブラヒム氏をはじめ、幹部はワルタマライヤの刊行とYMAの文化運動を指導するほか、シンガポール市マレイ人を代表する市の顧問として就職するように斡旋することができた。たまたま、シンガポールに来ていた同盟通信社の松本重治氏の理解ある好意によって、ワルタマライヤの刊行に、当市同盟通信社支局全幅の支援を受ける約束を得た。

田代氏を通じて協力を期待した華僑、耿、丁両氏は、環境非にして、所期の成果は収め得なかった。カラン飛行場の付近にあった両氏の住居は、日本の爆撃によって、破壊されていた。

私は日本軍の爆撃による不幸なる被害に同情し、住居を与え、見舞金を贈って機関との関係を断った。

F機関のメンバーたる田代氏は、当人の希望をくんで、一先ず、バンコックに引き揚げることとなった。神本氏、大田氏、鈴木氏はマレイ軍政監部職員に、増淵氏、橋本氏はスマトラ軍政監部職員に転職させるように斡旋した。

これらの人々は神本氏を除いて、何十年にわたって南方各地に永住した人々である。必ずしも全員が、この種の工作に必要な識見と教養を積んだ方々ばかりではなかった。しかし、開戦の直前、猫の手も欲しいほどの手不足から、臨時に、進んでFメンバーに加わった人が多かった。決して厳重な人選を経て採用したものではない。なかには、マレイで利権を夢見た方もあったかも知れない。が、ひとたびF機関のメンバーとなるや、私の信条に共鳴共感して、一切の私利、私欲を一擲し、全身全霊を捧げてF機関の崇高な使命遂行の使徒として、昼夜を分たず献身してくれた。長い南方生活の習慣に拘わらず、厳しい軍紀とF機関の融和を一度として乱すことがなかった。微力不徳なる私に親しんで、一度として苦言を要しなかったのみならず、われわれも及ばぬ功績を立ててくれた。そしてその偉大な業績は、正規将校も遥かに及ばないものであった。軍人とシビリアンとを問わず、一家のごとく融和し、渾然一体となって、一〇〇%の能率を発揮し得たものに、F機関に匹敵するものはなかったであろう。彼らは、他の部隊に勤務する知己の邦人や新聞記者に、F機関のこの美風を吹聴するのを得意とした。

このメンバーとも別れるときがきた。皆異口同音に、生涯を通じて、再びこんな感激に満ちた体験を味わうことはないであろうと、声をつまらせて別れを惜しんだ。

このFメンバーの同志の半数は、この戦争中、民族工作のために尊い犠牲となって散華してしまった。殊に田代、増淵の両氏が、終戦と共に、増淵氏はコタラジャで、田代氏はマレイのカメロンハイランドで壮烈なる自決を遂げ、かねがねの言の通り、南冥の土となり、又敗戦による現住民の難儀を、一死を以て詫びられた態度は、われわれ軍人も及ばない気高い進退であった。

殊に、増淵氏が、コタラジャの官舎で、壮絶な拳銃自殺を遂げられた節、サイドアブバカル君をはじめ、アチエの同志が、遺骸にしがみついて、慟哭久しかったその情景は、並み居る司政官の涙をさそったということである。開戦前からハリマオの指導に、献身された神本氏は、その後、光機関に参加して、ビルマに転戦し、ナグ蕃境に進出して、マニプール工作に当ったが、インパール敗戦後病を得て、潜水艦に便乗して帰国の途次、敵機の攻撃に遇って、潜水艦と運命を共にした。世に「命も、金も、名誉も要らぬ人間程始末の悪い者はない」というが、神本氏は正にその典型であった。マレイでも、ビルマでも、自ら求めて、長駆蕃境に挺進して、工作の開拓に当った闘魂と現住民に対する仁愛は、稀有の存在であった。先に焼岳にインド工作の中心人物プリタムシン氏を失い、更にマレイ工作においてハリマオ、スマトラ、華僑工作の責任者となって活動した三氏も、こうして不帰の客となったのである。

四月二十八日、いよいよ私がシンガポールを去る前日となった。ＩＮＡ将兵から好意に満ちた二つの申し出があった。一つは、今夕、ＩＮＡ幹部による送別の招宴であった。一つは明朝全ＩＮＡ将兵（五万）がＦ機関本部からカラン飛行場に至る沿道にと列して、私を見送るという計画であった。私は第一番目の申し出を受けた。

第二番目の申し出は、私には余りに過分に思われたので辞退したが、モハンシン大尉の強い申し出を辞し難く、結局軍楽隊と一コ大隊のと列、カラン飛行場におけるＩＮＡ全将校の見送りを受けることとなった。

夕刻から、ＩＮＡの本部において送別の宴が催された。

ＩＮＡの重要幹部が列席した。開宴に当ってモハンシン大尉から、切々胸を打つような懇篤な惜別の辞があったのち、立派な額に納められた英文の大きな感謝状が贈られた。贈るモハンシン大尉の手、贈られる私の手は感激に打ち震えた。私達の両眼は感涙に曇った。

感謝状には、私をＩＮＡの慈母と讃え、幾万のインド人将兵、幾十万の現地インド人の生命を救い、その名誉を保護し、そして大インドの自由と独立とを支援するために、私がＩＮＡに捧げた熱情と誠心と親切を、ＩＮＡ全将兵こぞって感謝する旨強調されていた。そして私の名と功績とは、インド独立運動史の一頁に、金文字をもって飾られるであろうと述べられてあった。

私はこの過分の知遇に対して、感激の余り感謝の言葉が見出せないほどであった。私は、このときほど微力なりとはいえ、われわれの懸命の誠心が、神に通じた喜びを覚えたことはなかった。

会食に移ってから、キャニー大尉が、私に対して将来インドが独立したときには、この感謝状さえ持っておれば、全インドを歓迎攻めに会いながら旅行できるであろうと語った。またデリーには少佐の銅像がたてられるであろうとも述べた。

私は、この感謝状の光栄は、F機関の全メンバーが受くべきもので、私独りが光栄を独占すべきものではないと考えた。そして、この感謝状はF機関に代わって、INAの支援に任ずる岩畔機関に保存すべきものであると考え、これをF機関の本部に残置した。この私の措置のために、この感謝状は、一九四五年八月終戦のとき、他の重要な書類と共に焼却されてしまった。INA将兵諸君の御好意に対して真に相済まぬことをした。

夜更けまで惜別の宴は果てなかった。心ゆくまで別れを惜しんだ。

翌早朝、私はモハンシン大尉の案内を受けてF機関本部を出発し、INA軍楽隊の奏楽と、と列部隊の見送りを受けながらカランの飛行場に向った。F機関のメンバーよ。INA将兵諸君よ。IILメンバー諸君よ。YMAをはじめ、マレイ、スマトラの同志諸君よ。ついに別れの最後のときがきた。飛行場にはINA全将校、IIL幹部、YMA幹部等数百名の見送りの友が待っていた。この友の手によって、私の首には、私の前途の多幸を祈るために、美しい花輪が、次から次へと首が埋まるほどにかけられた。私が飛行機のタラップに脚をかけて、決別の敬礼を、見送りの友に捧げたとき、皆の眼には涙が光っていた。私は不覚にも、涙があふれるのをどうすることもできなかった。

私の飛行機に同乗するために、同行された同盟通信社編輯総局長松本重治氏まで、この劇的光景に感動の余り己を忘れるほどであった。氏は帰国早々、新女苑という日本の婦人雑誌に、この感激の光景を寄稿された。ああ私は何たる幸福者であることか。真の愛情と誠心の前には、民族の相違も国境の障壁もなく、一体となって睦み和することができることを、身に沁みて感得することができた。われわれの飛行機は、旭日に輝く滑走路を離れ、友と私とを陸と空に引き裂いてしまった。機首を南支那海に向けて、私の身体を強引にサイゴンに運んだが、私の心はいつまでもシンガポールの友にひかれていた。

F機関長としての私の使命は、これをもって終った。しかし、私はこの友の熱い友情に報いるため、サイゴンの南方軍総司令部に帰任したのち、私の地位と任務を通じて、IILやINAの支援に私の全誠心を尽さんことを固く自分の心に誓った。機中私の胸中を走馬燈のようにマレイの回想がかけめぐった。

第二部

その後

まえがき

筆者は当時、この手記に続く手記を、ものにしておきたいと、念願していたが、ついに果たすことができなかった。筆者の怠慢と筆力の貧困が主因ではあるが、一面、終戦間もない浪々の身で、妻の逝去にあい、幼女二人をかかえ、住むに家なく、糊口をしのぐ食さえ覚束ない家事の煩累、それに漸く軌道に乗り始めた大東亜戦争史修史の業の重荷が加わったからでもある。

今日、公刊現実となるに当って、この事が何よりの恨事に思われてならない。

と申すのは、筆者は、機関を去ってからも、INAとの深い因縁が終戦の日まで続いただけでなく、更に戦後、インド独立の日に及び、そして今日もその宿縁が続いているからである。

すなわち、先ず、昭和十八年三月まで、南方軍参謀として、インド工作関係の主任参謀を仰せつかったため、モハンシン将軍、ギル中佐追放の悲劇を、身を以て体験する羽目にあった。次いで、北ビルマの第十五軍参謀を拝命、INAと共に、インパール進攻作戦に参加し、雄図挫折の悲涙を呑んだ。

更に終戦の直後、INA将兵の叛逆を問責すべく、インドの都、デリーで開廷された英軍軍事法廷に、インド被告側証人として召喚され、インド独立の物凄い陣痛を眼の辺り見聞することとなった。

昭和二十一年三月、インドの勝利、英帝国の敗北という世紀の進展を後に、私は唯一人、シンガポールに護送せられ、戦犯容疑者としてシンガポールのチャンギー監獄とマレイの首都クアラルンプールの監獄に、一年有余ケ月拘禁され、故なき、厳しい訊問を受けた。

だが、現住民や、IIL、INA盟友の友情と、この手記にその一端を紹介したF機関のメンバーの、当時の道義に徹した善行のお蔭で、私は、すべての人々の予想、私自身の覚悟に反して、思いもかけず、昭和二十二年六月、釈放せられ、再び祖国の土を踏むこととなった。この間、私は、青空に切り立つ高い獄の塀越しに、或は又、小鳥の巣箱の出入口程の小さい独房の丸窓越しに、インド、ビルマ、インドネシヤ、ヴェトナムのすさまじい独立抗争と民族の雄叫びを見聞して、アジアの曙を全身全霊をもって感得することができた。

そして、終戦後、昭和二十九年、私は東南亜の盟友を訪ね、バンコック、ラングーンを経て、独立インドの晴姿と対面した。印パ国境に近いルディアナの農園に、モ将軍をはじめ盟友の歓迎を受け、数夜を徹して尽きぬ思い出を語り合った。モ将軍の案内で、アムリッツァーのゴールドテンプルを訪ねて、万を超える群衆の歓迎を受け、シーク教徒の代表から、数々の感謝の辞と記念品を頂戴したことが忘れられない。翌朝車中で見た新聞に、「INA生みの親、マーシャル藤原、ゴールドテンプル往訪」の記事には、面映《おもは》ゆい思いをした。

この間、米、英、印、パ各国の史家の来訪を受け、INA修史資料の提供を求められること再々、そのことは、今日も続き、いよいよ頻《しき》りとなっている。

昭和三十六年新緑の候、私が久しく思いつめて果たし得なかったわがF機関の慰霊祭を、東京で挙行することができた。神本君の遺族を除く、生存メンバーと遺族のすべての方々が、全国から馳せ参じてくれた。ハリマオの弟妹も福岡から、その上、スマトラ工作の中心人物、サイドアブバカル君も、はるばるペナンから飛来してくれた。二〇年ぶりの邂逅《かいこう》に、感極まる思いであった。

私は、その思い出の、幾つかを綴り加えて、取り敢えずこの手記を閉じ、その完稿を他日に期したいと思う。

読者の寛容を御願いしたい。

モハンシン事件

悲劇の因

昭和十七年五月、私が総軍に帰任してから、七ヵ月の月日が流れた。輝かしい戦勝のこの年も大詰に迫った十二月二〇日、INA独立運動の史上最も悲痛、遺恨となる事件が起きた。INA生みの親である最高指揮官モハンシン将軍の追放流謫《るたく》がそれである。モ将軍と血盟もただならぬ私にとって、実に血涙を呑む思いであった。

この年の七月、南方軍総司令部は、西貢から昭南（シンガポール）に移っていた。余談ではあるが、シンガポールの改名には、緒戦の成功に驕り、大東亜戦争の大義を忘れ、大英帝国の亜流に溺れんとする日本の混迷がひそんでいた。戦争の目的、理念に透徹を欠いた軍首脳の所産の一つである。

この増上慢と裏腹に、戦局は、早くも攻守逆転の兆を示しつつあったのである。夏から始まった米軍のガダルカナル反攻は、日本軍を絶望の惨況に立ちいたらせていた。

疾風枯葉を巻く勢いに成功したビルマ国境戦線にも、その兆が表われていた。すなわち英、米、支三軍の地上反攻準備が逸《いち》早く進んでいた。又ビルマを経由する地上援蔣ルートを切断された連合軍は、早くもアッサム経由昆明に至る援蒋空路を開設強化していた。一方ビルマ要地に対する連合軍B24の爆撃も、日増しに激化しつつあった。

しかし勝に誇る日本軍は、ビルマ周辺に発展しつつある連合軍の、この反攻準備を軽視していたか、インドの無防備と混乱に乗じて、アラカンの嶮嶺を越え、遠く東印アッサムに進撃する大インド進攻作戦を計画し、準備していた。

この大作戦に呼応するため、INAのビルマ推進が、南方軍とINAの双方で真剣に取り上げられ、その準備が進められていた。

モ将軍事件は、この環境の中で持ち上った。その遠因は山王会談から、近因はバンコック会議から胚胎《はいたい》し、醗酵《はっこう》し続けていたものである。

山王会談で、南方派と在日派との間に、微妙な感情的対立が見られたことは、既に記述したところである。その外、山王会談に列席するため上京した南方派が、東条総理との面接を希望したにもかかわらず、体好くことわられたことも、彼等に一抹《まつ》の疑念と不信を抱かせていた。その斡旋に熱意を欠いた在日派の代表、ラース・ビハリ・ボース氏にも、不信の念が抱かれていた。

その雰囲気の中で、五月九日から、バンコック会談が開かれた。そして、ビハリ・ボース氏が、IILの会長に選ばれ、INAがIILの翼下に入り、ビハリ・ボース氏がINAの最高指揮官になったことに、一つの問題が伏在した。

その上、バンコック会議の決議の応諾をめぐって、日本側との間に、不信と不満が積み重った。バンコック会議は、東亜のインド人代表を網羅《もうら》して、九日間にわたって開催された。ビハリ・ボース氏が議長に選ばれ、六十三項目の決議が採択された。IILの組織、各組織の権限、IILとINAの関係、INAの統帥事項、IILと日本政府及び、INAと日本軍との協力関係、予算等に関する事項が、英国式に、詳細具体的に決議列挙された。

その基本的態度は、かつて、開戦直前に、私とプリタムシン氏との間に交わされた覚書と、タイピンにおいて、決起の前提としてモ大尉が提起した要望事項の精神に基礎を置いていた。インド人の自主独往の独立運動たるべきことを重視し、日本政府及び日本軍と、IIL及びINAと、それぞれ対等の同盟関係を強調していた。

岩畔機関は、インド人側の自主的討議を尊重して、オブザーバーを列席させたのみで、一切の指導を差しひかえた。

こうして採択された討議事項を、大会執行委員会が、岩畔機関長に提示して、日本政府の諒解取りつけ方を要請し、その回答を求めた。

岩畔機関は、異議なくこれを受理して、陸軍中央当局に取り次いだ。この電報に接した中央当局は俄然、難色を示した。「岩畔機関は何をしているのか。野放図にも程がある。未だ、海のものとも、山のものとも見透しのつかぬIILに、全く一方的に、このような決議を採択させ、突きつけさせるとは」といった暴言となり、これを反映する返電が岩畔機関にはね返ってきた。IILが期待した具体的回答は何一つ含まれていなかった。

こうなった原因には、岩畔機関側の手抜かりも否定できないであろう。陣容一新、発足早々の機関には無理からぬことではあったが、IILとの相互理解と信頼、インド人及びインド民族運動の特性等についての認識が未熟であった。それよりも、盟友的な人間関係が未だ樹立されていなかった。もちろんインド側にも分別と思慮のいたらぬところがあった。日印一心一体の理解と協力を必要とする審議内容を、機関と協議することなく進められたことに問題があった。又この重要な報告が一片の電報で行われたことにも問題があっただろう。しかし、根本の原因は、軍中央当局にあったと断言せざるを得ない。民族工作について、本大戦の大義名分に透徹統一された理念と方針が確立されていなかったことである。依然として謀略的意図が清算し切れていなかったことである。明治以来、欧米列強の亜流に汲む帝国主義的支配思想の滲透も否定できないものがあった。

岩畔機関は、収拾に窮する板挟みの苦境に立たされた。機関は、ビハリ・ボース氏に事情を訴えて、IILのなだめ役を依頼し、当面を糊塗するより策がなかった。漸を遂って、要請に応えるよう努力するということで。三月焼岳の不祥事に、私の脳裡を走った前途不吉な予感が、不幸にも現実となり始めた。

激突

バンコック大会のこの始末は、その後の工作推進に、事毎に難問を生んだ。INAに参加しないインド兵俘虜は、労務隊を編成し、モハンシン将軍の管理下に、日本軍の諸作業に協力する取り決めとなっていた。大会の決議通りINAの拡張を急ぐモ将軍が、労務協力よりもINA補充源としての管理と教育を重視するのは当然であった。これを、日本側（岩畔機関が代弁）は、精兵主義を口実に押え、労務を重視して、モ将軍の管理権限を無視することが多かった。モ将軍の念願する、三万野戦軍の編成と装備の完整は、日本側の抑制にあって進まなかった。

モ将軍は、ガンヂー翁誕生記念を期して、ＩＮＡの存在と武力闘争の決意を世界に宣明することを主張したが、日本側は時期過早と反対した。

モ将軍は、事毎に、ＩＮＡ将兵との間で、板挟みの苦しみに悩んだ。革命軍の士気、モ将軍の統率にも影響する問題であった。その上、この要請に応じ得ない岩畔機関の説明は、多くの場合あいまいで、ＩＮＡ将兵を納得させるに足りなかった。説明に窮すると、ビハリ・ボース氏に説得を委せる逃避的態度を余儀なくされた。

かねがね、岩畔機関に代表される日本側の意図に飽き始めていたモ将軍の不信と疑念は、ますます深くなっていった。日本側の意向に添って、なだめ役に廻るビハリ・ボース氏に対する不信感も積り積っていった。日本の傀儡《かいらい》とまで非難するようになった。Ｆ機関当時は、難題にぶつかると、モ将軍と機関長が、素裸になり、腹を割って苦衷を訴え合い、解決の方途を議し合えた。残念ながら、岩畔機関とモ将軍との間には、それがなかった。溝はますます深まるばかりであった。

果ては、モ将軍が、「日本側は、ＩＮＡを宣伝謀略部隊として利用する意図しか持っていない」と断ずるまでになった。そして岩畔機関に対する反感は依古地《いこじ》なまでに悪化した。

かてて加えて、もともと英印軍将兵であったインド兵を焼き直して、革命軍に固成しようとするモ将軍の統率は、必然的に、厳酷な施策とリードを必要とした。その上、ＩＮＡの将校には、モ将軍より先任者を多数擁している。これ等の要素が、からみ合って、反感や対立をはらんだ。

一方、軍権を握るモ将軍とＩＩＬ幹部（シビリアン）との間にも、同様な問題が内訌した。

ラガバン氏をはじめ、ＩＩＬ幹部と岩畔機関との間にも、対印放送のイニシアチーブ等の問題や人事をめぐって、微妙な不信関係が生まれた。

このような不幸な要因が重なり合って、事態は破局に突き進んだ。

この中で、先に日印双方の発意で、準備が進められていたＩＮＡビルマ推進の輸送と受け容れ準備が、南方軍の手配で着々進んでいた。岩畔機関は、ＩＮＡビルマ進駐を促進し、環境の一変によって、心気一新、もつれもつれた空気を解決したいと焦った。しかし、モ将軍は、依古地に、日本側が、彼の数々の要望を容れることを、ビルマ進駐の絶対条件として固執し、譲らなかった。

バンコック会議以来、ビルマ進駐に備えて、編成に、訓練に、あれ程熱意と精魂を傾けてきたモ将軍の熱情は冷却し、それを反映して、ＩＮＡ将兵の士気と軍紀は弛緩し、訓練にも身が入らぬ態となった。

流《る》謫《たく》

折りも悪しく、この破局を更に決定的にするような不祥事が起きた。ＩＮＡ先任将校ギル中佐は、モ将軍との関係を懸念する岩畔機関長の配慮と依嘱《いしょく》を受けて、独立した対印諜報機関を編成し、バンコックを本拠として活動していた。バンコックは、開戦前、中佐が綿布商を装い、筆者と諜報活動を競ったなじみ深い土地柄であった。

その一員の高級将校が、緬印国境で英軍に通謀行為を働いていることが、日本側憲兵に摘発された。そしてこの通敵陰謀の黒幕がギル中佐ではないかとの嫌疑がもたれた。これは、Ｆ機関創設以来初めて知る不祥事であった。ただささえ、不信が深まっていた岩畔機関のINA首脳に対するそれは、一層暗くなった。機関長は、事の重大性にかんがみ、ビハリ・ボース会長に、断乎、排除の措置を促し、逮捕することとなった。この処置が、モ将軍の心情を一層刺激した。

岩畔機関の本部に、引き続き勤務していた元機関メンバーの山口中尉、米村、国塚両少尉、伊藤啓介君が、代わる代わる、暮夜《ぼや》ひそかに、宿舎に私を訪ねて、日を追って悪化するこの内情を知らせてくれた。お互いに、施す術もないこの成行きを嘆き、悲憤切歯《ひふんせっし》、夜明けに及んだことも一再ではなかった。私は、岩畔機関を憚《はばか》りながら、早暁、乗馬運動に事寄せて、モ将軍を、その宿舎の寝室に襲った。

将軍は、訪ねる度毎に、憔悴を加えていた。それでも笑顔で、私を迎えてくれた。彼は時に涙さえ湛えて、苦衷と不満を私に訴えた。それを聞かねばならぬ私もつらく、彼の悲嘆にさそわれた。私は、彼を慰め、彼の激情をいさめ、忍耐を求めた。この種の大工作に、色々の苦悩を伴うことは、これに挺身するものの宿命である。時日をかけ、お互いの誠意と熱情と信念をもって、一つ一つ根気よく解きほぐしてゆこうではないかと、いさめた。将軍は、私の衷情を諒とし、私の言を喜んでくれたが、岩畔機関との間にわだかまる不信を解くことができなかった。私の微力と不徳のために。

私は、毎夜、懊々《おうおう》として苦悩した。思えば、昨年十二月、アロルスター以来、モ将軍と相携えて育て上げてきたINAが、今、崩壊に直面しているのである。のみならず、日本軍がモ将軍の罷免或は逮捕を断行することにでもなれば、将軍の出方によっては、モ将軍を信頼するINAと日本軍との間に、流血の衝突も起こりかねない。その結果を思うと慄然たるものがある。泣いても泣き切れない思いとは、正にこの時の私のそれであった。

私は、心ひそかに、日印両軍の間に、立ちはだかって、一死これを防止すべく決意した。独り山口中尉にこの決意を漏らし、身辺を整理し、遺髪と遺書を彼に托した。

十二月二〇日、最悪の日がきた。モ将軍は、岩畔機関の本部に招致され、ビハリ・ボース会長から、ＩＮＡ司令官の罷免を宣告された。彼は、かねて今日を期していたかのように、厳然として、これを受け、岩畔大佐とビハリ・ボース氏に一礼辞去した。彼は、玄関を出るや否や、待機していた日本軍憲兵に逮捕され、先ず千田氏の邸宅に連行された。この間の彼は、神色自若、端然として顔色一つ変えるところがなかった。

モ将軍が、千田邸に連行されたのは、逮捕断行の予報に接した私が、日印両軍の衝突とＩＮＡの解散を回避する必死の説得を試み、かつ盟友との訣別を惜しむため、岩畔機関長に乞うたためであった。千田氏は、かねてモ将軍を深く理解し、将軍と私を格別親愛してくれていた仁であったので、私は、同氏に通訳を願い、同氏の宅を会談の場に望んだのである。

悲運のモ将軍と会見の室に相対した一刹那の思い、しばし言葉もなく、相擁し、悲涙にむせんだあの時の、心情と情景は、私には到底、筆にも、言葉にも表現できないものであった。多感な千田氏も老の眼に溢れるものを拭いもせず、われわれを見守ってくれた。

われわれは、ややあって、われにかえって席についた。私は、事ここに至ることを回避し得なかった私の微力と不徳を深く詫びた。モ将軍は手を振って、私の言を遮り、今日までの、ＩＮＡと将軍に対する私の盟友の情と義を感謝し、互いの信頼と友情は永久に変らぬことを祈り、今日の事態に至ることの止むを得なかったことを嘆じた。

次いで、私は、懸命の説得に取りかかった。インド独立奪取の悲願をこめて、苦心創設したＩＮＡを解散させぬよう、そして日本軍との間に、流血の惨事を絶対に起こさぬよう、モ将軍自らＩＮＡ将兵に説諭するよう懇請した。と同時に、私は、今後も、モ将軍に代って、将軍の悲願が叶えられるよう努力することを誓った。又かねて将軍やプリタムシン氏が念願し続けていたベルリンのスバース・チャンドラ・ボース氏を一日も早く東亜に迎え、この運動の総帥を托し得るよう努力することも誓った。その実現を見る日には、将軍が再びＩＮＡに復帰する機会を迎えるであろうと強調した。

声涙下る私の説得は、二時間にもわたった。将軍は、遂に私の願いを諒承してくれた。将軍自らは、既に解任逮捕の身分を理由に、ＩＮＡ将兵に説諭することは固辞したが、私が将軍に代って、将軍の意を伝達することを納得してくれた。

モ将軍は、再び同志将兵に相まみゆることなく、副官ラタンシン中尉とともに、シンガポール島東北側、ジョホール水道の孤島、セントジョンに配所の月を仰ぐ身となった。

私は千田邸の玄関に、千万無量の訣別を悲しんだ後、千田氏と共に岩畔機関長を訪ねて面談の次第を報告し、ＩＮＡ将校への伝達について諒承を乞うた。機関長は私の労をねぎらい、快くこれをゆるしてくれた。私はセレタのＩＮＡ兵営に急ぎ、ボンスレー中佐をはじめ、沈痛のＩＮＡ将校一同に、モ将軍の意を伝達し、この悲運を救えなかった私の微力と不徳を詫び、懇々と自重を促した。

こうして、モ将軍去り、ボンスレー中佐が将軍に昇進し、その後を襲って、ＩＮＡを再編統率することとなった。解散、日印両軍衝突の惨事を回避し得たことは、この大不祥の中でのせめてもの救いであった。

この事件の余波は、ＩＩＬにも波及した。ＩＩＬの自主的活動を制肘し勝ちな機関の言動と、ビハリ・ボース会長の事態収拾の能力にあきたらぬＩＩＬ幹部の不満が表面化した。これがため、マレイＩＩＬ支部長ラガバン氏、シンガポール同支部長ゴーホー氏の他、メノン、テイビー両氏等の首脳が追放された。

かくて、私は、昨年一〇月以来、肝胆相照らし、辛酸を共にした盟友の多くを失うこととなった。私の、この傷心痛恨は終生忘れ難いものとなった。

インパール進撃

ベルリンのボース氏東亜に

昭和十七年は、モハンシン事件の悲劇に暮れた。年改まってもその余儘《よじん》が続いた。

一方ビルマ方面の戦局は、英将ウインゲート将軍の北ビルマ地上挺進作戦を契機として、竜虎撃突の戦機が日一日と熟しつつあった。東部国境――雲南省正面に、重慶軍十数コ師団が、北方緬印国境――フーコン渓谷正面には米支軍二コ師団以上が、更に西北印緬国境――インパール正面には、英印軍三コ師団、西南海岸――アキャブ正面には同四コ師団が、虎視眈々ビルマの奪回作戦準備を急いでいた。英印軍の後方には別に空挺兵団を含む数コ師団が後詰に控えていた。ビルマ周辺連合軍航空勢力は千機を超え、ビルマの空を制していた。

連合軍のこの反攻形勢に対して、日本軍は、昭和十八年三月に、ビルマ方面軍司令部をラングーンに、その麾下に第十五軍（三コ師団）を北ビルマに新設した。私は、その軍参謀に転補せられ、北緬戦線に加わった。

敵反攻の機先を制するインパール進攻作戦が、第十五軍司令官牟田口中将から主唱された。幾多曲折の後、九月にその作戦準備が翌年一月にその決行が発令された。この間、兵力も逐次増勢されて、中北ビルマ第十五軍隷下は五コ師団に、南部ビルマ地区は三コ師団以上に達し、沿岸アキャブ方面の作戦を担当する第二十八軍司令部も新設された。

ビルマの戦局が、このように急迫しつつある間、インドの反英政治情勢は、騒然険悪の度を増していた。ガンヂー、ネール等の領袖に指導された国民会議派《コングレス》の反英、戦争非協力の運動は、十八年八月、ボンベイの大会で、英国のインド撤退要求の決議となり、全面不服従運動に発展した。英国は、直ちに、会議派の非合法化を宣言し、指導者、尖鋭分子を片ッ端から逮捕投獄した。その数は数万に達し、騒擾《そうじょう》の死傷者は万を数え、インドは蜂の巣をつついたような騒ぎに陥った。

このボンベイ大会に先立つ七月二日、ベルリンにあったインド独立運動の巨星スバス・チャンドラ・ボース氏が、忽然、シンガポールに、脚光を浴びて登場していた。颯爽、六尺の偉軀に、烈々たる闘志を漲らせてボース氏は潜水艦で、文字通り潜行三千里、南亜、マダカスカル沖を経て、五月六日、スマトラ北端のサバン島に上陸し、先ず東京に密行していたのである。それは、東条総理をはじめ、重光外相、陸海軍首脳等に面談して、インド独立運動支援に対する日本の真意を確かめるためであった。

去る十七年三月、山王会談の節、上京した南方代表モハンシン将軍等との会談や、バンコック会議の決議に冷淡な態度を示した東条総理は、一見ボース氏に傾倒することとなった。重光外相の唯ならぬ推奨もあったが、その非凡の人物に魅《み》せられた。あらゆる支援を約し、専用機を提供する優遇ぶりであった。更に六月十六日、ボース氏を衆議院に案内し、氏を前にして、親しくインド独立支援に対する帝国の理念と熱誠を披瀝する大演説を行った。混迷を続けたがインド工作の理念は、ボース氏の出現によって、ようやく鮮明になってきた。

偉大なる指導者を、劇的裡に、シンガポールに迎えた東亜在住二百万のインド人は、歓呼熱狂した。モハンシン事件以来、紛糾と沈滞を続けたIIL、INAの運動は、この一刹那に、起死回生、闘志と結束を復元倍加した。七月四日には、同地に開催されたIIL代表者大会において「自由インド仮政府」の樹立が決議宣言され、ボース氏は満場一致、その首席に推された。かくて大東亜における反英インド独立闘争統帥の地位は、ラース・ビハリ・ボース氏からスバス・チャンドラ・ボース氏に継承せられることとなった。チャンドラ・ボース氏は、ネタージ（総帥の意）・ボースと敬称せられた。七月五日、ネタージ・ボースは一万五千のINA将兵を、シンガポール市庁前の広場で閲兵し、次の歴史的大獅子吼《ししく》を行った。彼が半生の独立闘争に求めて得られなかった革命軍を、今、掌中におさめ得たのである。その歓喜と感激は、余人の想像に絶するものであったであろう。

「きょうは、私の生涯を通じて、最も誇りとする日である。インド国民軍の結成を、世界に宣明する光栄の日である。終生の希望を達成した私は、心から神に感謝したい。この軍は、たんに英国の桎梏《しっこく》からインドを解散するだけの軍隊ではない。事の成就した暁には、将来の自由インドの国軍となるべきものである。

この軍隊が、かつて英国の牙城たりしシンガポールの地に編成されたことは、最も意義が深い。今この壇上に立つと、英帝国すでになし、との感が深い。

同志諸君！　わが兵士諸君！　諸君の雄叫びは、「デリーへ」「デリーへ」である。われらの中、果たして何名がこの戦に生き残り得るかわからぬ。しかし、われわれが最後の勝利を獲得することは間違いない。われわれの任務は、あの古都デリーの赤城（インド語でラール・キーラ・キーラ、英語でレッドフォートと呼ばれる）に入城式を行うまで終らないのである。

長い間の抗英闘争中、インドは、あらゆる闘争手段を持っていたが、唯一つ持ち得なかったもの、そして最も重要なるもの、それは軍隊であった。私は、この軍隊のないことに切歯してきた。それが、現在、ここに、かくも精強な軍隊が現出したのである。この歴史的軍隊に、真先に挺身参加したのは、諸君の特権であり、名誉である。今や諸君は、独立獲得への過程における最後の障碍を除去したのである。かかる崇高への開拓者であり、急先鋒であることは、諸君の誇りである。

かさねて言おう。かつて日本軍は、この大要塞シンガポールを落とすため、怒濤のようにマレイに進撃し、口々に叫んだ雄叫びは、「シンガポールへ」「シンガポールへ」であった。この雄叫びは、見事に実現された。われわれは、この例にならって、再び叫ぼう。「チェロ、デリー（デリーへ）」「チェロ、デリー」と。デリーが再びわれらがものとなる日まで。……兵士諸君！　自由獲得のため、この軍隊の最初の一兵士となることほど、大きな名誉はない。しかし、名誉には常に、責任を伴うのである。私自身も深くこれを自覚している。私は諸君に、暗黒にも、光明にも、悲しみにも、喜びにも、又受難のときにも、勝利のときも、常に諸君とともにあることを誓う。

現在私が、諸君に呈上し得るものは、飢渇、欠乏、その上に、進軍、また進軍、そして、死以外なにものでもない。しかし、諸君が生死を私に托して従うならば、私は必ずや諸君を、勝利と自由に導き得ると確信する。われわれの中、幾人が生きて自由インドを見るかは、問題ではない。われわれの母なる国、インドが、自由になること、インドを自由にするため、われわれの全部を捧げること、それで十分なのである」

一万五千の将兵と、陪観に集った数万のインド人市民は、期せずして「チェロ、デリー」「チェロ、デリー」「ネタージ・ボース万歳」と歓呼し、爆発した。万雷の歓呼は、津波となって、全市に、港の彼方にどよめき渡った。

兵も、市民も感激に酔った。そしてこの刹那にネタージ・ボースと将兵、市民の心が電流のように相通い、相結ばれた。

この歴史的情景は、電波に乗って、祖国インドと英本国を震憾した。

ＩＮＡは「チェロ、デリー」を合言葉に、決戦の機迫るビルマ戦線への前進準備に勇み立った。先ずキャニー将軍麾下の第一師団が、先陣に選ばれた。この師団は、「ガンヂー」「ネール」「アザード」の名を冠した三遊撃連隊から成っていた。思えば、ＩＮＡのために、この日を迎えるまでの陣痛は、長く苦しいものであった。

巨人の抱擁

この日から四旬、八月二十六日、私はシンガポール郊外、カランのネタージ・ボースの公邸で、この巨人の抱擁に接した。その節の感激は、私の生涯を通じて、最も鮮烈なものの一つである。南方軍主催の情報会議に列席（久野村少将は参謀長会同に列席）するため、シンガポールに出張した。その機会に、久野村参謀長が、牟田口軍司令官の意を体して、ネタージ・ボースを儀礼訪問することとなった。来るべきインパール進攻作戦に備える含みで。私は、随行を命ぜられた。光機関の千田司政官が通訳に当たられた。

この年の五月、岩畔機関長は、既にスマトラの第二十五軍軍政監に転じ、後任には、山本敏大佐が任命されていた。機関の名称は「光」機関という秘匿名に変っていた。大佐は、昭和十六年一〇月以来、駐独大使館附武官として、ネタージ・ボースと親交を結び、この度の東亜潜行を手配した人である。

カランの公邸の芝生は、赤道直下の陽光を一杯に浴びて、広々と白砂の海浜につながっていた。赤と黄のカンナとバラが、眼にしみる程鮮やかに輝き、美しく刈り込まれた芝生の緑とよくマッチしていた。

玄関に威儀を正して待つ数名の将校、撒水に浄められた玄関、そしてこの手入れの行届いた庭に、私達の来訪を待つ主の心が察せられた。唯玄関の出迎え将校の中に、モハンシン将軍と副官ラタンシン中尉の姿のないことの寂しさが、ふと私の心を刺した。

半年ぶりにラーマン中佐をはじめ、知己の将校が、遠来の肉親を迎える喜びを満面に、待っていた。私達は、ラーマン中佐に導かれて、広い応接間に通った。そこには、一団の知己の高級将校が、温かい眼差しを私達に注ぎつつ並んでいた。その中央から、軍服に身を固め、巨軀群を抜き、気品と威厳一際《ひときわ》見事な、偉丈夫が、私達の前に進み出た。いともにこやかに、気軽に。ラーマン中佐の紹介を待つまでもなく、私は、それがネタージ・ボースと見て取った。満面に十年の知己、否盟友を待つ信頼と期待と親しみが溢れていた。哲人を思わせる純潔高貴な相貌、その中に秘められた鋼鉄の意志と烈火の闘魂が偲ばれる。高邁な英智と洗練された国際的教養がうかがわれる。一見して非凡の傑士であることが、感得された。ネタージ・ボースは千田翁の紹介で、先ず久野村参謀長と挨拶を交わした後、私の前に進み寄って、私の掌をしかと握りしめた。万斛の温情をこめた眼差しと、メージャー・フジワラと呼ぶその声に、彼の知遇と友情とが、電流のように、私の全身に流れた。ややあって、彼は、私の肩に手をかけ、抱くようにして、私をソファーに招じた。取巻く知己のＩＮＡ将校が、無量の思いで私を見守っていた。

一同席についてから、ネタージは、私のため、千金の言葉を次々と話しかけてくれた。中でも、血盟の友、プリタムシン氏とモ将軍に対する深い愛情と高い評価が私の感動を誘った。

「メージャー・フジワラ。私は、今日の対面を、ベルリン以来、待望していた（プリタムシン氏の通信連絡で承知していたらしい）。ほんとうに嬉しい。貴官のＩＮＡに対する不滅の寄与については、モ将軍（既に流謫のモ将軍と会って、ＩＮＡ創設以来の経緯を聞いていたようであった）や、ＩＩＬ、ＩＮＡの同志や国塚少尉（Ｆ機関メンバーで、光機関長の通訳将校）、千田氏から承っている。われわれが、生涯望み焦れて得られなかった革命軍を組織して、私の手に授けてくれた貴官とプ氏、モ将軍こそ、ＩＮＡ生みの親である。インド国民に代って心から御礼を申し上げる。プ氏とモ将軍が今日この席にいないことは、真に残念である。しかし私は、プ氏とモ将軍の志と功業を高く評価し、感謝している」と。

私は「プ氏とモ将軍をはじめ、ＩＩＬ、ＩＮＡの同志が、念願し続け、鶴首して待望していたネタージ・ボース氏を、このシンガポールに無事迎え得たことを祝福申し上げる。そしてプ氏、モ将軍はもちろん、私も、当初からこの運動の礎石に甘んじ、ネタージのような偉大な指導者を得れば、欣然ハンド・オーバーせんことを誓い合っていた。天上のプ氏も、不遇のモ将軍も、きっと満足していると思う。プ氏の遭難、モ将軍今日の悲境は、一に私の微力と不徳のいたすところ、深く深く御詫び申し上げたい」と述べたところ、ネタージは、私の言葉を遮るように「モ将軍の処遇は慎重に考慮するから安心してくれ。今後、ビルマ戦線における日印両軍の協力に、貴官が在ることは、何より心強い。よろしく御願いする」と、心こめて私を慰めてくれた。私は、私のベストをつくしてネタージの要望と期待に応えたいと、決意の程を答えた。

このあと、久野村参謀長との間に、来るべきインド進攻作戦——解放戦争における、両軍の協力について、真摯な話が交わされた。参謀長から、第十五軍の進攻作戦の構想を聴取する時の、ネタージの妖しいまでの眼の輝きと、緊張の顔色は、今も私の脳裡に、はっきりと浮んでくる。次いで、二人は、得意のドイツ語を駆使して、楽しそうなよもやま話が続いた。

私は、モハンシン事件以来、私の胸中に、うっ積していたシコリが吹っ飛んで、久し振りに秋空を仰ぐ思いであった。昨年暮れの十二月二〇日、千田邸でモ将軍を懸命に説得して、ＩＮＡの解散、日印両軍流血の衝突回避に、努力していてよかったと、しみじみ嬉しく思った。

そして、再び、インド進攻作戦を、ＩＮＡと共にする宿縁の深さを感じた。

ネタージ明妙《メイミョウ》に

私とネタージとの次の対面は、昭和十九年二月上旬であった。インパール進攻作戦を目前に控え、ネタージは牟田口軍司令官をメイミョウの軍司令部に訪問し、両軍の協同作戦について協議した。サハイ氏や千田司政長官が、同行して来た。

一月七日、既に、インパール進攻作戦の大命が下っていた。日本軍――第十五軍は、紀元節をトして軍の進攻命令を下達すべく、鋭意作戦準備の完整を急いでいた。隷下《れいか》の三コ師団は、南部チン高地、カバウ渓谷と、チンドウィン河東岸に、轡《くつわ》を並べて、三月八日（主力は十五日）の進攻に備えていた。

一方牟田口軍司令官の作戦指揮下に、第十五軍と共に、祖国進撃の作戦に参加することとなったＩＮＡ第一師団は、その一部は、既に戦線に参加し、主力は、ラングーンの集結地から前線へ、進出を始めていた。すなわち、ネール連隊（将兵はスバース連隊と呼んで、ネタージへの忠誠と敬愛の情を表明していた）の第一大隊（大隊長ラトリー少佐）は、方面軍命令によって別に、二月四日から英印軍を海岸方面に牽制すべく開始されているアキャブ正面第五十四師団の攻勢作戦に出陣していた。大隊は、カラダン河谷の敵第八十一師団と取り組んで、早くも勇名を讃えられていた。

連隊主力（連隊長シャヌワーズ大佐）は、これに策応して、わが軍が南部チン高地のハカとファラム正面から、チタゴン方面に主作戦を指向するよう欺騙《ぎへん》するため、同地区の占領確保とチタゴン方面に対する陽動を命ぜられ、マンダレーに前進を急いでいた。連隊長は先行して、二月十日、メイミョウの軍司令部を訪問した。

師団主力は、ラングーン集結地で、インパール前線への進出に備えていた。

別に、各十数名の将兵で編成され、それぞれ特殊の訓練を受けたＩＮＡ情報隊、宣伝隊、特務隊が、既に第一線に展開して、情報収集に、国境少数民族工作に活躍していた。

インド仮政府も、祖国解放のこの大作戦を指揮指導するため、二月四日、シンガポールからラングーンに進出していた。

　これより先、インド進攻作戦に備えて、光機関は拡充改編され、新に磯田三郎中将が機関長に就任し、山本大佐は、その参謀長に配せられていた。余談ではあるが、民族工作を担当する機関の長を、こうも転々更迭するのは、理由があってのことと思うが、どんなものであろうか。工作に最も重要なことは、人と人との繋りであることは、素人でも強調するところである。さて、話を、ネタージの軍司令部訪問に戻さねばならぬ。ネタージと牟田口中将との会見は、初対面ではあったが、その意気投合ぶりは、見事であった。二人の意気は天を衝き、早くもインドを呑むの慨があった。ネタージが「インパール進攻作戦の先陣をＩＮＡに」と主張すれば、牟田口軍司令官は「インパール攻略は序の口だ。手間暇はとらぬ。それは日本軍にお委せあれ。問題はそれからだ。日本軍はディマプール、状況によってはプラマプトラ河まで突進したい。ＩＮＡは、その先陣をどうぞ」といった具合。更にネタージは「日本軍が、インパール攻略に成功し、ＩＮＡをアッサム平地に押し出していただければ、インドの民衆はＩＮＡに響応する。やがては英印軍内インド人将兵も。そして全インドに波及することは必至である。特に自分の生地ベンガル州は、総起ちとなるであろう。日本軍も、願わくば、ブラマプトラ河まで進出してもらいたい」と大変な意気込みとなった。もちろん、インパール作戦は、方面軍命令によって、緬印国境のアラカン山系の嶮に、防衛線を推進せんとするビルマ防衛を主眼とする作戦であった。しかし牟田口軍司令官は、かねて、八方塞がりに悪化しつつある大東亜戦争の戦局を、インド方面に転回を求めなければとの強い所信を抱いていた。この応酬は、会食の席上でのやりとりで、真面目な公式協議ではなかったが、両者とも、インパール攻略に成功した暁には、アッサムへの執念が、この会話となったことは否定できないところである。特にネタージが、この執念に燃えることは、当然過ぎる程当然のことである。

軍司令官公邸の会食は、この勢いで夜の十一時まで果てなかった。その会食後、ネタージは、宿舎の迎賓館に私を招いて要談を求めた。要談は暁方近くまで続いた。その内容は、進攻作戦に伴う占領地行政を、寸土毎に、直ちに、自由インド仮政府の占領地行政委員会に委ねること、占領地住民の生命、財産、寺院の保護、占領地公共建物の行政委員への移管、すべてのインド兵俘虜を日本軍の手からＩＮＡに移管すること。占領地の通貨問題（日本軍の軍票使用を避けて、自由インド仮政府発行の特別紙幣を使用する件）、ＩＮＡ装備の改善充足（鹵獲兵器資材のＩＮＡ優先利用）、ＩＮＡに対する補給の改善等々の勧行について、私に格別の協力を、微に入り、細にわたって要望した。私は軍歴の経験のないネタージが、専門事項の微細にまで、配慮するその周到さ、その見識、その熱意に恐れ入った。分けて独立政府の革命軍としての自主独立性と名誉の堅持についての厳しい考慮は、流石と感じ入った。又終夜の要談も辞さないその熱心さと気魄に、偉大な指導者、革命家の真骨頂を見た。重側近の語るところによると、ネタージは連日、三、四時間の睡眠しかとらないとのことであった。重要な海外放送は自ら聴取し、一兵士、一市民の些細な公私の苦情や願いまで懇切に聴き取って、一々丁寧に応答、指導して深夜に及ぶことが常であると。常人の遠く及ぶところではない。

チェロ、デリー

三月八日、弦を離れた矢のような快進撃が先ず、第三十三師団正面（南部チン高地とカバウ渓谷）

から開始された。ＩＮＡシャヌワーズ連隊は、第三十三師団に代って南部チン高地ハカ、ファラム地区の作戦を担当すべく、その一部は既に、標高八千呎に達する同地に進出しつつあった。この正面には、英軍遊撃隊アイジャール旅団が蟠居していた。

三月十五日夜、インパール方面英印軍が、第三十三師団の攻勢とシャヌワーズ連隊のチン高地進出に牽制せられつつある虚を衝いて、第十五軍主力――第十五、第三十一師団――チンドウィン河の大河を押し渡った両師団は、息継ぐ暇もなく、それぞれ、インパール北側とコヒマに向って突進した。行手には、標高一万呎を超えるアラカンの峻嶺が重ね立てた屏風のように、幾重にもそそり立っていた。ろ馬も歩を拾いかねる胸つく山径を野猿のようによじ登った。正に鵯越《ひよどりご》えの奇襲戦法である。牟田口軍司令官は、三週日をもってインパールの攻略を全うするこの奇襲作戦に、すべてを賭けた。軍戦力の三分の一以上に当る第三十一師団がインパール決戦場を遠く離れたコヒマ（アッサム平地に進出する関門）に割かれた。英印軍三コ師団が守備するインパールの攻略には、第三十三、第十五（実戦力二分の一師団）師団が指向された。

両師団南北からする挟撃奇襲によって雑作なく一挙粉砕し得るとの過信とアッサム進攻に備えんとする執念が、敢えてこの偶奇《ちょうはん》の戦略を選ばせた。補給の方途に不安を拭い切れない第十五軍として、インパール平地に山積されている敵の軍需品を逆用する下心も、この奇略を選ぶ一因となった。更に、昨年十一月以来、フーコン渓谷に悪戦苦闘する第十八師団の苦境と、雲南省方面に差し迫る重慶軍反攻の戦機が、この戦法の断行を促した。

この奇襲戦法は、正に図に当ったかに見えた。四月上旬中に、第三十三師団は「コヒマ」を占領し、第三十三、第十五師団は、それぞれ、インパール盆地南北の隘路口を扼しおえた。天長節の佳節には、インパールの攻略必成が期待された。

インパールの攻略に自信を深めた第十五軍は、早くもアッサムに対する次の作戦企図を廻らし始めた。すなわち、四月八日、第三十一師団長に対して、ディマプールの挺進占領を命じ、又ＩＮＡを主役とするアッサム平地の大規模遊撃作戦の布石を用意するため、ＩＮＡ第一師団主力を先ずカバウ谷地に推進集結させた。

だが、戦局の実勢は、第十五軍首脳の早合点とは逆に、四月中旬、早くも蹉跌逆転の兆しをはらんでいた。三月五日から、北部ビルマに侵入降下したウインゲート空挺兵団の後方遮断と、三月二十四日、第三十三師団がトンザン附近の瞼路に包囲した第十七師団の長蛇を逸した上、インパールへの急追突進をためらったことが、蹉跌と逆転の契機となった。敵は既に時間の余裕を得て、インパール平地に日本軍邀撃《ようげき》の構えを立てなおしていた。空から、陸から続々急ピッチに兵力と軍需品の増援が進んでいた。インパールには、アキャブ正面の英印軍第五師団が空輸増援された。コヒマ正面には、英第三師団と英第二師団と英印軍第七師団から成る第三十三軍団が、鉄道輸送と空輸を併用して押し寄せつつあった。

制空権皆無、僅かな山砲と一門宛百発にも満たない弾薬を最高威力とする軽装備の日本軍と優勢な空軍に支援された重装備の英軍とが、平面作戦と立体作戦の対決に取り組むこととなってしまった。それに、わが第三十一、第十五師団は、三週間分の糧食を自隊携行したのみで、糧秣も弾薬も補給の方途がなかった。それに反して、敵は、わが軍の平面包囲の中で、随時、随所に、所望軍需品の空中補給を受けていた。

この作戦成否の関鍵奇襲成功の戦機は、既に去って、帰らぬものとなっていた。

これを冒して、指顧のインパールに肉迫を焦る日本軍とこれに立ちはだかる英軍との間に、夜を日に次いで、寸土を争う死闘が、全戦線に反復された。戦況は膠着状態に陥り、攻守逆転を始めた。第三十一、第十五師団方面の戦況が取り分け悲惨となっていた。各級指揮官相次いで倒れ、将兵の死傷は夥しい数に上った。第十五軍首脳の焦慮の色は漸く濃くなった。

当初、インパール進撃の先陣を熱望するＩＮＡの熱望を斥け（初陣のＩＮＡは絶対に緒戦に成功させねばならぬ。遊撃戦を主体として編成訓練されたＩＮＡをインパールの英軍に正攻させるのは危険である。この作戦は日本軍が引き受け、作戦成功の寸前に、ＩＮＡを加入させて、花を持たせるべきだとの親心からであった）、インパールは日本軍の猛攻で、アッサムはＩＮＡの遊撃戦でと豪語した第十五軍であったが、今は、インパールの戦線に、ＩＮＡの参加を要望せざるを得なくなった。

これより先、三月十一日、第三十三師団が、英印軍第十七師団をトンザンに捕捉するかに見えた節、私はキゴンの第三十三師団戦闘司令部でシャヌワーズ大佐の来訪を受けた。マレイの一別以来一年ぶりの再会であった。小柄で、温顔美貌の大佐は、軍装も凛々しく、胸に吊した二個の手榴弾を撫しながら、彼の連隊をインパール攻略の先陣にと要請して止まなかった。私は、その意気と熱意にほだされて、その一コ大隊をホートホワイトに推進して、第三十三師団主力の追撃路を超越前進する準備を快諾した。しかし先に述べた三月二十四日の蹉跌によって中止することとなった。

かくする中に、戦況は逆転を始めたのである。四月二〇日、キャニー将軍麾下のＩＮＡ第一師団主力は、パレル正面山本支隊の両翼に、戦線加入を命ぜられた。キャニー（師団長の従弟）大佐の指揮するガンヂー連隊は支隊の南翼に、ディロン大佐麾下のアザード連隊はその北翼に、加入した。私はINAとの深い因縁と、山本支隊の高級副官伊藤少佐の戦死によって、同支隊に派遣され、このINA第一師団主力と二ヶ月有余の間、戦陣を共にすることとなった。これこそ私の本懐であった。INA将兵は一兵に至るまで、マレイ以来の盟友である。それに、連絡将校小川少佐は、私の敬愛する先輩である。少佐は、モハンシン将軍と肝胆相照らし、陰に陽に将軍を支持庇護して、INA将兵の敬慕をあつめ深い信頼を寄せられていた。無骨、剛直の中に、溢れるような情味を蔵した武人であった。シャヌワーズ連隊の連絡将校皆廻《けまわり》少佐とともに、数多い光機関第一線将校の中の双壁であった。ネタージ・ボースもこの両将校を激賞して止まなかった。この凄絶無類の戦場に、この両将校のあったことは、INAのため、真に幸せであった。パレル戦線八〇日の戦闘にも、それに続く地獄絵図そのままの撤退作戦にも、INAが崩れなかったのは、この二先輩に負うところが多いと、私は断言し得る。憾むらくは、この二少佐共、中部ビルマの戦場で、INAの楯となって散華され、今はその温容と勇姿に接する由もなくなったことである。

キャニー、ディロン両連隊は、街道ギャング――英空軍グラマンのパトロールを避けるため、夜間を利用して、カバウ渓谷をパレル戦線に急いだ。「チェロ、デリー」「チェロ、デリー」を高唱しながら。私はこの勇壮な縦隊を追い越し、追い越し、支隊本部に向った。

キャニー連隊は戦線進出早々、パレルの敵大航空基地の挺進襲撃を命ぜられた。連隊は幾百、幾千の群猿騒ぐチン高地の深渓、絶壁を踏破して敵中深くパレル基地に殺到した。時に、四月二十九日、天長節の佳辰であった。この奇襲成功は、支隊と軍の司令部をはじめ、ラングーンの自由インド仮政府や方面司令部を湧かせた。

しかし、山本支隊は、テグノパールの峠の頑敵に阻止されて、この戦果を拡張することができなかった。軽迫撃砲以下の軽火器装備の同連隊に、空地八方から強襲してくる敵の立体的反撃を阻止する術はなかった。恨みを呑んで支隊の南翼に撤退した。その後、八〇日間、補給途絶、豪雨の中で、山本支隊の両翼を確保して譲らなかった。祖国の独立を闘い取る聖戦のためには、ヒンズー教徒の最も禁制とする水牛さえも喰った。無限地獄に陥ることも辞さずと。思えば、長い攻防間、バレルの要衝に進出し得たのは、日印両軍を通じて、キャニー連隊唯一隊だけであった。ＩＮＡ両連隊の両翼援護がなかったならば、極度に減耗困憊した支隊八〇日の戦線維持は不可能であった。

一方チン高地に作戦中のシャヌワーズ連隊主力に対しては、五月十六日、コヒマに苦戦する第三十一師団正面に転進増派が命令された。この転進は、標高八千呎のチン高地を撤し、カバウ渓谷を北進して、更に一万呎に達するナガ蕃族の住む嶮嶺に挑む数百粁の難行軍であった。元々遊撃戦を建前として編成されたＩＮＡ師団は、野戦師団として必須の補給部隊を欠いていた。日本軍の支援に依存することになっていたが、日本軍の補給さえ覚束ない補給能力では、到底その要求を満たすことはできない相談であった。それが、この転進を一層困難なものにした。

にも拘らず、祖国領土の最前線コヒマ、そしてアッサムへの先陣こそわが連隊でと、将兵の士気振い、転進命令を歓迎した。入院中の傷病兵までが、参加を申し出る程であった。同じチン高地から、ビシェンプールの第三十三師団主力決戦場に転進を命ぜられた田中大隊が、これを渋って、軍紀上の問題を引き起しているのと対照的であった。

しかしこの頃、目指すコヒマの戦況は、連隊長以下ＩＮＡ将兵の意気と期待に背いて、形勢いよいよ非、第三十一師団当面の敵は四コ師団に増勢していた。第三十一師団の諸隊は溢出する敵と、昼夜を分かたぬ砲爆撃の下、寸断孤立の苦境に追い込まれつつあった。進撃開始以来、一粒一弾の補給も受けることがないままに六〇日が経過していた。僅かに、ナガ蕃族が山腹に栽培する陸稲の籾が、将兵の生命をつないでいた。この苦戦、苦境をめぐって、牟田口軍司令官と佐藤師団長との間に、激越な電報の応酬が反復交換せられ、統率上、稀有の不祥事を惹起する事態に向っていた。師団長の独断退却、抗命、罷免という。

シャヌワーズ連隊は、事の仔細を知る由もなく、「チェロ、デリー」「チェロ、デリー」と悲劇の戦場に急いだ。だが、アラカンの山々には、早くも雨期の到来を告げる雨雲の往来が漸く繁く、しゅうしゅう雨が、日に増していた。補給の不如意と相まって、行軍は難渋を極め、将兵の疲労と困憊《こんぱい》は度を増した。

この困難を克服して、六月切め、連隊がコヒマ南方に進出した時、既に、稀有の不祥事が現実となっていた。第三十一師団の主力は、佐藤師団長の独断退却の命令を受け、続々雨脚激しい嶮路を後退しつつあったのである。六月四日、佐藤師団長は、親しくシャヌワーズ連隊長を招いて、事の非なるを告げ、将兵の労を厚くねぎらった上、タムに転進して. ＩＮＡ第一師団に復帰されるようにと要請した。

夢にまで思いつめてきた祖国アッサムを真近に、再び難路を反転しなければならぬこととなったＩ

NA将兵の思いは悲痛であった。軍司令部のINAに対する責任は、真に重大と申さねばならぬ。しかし連隊長は一言の不服を申し立てることなく、バレル戦線に参加すべく、地獄絵図も及ばぬ苦難の転進についいた。日本軍の師団は、「第十五師団の右翼に戦闘加入せよ」との軍命令を拒否して、恣意の退却を強行しつつある時に。

無念！　雄図挫折

佐藤第三十一師団長の抗命退却を契機として、インパール戦線は、全線崩壊の悲運に当面した。抗命に端を発し、全師団長の更迭という、日本陸軍史上、かつてない不祥の悲史を刻みつつ。

牟田口軍司令官の叱咤督戦も及ばず、ビシェンブール第三十三師団正面からの総攻撃も、これに続くパレル山本支隊正面からのそれも、ことごとく潰《つい》え去った。徒らに屍山血河の惨を繰返すのみで、敵陣は鉄壁のように動かなかった。日本軍も、INA死傷、戦病続出、師団の戦力は数千名に減耗し、その数千名も半病人同然の有様であった。折から雨期は最盛期に入り、沛然《はいぜん》たる豪雨が、道も谷も、濁流に化し、天地の形相は一変した。すべての補給路は寸断途絶し、駄牛、駄馬の悉くが雨に打たれて斃死する始末となった。

六月二十三日、牟田口軍司令官の転進に関する意見の申言を経て、七月一〇日、第十五軍は、河辺方面軍司令官から、作戦中止、ジビュー山系、モーライク、カレワの線への転進命令に接した。

三月以来、四ヵ月にわたった死闘は、わが敗北に帰した。「チェロ、デリー」に勇んだINAの悲願と雄図は空しく潰え去った。

河辺方面司令官から、日本軍のこの決心を告げられたネタージ・ボースは愕然として色をなした。そして厳然として言明した。「たとえ、日本軍が作戦を断念しても、ＩＮＡは作戦を続行する。祖国の独立を闘い取る革命軍の進撃は、全滅に陥っても止むことのないものである。死傷の続出、補給の途絶、餓死も、進軍を中止する理由にはならない。全軍魂魄になっても祖国への進軍を止めないのが革命軍の本領である」と。河辺将軍は、ネタージのこのすさまじい信念と気魄に打たれつつも、革命の闘いの遠く険しい前途を思い、相共に、自重、後図を策そうと情理かね備わる説得に努め、ネタージを納得させた。

私と共に、前線に在ったＩＮＡキャニー師団長も、小川少佐と私に、同様な所信を主張して止まなかった。今となっては、ＩＮＡは、日本軍の指揮を離れて、ネタージ・ボース氏の命令に従って進退するとまでいった。私達は返す言葉もなかった。しかし、程なくネタージ・ボースから「全軍死力をつくして撤退せよ」との命令を得るに及んで、私達は苦しい説得の重荷を卸した。

私は、山本支隊長の決裁を願って、支隊の転進に先立つ二日、先ずＩＮＡを撤退させる処置をとった。これが、この時、盟友に対して私の為し得る唯一つの友義であった。

それから、全線に、決河の勢いで追いすがる大敵の追撃、行手を阻む濁流と泥濘、心身を削る飢餓、栄養失調、マラリヤ、アミーバー、脚気を冒しての退却が始まった。日本軍も、ＩＮＡも、多くの将兵は痩せさらばえ、頭にぼろぼろの天幕をかぶり、下半身を覆うズボンさえなく、枝にすがって、幽鬼も避ける態で、難路をよろけつつ歩を拾った。靴も破れ果て、泥まみれの素足は、血と泥にまみれ、ジャングルガサ（皮膚病）と栄養失調に、臼のように青黒くふくれあがっているものが多かった。

一度気力を失ってうずくまると、それが最期となった。沿道両側のジャングルの椽には、行き斃れた将兵の死屍が累々と連なっていた。熱帯の暑気と雨にたたかれて既に白骨となり果てている者、蛆が山のように湧いて、白骨に化す寸前の者、その中に、生への執念を失って、うつろな眼で虚空《こくう》を見つめる死寸前の者、惨状眼を覆うばかりであった。

全将兵が、己れの身一つを持て余す半病人のこの状況では、患者を搬送する術もなかった。唯声をかけて空しく励ます以外に。気力確かで歩行困難な患者は、部隊に、戦友に累をかけまいとして悲壮な自決の途を選ぶ者が少なくなかった。体力、気力尽き、途上の濁流に押し流されて逝った兵もあった。渡河点附近で息を引き取ったＩＮＡの将兵は、ヒンズー教徒の葬礼に則ってか、戦友の手で濁流に投ぜられた。その情景は悲痛を極めた。

英軍は、この地獄絵図の日印将兵に、砲爆の追撃とともに、投降勧告のビラを降らせた。しかし日本兵はもちろん、ＩＮＡ将兵は、降って英国の奴隷となるより、独立の闘士として、ジャングルの土と化す途を求めた。行動の自由を失った極く少数の傷病兵を除いては。

私は、世紀の革命家、偉大な指導者、ネタージ・ボースの感化力に、唯々感じ入った。そして、一旦、失われた祖国と民族の自由にめざめ、その恢復に燃え上った人間の意志の熱烈さに、今更のように驚嘆感動した。

デリー軍事法廷

召喚

八月十五日、私は、終戦の大詔を福岡衛戍病院の病床で拝承した。インパールで罹ったマラリヤの発作で入院していたのである。

将兵、看護婦の慟哭が病院を覆った。その中で、私は終日、終夜、国の行末と身の進退を案じ続けて苦悩した。又マレイ、スマトラ、ビルマに展開したF工作とINAとともに戦ったインパールの死闘の思い出が、亡き盟友、戦友の面影が走馬燈のように私の脳裡を駈けめぐった。そしてF機関のメンバーや、現地の戦友や、F機関に協力してくれた何十万現住民の身の上に降りかかるであろう難儀を、あれこれと思い煩った。私は、その責を負わねばならぬと心中に誓った。英蘭当局が、不倶戴天の敵として、真っ先に私を重要戦犯に指定し、復讐を果たすだろうと予想した。

私は、中野婦長に乞うて、青酸加里を入手し、内ポケットに深く蔵《しま》いこんだ。逮捕の使いに接した時、機を失せず毒をあおぐべく。この覚悟と用意が整うと、私の心は、いくらか安らいだ。第五十七軍高級参謀として敗戦の処理に、心置きなく従えた。

一〇月も半ば、私はGHQを介して予想外の召喚状に接した。英マウントバッテン元帥の西南亜連合軍司令部から。それは予期していた戦犯の召喚ではなかった。INA将兵を裁くデリーの英軍軍事法廷の証人としての召喚であった。しかも、被告盟友に対するインド側弁護士団の要請に基くものであった。東条首相、重光外相、杉山陸相、島田海相、寺内南方軍総司令官、河辺方面軍司令官、岩畔機関長が指名されていた。しかしこれ等の方々は、連合軍A級戦犯容疑或はその証人として予定されていたため、外務省から沢田ビルマ大使、松本俊一元外務次官、太田三郎事務官、軍側からビルマ方面軍高級参謀片倉少将が、代ってこれに応ずることとなった。

私は、召喚状を手に、進退を熟慮した結果、断乎これに応ずる決意を固めた。INA盟友のため、わが祖国とF機関全員のため、更に日印両民族将来のために、証言することが私の責任であると考え及んだからである。

私は、わがインド工作は、単なる謀略ではない、陛下の大御心に添い、建国の大理想を具現すべく、身をもって実践したものであることを強調しなければならぬと思った。又IILやINAの盟友は、最も清純な祖国愛に基き、自主的に決起したもので、断じて日本の傀儡《かいらい》でなかったことを立証しなければならぬと考えた。これが盟友に対する盟義を果たす唯一の途であると思い定めた。

かく思い定めつつも、私の心の一隅に、一沫の不安が動いた。それは、敗戦の今日、盟友の一部から変節の誣言《ぶげん》を受けるかも知れない。非暴力不服従運動を信条とし、外国の援助を忌避することを建前としてきたインド国民会議派の主流（ガンヂー、ネールを領袖とする正統派）やその影響下にあるインドの民衆から、INAを武力闘争に使った指弾を受けるかも知れない。更に証言終了後、英軍の戦犯として処断されるだろう。俘虜を懐柔逆用し、英帝国への反逆にかり立てた戦時俘虜取扱の違反者と銘打って。等々の懸念がともすると私の決意を鈍らせそうになった。なおこの工作の過程に見られた紛糾混迷の事由を追及せられ、心なくも、私が身を奉じた国軍や上司に累を及ぼさんことも計り難い、といった悩みが、一層私を迷わせた。

私は、出発の前夜、懐中深くしのばせていた青酸加里を便所にたたきこんで、自らの決意を促し固めた。

この間、私の最もわびしく思ったことは、次のことであった。そもこの工作は、軍はもちろん、国を挙げて展開された工作である、汪精衛工作に匹敵する大工作であった筈である。しかるに終戦、戦犯追及がささやかれるようになると、分けて私がこの度の召喚に接してからは、軍中央関係者の誰一人として、国のため、進んでその責を負い、わが国の本工作に対する所信を明らかにしようとする人士が見られなかったことである。のみならず、この工作は一少佐の藤原がやった仕事だと云わんぼかりに、かかわりを回避するかの冷い風さえ看取された。後述のインド側のチームワークのとれた毅然たるそれと、思い較べて感なきを得ない。

レッドフォート

われわれ一行は、GHQの軍用機に搭乗して、立川飛行場を後にした。再び相見ゆること期し難い敗残の祖国と妻子を残して。上海、重慶、昆明、レド（アッサムの東部、油田の所在地。ビルマ攻防戦の間、米支軍の根拠地、援蔣航空路の中継地となったところ）を経て、ヒマラヤを仰ぎ、ガンジス河を見下ろしながら、十一月十八日、デリーの空港に着いた。機中、千々の思いが私の胸中を駈けめぐった。分けても、鬼哭啾々《きこくしゅうしゅう》を偲ばせるアラカンの新戦場を眼下に拝んだとき、故国今日の惨状と英霊の嘆きを思い合わせて、心を切り刻まれた。

夕闇迫る中を、私達一行は、英軍将校の厳重な護送下にオールドデリーのレッドフォート（ムーガル王朝の王城、英支配時代の英印軍の牙城）に送りこまれた。

このレッドフォートこそ、インド民族の隆盛を誇ったムーガル王朝の華やかな歴史と大英帝国二百年の侵略と支配にさいなまされたインド民族の悲史の表徴《ひょうちょう》である。この歴史を塗りこめた城壁は高さ百呎に達し、暗赤色にくすんで、大蛇のように、蛇々と大平原の中にのびていた。ことに一際高い城門は、天空を摩し、妖気《ようき》を帯び、鬼気迫るものを覚えた。正に閻魔《えんま》の控える地獄の門を思わせた

この度の英軍軍事法廷は、この城内に開廷されていたのである。この城内には、英印軍司令部、軍刑務所、軍事法廷等、大英帝国のインド支配に必要な軍事権力——七ツ道具が揃っているのである。

第一回軍事裁判の直後、その記録が上梓されたとき、その巻頭にネール氏が寄せた序文の一節に、このフォートとＩＮＡ軍事裁判の歴史的因縁を流麗な名文で表現されているので、これを紹介したい。

この裁判の行われた場所として、デリーの「赤い城」ほど格好な所はないであろう。この歴史的な建物の一つ一つの石は、物語を語り、昔の思い出をよみがえらす。過去の亡霊！　ムーガル王朝、シャ・ジャハン王、バハードル・シャ王の亡霊達！　誇り高い騎士達の幻が馬上豊かに進んで行く。行列が通る。武士の足音。女の足につけた銀の鈴の響き。はるかなる国から、ムーガ

ル皇帝の壮麗な宮廷に、敬意を表しに来た使臣達、皇帝に報告のため、貢物を持って来た総督達、広大な富める帝国の中心だけに、そこに生命と活力があった。

八十八年前、このデリーの「赤い城」で、もう一つの裁判があり、偉大な王朝の最後の人を裁いた。この裁判でインドの歴史の中の一つの章は終った（筆者註――ムーガル王朝の滅亡、英支配の確立をいう）。

一九四五年の最後の週に行われた、この第二の裁判（筆者註――この度の第一回軍事裁判を指す）は次の章（筆者註――英国支配時代）の終末をもたらすであろうか。しかり、その章は将に終らんとする前兆である。

私達は、城壁の内側に沿う一角に、鉄条網を張りめぐらした幕舎のキャンプに収容された。そこに、私達を呼ぶ日本人の声を聞いて驚きと安堵とを覚えた。光機関長磯田中将、光機関参謀香川大佐と高木中佐、自由インド仮政府在勤大使蜂谷氏が先着していたのである。

私は挨拶もそこそこに、高木中佐と香川大佐に、軍事裁判を尋ねた。二人の息を弾ませての、勢いこんだ話に、私の胸にわだかまり続けていた不安は、一ぺんに吹っ飛んだ。意を決し、召喚に応じてよかったと心安らいだ。

その語るところは、「すさまじいものだ。全インドは鼎《かなえ》の沸騰する総起ちの騒ぎだ。ＩＮＡ裁判の即時中止、釈放、インド統治権の返還、英人の引揚げを要求しているんだ。ＩＮＡはインドの愛国者だ。英雄だ。ＩＮＡは日本の傀儡ではない。ＩＮＡが日本を利用したのだと主張しているんだ。国民会議派有数の領袖を網羅した大弁護士団を編成して、一挙インドの独立獲得を期して闘っているのだ。五億ルピーの資金カンパが集っているんだぜ。ＩＮＡ第一師団の連隊長シャヌワーズ、ディロン両大佐とセイガル中佐が、第一回裁判の被告だ。既に一〇月五日から始まっている。弁護士団の巧妙なかけ引きが成功して、今二週間の休会に入っているんだ。存分の資料集めと証人喚問をやろうとしているようだ」と私の肩をたたいて励ましてくれた。

ＩＮＡとインド国民が、形を変えたインパール作戦、「チェロ、デリー」「チェロ、デリー」の戦いに総決起しているのだ。大東亜戦争は、日本の敗戦の一幕では終っていないのだ。まだ続いているのだと悟った。

デサイ博士の恩言

元英印軍出身ＩＮＡ将兵一万九千五百名の処置は、英帝国戦後処理の最も重要かつ難題の一つとなった。戦後のインド統治の成否を左右する大問題であった。一八五七年サボイ反乱以後の不祥事であった。殊にその処置の当否は、英帝国インド統治の番犬、英印軍内インド人将兵の対英忠誠心に決定的影響を及ぼすことが予想されるだけに、いよいよ重大であった。

英帝国は、ＩＮＡ反逆将兵を軍事裁判にかけて、厳刑に処することによって、英帝国の権威を誇示し、インド民衆、特に英印軍インド人将兵に対する見せしめにして、インド支配を揺ぎないものにしよう、それができると考えた。

この決定は、事志《ことこころざし》と反対の結果を巻き起こすこととなった。多年、異民族支配に比類のない経験を積み、冷静、現実的な判断と施策を誤ったことの少ない英当局にあるまじき誤算であった。戦後トインビーやラティモアが指摘した大東亜戦争の史的意義と歴史の必然を予見し得なかったのであろうか。流石の英帝国も、戦勝の驕りと、飼犬と心得た将兵の反逆に対する憤怒のために。

ガンヂー、ネールをはじめ、インド国民会議派の領袖は、英帝国の、この誤判を見逃さなかった。現英印軍インド人将兵と血縁、或は知己の関係にあるＩＮＡ将兵二万を厳刑に処せんとする軍事裁判こそ、英印軍インド人将兵を……長いインド独立運動史の上で、英印軍インド人将兵だけが、英皇帝に対する忠誠を失わなかったため、英帝国のインド統治が揺がなかった……会議派側に獲得し、又これを利用して全インド民衆を反英独立運動に動員結集して、独立運動に決定的成功を収める天与の好機と読んだのである。あの抜け目のない英帝国が、正に会議派の思う壺にはまった形となったのである。

そこで、会議派は逸早《いちはや》く、裁判の公開と会議派の弁護権を要求した。早くも九月十四日、ブーナにおいて、会議派執行委員会を開催、「ＩＮＡ将兵はインド独立のため戦った愛国者であり、即時釈放さるべきである」との決議を採択し、これを宣言した。次いで会議派は、その長老の一人で、名弁護士として聞こえたフラバイ・デサイ博士を首席弁護士に挙げ、会議派指導層の中から、錚々《そうそう》たる一流弁護士を選りすぐって、大弁護団を編成した。

そして先ず、インド民衆特に英印軍内インド人将兵に対して、会議派挙げての啓蒙宣伝と大衆動員を開始したのである。私達証人は、この弁護士団が喚問したものであった。

到着後の二日目、私達日本側証人と弁護士団との初顔合わせがあった。そのときの深い感銘、感動も私の忘れ難いものである。

私達は紅顔美青年の英軍大尉誘導の下、銃剣ものものしいグルカ兵に前後から監視されながら、キャンプ外側に設けられた面接所に導かれた。そこには、弁護士団の外、ＩＮＡ参謀長ボンスレー少将、シャヌワーズ、デイロン両大佐、サイガル中佐をはじめ十数名のＩＮＡ将士の盟友が、その家族とともに待っていた。盟友達は英軍将校も看視兵も無視して、私の周囲に、「ジャイヒン（インド万歳）」「ジャイヒン」「メージャー・フジワラ（私が終戦直前中佐になっていることを知らなかったのであろう。当時メージャーは彼等が私を呼ぶ愛称のようになっていた）」と連呼しながら、群がり集まってきた。交々私の手を握り、肩を抱いて再会と遠来を喜んでくれた。家族にも誇らしげに私を引き合わせ紹介してくれた。ビルマ戦線以来、一〇ヵ月振りの再会である。私は、一同の面に、満々たる自信と軒昂《けんこう》たる意気を読み取って、ほっとした。

私は、思わず、「どうか、裁判は大丈夫か」と、一同に愚問を発した。ディロン大佐は、言下に、胸をたたいて「御心配無用、インドは一年以内に独立を克《か》ち取る。われわれを一人でも処刑したら、在印英人は一人も生きて帰国できないであろう。先日ネール氏が面会に来てくれた。われわれに向って、諸官は生命と祖国の独立の何れを欲するか、諸官の選ぶ望みを叶えようといった。われわれ一同、異口同音『独立』と言下に答えた」。そして逆に、日本の敗戦を慰め励ましてくれた。

傍の英人大尉は、顔色も変えず、眉毛も動かさず、沈静にこれを見まもっていた。流石に英人は大したもの、天晴れだと感じ入った。

こんな劇的再会の後、われわれは、幕舎の面接所で待っているデサイ博士をはじめ、数名の弁護士の前に案内された。

偉軀六尺、胸を覆う白髯を蓄えた気品一際高い老紳士が、首席弁護士のデサイ博士その人であった。満面に一〇年の知己を迎える親愛の情を湛えつつ、沢田大使をはじめ私達一同と、丁重な握手を交わし、他の弁護士にも、これを促した。そして博士は先ずわれわれの遠来の好意を謝した後、「日本がこの度の大戦に敗れたことは、真に傷ましい。ニュースの報ずるところによると、東条首相や山下将軍をはじめ多くの指導者や将軍がアレストされ、又、数多の将軍が相次いで自決されている由、誠に愁傷の極みである。日本は、初めて敗戦の痛苦を嘗《な》めることとなり御気の毒である。しかしどの民族でも、幾度もこの悲運を経験している。一旦の勝敗の如き、必ずしも失望落胆するに当らない。殊に優秀な貴国国民においておやである。私は日本が極めて近い将来に、必ず、アジアの大国として、再び復興繁栄することを信じて疑わない。

インドは程なく全うする、その独立の契機を与えたのは日本である。インドの独立は、日本の御蔭で三十年早まった。これはインドだけではなく、ビルマ、インドネシヤ、ヴェトナムをはじめ、東南亜諸民族共通である。インド四億の国民は、これを深く肝銘している。インド国民は、日本の復興に、あらゆる協力を惜しまないであろう。他の東南亜諸民族も同様と信ずる」

と、英軍将校の面前で、語られたこの温かく、力強い恩言は、敗戦に打ちひしがれ、祖国の復興は、三〇年、五〇年否百年の間望み難いとまで失望自失に陥っていた私達日本人にとって、正に活棒を喰った思いであった。

博士は又、面談を終え辞去に当って、こうもいってくれた。

「紳士方は、日本の高官であり、インドにとって恩義の賓客である。最高、最善のおもてなしをいたさねばならぬことは、よく心得ている。これについて、英軍当局と再三交渉を重ねたが、容れられず、この様な非礼な処遇となったことを申し訳なく思う。御諒承願いたい。若し英当局の取扱いに不都合があったり、生活に不自由なことがあったら、遠慮なく申し出てもらいたい。英軍に厳重抗議して改善させる」

国敗れ、軍潰え、敗残の身となって、活殺自在の敵手にある私達にとって、なんとも譬えようのない有難い言葉であった。そして、ＩＮＡ盟友や博士の恩言を通じて、ＩＮＡはもとより、会議派否インド全国民が、日本のインド工作に、深い理解と感謝を抱いていることを知り得たことが、何にも増して心強く嬉しかった。それと同時に、召喚に接して以来、インドの盟友や会議派の、わがインド工作に対する態度について、杞憂を抱いた私の不明の程を、深く恥じ入った。

ジャイヒン

弁護士団側の厳重な要求のためか、キャンプの待遇は悪くなかった。二名宛に幕舎二棟が用意されていた。一棟は寝室用、一棟はバスと便所用であった。食堂、厨房は別に二棟が設備されていた。土間で、簡便な軍用寝台寝具であったが、新品であった。食堂係、部屋係ボーイがつき、水汲み、入浴、便所掃除夫がそれぞれ別にいた。朝夕入浴が用意された。朝の入浴が終る頃、理髪師が巡廻してきて、丁寧に髭を剃ってくれた。食事は、洋食とインド食が混用され、ホテルの食事なみ、午後三時には、英国式にお茶のタイムがあって、紅茶、サンドイッチ、ビスケット等が出た。祖国で、大豆やとうもろこしの代用食に、ひもじい思いを続けてきた私達には、飛びつく思いであった。一同は運動不足に、この食事が続いたため、胃袋の不調に悩むようになった。

新聞の精読と雑談の外、無柳に苦しむ単調な日々の反復であった。時々INAメンバーや面会のINA家族、弁護士等が鉄条網越しに訪ねてくれて、日用品や酒類等を差し入れてくれるのが、一番楽しく嬉しかった。又INA家族、縁者の少年、少女が、メージャー・フジワラと訪ねてきて、サインを求められ、面映《おもは》ゆい思いを味わった。、新聞紙上を埋める公判記事に、毎々F機関時代の陳述が、私の名とともに出るので、私に興味を寄せたのかも知れない。

私が、驚いたことは、キャンプのボーイも、理髪師も、面会者も、更に警備兵までが、賓客に対する態度で私達に接し、尊敬と親愛の情をこめて、必ず「ジャイヒン」（インド万歳）と挨拶することであった。「ジャイヒン」は、昭和十八年七月、ネタージ・ボースが、シンガポールに登場し、仮政府の首班となり、第一回閣議を持った時、「チェロ、デリー」とともに、INAの合言葉として選んだスローガンである。そのジャイヒンが、インド民衆の間に、挨拶用語として、全インドに流行し、日用語となっているのである。インド民衆のINAに対する敬愛と支持が、この一事にも察せられた。読者は、試みに、インド人に会う際、「ジャイヒン」と言葉を投げかけられたい。そのインド人は必ず知己に遇った時の満足顔で「ジャイヒン」と応酬する筈である。

私達は毎朝、フォートの一角に収容されているINA将兵数百人が、合唱するINA軍歌の勇壮な歌声で眼を醒ました。英軍当局再三の制止を峻拒して続けているのである。

十二月、一月はデリーの冬季である。朝は焚火が恋しい程冷えることがある。英印軍は、羅紗の冬服を着用する。英軍当局は、INA将兵に、風邪ひき患者を出して、弁護士団側から虐待非難を受けては難儀とあって、英印軍用冬服の着用を求めた。しかしＩＮＡ将兵は、これを拒み、ビルマの戦陣に汚れた戎衣を愛着して離さないのである。ネタージ・ボースから授かったＩＮＡの光栄ある軍服と階級章をつけて、軍事法廷に立ち、祖国の独立を奪取するのだという心意気からである。英軍の供与被服を身につけるのは穢しいというわけである。

十二月も下旬に入ってからであったろうか、モハンシン将軍の従弟に当るという英印軍少佐が、私を訪ねてきた。尊敬と親愛をこめて慰問してくれた後、モ将軍が近日、シンガポールから、ここに送られてくる。私がモ将軍に代ってメージャーの御世話をするから、何でも申し出てくれといってくれた。尚少佐は声を落して、モ将軍は残念なことをした。十七年の秋に例の事件を起こさずに、ＩＮＡを率いてインドに進攻しておれば、英印軍はインド人将兵の策応を得て成功していたであろう。われわれは、密かに待っていたのだ。当時インドは、無防備パニック状態であったと、口早に語った言葉が、妙に私の耳の底に、今もこびりついてる。少佐は、モ将軍が、当時、勘忍袋の緒を切ったのは、賢明ではなかったと考えているのかなあと推察された。そう云えば、モ将軍は、今日、ＩＮＡ創設者として不滅の功労を讃えられているが、他のＩＮＡ将士のように、祖国解放のため、インパールに進撃した勇士としての栄誉を担う立場には置かれていないのである。のみならず、一部の国民からは、少佐の言のように、モハンシン事件のため、祖国進撃の天機を逸したと評されているのかも知れない。身内の少佐には、それが口惜しいのではなかろうかとも察せられた。

少佐の予告通り、数日後、モ将軍が、鉄条網越しに、私を呼んだ。隣接の面会所裏から。実に、あの事件以来、三年越しの対面である。私は、ぐっと胸にこみ上げるものがあって、しばし言葉も出なかった。見つめ合うお互の眼に、熱いものがにじんだ。鉄条網がなければ、期せずしてかき抱き合ったことであろう。非情な有刺鉄線の間から、掌を差し伸べて、しびれる程固く握り合った。ふと私の脳裡に、あの事件の際、千田氏邸での切ない会見のことが回想された。将軍が私の切なる願いを容れてくれてよかった。INAを解散せず、又日本軍との間に不祥事を惹き起こさなかったことが幸せであった。将軍のこの分別が、やがてINAが、ネタージ・ボースに率いられて、インパールに進撃し得ることとなり、今日、このように、独立必成の天機に逢っているのである。作戦は、無惨敗北、挫折に終ったけれども、反英独立戦争の政治戦には、見事勝利を収めたのである。

ややあって私は将軍の無事を祝し、インドの当面しているこの天運を祝福した。将軍は日本の敗戦を痛み、日本軍に対して、あの事件について何の怨恨も持っていないといった。私が、将軍のため、法廷で如何なる証言にも応ずるから、遠慮なく要求して欲しいと申し出たところ、将軍は、厚く私の好意を感謝するとともに、メージャーに迷惑をかけないよう慎重を期したいと答えた。更に私が、証人としての務めを終った後、英軍は、私を戦犯裁判に問うだろうと述べたところ、将軍は、英軍はメージャーを起訴し得るものかと強く否定し、われわれは、メージャーのため、最善を尽すといってくれた。そして従弟の少佐を連絡に当らせるから、なんでも希望を云ってくれ、後程、メージャー大好物のウィスキーを届けさせると約束し、去って行った。

隷属民族は闘う権利あり

第一回INA軍事裁判の進展にともなって、インド民衆の反英独立抗争は、業火のように全インドに燃えさかり、激しさを加えた。インドは猛り狂う巨象の形相に変った。英帝国がインド支配の再強化を狙って始めた軍事裁判であったが、その裁判が、逆に、英帝国二百年にわたるインド支配の罪業を裁き、その支配に終止符の引導をわたす形勢に発展した。

反英抗争は、大衆の全国的抗議暴動、議会における糾弾、新聞、集会を動員しての宣伝を背景として、水も漏らさぬ周到巧妙な激しい法廷闘争によって押し進められた。

信仰と種族、階層と言語、政党政派、軍民一切の相違を超え、四億のインド民族が、その全智全能全精力をふりしぼって、火の玉となって決起進撃するこの図は、史上稀有の光景であった。正に、民族の運命をこの一戦に賭けんとする民族の綜合大戦争というべきものである。

大衆の抗議暴動は、裁判開始の十一月五日、デリー、カルカッタ、ラホール、マドラス等の主要都市に烽火を挙げた。この日、ネタージ・ボースの生誕地カルカッタでは、十万の大衆が、手に手に「INA愛国の英雄を救え」「INAの裁判を即時中止し釈放せよ」「英人はインドから即時去れ」「インドの統治権をインド人に返せ」と檄したプラカードを掲げ、大デモ行進を展開した。随所に、警官隊と衝突、流血の惨事を繰りひろげた。マドラスでも多数の死傷者を出す騒ぎとなった。

英国は、未だこの騒然たる情勢の本質と帰趨を見抜くことができなかったのか。翌六日に「目下監禁中のINA将士の中から主謀者四〇〇名を、向う六ヵ月間に裁判に付す予定である」と、強気の発表を行った。この発表が、ますますインド民衆の怒りをあおった。大衆の抗議デモはいよいよ激化してゼネスト、暴動に発展して行った。

十一月二十一日から、二十六日にわたって、カルカッタで展開されたデモは、ゼネストに進展し、死傷者数百名に上る激しいものとなった。カルカッタ大学（ネタージ・ボースも本大学出身）の学生を前衛に、市民と公共事業の従業員が加わった。カルカッタのこの情勢は、デリー、ボンベイ、バトナウ、ラクナウ等各都市に波及した。

デリーのデモは、特別警戒地帯に指定され、警戒最も厳重な、このレッドフォートに殺到した。天空を劃する城壁の外側に、喊声が、押し寄せる高潮のように、どよめき迫ってきた。何万の群衆の怒りをこめて。城内に拘禁されているINA将士も、私達も、片唾を呑んで、その成行きに全神経を尖らせる。喊声が一段と高まり、近づいたと思う途端、ダダッ、ダダッ、と連発の銃声が城壁にこだました。血を見て群衆の怒りが爆発したのか、喊声はウォーと怒号の激しさに変った。息詰まる緊張が城内を圧する。私達のキャンプのボーイが興奮に顔をこわばらせながら、城門の外に、走って行った。間もなくボーイが息せき切って帰ってくる。「死者何名、負傷者何十名、郵便局が焼かれた。警察署が燃えている。英軍の自動車が放火されている」と私達に耳打ちする。そして再び飛び出して行く。まるでわれわれの忠実な斥候のようである。こうして、激しいデモは日暮れまで繰り返された。翌日の新聞に、ネール首相の説得で、漸くデモは中止され、百数十名の死傷者を出したことが、憤りをこめて、一面に報道された。

議会では、国民会議派の領袖が、連日、交々、INA裁判の不当、大衆デモに対する武力断圧の不当を糾弾する。その糾弾は、日本に対する戦犯裁判の論難にまで発展した。曰く、広島、長崎に原爆を投下して、何十万の非戦闘国民を殺戮したトルーマンこそ真の戦犯だ。曰く、赤十字の標識も鮮やかな病院船阿波丸を撃沈した米海軍こそ戦犯に問われるべきだ。曰く、既に降服し、武装を解いた在インドネシヤ、ヴェトナムの日本軍に再武装を強制して、インドネシヤやヴェトナム民族の英蘭（仏）軍に対する独立戦争の断圧を強要している英、蘭、仏こそ正に戦争法規の違反者だ。その英、米、蘭、仏に戦争裁判の資格はないと云った具合に非難する。

ヒンドスタンタイムズ（会議派系新聞）やドン（回教連盟系新聞）ステーツマン（政府系紙）に代表される各新聞は、連日ＩＮＡ裁判に関する広汎な報道、解説で全紙を埋めた。シャヌワーズ大佐はじめ、三名の第一回裁判の被告の生い立ちから、ＩＮＡにおける活動、なかんずくインパール作戦における輝かしい武勲を讃えあげる増頁の特輯画報を添えて。法廷論争特に、インド側弁護士団と証人の堂々たる論陣、これに対する検察側証人のしどろもどろの抗弁を完膚なきまでに揶揄報道する。検察側が懐柔利用した無智な証人が、一流インド側弁護士の反対訊問に遇って、忽ち、作為買言の馬脚を露し、醜態を極める状況が紹介される。日曜紙には、一頁を覆う漫画を掲げ、裁判長ブラックスランド少将以下判事、検察官エンジニアー氏をはじめとする検察陣が、ＩＮＡシャヌワーズ大佐以下三名の被告とデサイ博士を筆頭とする弁護士陣に、その席を譲って、インドが英国を、ガンヂーがチャーチルを裁く意を諷刺した。リレー式に全インドの都市に、民衆怒号の暴動に発展する凄惨な民衆抗争の情況が、これに対する英官憲の鉄火の断圧とともに、報道される。その中で、ヒンドスタンタイムスがウッタムチャンド氏の手記――一九四一年一月十六日、カルカッタの邸の病室から、忽然とベルリンにエスケープしたネタージ・ボースの、数奇を極めた脱走記――が連載され読者を湧かした。ウッタムチャンド氏は、アフガンの都、カブールで、ネタージ・ボースのベルリン脱出を庇護し、手引きした綿布商である。この手記は、終戦後英当局に逮捕された時、デリーの獄中で綴ったものである。

このような情勢下、十二月末、第一回軍事裁判は最終段階を迎えた。検察側は、被告の英国女王に対する反逆の重罪とＩＮＡ将兵に対する殺人或は拷問の責を追及し、その立証に躍起となった。弁護士団と被告は、その不当と事実無根を反論した。「自由インド仮政府は、日本、ドイツ、満洲国、南京政府、タイ、ビルマ、フィリピン等から承認された合法政府である」「被告はシンガポール陥落直後、ファラパークで、英軍の手から日本軍に接収された時、英女王に対する忠誠の義務を解かれ、彼等の自主自由の意志に基きＩＮＡに参加し、合法政府軍の正規将校として、その祖国インド解放の聖戦に従ったのだ。合法自由インド仮政府が、正しい国際法の手続きにより、英帝国に堂々と宣戦を布告した戦争だ」「ＩＮＡの祖国進撃は、英本国の支配と搾取に抗して独立戦争に決起したところのアメリカ独立戦争に比すべきものである」「被告が、戦場で軍親を紊《みだ》した将兵を、ＩＮＡの軍事刑法に則って処断したことは、独立国軍隊共通の正当な行為である」「ＩＮＡは独立国政府の軍隊として、日本軍と協同作戦を行ったもので、決して傀儡ではない。今次大戦間、英軍の一部が、アイゼンハワー元帥の指揮下に入って対独戦を遂行したが、英軍が米軍の傀儡ではない事実と同様である」「交戦権を持つ独立政府に属する正規将校を、他国─英国政府の軍事裁判に附すのは、全く不当不法である」と反論折伏《しゃくぶく》した。

かくて最後に、首席弁護士デサイ博士は、二日間にわたって八時間に及ぶ大弁論を展開して止《とど》めを刺した。「隷属民族は闘う権利あり」と論断した。

思えば、市ヶ谷台上、連合軍極東裁判の法廷において、インドのパール判事が、唯独り、敢然として日本側Ａ級裁判の不当、無罪を主張したのと、デリー軍事法廷における弁護士団の主張及びインド国会における糾弾に表明された思想は共通するものである。これは正しくインドの良心というべきなのであろうか。

十二月三〇日、第一回軍事裁判は終った。判事は極秘裡に「英女王に対して戦争を挑発した者として無期流刑に処す」と判決したが、インド民衆に対する衝撃を恐れて、発表を避けた。そして明くる一月三日、特別官報によって、インド総司令官ホーヒンレック大将は、「被告三名を無期流刑に処すという軍事法廷の判決は正当なりと認めるも、インド政府の方針に基き、総司令官の権限において、刑の執行を停止する」と発表した。つまり執行猶予、釈放を宣告したのである。これは、英帝国が、漸く、インドの険悪な情勢の本質に気づき始め、刑執行を強行することは、インド民衆の反抗を決定的に悪化させ、在印英人の生命を危殆に陥れ、インドにおける英権益まで失う結果になることを予知したからである。ホーヒンレック大将が、インドの治安維持に当るべき英印軍内インド人将兵さえ、民族独立の悲願に醒め、頼み難くなりつつあることを知ったからである。英印軍は、英帝国の番犬から、国民会議派の武器に変わりつつあることを恐れたからである。

正に、英帝国は、インド民衆の反撃に屈し、支配者の権威を捨てる途を選んだのである。そして巧智に長けた英帝国が、早くも形勢の非を達観して、密かに、賢明に、後図——極力在印英権益を守りつつ、名誉ある撤退——を策し始めたことを示唆するものであった。レッドフォートのこの軍事法廷は、英帝国の所期と反対に、インドからの撤退を促す決定的動因となったのである。

その歴史的意義は、先に引用した一月十七日寄稿にかかるネール氏の序文に端的に表現されているので、それを摘記したい。

「……裁判は単に法廷における法律論とか、雄弁とかいう問題ではなく、インド人とインドを支配している者と、インド民族との意志の力くらべであった。その結果、凱歌はインド民族に挙がった。……一九四五年の最後の週に行われた裁判は、ムーガル王朝の章に続いた英国支配の章の終末をもたらすものであろうか。しかり、その章はまさに終らんとする前兆である……」

独立の前夜

三被告釈放の報は、一月三日夕、全インドに伝わった。インドは、二百年来の溜飲が下がる思いで、歓喜に湧いた。デリーは全市を挙げてのお祭り騒ぎとなった。

四日夕、ガンヂーグラウンドで、会議派主催の釈放祝賀会が催された。広大なグラウンドは、立錐の余地もなく、大群衆に埋めつくされ、溢れた。シャヌワーズ大佐を先頭に、三名の将校が、壇上に上ると、群衆は狂喜して歓呼した。交々述べる感謝の一言、一言に、万雷の拍手が送られ、讃えられた。

デリーの町々は、美しく飾りつけられ、主なる建物には、色とりどりに、イルミネーションを施して、夜空に輝いた。

三氏は、休む暇もなく、大衆の反英独立抗争の先陣に立った。故郷のラホールを皮切りに、インドの主要都市を分担歴訪して、市民の歓迎に応え、感謝と独立への闘志を披瀝した。何処もデリーに劣らぬ熱狂的歓迎に沸き立った。今や三氏は独立の英雄として、インド民衆景仰の的となった。

中でも、ネタージ・ボース氏の故郷カルカッタで、シャヌワーズ大佐を迎えて行われた歓迎行事の祝賀行列は、豪華盛大を極めた。ネタージ・ボース氏の実兄、ベンガル州政界の指導者、スラット・チャンドラ・ボース氏がその主宰者となった。五百名の青年自転車隊を先頭に、郷土色豊かな、色とりどりの盛装で着飾った五〇騎の騎馬隊が続いた。その後に、純白のガンヂー帽とインド服を着けた青年四千七百名の徒歩行列と、白いサリーに身を包んだ乙女三百名が行進した。これに続いて、十六呎に余る国民軍最高司令官の軍装凜々しいネタージ・ボースの木像を飾ったトロリーバスが、シャヌワーズ大佐の起立するオープンカーを従えて進んだ。これに有志五千名が、思い思いの表装を着飾って後尾をつとめた。一幅の絵巻物を思わせる光景を呈した。数十万の市民が街路の両側を埋め、「ネタージ、キ、ジャイヒン」（総帥万歳）「シャヌワーズ、キ、ジャイヒン」（シャヌワーズ大佐万歳）と絶叫歓呼した。

英本国政府は、事態のいよいよ重大な発展を憂慮し、リチャード氏を団長とする下院議員団をインドに派遣して、英帝国の進退に資する現地調査に当らせた。

しかし英帝国の面目上、この軍事裁判を直ちに中止することはむずかしかった。単に面目だけでなく、中止は却って勝に乗ずるインド民衆の政治要求を激化する懸念もあった。インド側の目的は独立闘争であって、ＩＮＡ裁判の中止は、その闘争戦略だからである。英当局のＩＮＡ裁判の取り扱いはいよいよ厄介千万な難題となった。

ホーヒンレック総司令官は、改めて声明を出した。「ＩＮＡ将兵の英女王に対する反逆は以後問責しない。拷問、殺人の非人道行為のみについて問責する。その数は少数に止まる」と。これをもってインド民衆の反抗を鎮め、軍事裁判を、英帝国の面目を最少限つくろいながら、早く打ち切りたいと意図したものと思われた。しかしその期待は、またまた甘かった。英帝国は、更に痛烈な反撃を喰う結果となった。

二月十一日、第二回軍事裁判の判決が下された。反逆罪を不問に附し、暴行罪だけを取り上げ、被告アブドール・ラシード憲兵少佐に七年の刑を判決した。

この報に接したインド民衆の憤激は再び爆発した。十二日、先ずカルカッタにおいて、抗議のデモが開始され、全市のゼネストに発展した。警官隊の発砲によって、死者十九名、負傷者二百数名を出し、二十六日に至ってようやく平静に帰した。

その騒動が収まりかけていた二月二十一日のことである。英帝国インド統治史上、未聞の大不祥事が勃発、英当局の心胆を奪った。すなわち、英海軍の一部であるインド海軍乗組員の一斉反乱がそれである。ボンベイ、カラチ、カルカッタ港に凱旋帰投したインド海軍乗組員のインド人将兵が呼応し決起したのである。

ボンベイにおいては、ゴットフリー提督の旗艦ナバタ号をはじめ二〇隻に上る艦船を反乱軍将兵が押えてしまった。その上同港基地の兵器庫まで占拠する始末となった。カラチでも、旗艦ヒンドスタン号が、反乱軍に押えられた。

何れも占拠艦船の艦砲に砲弾を装塡して、若し英当局が武力断圧に出れば、直ちに全艦砲撃をもって酬ゆると宣言した。これがため、英当局は手も足も出せない羽目となった。

反乱の動機は、以前から、英本国将兵との処遇の差別に不満を訴え、抗議を反復していた折柄、INA裁判をめぐるインド民族の総決起と英帝国の権威失墜に刺激せられたものと伝えられた。

翌二十二日、ボンベイ市民はこの反乱を支持して、全市ストライキに入り、すべての交通機関、工場、労働者は同情デモを開始した。全市は麻痺状態に陥り、治安維持は、最早、警官隊の手に負えぬものとなった。二十三日、ついに英国軍の出動を見るに及んで事態は決定的に悪化した。市民のデモも暴動、騒擾と化し、これに海軍乗組員の一部が加わった。全英官公施設、食糧倉庫、英官憲用自動車等が襲撃の目標となって業火を吹いた。これを制圧せんとする軍隊、警官隊との間に、凄惨な激突、交戦が繰返された。死者二百十名、負傷者千十七名という大惨事となった。新聞に報道される写真は、激しい市街戦そのままであった。

英アトリー首相は、事態猶予を許さずと認め、反乱軍武力断圧の決意を放送し、駆逐艦隊の急派を命じた。一方反乱軍側は、国民会議派の長老パテル翁の調停斡旋ならば、無条件一任して降服に応ずると声明した。ネール、パテル両巨頭が、ボンベイに急行して調停に乗り出し、事態は初めて鎮静に帰した。

ＩＮＡ裁判をめぐる反乱抗争の総元締たる国民会議派の調停に依存して、事を収拾せざるを得なくなった英帝国権威の凋落は、決定的なものとなってしまった。

ホーヒンレック大将は、反乱軍の首謀者のみを問責すると一応声明したが、ＩＮＡの反逆罪すら不問を声明せざるを得なくなっている英当局が、それを実行し得ると信ずるインド人は今や一人もなかった。それもこれも、すべてＩＮＡ軍事裁判が生んだ結果である。

この騒ぎに続く三月五日、過ぐる昭和十七年二月、シンガポール陥落直後、同市の代表インド人市民と共に、私を歓迎してくれた麗人、後にＩＮＡに参加し、婦人部隊の部隊長となってビルマ戦線に出陣したラキシミー中佐が、軍服凛々しくデリー空港に降り立った。既にこの予報に接していたデリー市民が、歓迎のため、飛行場に殺到し、数万に達した。市民は、美しい容姿と美貌に輝くこの英雄を迎えて湧き立った。ラキシミー中佐はマドラスの名門出身で、生母アンム・スワミナ・アタン女史は、インド上院議員で、女流教育家として聞こえた名士である。その上ラキシミー中佐は、第一回軍事裁判被告の一人で釈放となった英雄、眉目秀麗の青年将校サイガル中佐と言い交わした仲であることが、この歓迎絵巻を一層華やかなものにした。全新聞は、タラップの下で相擁する、世にも幸福な、二人の美しい感激的光景を、写真入りで大きく報道した。

デリーを湧かしたこの歓迎絵巻の翌々日、三月七日は、英軍の日本降服戦勝記念の大行事が、首都デリーで催される日であった。インド総督ウェーベル大将と西南亜連合軍最高司令官マウントバッテン元帥が、英米連合軍一万五千の精鋭を、デリーの凱旋門通りに閲兵する段取りであった。だが、デリーの市民は挙ってこれをボイコットしてしまった。戸毎に弔旗を掲げた。店も、学校も、工場も、映画館も一斉に閉ざしてしまった。鎧戸を固く降して。「戦勝記念日反対」のビラが全市の要所に撒かれ、貼りつけられた。ＩＮＡの英雄――愛国者が裁かれ、国民会議派の反対を無視して多くのインド人将兵を戦争に駆り立て、英帝国のアジア支配確保の具に供したこの戦勝を、インド民族が祝福するいわれがあるものか。寧ろインド及びインド人のため、最も憎悪すべき戦勝だという次第である。

観閲行事が始まる頃、幾万の市民が抗議のデモ行進に繰り出て、凱旋門通りに向った。この阻止に必死になる警官隊との間に、激しい衝突が繰返された。忽ち六名の死者と多数の負傷者を出し、デリーの通りは、不吉な血で染められた。英帝国に対する最も皮肉にして痛烈な抗議となった。

かくて英政府は、インド支配の終焉を告げる最後の段階に達したことを悟った。三月二十四日、貿易庁長官クリップス卿を団長として、ローレンスインド省国務相、アレキサンダー海軍相から成る英帝国閣僚使節団をインドに派遣し、会議派及び回教徒連盟の指導者と会談し、「インド独立許容やむなし」との結論を持参帰国させた。

一方INA軍事裁判は第三回法廷を中途に廃止し、全将兵の釈放に踏み切った。

使節団の報告により、五月六日、先ずインド人のため新憲法を憲法会議にかけて制定することを承認した。八月二十五日、統治権譲渡の中間手段として、中間暫定政府が設立され、ネール氏をはじめ、国民会議派の領袖が入閣することとなった。

明くる昭和二十二年八月十五日、インド独立令により、英帝国からインド民族の手に、統治権の完全譲渡が行われ、遂に、インド民族二百年の悲願、大インドの独立を見たのである。

筆者は、レッドフォートの一角で、三月二十五日まで、この世紀の歴史的展開を見つめつつ、民族の魂の偉大さ、これを踏みにじることの恐しさ、自由と独立の高貴なること、失われた自由と独立の回復の苦難の程、そして大東亜戦争の歴史的意義の重さ、無念挫折したインド進攻作戦の意義を改めて、身に沁みて味わい、噛みしめた。そしてF機関長として、或は南方軍、十五軍の参謀として、マレイ、スマトラ、ビルマの戦線に、この偉大な歴史の創造の驥尾に付し得た身の幸せを思った。改めて、インパールの戦線に散華された日印両軍の英霊に合掌礼拝した。

それにしても、ネタージ・ボース氏は、非業に倒れられ、氏が生前、最も心配しておられた統一インドが実現を見ず、幾百万人の血で血を洗う犠牲と千万を数える難民の交換引き揚げ、それにカシミールの難問まで残して、大インドがインド連邦共和国とパキスタン共和国に分裂独立することになったことは千載の恨事といわねばならぬ。ネタージ・ボース氏は、生前、ビルマ戦線で、筆者に「インドは独立の暁には、十年の独裁政治を必要とする。しからざれば、ヒンズー教徒と回教徒を一丸とする統一インドの建設はできない」と、覚悟の程を漏らされたことを、特に附記しておきたい。インドの分裂によって、共にインド解放のため闘ったＩＮＡの盟友も、その宗教のため、両国に訣別し、カシミール問題をめぐって敵視し合わねばならぬ悲しい運命となっている。

嗚呼、ネタージ・ボース氏ありせば、この悲しみと不幸はなかったであろう。チベットの惨事も、印支国境に中共の侮りを蒙る恥辱もなかったのではあるまいか。或は更に、アジアの歴史の発展に、異なった経緯を刻んだのではあるまいか。

そのネタージ・ボース氏は、終戦直後の八月十九日、台北飛行場で、飛行機事故の非業に倒れてしまった。焼岳に散華したプリタムシン氏と云い、このネタージ・ボース氏と云い、何れも日本軍の飛行機事故の犠牲となるとは、何とも呪われた悲しい運命である。その上、ネタージ・ボースの遺骨は、インド側の複雑な事情の故に、二〇年後の今日もなお祖国に帰ることを得ずに、東京都内、高円寺の末寺に寂しく取り残されたままである。恐らくその魂魄は国歩多難な祖国の空にさ迷っていることであろう。真に痛ましい限りである。

訊問

チャンギー刑務所

第三回軍事裁判の中止で、日本側証人の使命は終った。四年にわたったインド工作の間モハンシン事件をはじめ、色々なトラブルの派生があった。にも拘らず、英国側――検察側に、乗ずる寸分の隙も与えなかった。主として日本に対するインド側の善意によって。そして裁判は、インド側の完勝に帰し、中止された。英帝国はＩＮＡ将士の一名も処断することができなかった。その上、二百年来の民族的悲願――インドの独立まで勝ち取った、日印協力の美しい記録を歴史の一頁に刻んで。そして日印両民族将来の親善と提携に、不壊の礎石を打ち据えた。

先ず東京グループの帰国となった。私だけを除外して。私は、かねて予想した戦犯の運命が私を待っていることを覚った。ＩＮＡに加えることのできなかった怨讐を、せめて私に晴らそうと試みるだろうと心密かに臍《ほぞ》を固めた。その場所は、インド民衆環視の地を避けて、シンガポールかマレイを選ぶだろうと予想した。その予想通り三月下旬、私はカルカッタ、ラングーンの刑務所を経て、シンガポールに護送された。先ず戦犯容疑者やその証人要員の溜り場になっている同市郊外ジロンのキャンプで、一ヵ月間、訊問を反復された揚句に、チャンギーの刑務所に繋がれた。

シンガポール島の東岸に、施設されているこの刑務所ほど、騎士道と武士道を誇る東西両文明国民が、怨讐をむきだしに応酬した場はないであろう。開戦当初、先ず英軍が、マレイ、シンガポールの在留邦人をこの獄に抑留し、戦い危しと見るや、インドに護送してしまった。次いで、シンガポールが、日本軍の手に陥ちると、日本軍が、五万の英濠将兵はもちろん、英官民やその妻子まで、情容赦もなく、この獄に、すし詰めに抑留して、苦役に駆り立てた。そして今又、戦勝に驕る英軍が、数千名に上る日本軍将兵、軍属を、この刑務所に繋いで、苛責なき復讐を果たしつつある獄門となっているのである。

兇悪犯人を護送する物々しさで、私が、この獄門を潜らされた時、三千名を超すわが将兵や軍属が、ＡＢＣ数個のブロックに区分されて収監されていた。私は洗いざらしの、半ソデ、半パンツの獄衣、裸足の惨めな姿に変えられた。獄衣の背番号はＰＣＷ（戦犯容疑者）六千代であった。

刑務所の有様は、さながら地獄の涯、賽の河原を思わせるものであった。畜生を扱うに等しい警備兵の仕打ち、飢餓ぎりぎりの乏しい粗食、陰険苛烈な訊問、神の裁きを詐称する前時代的な復讐裁判、獄の一角で次々と執行される絞首刑等、陰惨を極めた。将兵は、骨皮同然に痩せさらばえ、渋紙のように陽焼けし憔悴していた。明日をも計り難い己の運命、くずれ去ったわが陸海軍、破れ果てた焦土の祖国、安否の程も知り難い肉親を思って懊悩していた。

私は幸いに、承詔必謹、一億総ざんげ、石を噛じり、木の根を喰んでも、占領下の痛苦に堪え抜いて、国土の再建を期していた終戦直後の祖国と同胞を知っていた（その後、浅ましく変貌したが）。

そして、四億民衆を挙るインドのすさまじい独立抗争やＩＮＡ将士の剛毅な闘魂を、レッドフォートで見聞してきた。その上、インドをはじめ、東南亜諸民族独立必至の機運と彼等の日本に対する感謝と理解と親近の情を皮膚に感得してきた。

私は懊悩焦心の友に、この事実を語り、デサイ博士の恩言を引用して、祖国の前途は、案ずるに足らぬことを力説した。そして、ＩＮＡに劣らず、希望と闘魂を奮い起し、英法廷に英軍と闘い抜こうと、激励これ努めた。同志相計って、若い兵や軍属のため、訊問応対戦術や法廷闘争の駈け引き等の教習を指導した。警備兵には、ポピュラーな、日本の劇を研修していると詐って。警備兵の虐待や食事の微量に対しては、ハンガーストライキを交える抗議を反復した。獄友の闘魂を鼓舞する上にも、これが有効であった。

私は、一年有余を、この刑務所とクアラルンプールの刑務所に過ごした。この間、三百名に近い先輩や僚友が、獄門に下り、絞首台に上った。天皇陛下万歳！　の絶唱とともに、全刑務所に響く踏み板落下の響きを、息を凝らし、全神経を集中して、瞑目合掌聴き入るわれわれ獄友三千の思いは、なんとも譬えようのないものであった。これら言語に絶する悲痛惨苦と屈辱は、百巻の書をもってしても尽くせないであろう。又凡庸の筆の到底表現しうるところではない。私は、止むなくこれを割愛して、私に対する訊問の特異な二つの場を綴ることとしたい。それは、Ｆ工作に対する彼我の認識を端的に表現するものであった。

ワイルド大佐

読者は、山下、パーシバル両将軍降服談判の写真を見ていただきたい。そのパーシバル将軍につき添って、通訳を務めている白皙の青年参謀が、ワイルド少佐――終戦時大佐に昇任――である。

大佐は、戦前日本に駐在した経歴がある武官で、日本語を解する俊秀である。降服とともに俘虜の身となり、戦友英濠兵とともに、日本軍に駆り立てられて、映画「戦場に架ける橋」で有名な泰緬鉄道の工事に駆使せられ、日本軍に対して骨髄に徹する恨みを抱いた一人であった。その大佐が、この地区の日本軍に対する戦犯追及の立役者になっていたのである。ワイルド大佐といえば、泣く児も黙るほどに、わが獄友達から恐れられていた。

二十一年の明治節も近い一日、Bブロックの私に呼び出しがかかった。私は入獄後も連続訊問を受けていた。F機関になんのかかわりもない華僑虐殺事件やその他の事犯についての訊問が多かった。第二十五軍の山下軍司令官は、米軍の手で、マニラに捕われており、参謀長鈴木将軍はレイテ決戦に戦死され、肝心の作戦参謀辻大佐は潜行三千里を決めこんで消息不明、朝枝少佐はシベリアに抑留の身、林少佐は箱根上空の航空事故に倒れ、当時、唯一人私が、現地にあった参謀（私は寺内元帥の幕僚で、山下将軍の参謀ではなかった）であったからであろう。訊問は、刑務所内で行われるのが通例であった。

当日に限って外に出る用意をせよという。用意といっても、靴を穿くだけのことである。英兵から預托の靴を受け取って、刑務所のゲートに連れていかれた。久し振りに仰ぐ娑婆の青い空、南国の緑がまぶしかった。二人の私服刑事が待っていた。上衣のすそに拳銃のサックがのぞいていた。無言のまま、私に手錠をかませて、くたびれた乗用車に、私を押しこんで、両側につき添った。どこかで見覚えのある顔だが、思い出せなかった。車はフルスピードで市内に向って走った。「どこに行くのか」

と言葉をかけたが、二人は黙して答えない。

やがて車は、港に面する古いビルの玄関に着いた。私は探偵局とにらんだ。刑事は、私を二階の部屋に押し入れて、手荒く鍵をかけた。栄養不足に体力が衰弱していた私は、どうでもしろという気持ちも手伝って、ボロボロのソファーにもたれて鼾《いびき》をかいて寝入ってしまったらしい。それがふてぶてしく見えたのか、乱暴にこづかれて眼が醒めた。そして別室に導かれた。

大部屋に、一〇名ばかりの面々が、コの字型に席を占めて、到来の私に眼を注いでいた。私は、こりゃ物々しい訊問が始まると思った。無実の罪をかぶせて、断を下す魂胆かとも思った。その時、正面の席に、軍服いかめしい、口髭の英軍大佐が、ゾッとするほどの冷笑を浮べて私を睨み据えながら「藤原！　俺を覚えているか」と口を切った。私はその途端に、フォード会社での参謀を思い起こした。あの時髭がなかったがワイルド少佐だと。「覚えています」ときっぱり答えた。彼は眼と顎で、私を彼の机の前の席に坐らせた。軍服華やかな彼と、よれよれの半袖、半パンツの獄衣の私は正対した。私は勝敗、有為転変の武運の辛《つら》さを噛みしめた。

そしてF機関に関する痛烈な訊問が始まった。おっかぶせるような威丈高さで。最初の訊問は、シンガポール陥落直後、F機関が軍命令によって、英統治下の政治犯の資料収集を命ぜられ、米村少尉以下がこの探偵局を家宅捜索した件の追及であった。訊問が進むに従って、その探偵局の中国人系刑事等が、日本軍に殺害されている事実であるらしいことが察せられた。そして米村少尉以下をその下手人と睨んでいるもののようであった。とんでもない嫌疑をかけられていると思った。第二十五軍華僑粛正（虐殺）の犠牲になったのかも知れないと直感した。

私は、これも戦争の続きとばかり、懸命の応酬を試みた。私の頑強な応酬にいらだった大佐は、一段と声を激して「米村の経歴、人相、現住所を云え」「貴様が米村に与えた任務を云え」「米村に指揮されたF機関員の面々は誰々だ。その経歴、人相、現住所は、そして携行した武器は」と畳みかけるように問いつめてきた。私の機関に限って、絶対に、そのようなことをやる筈がない。若しその事実があれば、宛然一家庭のようであった機関のことだ。復命の際必ず報告する筈だ、と信じつつも、或はといった妄想と不安が私の脳裡をかすめる。

私は、「四十二年五月、F機関解散とともに、米村少尉と任務を異にした。その後の消息は知らない。或は戦死したかも知れない」と先ず突っぱねた。そして「F機関員の行動は、すべて私の命令でやったのだ。私は一切の復命を受けている。私はすべてを知っている。何でも私に聞いてくれ。私は真実を率直に答える。私はF機関員の行動については一切の責任を負うのだ。下級の者を詮索しても意味がないではないか」と云い張った。何が何でも、下手人をでっちあげて、復讐を果たさなければ止まない英軍戦犯追及の手口を毎日見聞している私は、米村少尉やその他のFメンバーを、私の境地に置きたくなかった。しかもF工作そのものに対しても、どんな復讐を企んでいるかも知れない。私一人で沢山だ。その方が気やすに闘えると思ったからである。

真剣勝負のような厳しい応酬である。通訳の介在が、間合をおくので僅かながら救いとなった。日本語を解する刑事か、検察官か、メモに忙しい。タイプ嬢が厳しい雰囲気をかき立てる。半そでの獄衣では流れる汗を拭う術《すべ》もない。

刑事虐殺事件は、応酬の揚句に、大佐が発した訊問の一言「米村少尉は、婦人通訳と着剣執銃兵を帯同していた」でけりがついた。私はしめたとばかり、「F機関には、婦人は一名もいない。武装兵はおろか、下士官、兵は一人もいない。私は、F工作に、女は絶対に使わない信条を守り通した。それは作戦部隊の仕業だろう」と突き放した。大佐は渋々この訊問を打ち切って、F工作の訊問に移った。

応酬に必死の私には、時間の経過もわからなかった。大佐は、左右に眼くばせして立ち上り、部屋を去って行った。昼食休憩とわかった。先程の刑事が、私を引っ立てて、ビル裏庭の一隅の留置場にほうり込んで去って行った。朝から一杯の水も与えられていない私は、暑さと疲労で目がくらみそうになった。彼等は私に、飯も水も与えないつもりなのだろうか。

しゃがみ込んで、空腹と疲労に堪えていると、一人のマレイ人巡査が、辺りに気を配りながら鉄柵に近づいて「メージャー・フジワラか」と叫んだ。私はウンと顎で肯定した。彼の後方に、みすぼらしい服装の女房が立っていた。彼は女房と何事かしめし合わすようにうなずき合った。マレイ人の巡査や刑事は、局内に長屋式の住居を与えられて住んでいた。立ち去った。彼は、暫くの後、大皿に山盛りのカレーライスとうす汚いコップ一杯の水を持って来た。「メージャー、早く喰べてくれ。オランポテ（英人）が帰ってこない間に」、と哀願でもするように私を促した。夫婦の顔が、地獄の仏に見えた。夢にまで、腹一杯飯を喰ってみたいと、浅ましい妄念にかられ続けたこの半年である。己のその情けなさを自ら叱咤してみるのだが、どうにもならなかった。餓鬼になり下りつつあるのである。ぐうぐう鳴いておさまらぬ腹の虫を、独房の水洗便所の水をふくんで押えたことも一再ではなかった。

その私の手に、山盛りの飯が載《の》せられた。彼は機関のことを聞き知っていたらしいが、私は彼を見知らないのである。私はおし戴いて、夫婦に感謝の意を表した。私は餓鬼のように、その厚意をむさぼり喰った。夫婦はその間、見張っていてくれた。涙が出る程に、その情が有難く嬉しかった。戦争間に育まれた、日本と東南亜両民族のこの心の結合を、英人は知っているだろうか。そうだ、戦犯裁判は、この結合を打ち砕かんために鳴物入りの宣伝で強行しているのだ。日本人民を、現住民に悪鬼と印象づけるために。

午後も、ぶっ続けの訊問が続いて夕刻に及んだ。私は懸命に、真実と所信を主張した。最後に、大佐は、一段と険しく私を睨み据えて曰く「貴様は、朝からの訊問に、あれこれと態のよい応答をしたが、これは要するに、F機関は殺人強盗の機関だ」と決めつけた。この慮外の一言に、私はカッとなって、われを忘れて立ち上った。私の血相は変わっていたであろう。私がつかみかかるとでも思ったのであろうか。「俘虜の分際を忘れたか」と大佐の大喝に、私はわれに返った。これはまずかったと直ぐ着席した。そして「大佐が余りに理不尽な暴言を云うからだ。如何なる根拠があって左様な結論が云えるのか。私は朝から、延々七、八時間にわたって、誠心誠意大佐の訊問に答え、真実を述べて、F機関すべてを明らかにした筈だ」と反問した。大佐は、皮肉たっぷりの冷笑を、浮べながら、鞄の中からファイルを取り出してパラパラとめくっていたが、その一頁に手に止めつつ「日本軍の安田少尉が、F機関が行った殺人強盗の事実を、ここに証言しているではないか」と押しつけるように言った。私は直ちに下手な鎌をかけていると見抜いた。「その証人安田少尉をここに呼んで対決させてくれ。私は一分間で、虚言者の面皮を剝いで見せる。又F機関に、恨みを持っている現住民が、一人でもあったら会わせてもらいたい」と啖呵《たんか》を切った。するとと大佐は、そのファイルを閉じて、鞄に入れた後「君は何と云おうと、ハリマオの如き強盗、殺人、無頼の悪党を使って行動したではないか。それでも否認できるのか」と切り返した。私はこみ上げる感情を押えながら「ハリマオは、英統治下で殺人強盗の匪徒であったかも知れない。それは、F機関にかかわりのないことだ。しかし私の部下となり、真個の日本男児に立ち還ることを、私に誓ってからは、私の厳命を守って、虫けら一匹、菜ッ葉一枚も殺生掠奪をやっていない。敵軍は別だが」と言い切った。この一言に大佐は黙して、鞄を閉じ、立ち上った。

私は、追いすがるように「大佐！　待ってくれ、聞いて欲しいことがある」と呼び止めた。そして私の精魂をふり絞って訴えた。「お互いに、武人として、国の至上命令に従って戦ったのだ。勝敗は戦さのならわしだ。貴国は騎士道を、日本は武士道を誇る文明国民だ。F機関は、私も部下も武士道の精神を心がけてきた。シンガポール陥落直後、探偵局関係の官舎を機関に接収した際にも、私はこれに最善の配慮をしたことは、貴国の関係者が知っている筈だ。その日本軍の参謀――私をこのように侮辱することは心外千万だ。直ちに釈放してくれ。チャンギー刑務所のあの虐待と理不尽な裁判は、英国の騎士道精神のために、悲しむべきことだ。改善して欲しい」と。

大佐は、私のこの切々の訴えを心に留めたか否か、冷然一言もなく出て行った。しかし私は、われ勝てりと思った。

刑務所への帰途についた。件の刑事の態度は、往路と変っていた。二人の話から、シンガポール陥落直後、私が同情を寄せた旧知であることが解った。車中で私に煙草をすすめてくれた。空腹と疲労の一服に頭がクラックラッとなった。更にカンポン（村）の中国人飯屋に車を停めて、焼飯を御馳走してくれた。情は人の為ならずとはこの事か。

それにしても、言葉も解せない、戦犯容疑の若い将兵が、この様な訊問責めに陥れられ、一方的に作成された英文の陳述書に然るべくサインを強いられ、不当の判決に服したが如何に多かったことか。思うても無念である。

グローリアス・サクセス

これでF機関は晴天白日の身となった。釈放の日は何日かと心待ちしていたその矢先、十一月の初め、私は、厳重に手錠と捕縄をかけられた上、一コ分隊のグルカ兵に物々しく警備されて、クアラルンプールの刑務所に転送された。施錠の手に、毛布に包んだ身の廻りの品を持たされ、駅の待ち合い室の土間に、しゃがませられ、現住民旅客の眼に晒し者にされた時の口惜しさは、得も云われぬものであった。

この刑務所には、八百名の現地人囚人の中に、七十一名余りの日本軍戦犯容疑者が収容されていた。既に死刑の判決を受けた二名の獄友も含めて。憲兵と刑務所関係の司政官が主であった。チャンギーと異なって、取調べが終り、容疑の晴れた者は、苦役を課せられたが、大部屋に収容せられ、食事の量は豊富であった。刑務所外の苦役（官舎の薪割り、椰子の実のガラ拾い等）は、娑婆に飢えている私達には、却って楽しかった。その上、留守のボーイやコックの同情から、白いパンや煙草にありつけることも、一同の人気を買った。自由を失った者には、こんなささやかな自由でも、その有難さが心に沁みるのである。自由に浸っている者には、自由の有難さ否自由を満喫していることさえも意識出来ないのではあるまいか。

F機関に関係のない事犯について、数回の訊問を受けたが、間もなく嫌疑が晴れて、大部屋に移された。毎夜、手製の碁、将棋、マージャンに興じたり、遠い祖国のあれこれを語り合って日が過ぎた。私には、平穏な日が続いて、年も改まり、三月を迎えた。帰国の好運を夢見ることが多くなった時、突然訊問の呼び出しがかかった。重い気持で事務所に行ってみると、赤い正帽の憲兵が待っていて、私をランゾール市内の探偵局に連行した。

二階の二〇坪もある大部屋に導かれた。大佐の階級章をつけた探偵局長が控えていた。金髪のタイピスト嬢と中国人系通訳がはべっていた。先程の憲兵はドアの外に立哨した。

禿頭大柄の局長は、五〇の坂を越していると見えた。意外に柔和な態度と口調で、マレイの探偵局長であることを告げた後、F機関の工作経緯について、三日間にわたって訊ねたいから、率直に答えてくれと前置きした。バンコック以来の工作経過、インド工作、サルタン工作、スマトラ工作、マレイ青年連盟工作、ハリマオ工作、華僑工作について克明な訊問が続いた。訊問の内容、態度から、戦犯容疑の追及が目的でないように察せられた。F工作が成功した原因、事由を掘り下げようとするもののようであった。現地人関係箸やINA、IIL首脳との接触経緯や彼等の発言内容、彼等に対する私の人物評等を重視した訊問が多かった。マレイ探偵局或は総督の植民政策の反省と今後の施策参考資料を狙っていると思われた。かく察した私は、和やかに、誠意をもって率直に応答した。

最後の日、訊問が終った時、局長は私に茶と煙草を奨めた後、思い入れる口調で「貴官の工作は、真にグローリアス・サクセスであった。敬意を表する。一九四二年の初めから、英当局は、貴官の工作を重視して、デリーに大規模の対抗機関を特設して、情報収集と対抗施策に活動した。本工作に関する資料はこの部屋一杯ほどになった（私の工作に対抗する英側の情報施策は、単にマレイ、タイ、ビルマだけではなく、インド本土内の対策が重要であっただろうと、筆者は察した）」と述べた。そしてやや厳しい口調で「貴官の詳細な応答は良とするが、何としても納得しかねる疑点がある。それを解明して貰いたい。貴官は一般歩兵将校で、陸軍大学校卒業後、野戦軍参謀を経て、短期間大本営の情報、宣伝、防諜業務にたずさわっただけで、この種秘密工作の特殊訓練や実務経験のない素人だという。しかも、語学も、現地語能力は皆無、英語はろくろく話せないとのこと。その上、戦前、マレイ、インドの地を踏んだ事もなく、この度の現地関係者と事前に、何の縁もなかったと訴える。更に貴官の部下将校は海外勤務の経験も、この種実務の経験もない若輩の将校であったとの事。そんなメンバーから成る貧弱な組織で、このようなグローリアス・サクセスを収めたと云っても、納得できるだろうか、納得し得る説明を加えられたい」と真剣に問いつめた。私は、当惑しつつ「それが事実なのだ、説明の致しようがない」と答える外なかった。局長は、私の答えに満足せず「そんな説明で満足できるものがあると思うか。それでは、貴官はどんな特別のテクニックを用いて、この成功を導いたのか。それを説明されよ」と迫った。私はいよいよ返答に窮して「特別のテクニックなどない。私達は素人だ」というと、局長は不機嫌に「それではいよいよ解らん。貴官も自分の云うことが解るだろう。成功の原因について考えてみてくれ」と追いつめられた。

私は、この好意の局長に満足を得る回答を与えたい、局長の云うことも道理だと思うけれども、名答が浮ばない。私はしばし考え込んでしまった。そして、これより外にないと思い到った所信を、誠意をこめて語った。「それは、民族の相違と敵味方を超えた純粋な人間愛と誠意、その実践躬行ではなかったかと思う。私は開戦直前に、何の用意もなく準備もなく、貧弱極まる陣容で、この困難な任務に当面した時、全く途方に暮れる思いに苦慮した。そしてハタと気付いたことはこれであった。英国も和蘭も、この植民地域の産業の開発や立派な道路や病院や学校や住居の整備に、私達が目を見張るような業績を挙げている。しかしそれは、自分達のためのもので、現住民の福祉を考えたものではない。自分達が利用しようとするサルタンや極く一部の特権階級を除く現住民に対しては、寧ろ、故意に無智と貧困のまま放置する政策を用い、圧迫と搾取を容易にしている疑いさえある。ましてや民族本然の自由と独立への悲願に対しては、一片の理解もなく、寧ろこれを抑制し、骨抜きにする圧政が採られている。絶対の優越感を驕って現住民に対する人間愛――愛の思いやりがない。現住民やインド人将兵は、人間、民族本能の悲願――愛情に渇し、自由に飢えている。恰も慈母の愛の乳房を求めて飢え叫ぶ赤ん坊のように。私は、私の部下とともに、身をもって、この弱点を衝き、敵味方、民族の相違を超えた愛情と誠意を、硝煙の中で、彼等に実践感得させる以外に、途はないと誓い合った。そして、至誠と信念と愛情と情熱をモットーに実践これを努めたのだ。われわれが、慈母の愛を以て差し出した乳房に、愛に飢えた現住民、赤ん坊が一気に、しがみついたのだ。私は、それだと思う、成功の原因は」と力説した。

私のこのような所信は、開戦前、十六年の三月から二ヵ月余、仏印、タイ、スマトラ、ジャワ、フィリッピンを密かに視察して廻った時、切実に感得したものであった。大東亜戦争に備える心理戦資料収集の目的で身分を変えて出張したのであるが、英当局はマレイ入国のビザを拒絶した。私は、この事実は、隠し通していたので、局長にも告白しなかった。

局長は、私の所説を、顔色も変えず、冷静熱心に聴き取ってくれて、大きくうなずいた後「解った。貴官に敬意を表する。自分は、マレイ、インド等に二十数年勤務してきた。しかし、現地人に対して貴官のような愛情を持つことがついにできなかった」としんみり語った。

私は局長の、この立派な態度と人柄に、頭を下げて感謝した。われわれ日本の将校に、この態度をとれる将校が果たしてあるだろうかと自省した。デリーでの私達の案内係りを務めた英人大尉を、思い合わせた。英国民の騎士道をここに発見する思いであった。

局長は俄かに打ち解けて私に「妻子はどうしているか」、「帰国したら、どんな生業につくか」と尋ねてくれた。「農業しながら、青少年に、この度の戦争の色々の反省、経験を語り伝えたい」と答えると、「耕地を沢山持っているか」と問うた。「無い。しかし私共夫婦が耕す位の農地は、知己や縁者が心配してくれるだろう」と云うと、大佐はうなずきながら「そうか、貴官はやがて再びマレイを訪れる機会を持つだろう」と慰めるように云ってくれた。

こんな和やかな問答の後、大佐は、ネビーキャットの煙草二罐を差し出して、私の幸福を祈ると訊問の終りを告げて立ち上った。私は局長の高い品性に打たれつつ、刑務所に帰った。釈放帰国の自信を得た私の心は、一年半振りに、秋空を抑ぐ思いに弾《はず》んだ。

三月末、私は再びチャンギーの刑務所に送り返された。又しても、英国は用済後の私を、和蘭の手に渡すのではあるまいかという不安が頭をもたげた。スマトラ工作の関係で。

チャンギーで、ワイルド大佐が香港上空の航空事故で亡くなったことを知った。明日をも計り難い運命の無常を思い知らされた。獄友達はこの報をほっとした気持ちで受け取った。

けれども、個人も、民族も、むずかしいことではあるが高いヒューマニズムと高貴な人類普遍の使命感に徹した進退を、勝敗何れの境涯にも貫き通さねばならぬと、この一年有半の間、訓えられるところが、余りに切実であった。終戦直後、「暴に酬ゆるに暴を以てするな。徳を以てせよ」と号令して、百万の将兵と軍属、在留邦人を、無事祖国日本に帰還させてくれた蔣大総統のそれが、思い合わせられた。

五月初め、私は、釈放されて娑婆の空を仰いだ。その空気はほんとうに甘かった。五月二十六日、私はチャンギー下番者二百名の輸送指揮官を承って、帰国の船路についた。全く冥土から、現世に奇跡の「廻れ右」をする思いであった。六月二日、又見る日を思いあきらめていた祖国の佐世保に上陸した。リュック一個を背負って。でもその中には、シンガポールのIIL代表ゴーホー氏夫人が贈ってくれた時計とチョコレートと、煙草罐一杯のライターの石が忍ばせてあった。佐世保の街を通して見る祖国は、正視に堪えない惨めな姿ではあったが、矢張り、限りなく懐しく、いとおしかった。慈母の懐のように。

嗚呼！　私は生きて祖国の大地に両脚を踏まえることができた。しかも、あれ程の工作に部下の一人の戦犯犠牲者も出さずに。思えば、それもこれも、Fメンバー諸君や、何十万現住民や俘虜の、INA将兵の功徳の御蔭である。私は、生涯これを忘れてはならないのである。凡眼を戒めつつ、報恩に心がけねばならぬと思う。

稿を閉ずるに当って、ネタージ・ボース、プリタムシン、増淵、岩田（田代）、神本の諸氏をはじめ、亡き盟友の方々の霊に合掌礼拝して、アジアの平和融和と繁栄を御祈り申し上げる。

附　記

昭和三十六年四月二十九日、終戦この方十五年の間、私が思いつめて果たし得なかった機関の慰霊祭を挙行することができた。遺家族の方々、生存者の全員が全国から参集して、三日間にわたって慰霊と遺家族の慰安、生存者と遺家族の親睦行事を繰り展げることができた。アチエ工作の現地側中心人物サイドアブバカル君（マラッカ海峡を越えて、スマトラに潜入）も遥々ペナンから参加してくれた。

私は富士裾野の旅宿で、斎戒沐浴《さいかいもくよく》、夜を徹して英霊に捧げる慰霊の辞を綴った。私の万一の感懐をこめて、その弔詞を巻末に附記し、重ねてこの手記を英霊に御供え申し上げたい。

慰霊の辞

増淵さん！
岩田さん！
椎葉さん！
神本さん！

大田黒さん！

大田さん！

米村君！

瀬川君！

滝村君！

谷君！

山下君！

プリタムシンさん！

亡き東南亜細亜の盟友の方々
見て下さい、聴いて下さい。

皆様最愛の奥様、御子様、御姉様、そして藤原をはじめ、皆様と大義のために血盟し献身したわがF機関の心友が、今こうして皆様の御霊前に馳せ集まって拝跪しております。

一同無量の感慨に、唯々滂沱《ぼうだ》たる悲涙にむせび、申し上げる言葉に苦しんでおります。

ほんとうに御久しうございます。

ほんとうに御懐しうございます。

二昔前の十二月一〇日、シンゴラ大南公司に勢いこんで勢揃いしたあの劇的な光景が、今眼前に髣髴として鮮かに蘇ってまいります。いえ、この集いがシンゴラのあの勢揃いそのものの錯覚にさえ陥ります。そして走馬燈のように、タイ、マレイ、スマトラ、ビルマ戦場の硝煙の中を、八方に馳駆して悲願を伸べたあの偉大なる感激のあれこれが、今私達の脳裡に、昨日、いえ、今日の事のように鮮明に繰り展がってゆきます。

だがあれからもう二〇年の歳月が流れています。

当時無双の斗志と精力を誇った藤原も、このように禿頭白びんの境に入りました。紅顔の美青年を誇った他の諸君も、このように堂々たる壮年紳士となり、立派なお父さんとなりました。

皆様の奥様も御姉弟も戦後の御苦難に堪えられ、このように御心丈夫に御健祥でございます。御愛息はこのように逞しく立派に御成人され、お父様そっくりでございます。

皆様、さぞかし御満悦に思召していられることと存じます。

私達はF機関解散後、任を異にして袂を分かち、各方面に転進転戦する羽目になりました。

又敗戦直後の苦難と混乱の渦に浮き沈みの態となり、相遇う機を失いました。そのために、谷君の他は、どなたの御最後も御見とりできない不運なめぐり合わせとなりました。ほんとうに悲しい因縁でございました。

だから、私達は皆様が超人的な活躍に率先されたあの時の御勇姿と御温容と御元気な御声のみが想い起こされて、今猶皆様が現住民の導父として彼の地に健斗しておいでになるように思えてなりません。どうしてこの世に相遇えない皆様であることを信ずることができましょうか。

だが、私達はもう皆様と遙けく幽明境を隔て、語り合うに術なく、手を採り合うに途のない冷酷無常の現実に置かれているのであります。

憶、この悲しみを、この寂しさを、誰に訴えればよいのでしょうか。

申しても詮なきことでありますが、若し私達が袂を分かたねばならぬ運命に置かれなかったら、増淵さんや岩田さんや皆様の中の幾方かを、この世に御引止めできたのではなかったか、或は私達が皆様方と行を偕にしたのではなかったかと思い悔まれてなりません。

しかし唯一念、悠久の大義に生き、永遠に亜細亜の同胞と生死苦楽を偕にし、彼等の自由と独立とを成就し守護することを畢生の大信念とし、本懐としてお出でになった皆様を存じ上げているだけに、皆様の鬼神も避ける壮絶な御覚悟の御最後を拝承し、藤原の恨み言は凡夫懦《だ》夫の愚痴として御叱りを受けましょう。深く恐縮しあきらめます。

皆様御喜び下さい。

私達の悲願は見事に成就いたしました。藤原、フレンドシップ、フリーダムのイニシアルFに因んで名づけた、F機関の理想は現実となりました。東南亜細亜の盟友から友情のこもった通信がわれわれに相次いで寄せられております。その文中に皆様を慕う情の濃やかさが滲み出ております。最近マレイを訪れて帰った知人は彼の地の人々が、中国人、マレイ人、インド人の別なく、F機関に対する深い敬慕を今も失っていないことと、F機関に協力したことを誇り、これを自他共に許す風潮にあることを、私に感動こめて語ってくれました。

F機関の業績は、年月の経過に伴って内外の識者の注目と賞讃をあつめつつあります。国内でも数々の図書に、雑誌に、新聞に紹介せられ、映画にも、放送にも取り扱われています。

海外でもインドとパキスタンとアメリカでＩＮＡ記録の著述が計画せられ、資料の提供を私に要請してまいっております。

Ｆ機関の声望は内外に高まりつつあります。

私達の業績は史上に燦として輝いています。

ほんとうに欣《うれ》しいことです。

皆様、偉大な歴史的転換を促進し、新しい歴史の一頁を刻み、日本国民と東南亜細亜諸国民との深い理解と美しい友情を取りもつことの出来た私達こそ、日本男児として無上の本懐であり、感激であり、果報でございます。この偉大な功績は実に皆様の御献身に帰するものでございます。

マレイも、シンガポールも、インドネシアも、ビルマも、インドも、悉く独立を完成いたしました。数百年にわたる白人のアジア支配は崩れ去り、終止符を打ちました。未曽有の歴史的偉業が成就しました。そしてその成果は今や中近東に、アフリカに、中南米に燎原の火のように拡大しつつあります。

祖国は敗れました。けれども、一旦の武力戦の成敗を超える永遠の真理の勝利を得ました。そして焦土と化した祖国は、今戦前を凌ぐ復興を遂げ、列国を驚嘆させつつあります。

東南亜細亜の同胞は、凄惨な戦禍に拘らず、日本と日本の国民に、戦前に優る親近の情と深い信頼とを寄せております。

そして日本の復興に大きな寄与をもたらしています。

皆様、わが機関のように、清純な誠心と情熱、篤い情義と不動の信念に結束し親和し、一心一体となって高貴な使命に捨身挺進した機関や部隊が他にあったでしょうか。私達は当時からこの無類を信じ、誇ってまいりました。他からも賞讃され、羨まれてまいりました。

現地の友が今猶Ｆ機関を敬慕賞讃する理由に、先ずＦメンバーの高いヒューマニズムの実践を挙げているそうです。想い起こします。当時私達は、至上のヒューマニズムの象徴を陛下の大御心とし、身を以て大御心を敵に、戦地の住民に、硝煙弾雨を冒して施すことを一念として活躍いたしました。至誠、情熱、信義、信念、これがF機関の信条でありました。

至誠天に通ずると申します咸言の通り、私達のこの信条が、この偉きな歴史的成果の原動力となったのです。

皆様が工作の第一線に挺身して、この信条をもって、現地の盟友を、住民を、或は俘虜をいたわり、説得されたあの光景は、菩薩の慈悲、明王の勇気と信念にも通う神々しいものでありました。

彼等が皆様を慈父母のように慕い、信頼していたあの美しい光景が、今もまぶしく私の瞼の裏に焼きついております。

皆様がこの不敏、不徳の藤原を、機関長！　機関長！　と呼んで輔けて下さったあの親しみ深い温和な声が、今もなお私の耳底に響いております。

皆様がFメンバー親和の楔となって、明るく、親しく、細やかに私達と睦んでくださったあの温情が、今もなお私達の心底を和ませております。

皆様、私達は皆様の壮絶な御最後に取り残され、生き永らえて今日に至っております。真に愧しく存じます。

しかし、私達はFメンバーの信条を今も心とし、皆様の御志しと御友情を肝に銘じつつ、戦後の厳しい風雪を凌いでまいりました。それぞれ志業に精進して祖国の再興に寄与すべく奮闘いたしております。

不自由な戦後の環境の中にも、当時の友情を温め合っております。東南亜細亜の盟友とも変りなき友情を深めております。

これだけが皆様の御志しと御友情に対するせめてもの報恩と自ら慰めております。

しかし、藤原は、皆様に果たさねばならぬ一番大切な務めを怠ってまいりました。私は御霊前に平伏してひたすら御赦しを乞います。

その第一は、皆様の御遺族の御悲しみと御苦難を御扶けすることの少なかったことでございます。増淵さん、大田黒さん、岩田さんの御遺族とは遅蒔きながら幸いに連絡ができましたが、その他の御遺族の御消息を伺うことができずに、無為のまま今日に至ってしまったことです。

その第二は、皆様の御霊を御祀りし、御慰めすることなく日を過ごしてしまったことです。靖国神社には欠かさず御詣りさせていただきましたけれど。

その第三は、生存Fメンバーの方々の集いを今日まで実現できなかったことでございます。

戦後異境の囹圄《れいぎょ》に抑留せられたり、多くの皆様から御厚情をいただいた先妻の病臥、他界のことがあったりした事情もございましたが、畢竟私の不徳と怠慢の然らしむるところでございます。

私はこの一〇年の歳月、日々この御勤めを果たさせていただかねばと思い続け、山口君とそれを語り合いつつ今日になってしまいました。

幸いに山口君の非常な御骨折りと生存メンバーの方々の御協力、それに好意の方々の御芳情に恵まれて、漸く今日、皆様の御霊前に集うことができました。皆様の御遺族も遠路を遥々全国から御参列下さいました。

微力な私達のこととて、このようにささやかな御慰霊しかできませんでしたが、霊前に額《ぬか》ずくこの御遺族と私達の一杯の気持ちを屹度《きっと》酌み取って、御満足下さることと念願いたします。どうぞ私達の思いを御享け下さい。

どうぞ今日明日の私達の楽しい集いに加わって下さって、一緒にお楽しみ下さい。クアラルンプールのF機関本部の夕餉《ゆうげ》の団らんのように。

皆様、私達は今後も皆様の御志しと御功績を恥しめないよう、御遺族と相扶け、相携え、相励まし合って、世の荒波を乗越えて行きます。そして御遺族の御繁栄を祈念し看守ってまいります。

皆様並びにFメンバーの方々に改めて御礼申し上げねばならぬことがあります。

この度の慰霊祭に、格別の高配を得て、亡妻美穂までが、こうして英霊の御仏壇に、一所に御祀りいただいたことでございます。故人の感激の程が想い偲ばれます。私をはじめ家族一同も過分の御知遇に、唯々感激拝謝申し上げます。

申し上げたいこと、報告せねばならぬことが一杯ございますが、意余り、感慨胸に迫って言葉が続きません。どうか御察し下さい。

皆様どうぞ御心安らかに御冥福下さい。そして、永へに、御遺族を、Fメンバーを、東南亜細亜の盟友を、祖国を、東南亜細亜の新興国を御護り下さい。

謹しんで慰霊の辞を申し上げます

昭和三十六年四月二十九日

元F機関長
藤原岩市
機関員一同

私の回想

INA GENERAL モハンシン

四〇年もの昔、私が藤原岩市少佐（現在中将）と相携えて乗り出した危険ではあったが堂々たる冒険、そしてその間共に獲ち得た成果、共に分かち合った失敗の数々など、彼との結びつきの思い出や、又我々の愛国的闘争において結局体験が余儀なくされた屈辱さえも、今となっては私の生涯で最も素晴らしい一齣となってしまった。

藤原少佐は、北部マレイのジャングルに私を訪ねて来た最初の日本軍将校であった。共同作業開始後、日ならずして我々両者の間に完全な相互理解の誕生を見たのだが、第二次世界大戦中（一九三九～四五）我々がインド独立のため、極東において発足させた一大政治運動の檜舞台の中心へ私を押し出した日本軍機構の主因となったのも彼であった。そして又、我々両人の制御外にあった不可思議な運命の魔手によって、私が忘却の暗黒界へ葬り去られようとした時、私を訪れた最後の客人は、なんの因果の巡り合わせか、ほかならぬ彼であった。

最初に私が彼と会った時、彼の顔面は大きな希望で輝いていた。だが、最後に会った時の彼は、苛酷なまでの幻滅と悲哀、そして落胆にさいなまれた形相で、顔は止めどなくほとばしる涙で覆われていた。傑出した人物との出会いで、最初と最後の印象は、我人生の中で忘れ難い重要なものである。

私にとってこれらの印象は特に重要なもので、私の心の目にはいつも生き生きと残っている。……最初の印象は非常な楽しみと、うれしい驚き、最後の印象は強烈な悲壮と、いじらしい光景であった。

最初の会見は、アロルスターから数哩へだてた小さな町クアラナラン近傍のジャングルの中で行われた。一九四一年十二月十四日の午後、私がクアラナランのサウダガル・デン氏を通じて日本軍司令部へ送った文書に対する返答として、藤原少佐が護衛もなしに、単にギアニ・プリタム・シンと大田黒両通訳と土持大尉を帯同して私を訪れた。最初ギアニ・プリタム・シンが私に自己紹介し、ついで藤原少佐を私に紹介した。私達の出会いは、あたかも我々はお互いに旧知の仲であり、大の仲好しででもあるかのようなものであった。一方は日本軍の将校、他方は英陸軍の将校、二人の心なごむ会見と会同は、結局インド国民軍の誕生という大きな結果をもたらす前触れとなったのである。

当時の我々は三〇を僅かに過ぎた若輩で、横溢する愛国の熱意と冒険心をかかえ、光輝ある大戦のためには生死をかえりみず凡ゆる危険を冒す用意があった。我々両人の意気は、愛国の信念と計画、希望と計画、それに歴史的冒険の夢ではち切れんばかりに満ちていた。私自身にとって、……後日想起したのだが……我々の初対面は、奇しくも一年前の同日私の結婚式が挙行された縁起のよい日、しかも正確に同じ時刻に行われたのであった。結婚が私の人生の転機であったように、私の藤原少佐との出会いと心の統合は、その後私の人生全行路に図らずも徹底的変化を招来する触媒現象的効果をもたらしたのであった。だが、この変化は確かに紆余曲折の伴った運命ではあったが、私はこれまで決して後悔はしなかったし、事実私は現在の立場に幸福を感じている。

私はこの会見後間もなく、部下五〇名を伴いアロルスターへ移動した。藤原少佐は、われわれとの折衝を目的とするF機関と呼称する機関を創設した。私の部下は〝F〟の一字を冠した腕章を支給された。そして暫時にして、我々は当初から日本軍の一部ででもあるかのように、彼等と極めて密接な協同作業に従事することになった。まず、我々の司令部を設置し、新しい環境になじみ、そしてアロルスター市に法と秩序をもたらし、平和回復のため日本兵に加勢した。

藤原少佐は情勢の変化に至極幸福感を味わっているように見受けられた。彼の顔面には、あたかも将来の夢の車輪が毅然としたレールの上に乗ったかのように、精神的満足の笑みをたたえていた。我々は夜間長時間協議に時を過した。

私は今でもはっきりと記憶しているのだが、会談が開始されて間もなく、私は少佐に対し「あなたの人生の中で最上の念願は何ですか」と問い尋ねたところ、少佐は間髪を入れず「日本陸軍の将校として、私はいつも最高の死に場所を探しているのだが、今ではインドの自由獲得闘争で死ぬのが私の最高の念願です」と答えられた。この彼の言葉は、政治家共通の常用語と異なり、彼の心底からの発言であり、私は深く感動を覚えた。

私達の討議は一週間以上連続に行われ、その間、インド国民軍の編成、東洋におけるインド独立運動の開始等に関する数々の微妙な点が友誼的に解決された。その間私は少佐に対し、当時ドイツ滞在中のスリ・スバス・チャンドラ・ボースを東洋に迎え、この運動の指揮を仰ぐことの重要性を執拗に強調した。

私は討議を続けている間、彼は知的で機敏、臨機応変の才に富み、しかも情報に頗る精通した青年将校の印象を受けた。その上彼は開放的で、高慢と偏見の弊は聊かも持ち合わせていなかった。常に穏やかで平然とし、騒ぎ立てることなど一度もなかった。そして又、彼は相手の意見を同情的に評価する素晴しい能力を持っていた。彼の極めて俊敏な洞察力は、口語の背後に潜む無音語の意味を解することが出来た。我々の眼に映る物の正体は、単にその物の形体だけによらず、それを観察する我々の位置と角度をも考慮に入れる必要がある。論点を異なる角度から偏見のない公平な態度で観察することの出来る彼の傑出した能力は、我々が逢着したいろいろな難問題に対し、何時も鮮かな解決をもたらした。私はその後多くの著名な日本人と会見し、重要事項に関して論議する光栄に浴した。しかし、現に私が何等誇張することなく言明し得ることは、私に最も強い感動を与えたのは外ならぬ藤原で、会見日ならずして我々相互間に深い信頼感と自信、そして理解が確立されたのは、すべて彼に帰するものであったということである。両者間の会談内容は藤原少佐から遂一山下司令官に報告された。司令官は問題に関する藤原少佐の役割と、その進捗状況について大変満足していた。或る日司令官が私を茶会に招待したい旨申し入れて来た。私は少佐とギアニ・プリタム・シンに伴われ、アロルスターの総司令部に到着した時、山下司令官は藤原少佐の正式な紹介を待たずに、直ちに父らしい愛情の籠った態度で懇ろに私を抱擁した。そして私が母国解放のため率先闘諍を決意したことを心から祝福すると同時に、この崇高な運動のために凡ゆる援助を惜しむものでない、と日本政府を代表して力強く約束してくれた。山下将軍がこのような態度と信頼をもって私を引見したのは、藤原少佐の事前準備によるものと容易に察知し得た。

日本軍に協力するため私について来たインド兵達は、その頃敗残兵が各自の所属連隊を求めてアロルスター周辺のジャングルを放浪していたインド兵を収集するため、該地へ派遣された。日没には我々のキャンプの人員は約三〇〇名に増え、三日後には士官を含め千名以上に増強した。藤原少佐自身の不屈の努力によって、一九四一年十二月三十一日、山下将軍は麾下の全部隊に対し、日本軍の俘虜となったインド兵全員を私に引渡すよう命令を下した。この命令により我々の任務は大いに促進助長され、兵力は日々増強されるようになった。翌年一月クアラルンプール陥落時この数は五千を超え、二月中旬シンガポールが占領された頃は、将校を含むインド兵一万名がインド国民軍に参加した。同市の正式降伏は二月十七日に行われ、ハント大佐が英軍司令官を代表して四万五千名のインド軍将兵を日本軍代表藤原少佐へ引渡した。そこで少佐は、彼等を私に引渡し、同時にインド軍将兵を前に極めて感動的な演説をもって、彼等の母国解放のためインド国民軍に入隊するよう熱心に勧告し、日本政府は凡ゆる援助を惜しむものでない旨を保証した。彼の演説は極めて感動的なものであり、聴衆は又同時にそれを歓迎した。おかげで、私の演説も期待通りの効果を収めることが出来たのは言をまたない。

一九四一年十二月中旬から翌年二月中旬シンガポール陥落までのマレイ、シンガポール全戦争期間、私は藤原少佐と日夜を共に過ごした。そして我々相互間に熱烈な友情と敬愛の念が生じ、言うなれば、離れ難い親友となった。国塚中尉と伊藤氏の両人が日本人通訳として常時私に所属することになり、私と起居を共にした。伊藤氏は当時十八歳位の青年で、責任感の強い気立のよい性格の持主であった。これら二紳士は何時でも直ちに我々の会談を通訳する任に当った。我々はほとんど毎日のように、何らかの新しい問題と取組まねばならなかった。我々両人の心境は、言うなれば、丁度火打ち石のようなものであって、意見の些細な摩擦は直ちに我々の行動線を補導する非常に心強い灯火と化するのが常であった。換言すれば、肉体的に分離した実在ではあったが、知的、感情的、精神的に我々二人は単体であった。我々の頭脳から発散する思考さえ一致していた。

二人は非常によく働いた、が藤原少佐は私よりも尚一層激務に携わり、ギアニ・プリタム・シンのインド独立連盟組織を援助するため、布教精神を以って驚天動地の大活躍を展開した。一般民衆を相手に確固たる組織の基盤を構築することは、私の場合のように軍律厳しい将兵を取扱うのと異なり遙かに難しい仕事であった。しかし、少佐は職業軍人を背景としながらも、この種のタイプの仕事には、私の見受けたところ、全く適材適所、見事に調和していた。彼はダイナミックで魅惑的な個性と、難局に直面したインド民間人に対する同情的なアプローチによって、瞬く間に彼等の異常なまでの信頼を獲ち取り、日ならずして彼等は少佐を単に日本軍の一代表としてではなく、彼等自身の親類縁者の一人として遇するようになった。

インド人は、マレイ、シンガポールの戦争罹災地全域において尊敬と信頼の念をもって遇され、強姦、殺人又はインド人所有の財産の略奪等、我々に通報された事件は皆無であった。この好ましい状態のすべては藤原少佐に負うものであって、インド系全住民は、彼がこの運動で果たしている役目に対し深甚の敬意を表していた。シンガポール陥落後、彼の任務は益々増大したが、彼は不退転の志と不屈の勤勉を以って激務を見事に遂行していた。三月中旬、我々が東京会談に出席する以前に彼は既にマレイ、シンガポールで非常な名声を博していた。当時、現地で特に知名度の高かった日本人は僅か二名であった。その一人は司令官山下大将で、他の一人は藤原少佐であった。少佐の高い評判と偉業は、日本軍部内一部で嫉妬心をかもしたが、これは当然と言えばその通りであった。現在山下大将の名は徐々に忘れられつつあるが、藤原少佐の名は、幾万のインド国民軍の将兵と、インド独立連盟の会員及び日印運動の目撃者にして現存している数知れぬ人々の間で、未だに当然の敬意を以て愛情こまやかに記憶されている。

一九四二年のなかば頃には、インド独立連盟は日本軍統轄下、全域に亘り正当に組織され、又インド国民軍は、軍律厳しく完全武装の愛国精神の旺盛な軍隊に改編されていた。万人の予想を超えて、このような強力な愛国勢力へと変貌したこれら運動の急速な発展は、日本の権威筋を大いに驚かした。と同時に（真の理由は知る人のみぞ知るだが）これら大運動体は少佐藤原ではなく、彼よりも尚一層上級の少将の階級を有するものに担任させるのが適当と判断したのであった。要するに、この運動に心身を打ち込んだ挙句あのような恐るべき勢力へと発展させた当事者が、既定のゴールを目指して更に先導を続行するには、余りにも小物であり、余りにも下級将校だと考察されたことは、全く運命の不幸な戯曲化でしかない。

藤原少佐は人を引付ける魅力と、軍事的能力の外に政治的先見の明と、頭脳の適応性を兼備した逸材であった。彼はこの偉大な政治的、軍事的体系を、非常な忍耐と素晴しい努力をもって……言うなれば煉瓦を一つ一つ、石材を一つ一つ丹念に積み上げて構築したのであった。彼は又運動各構成部門の気質、雰囲気及び感情等を完全に把握し、それら部門を確固たる統一勢力に結合させる手段方法に精通していた。彼は奇跡を成就した。彼の非凡稀なる才幹と包容力は、階級によらず業績と創作を基盤に評価さるべきであった。

私の意見では、藤原少佐の転任は本質的誤算であって、重大な危機招来の主因となり、後には私の逮捕と国民軍からの分離へと進展したのであった。まず最初藤原少佐は少将によって交替され、次いで少将は中将によって代えられた。軍上級将校の誰もが、非軍事的、反軍事的又は政治的職責に適合するとは限らない。上級将校の多くは概して過剰に厳格で、又見解に柔軟性を欠き、特に従前何等交渉のなかった外国人の感情とか、所感又は抱負等を理解することは総じて容易なことではない。従って、意見の齟齬が発生した場合、彼等の態度は頼むに足らず、なかんずく、日本軍による空前の勝利が達成された全盛期においては尚更であった。

藤原少佐は軍総司令部に転任された後も、時間の許す限り暫々私を訪ねてくれた。彼は本来の性格と習性上、全力を傾けて新任務と取組んでいるようだったが、しかし私には、彼は幸せに又精神的に満足しているようには見受けられなかった。天は彼に、高度の政治的ゴール達成を意図したかのように深遠な理解力と固有の才能を授け給うたのだが、周囲の事情が彼からその機会を奪い去り、遂に軍司令部の型にはまった日常の仕事へと放逐したのであった。或る日私は「新任務をどう思っているか」と彼に質したところ、彼の答は「かなり容易な仕事で、又量も大変軽くなったが、私としては大きな象の尻尾であるよりも、小鳥の頭でありたいね」であった。

後任の岩畔将軍は新編成の将校からなるチームを帯同して責務を引き継いだ。軍事的に評すれば、彼は有能で知的な将軍で、又かなりの紳士であった。だが、彼の権能と手腕はどうであれ、藤原少佐とは比較すべくもなかった。彼のアプローチの仕方と仕事のスタイルは全然違っていた。又以前にインド人を相手に仕事をした経験はなかった。知的、精神的交流の結果折角築き上げた日印相互間の問題に関する密接な協力と分担は、彼の指導のもとで重大に阻まれるようになった。そして、結果的に両者はお互いに疑念を抱き始めたのであった。

　小蟻によって開けられた大堰堤の小穴は、早期に修理されない限り、後に厖大な損害を招く致命的な破れ目へと容易に拡大する。日印間に誤解が発生し始めた時、若し藤原少佐がもとへ復帰するようなことがあったら恐らく事態は好転したであろうが、日本側はこの線に一考だに与えようとしなかった。のみならず、日本側の態度は日増しに硬化し、我々の勢力を然るべきサイズに削減し、ＩＮＡ運動の形態と役目は、日本側の希望に即応するものである旨を我々に強要することに決した。果たしてこれは私等と直接交渉に任じた彼等独自の希望に則した行為であったのか、若しくは、数千哩遠隔の地で実際何が起こっているかを完全に把握していなかった東京の権力者に依る高圧的な指令によったものか、私には未だに判然としない。スバス・チャンドラ・ボースの東南亜到着の希望も持てず、又日本側からそれに就いて何等の約束や保証も与えられなかった。

　十一月には日印両者間の見解の相違と疑惑が遂に表面化し、事態はいよいよ重大な危機へと進展することとなった。十二月初旬のある夜、藤原少佐は破綻を未然に喰い止めようと秘密裡に私を訪ねたのだが、それさえも、事態収拾までは行けず、断絶を遅延させたのみであった。

　十二月第二週に至り、我々インド側はほとんど逆転不可能な線にたどりついた。私は完全に希望を失い、進退全く窮まり死を覚悟した。しかし、徒にいけにえの山羊の運命をたどるより、死を以って殉難者になろうと心に決めた。私が母国に悪名を冠することに屈する筈はなかった。その結果、一九四二年十二月二十九日私は逮捕され、終戦まで孤独に朽ちるべく僻地へ隔離された。私の逮捕後ＩＮＡに何が起こったか、何が残ったかは真実悲話に属するので、言葉少なければ、それに越したことはないと思う。

藤原少佐と私は、運命の悲情な手によって我々の育児から無下にかどわかされたのである。インド国民軍は我々両人にとって単なる軍事的又は政治的勢力以上のものであって、言うなれば我々が創造した小児のようなもので、盛んに滋養物を与えて育成した我々の肉体の一部であった。我々が構図を案出し……最初は幻想、後にキャンパスに絵筆を走らせ、遂に美麗な作品を仕上げたのであった。我々が舞台から姿を消した後、多くの養父母等がこの小児の面倒を見たのだが、養親は所詮養親で、実の両親に取って交り得ることは極めて稀である。

運勢の推移は予断を許さない。虹は所詮雲と雨風あっての虹である。僅か一年数ヵ月前我々両人は意気揚々と歴史作りに乗り出したのだが、結局両人共歴史の罹災者となってしまった。史上、勝者はいつも……少なくともある期間に正義派と見做されるのが普通だが、革命の場合、例えそれが真実のものであっても、若し失敗すれば反乱と極めつけられる。併し如何なる反乱でも成功すれば歴史上革命と呼称される。歳月は人を待たない。そして歴史の行進には終着地などというものはあろう筈がない。路は続く。そして旅行者は時には袋小路へ迷い込み進退極まる。私は流罪に処せられ、ジャングルへ放り込まれたが、藤原少佐はその軍事的、政治的ドラマの悲しむべき最後を……その主役の一人としてではなく、ただの傍観者として目撃することになるのであった。

私が逮捕されて数ヵ月後、ＩＮＡの元の戦力と士気への復帰工作が完全に失敗した頃、日本軍最高幹部はスバス・チャンドラ・ボースをドイツから東洋へ移動させることに決した。だが、悲しいかな、これは遅きに似たりであった。にも拘わらず、ボースは弱体化したＩＮＡの指揮に任ずるため、潜水艦による非常に危険な航海の後、一九四三年七月の第一週シンガポールに姿を現わした。彼の東洋出現は、インド人に対し新しい希望と共に強烈な感動を与えた。彼はＩＮＡの士気高揚と軍再編成に最善の努力を傾注した。三ヵ月後彼はインド仮政府を樹立し、英米に対し宣戦布告を実施した。だが不幸にも、その頃はこの劇的な行動が成果を期待し得た絶好の時機と心理的効果は既に消え去っていた。戦地と軍作戦舞台における変動の激しい軍事的運勢は異なる形態へと移行し、戦局は既に連合軍に有利に転換しつつあった。当時英軍は日本軍に比し凡ゆる点で遙かに優勢な厖大な兵力をインド、ビルマ戦線に集結していた。第二次世界大戦中最も恐るべき会戦の主たるものは、インパールとコヒマ戦場で展開された。日本軍は危険且つ大胆な決定のもとにこの行動に乗り出したのだが、結局見込み違いの冒険となり、一大惨事となったのである。

軍事行動において時間が時には決定的な要素となる。目的達成のためには、ただの一コ師団でこと足りる場合もあるが、後に同じ目的のため一〇コ師団を動員しても貫徹出来ないこともあり得る。或る日ウエリントン公が、軍指揮官にとって最高の能力とは何かの質問に対して、「退却の時機を知り、それを断行する勇気だ」と答えたと言う。日本の将軍達は、優勢なる英軍の不落の鉄壁に対し突進することの無益を知りながらも、適時にこの用兵の原則に追従することに失敗し、結局退却を開始した時点ではあの悲惨な結末を回避することは不可能であった。

いずれにせよ、戦場における日印軍の敗退においてインドの精神的勝利がはぐくまれ、それがレッドフォートにおけるＩＮＡ将兵の裁判過程において達成されたのであった。

私は、母国独立闘争の最終段階において決定的な役割を果たしたこのＩＮＡ運動の結成に当り、藤原中将の果たした偉大な功績に対し深甚な謝意を表わさねばならない。

この運動は、単にインド独立の進行過程を短縮した許りでなく、第二次世界大戦以前から極東において外国の桎梏下に伸吟した全領土内に、愛国思想の火花をひらめかしたのである。

戦後連合軍がこれらの領土を再び占領した時、俄然芽生えた愛国勢力を抑圧することが困難となり、日ならずしてほとんどの東洋諸国が自由を獲得するに至った。多大の犠牲を払って勝利を獲ち取ったイギリスは、来るべき状勢の推移を予見した結果賢明にも潔く快活に、しかも背後に良い別離の印象を残しながらこれらの地域から撤退した。

現に藤原将軍の英文回顧録の出版準備進行中と聞いて私は喜んでいる。ＩＮＡの歴史は曲解されて、正確に公表されていないというのが私の見解である。記録を正しく書き直すことは絶体不可欠なことである。そしてこの仕事には藤原将軍をおいて他により適当な人はいない。ある意味では、これを引受けることこそ彼の義務であり、歴史に対する偉大な奉仕となるであろう。彼の著書は、特に真理探求に処する歴史家は言うに及ばず、広く読者間に歓迎されるものと私は信ずる。

人の真価は、いろいろの理由から、その人の存命中に正しく評価されないことが間々ある。彼の誠意、英才、手腕、力量及び懸命の努力等は、常にそれらに相応する結果をもたらすとは限らない。人知の及ばない運、予測不能の客観情勢や出来事、又はある神秘的な力などが我々に対し強力且つ明確に反発する。我々はしばしば、新しい局面に自身を順応させようとして従来の針路から逸脱しようとする。そのようにして、我々は環境の主人公ではなく、反対にその受難者となっている。意志に従った行動の自由は縷々諷刺であって、ある状況下における我々の生存は、変化した環境への調整次第となっている。

時の経過と、若干の歴史家の熱のこもった努力により、国外で発足したインド独立運動の効果に関する真実が、徐々ながら公衆の面前に現われるようになったことに私は満足している。現代の高慢と偏見に正常に無関係な後世の人々は、歴史的大事件において藤原将軍が果たした偉大な役割とその真価を認識し、その時代の歴史に正当且つ相応の位置を彼に与えるものと私は確信する。

擱筆に先立ち、私は母国解放のため貴い生命を捧げた多くの日印同胞の崇高な思い出に深甚なる敬意を表する。又同時に、この崇い運動のために貢献した藤原将軍に対し、頭をたれ、そして敬礼をささげる。

――ハイネマン・エデュケーショナル・ブックスより

義父のこと

日本で出会うインドの人々に「メイジャー・フジワラ」を知っているか、と聞いてみると、意外にも「ネタージ（チャンドラ・ボース）と共に戦った日本軍人だ」と正確に答える人が少なからず存在する。しかし現在の日本では、情報（インテリジェンス）に関心のある一部の人を除き「藤原」を知るものはいない。インドでの「メイジャー・フジワラ」はインド独立に絡む歴史上の人物であるが、日本の藤原岩市陸将は、自衛隊の多分千人は超すだろう元将官達の中の一人に過ぎないからだ。

当時弱冠三十三歳の一少佐であった彼が、インドで今なお、知られているという理由はこの『F機関』を読んで頂ければわかる。

「F」とはFreedom（自由）のFであり、Friendship（友情）のFであり、そしてFujiwara（藤原）のFである。この「F」こそが、英国の植民地であったインドを独立させた重要な起爆剤であったと認識するインド人・英国人が今なお、居るのである。

この書のハイライトともいうべき場面は読者の好みにより違うのだろうが、私は何といってもクアラルンプールで英軍の探偵局長（陸軍大佐）に尋問されるくだりを挙げたい。

「貴官の工作は、真にグローリアス・サクセスであった。しかし、貴官のような語学もできない情報の素人がこのように成功した理由が分からない。どんなテクニックを使ったのか、その成功の原因について回答してくれ」と言われ、「テクニックなどない、ただ、現地人に対する、敵味方、民族の相違を越えた愛情と誠意を、硝煙の中で、彼らに実践感得させる以外になかった。そして、至誠と信念と愛情と情熱をモットーに実践これをつとめたのだ」と藤原が答えると、その大佐が「解った。貴官に敬意を表する。自分はマレー、インド等に二十数年勤務してきた。しかし、現地人に対して貴官のような愛情を持つことがついにできなかった」としんみり語る。その記述の史的裏付けについては歴史研究の成果を待つほかないが、私ども藤原を知る者にとっては「いかにも」と頷く場面である。彼は、中国における日本陸軍の失策は二度と繰り返すまいと念じながらも、なおアジア解放・大東亜共栄の夢を愚直に信じていた男でもあった。

軍事情報とは「相手（敵）」の能力（Capability）と意図（Intention）を知ることだとされているが、能力を知ることは比較的易しいものの意図を知ることは極めて難しい。それ故、相手の意図は一般に決めつけられず、多くの場合「我」にとって最悪の場合を想定して作戦に入ることが多い。

そうした情報上の議論を延長して行くと「もっとも効果的な情報手段は『人間交流による情報（ヒューマン・インテリジェンス）』であり、最高の情報とは『相手（敵）の意図を自分の意図に一致させること』である。それが出来た時には戦わずして勝てるのだ。」という結論が出る。

藤原は自らの「魂」によってそれを実行した希有の情報将校として歴史に残る。

彼は戦後、陸上自衛隊の調査学校（現在は小平学校の一部）の校長となり後輩情報関係者の教育に当たったが、その教育方針として「智・魂・技」の三文字を掲げた。旧陸軍時代に「魂」だけで務めた自らを反省し、戦中は敵の英国から学び、戦後は友邦たる米国から学んだ「智と技」を加えたものと思われる。

今なお、小平学校には「智・魂・技」と彫られた石が残っており、情報職種学生たちの指標となっている。

若くして、歴史に残る仕事が出来たということは、上司と部下と友人に恵まれた彼の幸運によるものに違いないが、この書を読めば彼が色々な苦難に苛まれていたことも読みとれる。特に、第一部の後半から第二部の前半にかけて、日本陸軍の軍政方針とインド国民軍や地元民等との狭間にあって藤原自身が苦しむ姿が浮かび上がる。

「味方の陣営を説得できたとき、異民族工作は成功したも同然だよ」

「参謀本部の命令に逆らってまでやれなかった。明治維新の志士たちとちがい、官吏だった」

と苦渋をこめながら話した。と、この問題を取材したある著述家が藤原の追悼録に記している。

私は縁あって、藤原の女婿になった元自衛官であるが、彼にして「官吏だった」と反省されてはただただ戸惑うばかりである。しかし、陸軍が硬直した大組織になっていた時代と明治維新の時代を比較することには元々無理があるとも思う。とまれ、私は、このような藤原から、その生前・没後にわたり、多くのことを学んだ。それを幸運に、そして誇りに思う者である。

この書は、シンガポールの英獄から釈放帰国早々の昭和二十二年から約一年をかけて書かれ、その後、しまい込まれていたものを、昭和四十一年に原書房が公刊し八版を重ねたのち廃刊。ついで番町書房から『大本営の密使』として再出版の後廃刊、そして昭和五十九年に振学出版から原名『F機関』として再々出版されていたものである。

一方、海外では、南山大学教授・明石陽三氏により英訳されたものが香港のハインマン・アジア社から出版された。その書をもとに改めて取材した米国のジョイス・レブラ氏が『ジャングルの盟約』、英国のルイス・アレン氏が『日本軍が銃をおいた日』、インドのK・K・ゴーシュ氏が『インド国民軍』と、それぞれに題して英文で著述・紹介し、さらにインドネシアのプスタカ・シナール・ハラパン社よりマレー語版が出されている。

前回の出版から二十八年、藤原没後二十六年にして、この書がここに改めて出版されることを何よりも嬉しく思うものだが、ただ昔を懐かしむのではなく、まさに明治維新時代に匹敵するであろう近未来を前に、世界に雄飛する若者たちが、この書を読み、なにがしかの力を得て欲しい、と切に希うものである。

冨澤　暉（とみざわ　ひかる）
東洋学園大学客員教授・元陸上幕僚長

藤原岩市（ふじわら いわいち）

1908年兵庫県に生まれる。1931年陸軍士官学校卒。1938年陸軍大学校卒。歩兵第37連隊中隊長、第21軍参謀を歴任。1939年大本営参謀本部に転任。第8課で広報・宣伝を担当する。1941年タイ・バンコックに赴任、南方軍参謀兼任の特務機関（F機関）機関長として活動を開始する。主な任務はマレイ、スマトラ、インドの独立運動の支援と対日融和政策の推進。英印軍将校モハンシンらとともにINA（インド国民軍）の創設、インド独立運動のリーダー、チャンドラ・ボースの招聘など、多大な成果をあげる。戦後、イギリスによる裁判にかけられるも無罪。復員局戦史部に在籍した後、1955年自衛隊入隊。師団長、陸将を歴任し1966年退職。1986年没。著書としては本書の他に『スイスの国防と日本』（共著・時事通信社）、『留魂録』（振学出版）等がある。

F機関

2012年7月10日　初版第1刷発行
2021年1月 6 日　初版第3刷発行

著者　**藤原岩市**
発行人　**長廻健太郎**
発行所　**バジリコ株式会社**
〒162-0054
東京都新宿区河田町3-15 河田町ビル3階
電話　03-5363-5920　ファックス　03-5919-2442
取次・書店様用受付電話　048-987-1155
http://www.basilico.co.jp

印刷・製本　**中央精版印刷株式会社**

ISBN978-4-86238-189-7